HEYNE <

JANA LUKAS

Die alte Schule am See

WO DEIN HERZ
ZUHAUSE IST

ROMAN

WILHELM HEYNE VERLAG
MÜNCHEN

Sollte diese Publikation Links auf Webseiten Dritter enthalten,
so übernehmen wir für deren Inhalte keine Haftung,
da wir uns diese nicht zu eigen machen, sondern lediglich auf
deren Stand zum Zeitpunkt der Erstveröffentlichung verweisen.

MIX
Papier aus verantwortungsvollen Quellen
FSC® C014496
FSC
www.fsc.org

Penguin Random House Verlagsgruppe FSC® N001967

Originalausgabe 06/2022

Redaktion: Diana Mantel
Printed in Germany
Umschlaggestaltung: zero-media unter Verwendung von
Trevillion Images/Drunaa; FinePic®, München
Satz: Uhl + Massopust, Aalen
Druck und Bindung: GGP Media GmbH, Pößneck
ISBN: 978-3-453-42627-6

www.heyne.de

Prolog

Starnberger Merkur – Samstagsausgabe – Immobilienteil

Wohnung zu vermieten – ein bisschen in die Jahre gekommen (also die Wohnung, nicht die Vermieterin).
Großzügiges Seegrundstück zur Mitbenutzung, Wasser gibt es also genug. Zumindest im See, im Bad lässt sich das nicht versprechen. Dafür ist die Miete erschwinglich, und die moderne Profiküche ein echter Traum für Kochbegeisterte.
Erwünscht sind unterhaltsame Mieter mit interessanten Hobbys sowie lockerer Einstellung zu Partys.
Haben Sie genug Vorstellungskraft und positive Energie, um das Potenzial dieser Traumimmobilie zu erkennen? Dann können Sie noch heute einziehen. Na ja, morgen reicht auch.
Klingt gut? Bewerbungen bitte ausschließlich per E-Mail an Wohnenin@Starnberg.de

1

Nichts ließ sich mit diesem Anblick vergleichen. Der See glitzerte im frühen Morgenlicht vor den schneebedeckten Bergketten, über denen gerade erst die Sonne aufging.

Felicia Sommerfeldt nippte an ihrem Kaffee und betrachtete das Panorama, dem keine Postkarte gerecht werden konnte. Das Gebäude des Starnberger Bahnhofes in ihrem Rücken war nicht gerade eines der schönsten, die die Stadt zu bieten hatte. Über die Jahre war es ziemlich heruntergekommen, und die Metallbänke am Bahnsteig gehörten zur typisch unbequemen Variante der Deutschen Bahn. Aber dieser Blick entschädigte dafür, genau wie für das frühe Aufstehen.

Jeden Morgen, wenn Felicia am Gleis auf ihre S-Bahn nach München wartete, ließ sie sich vom See überraschen. Heute war er glatt und glitzernd. Die Berge, dank des Föhns, zum Greifen nahe. Manchmal tanzten Nebelschleier über das Wasser, und bei schlechter Witterung schlugen die stahlgrauen, aufgewühlten Wellen gegen die Uferpromenade, während die Wolken so tief hingen, dass man das Gefühl hatte, dagegenboxen zu können.

Felicia blickte einem Segelboot nach, das im frühen Morgenlicht lautlos über den tiefblauen See glitt, und trank noch einen Schluck Kaffee aus ihrem Thermobecher. Dann schloss sie die Augen und hielt ihr Gesicht in die Sonne. In ihrem Büro in München würde sie bis zum Nachmittag kein Tageslicht mehr zu sehen bekommen. Also versuchte sie, jetzt noch so viel wie möglich davon zu speichern.

Das Handy in ihrer Handtasche signalisierte eine eingehende Nachricht. Es hatte vorhin schon einmal geklingelt, was sie ignoriert hatte. Also zog sie es jetzt aus ihrer Tasche und warf einen Blick auf das Display. Eine WhatsApp von Mimi, der Empfangsdame der Steuerkanzlei, in der Felicia als Buchhalterin arbeitete. *Ich habe die Annonce verfasst, wie besprochen. Hab sie dir gemailt. Bis gleich im Büro.*

Felicia unterdrückte ein Seufzen. Die Annonce lag ihr schwer im Magen. Sie wollte die Wohnungen in ihrem Haus gar nicht vermieten. Genau genommen wollte sie einfach nur ihre Ruhe haben und alleine sein, bis der Schmerz über den Tod ihrer Großtante Leona abebbte. Aber die zweite Nachricht, die sie erhalten hatte, erinnerte sie noch einmal daran, dass sie keine Wahl hatte. *Hast du mein Geld?*, schrieb ihr Cousin Frederik.

Felicia atmete tief durch und trank noch einen Schluck Kaffee, ehe sie antwortete. *Ich melde mich zum festgesetzten Termin bei dir.* Und keinen Moment früher, fügte sie in Gedanken an die Gier ihres Cousins hinzu.

Noch hatte sie einen Monat Zeit, bis sie Frederik seinen Erbteil am alten Schulhaus auszahlen musste. Sie kam nicht umhin, die drei leer stehenden Wohnungen in ihrem Haus zu vermieten. Es waren nicht gerade Luxusunterkünfte, was sie zwang, deutlich unter dem Starnberger Mietspiegel zu bleiben. Aber mit diesem Geld, ihrem Nebenjob als Kochlehrerin – der mit etwas Glück bald wieder anlief – und dem, was sie als Buchhalterin verdiente, gewährte ihr die Bank hoffentlich den Kredit, den sie brauchte, um ihrem Cousin sein Erbe auszuzahlen. Nur so würde sie ihr Zuhause – und die schönsten Erinnerungen ihres Lebens – nicht auch noch verlieren.

Felicia warf noch einen Blick auf den See hinaus und öffnete die Mail mit der Annonce, die Mimi ihr geschickt hatte. Gleichzeitig einen Schluck Kaffee zu trinken war allerdings ein Fehler gewesen. Was sie las, erschreckte sie so sehr, dass sie sich verschluckte und im selben Moment einen Teil des Kaffees über den Blazer und die weiße Bluse ihres Hosenanzugs verschüttete. »Mist«, fluchte sie leise, als auch noch die einfahrende S-Bahn angekündigt wurde. Hustend wühlte sie in ihrer Handtasche nach den feuchten Tüchern, die sie immer dabeihatte, und versuchte, die Flecken auf ihrem Oberteil auszureiben. Mit wenig Erfolg.

Wenigstens war heute Freitag, und Felicia hatte keine Termine. Sie wischte sich die Tränen aus den Augen, die dem Hustenanfall geschuldet waren, raffte ihre Sachen zusammen und suchte sich einen Platz in der um diese Tageszeit noch recht leeren Bahn. Da das Herumwischen an ihren Klamotten nicht viel brachte, griff sie wieder nach ihrem Handy. *Ein bisschen in die Jahre gekommen*, las sie noch einmal. *Wasser gibt es genug. Zumindest im See, im Bad lässt sich das nicht versprechen?* Was hatte Mimi sich dabei gedacht, die sanitären Anlagen so zu charakterisieren? Sie hatte ja recht. Die Bäder waren nicht gerade der letzte Schrei – es gab weder genügend Platz noch Regenschauer-Duschen. Aber trotzdem gab es keinen Grund, den Zustand der Apartments so ins Lächerliche zu ziehen. Und was, um Himmels willen, wollte Mimi damit andeuten, dass die Mieter die Profiküche mitbenutzen durften, die zur Kochschule gehörte? Das war unmöglich. War Mimi von allen guten Geistern verlassen, so einen Text zu verfassen? Sie hatte felsenfest behauptet, sich mit diesem Thema auszukennen. Felsenfest! Und dann schrieb sie so etwas! Felicia würde auf keinen Fall an Leute mit schrägen Freizeitbeschäftigungen vermieten. Schon gar nicht an jemanden, der einen Hang zum Partymachen hatte.

Felicia wechselte auf ihrem Handy zu WhatsApp. *Danke für deine Mühe, Mimi*, schrieb sie – weil sie gelernt hatte, jede Kritik mit etwas Positivem zu beginnen. *Ich fürchte, den einen oder anderen Teil der Annonce müssen wir noch einmal neu formulieren* (um nicht zu sagen: alles, fügte sie in Gedanken hinzu). *Das können wir so auf keinen Fall stehen lassen.*

Kaum hatte Felicia die Nachricht abgeschickt, kam die rasante Antwort ihrer Kollegin, die lediglich aus einem *Upsi!* und dem Emoji, das unschuldig die Arme hob, bestand.

Was Upsi?, schrieb Felicia zurück, als danach nichts weiter kam.

Plötzlich ließ sich Mimi Zeit und schickte ihre Antwort erst, als die S-Bahn bereits Gauting passiert hatte. *Ich habe dir nur eine Kopie geschickt. Die Annonce ging schon raus an den* Starnberger Merkur.

Du hast das abgeschickt??? Felicia konnte mit Emojis nicht wirklich etwas anfangen. Aber drei Fragezeichen erfüllten ihren Zweck auf jeden Fall und zeigten deutlich, wie schockiert sie war.

Ich finde sie ziemlich gut, verteidigte sich Mimi und

schickte den Smiley hinterher, der die Augen verdrehte. Gefolgt von einem *und ich habe schließlich Ahnung*. Es folgten ein Emoji mit Sonnenbrille und das GIF einer verrückt aussehenden Frau, die auf die Tastatur eines Computers einhackte. *Du wolltest doch junge, hippe Mieter. Und die bekommt man nur mit jungen, hippen Anzeigen. Logisch, oder?*

Felicia seufzte. Sie ließ das Handy sinken und schloss für einen Moment die Augen. Wenigstens mussten sich die Mietinteressenten per Mail melden. Auf diese Weise konnte sie hoffentlich die Verrücktesten aussortieren, bevor sie zu einem Besichtigungstermin einlud.

*

Ben Lindners Fuß wippte im Takt zu *Learn to fly* von den Foo Fighters, während er Sonnenblumen aussäte. Auf Wunsch der Leiterin des *Zwergenlandes* hatte er seine Playlist leiser stellen müssen, als er es sonst bei der Arbeit tat, um die Kinder nicht zu stören – wobei sie vermutlich »verstören« meinte, weil sich kein kinderfreundlicher Nicht-Rock-Song in seiner Auswahl befand.

»Was für Samen sind das?«, wollte Annabelle wissen. Eine niedliche kleine Klugscheißerin, die immer zur Stelle war, wenn er sich um die Beete, Hecken und Bäume ihres Kindergartens kümmerte. Ben hatte früher mit ihrem Onkel Eric gekickt, bevor der für sein Geologie-Studium weggezogen und seitdem auf der ganzen Welt unterwegs war.

»Das wird eine Überraschung«, antwortete Ben mit geheimnisvoller Stimme. »Im Sommer wirst du sehen, was daraus entsteht.« Er gehörte nicht zu den Erwachsenen, die der Meinung waren, dass Kinder von den meisten Dingen sowieso keine Ahnung hatten und man sich nicht die Mühe machen musste, ihnen etwas zu erklären, wofür sie noch viel zu jung waren. Genau so hatte er seine Liebe zur Landschaftsgestaltung entdeckt: Indem er bei jeder passenden Gelegenheit in der Gärtnerei und Baumschule seines Onkels herumgehangen hatte. Dem magischen Ort seiner Kindheit. Wenn Annabelle von und zu Rabenstein wissen wollte, wie ein Garten funktionierte, erklärte er es ihr. »Bis dahin kannst du dich über die Pflanzen freuen, die schon blühen. Weißt du noch, wie die heißen?«

»Das ist eine Narzisse. Und das da Vergissmeinnicht.« Sie kam näher und kniete sich neben ihm in das Beet.

Ben zuckte kurz zusammen bei dem Gedanken an gute, dunkle, nährstoffhaltige Pflanzerde in Verbindung mit weißen Strumpfhosen und einem rosa Kleidchen. »Super erkannt. Weißt du auch noch, wie der Baum heißt, der in der Mitte des Beetes wächst?«

»Klar. Das ist eine Korkenzieherweide«, erklärte sie stolz. »Wo ist Poldi?«, wollte sie wissen, als er den nächsten Sonnenblumen-Samen in die Erde drückte.

»Der pennt. Hatte 'ne anstrengende Party letzte Nacht«, sagte Ben und brachte die Kleine damit zum Kichern. Tiere waren hier, abgesehen von den beiden Kindergarten-Hasen Fluff und Hoppel, nicht erlaubt. Außerdem buddelten sein Hund und er einfach zu gerne in der Erde. Ben, weil es sein Job war. Und Poldi – einfach, weil er Poldi war. Deshalb hatte er seinen Hund draußen lassen müssen. Da Leopold – wie sein Schäferhundmischling mit vollem Namen hieß – um diese Tageszeit aber gerne ein Nickerchen hielt, hatte er ihm eine Decke auf die Ladefläche seines Pick-ups gelegt, wo er zwischen den Pflanzen, die er in der Gärtnerei seines Onkels abgeholt hatte, schlief. »Steck den mal da drüben rein.« Ben drückte Annabelle einen Sonnenblumenkern in die Hand und wies mit dem Kinn auf die Stelle hinter zwei Stiefmütterchen. »Dann kannst du im Sommer jedem erzählen, dass das deine Pflanze ist.«

Annabelle betrachtete das Samenkorn. »Wenn du mir gleich sagst, was das ist, könnte ich es jetzt schon erzählen.«

»Das ist …« Ben stoppte und sah sie mit gespielt aufgerissenen Augen an. »Fast hätte ich es verraten!«

Annabelles Kichern wurde zu einem fröhlichen Lachen. Behutsam steckte sie den Samen in die Erde.

Ben ließ den Blick schweifen. Das *Zwergenland* brachte zwar nicht gerade viel Kohle ein, aber es hatte Spaß gemacht, den großen Garten so zu gestalten, dass die Kinder das ganze Jahr über etwas davon hatten. Hier konnten sie den Lauf der Jahreszeiten sehen. Schatten spendende Bäume im Sommer. Im Herbst konnten sie Kastanien sammeln und den Duft des Kuchenbaums bestaunen. Die hässlichen Maschendrahtzäune würden bald hinter den Ranken und den bunten Blüten der Kapuzinerkresse verschwinden. Besonders stolz war Ben auf den Wald aus Bambushölzern und Elefantengras, den er hinter dem Klettergerüst angelegt hatte und in dem die Kids Verstecken spielen konnten. Die Kindergartenleitung dazu zu überreden war ein hartes Stück Arbeit gewesen. Aber es hatte sich gelohnt. Die Kinder waren verrückt danach – und Ben sich sicher, dass sie den coolsten Garten aller Kitas in Starnberg hatten.

»O nein! Annabelle! Herr Lindner!«, ertönte auf einmal

die leicht hysterische Stimme von Frau Bergmann hinter ihnen.

»Jetzt sind wir am Arsch«, flüsterte Annabelle und grinste Ben verschwörerisch von der Seite an.

Er war sich sicher, dass das ein Satz war, den es in ihrem Repertoire nicht geben sollte. Und dass sie nur auf einen besonderen Moment gewartet hatte, ihn anbringen zu können. Ben grinste zurück. »So was von!«, erwiderte er.

»Wie siehst du nur aus, Kind!« Mit in die Hüften gestützten Händen blieb die Erzieherin vor ihnen stehen und betrachtete die Erd- und Grasflecken auf der Kleidung des Mädchens. »Wie soll ich das nur deinen Eltern erklären?«

»Sagen Sie einfach, dass Annabelle sich für die Natur interessiert. Das ist Ihnen doch sicher lieber, als wenn sie in ihrem Alter zu *Fridays-for-Future*-Demos geht, oder?« Ben erhob sich ebenfalls, was dafür sorgte, dass Frau Bergmann zu ihm auf- statt auf Annabelle hinabsah.

»Ich bitte Sie! Das Mädchen ist fünf…«, begann sie, bis sie begriff, dass Ben sie auf den Arm nahm. »Na ja, lauf jetzt und wasch wenigstens deine Hände«, wies sie das Mädchen an.

»Servus, Ben«, rief Annabelle und rannte davon.

»Herr Lindner«, forderte die Kindergärtnerin seine Aufmerksamkeit, bevor er dem Mädchen ebenfalls einen Gruß hinterherrufen konnte. »Wir hatten Sie doch gebeten, die Kinder nicht in Ihren Beeten herumgraben zu lassen.«

»Ich werde kein Kind daran hindern, etwas zu lernen, wenn es neugierig ist. Das ist doch schließlich der Sinn eines Kindergartens. Wenn Sie ein Problem damit haben, suchen Sie sich einfach jemand anderen, der sich um die

Beete kümmert.« Ben konnte es nicht verhindern, dass sich sein Herzschlag auf unangenehme Weise beschleunigte. Schließlich brauchte er diesen Job. Dringend. Zumindest im Moment noch. Aber der Kindergarten würde mit seinem schmalen Budget niemanden finden, der das Ganze zum gleichen Sklavenlohn übernehmen würde wie er.

Frau Bergmann ließ sich zu einem »Mmpf« hinreißen, weil sie sich dessen offenbar ebenfalls bewusst war.

Im nächsten Moment rettete ihn sein Handy vor einer weiteren Diskussion. »Tut mir leid, Frau Bergmann. Da muss ich rangehen.« Er biss in die Spitze seines Arbeitshandschuhs und zog ihn sich von der Hand. Dann schob er ihn in die Gesäßtasche seiner Jeans und nahm das Gespräch an, ohne einen Blick auf das Display zu werfen. »Lindner.«

»Ben! Hi! Hier ist Paul.«

»Hey. Wie läuft's?« Ben sah aus den Augenwinkeln, wie Frau Bergmann zum Kindergarten zurückstakste. Gut, die war er los. Er begann, seine Gerätschaften zusammenzuräumen. Wenn er hier fertig war, würde er bei seinem Onkel Jo in der Gärtnerei vorbeischauen, seinem momentanen Stützpunkt. Vielleicht konnte er ihn oder seinen Cousin Sam sogar zu einem Feierabendbier überreden.

»Bist du noch auf der Suche nach einer bezahlbaren neuen Bleibe?«, wollte Paul wissen.

Ben richtete sich, seinen Spaten in der Hand, auf. »Hast du was für mich?« Er hatte so gut wie jedem erzählt, dass er auf der Suche nach einer Wohnung war.

»Du hast doch eine Prämie für einen Tipp ausgesetzt. Wie viel machst du locker?«

Ben verdrehte die Augen. Paul würde sich nie ändern.

Wenn er nicht so gut gekickt hätte, hätten sie ihn schon als Fünfzehnjährigen aus der Mannschaft geschmissen, weil er aus allem ein Geschäft machte – zu seinen Gunsten.

»Ich meine, du bist ein Kumpel und so«, fuhr Paul fort. »Aber ich bin im Moment wirklich ein bisschen knapp und könnte eine Finanzspritze gut gebrauchen.«

Wer konnte das nicht? »Hör zu, wenn der Tipp was taugt, bekommst du einen Fuffi«, schlug Ben vor. Über den Tisch ziehen lassen würde er sich von Paul jedenfalls nicht.

»Klingt fair«, sagte sein alter Kumpel. »Die Annonce kam heute rein. Bisschen schräg das Ganze, wenn du mich fragst. Aber es geht um eine Wohnung in einer alten Schule. Großes Grundstück und so. Das ist doch das, wonach du suchst.«

»Hmm.« Ben begann mit seiner freien Hand, seine Werkzeuge zu reinigen.

»Ich schick dir die Anzeige und die Adresse. Dann kannst du dir das Haus schon mal von außen ansehen. Aber die Vermieterin möchte, dass man per Mail um einen Besichtigungstermin bittet.«

»Alles klar. Danke, Paul.« Ben beendete den Anruf und schob das Handy zurück in seine Hosentasche. Dann atmete er tief durch. Wenn diese Wohnung etwas taugte, war er ein wirklich großes Problem los.

2

Felicia rieb über ihre Schläfen, hinter denen heftige Kopfschmerzen tobten. Sie hatte den Tag über zwar keine Kundentermine gehabt, aber trotzdem kaum Luft holen können. In ihrer Pause hatte sie Mimi beschworen, den Druck der Annonce in der Samstagsausgabe der Zeitung zu verhindern, bevor sie mit einem Zupfkuchen-Joghurt an ihren Schreibtisch zurückgekehrt war. Die Rezeptionistin hatte später behauptet, dass sie die Anzeige nicht mehr zurücknehmen konnte. Felicia hatte ihr das allerdings nicht geglaubt. Und nein, es lag nicht nur daran, dass sie ein Kontrollfreak war, dass sie dann selbst versucht hatte, die Annonce zurückzuziehen. Aber beim *Starnberger Merkur* hatte auch sie niemanden erreicht.

Ihr blieb nur eine Möglichkeit: Die Mieter bereits per E-Mail auszusieben, um überhaupt nicht erst in die Verlegenheit zu kommen, einen Verrückten zur Besichtigung einzuladen. Auf der Heimfahrt von München nach Starnberg erstellte sie mit dem Laptop auf dem Schoß eine Excel-Liste mit Fragen für die potenziellen Mieter. Nur wer diese zufriedenstellend beantworten würde, bekam überhaupt eine Chance.

Dass sie die finanzielle Situation abfragte, war völlig klar.

Ganz im Gegenteil zu den Dingen, die in der Annonce standen, würde sie nur jemanden nehmen, der geräuscharmen, harmlosen Hobbys nachging. Kein Schlagzeugspieler. Kein Mitglied des Fanfarenzuges. Keine Partys in der alten Schule. Natürlich mussten ihre künftigen Mieter sich auch gut mit Felicias Katze Elfriede verstehen. Und bestenfalls keine Allergiker sein, da sich Elfriede frei im Haus bewegte. Felicia blickte für einen Moment aus dem Fenster, nahm ihre Umgebung aber nicht wirklich wahr. Dann fügte sie ihrer Liste eine ganze Anzahl weiterer Punkte hinzu. Als die S-Bahn in Starnberg hielt, hatte sie das Gefühl, für die Miet-Interessenten gewappnet zu sein. Zuhause würde sie sich als Erstes kurz hinlegen und hoffen, dass ihre Kopfschmerzen verschwanden. Dann musste sie die Abrechnung fertig machen, die ihr Chef heute Abend noch brauchte. Und morgen, wenn der *Starnberger Merkur* erschien, würde sie einen Blick in den E-Mail-Account werfen, den Mimi für ihre Anzeige eingerichtet hatte. Vielleicht konnte sie bereits am Wochenende die ersten Besichtigungstermine vereinbaren.

Felicia schloss ihr Fahrrad los und radelte nach Hause, was genau sechseinhalb Minuten dauerte. Sie lehnte das Rad gerade gegen das Rosenspalier, das mehr oder weniger fest an der Hauswand hing und eine eher mickrige Rose stützte, als sie ein Geräusch hinter sich hörte.

Erschrocken fuhr sie herum, nur um im gleichen Moment von einem triefenden, braunen Monster angesprungen zu werden, das nach nassem Hund stank. Was um Himmels willen …? Das Tier platzierte seine riesigen, dreckigen Pfoten auf ihrer sowieso schon ruinierten Bluse. Felicia schrie entsetzt auf. Genau in dem Moment, in dem ihr das Vieh auch noch einmal quer über das Gesicht leckte. »Weg von mir!«, rief sie atemlos und wandte das Gesicht zur Seite, um es vor dem Hund in Sicherheit zu bringen.

Der Mann, der im nächsten Moment um die Hausecke bog, blickte so entsetzt drein, wie sie sich fühlte. »Poldi!«, rief er. »Hierher! Er tut nichts«, ergänzte er, an Felicia gerichtet.

»Ja, ja, ich weiß. Er will nur spielen«, gab sie zwischen zusammengebissenen Zähnen zurück und wischte sich mit dem Ärmel ihrer Anzugjacke das Gesicht ab, als das Monster endlich von ihr abließ und schwanzwedelnd zu seinem Herrchen trabte.

»Ist wirklich so.« Der Typ hob in einer unschuldigen Geste seine Arme. »Vielleicht ist er ab und zu etwas übereifrig. Aber im Grunde verteilt er nur Liebe. Im Überfluss.«

»Und Schmutz«, murmelte Felicia. Sie wischte an ihrer Bluse herum, verschmierte die Pfotenabdrücke aber nur. Ihr Gegenüber zog ein Bandana aus seiner Gesäßtasche und machte einen Schritt auf sie zu. Als er die Hand in Richtung der Dreckspuren auf ihrer Bluse ausstreckte, offenbar, um ihr zu helfen, schlug Felicia sie empört weg. »Was genau soll das werden?«, fauchte sie ihn an.

Wieder trat dieser überraschte Ausdruck in die Augen des Mannes, doch dann blinzelte er und brachte etwas Abstand zwischen sich und Felicia. »Sorry, da war meine Hilfsbereitschaft gerade schneller als mein Hirn.« Der Fremde fühlte sich eindeutig unbehaglich und kratzte sich verlegen am Hinterkopf, was ihre Aufmerksamkeit auf seine Frisur lenkte – beziehungsweise auf das Nichtvorhandensein selbiger. Er trug einen wilden Mopp sandfarbener Haare auf dem Kopf, die den Eindruck erweckten, schon lange mit keiner Schere mehr in Kontakt gekommen zu sein. Oder einer Bürste. Die helleren Strähnen, die sich durch die dicken, eigenwilligen Wellen zogen, hatte er mit Sicherheit der Sonne zu verdanken. Irgendwie passten sie zu dem Loch am Ellenbogen seines Kapuzenpullis, der dreckverschmierten Jeans und den reichlich zerkratzten Arbeitsstiefeln. *Wie ein Surfer, der auf einer Baustelle jobbt*, ging es Felicia durch den Kopf.

Langsam verblasste der Schock des Hundeüberfalls ein wenig. Was Felicia daran erinnerte, dass der Mann und dieses Tier sich auf ihrem Grundstück herumgetrieben hatten wie zwei Wegelagerer. »Wären Sie so nett, mir zu erklären, was Sie hier verloren haben?«

Der Baustellen-Surfer zuckte lässig mit den Schultern. »Ich möchte die Wohnung mieten, die in diesem Haus annonciert wurde«, sagte er.

»Wie können Sie …« *schon davon wissen*, beendete Felicia den Satz im Stillen und machte einen überraschten Schritt nach hinten. Erst das Rosenspalier stoppte ihre Bewegung. Dornen bohrten sich in ihren Blazer, verhakten sich in ihrem Haarknoten und begannen, an den streng zurückgebundenen Strähnen zu zupfen, sobald sie sich bewegte. Ihr Herz raste. Das Einzige, was ihr durch den Kopf ging, war der Gedanke, dass es zu früh war. Sie war noch nicht bereit! Ihre Excel-Tabelle war noch lange nicht fertig. Und überhaupt hatte sie diese Tabelle für die E-Mails konzipiert. Aber das hier war keine Mail. Das war ein Mann. In ihrem Garten. Mit einem riesigen Hund, dessen Sabber noch auf ihrem Ärmel trocknete. Sie musste vermieten, ja. Aber sie hatte gehofft, sich langsam an dieses Thema herantasten zu können.

Indem sie die Mails las, die ihr die Kandidaten schickten. Pro-und-Contra-Listen erstellte, bis sie die perfekten Mieter gefunden hatte. Ein Mann mit Hund, der einfach hier auftauchte, war in ihrer Vorstellung nicht vorgekommen. »Wie kommen Sie darauf, dass ich eine Wohnung vermiete?«

Das Echo eines Grinsens hob seinen rechten Mundwinkel. »Weil Sie eine Anzeige geschaltet haben, die morgen in der Zeitung erscheinen wird.«

»Die zur Bedingung hat, dass man sich per Mail mit mir in Verbindung setzt und alle notwendigen Unterlagen wie Gehaltsmitteilung und Bonitätsauskunft eingescannt mitschickt. Wieso wissen Sie überhaupt jetzt schon davon?«

Wieder zuckte er lässig mit den Schultern, offenbar seine Standardantwort auf alles. Felicia ertappte sich dabei, wie sie ihn fasziniert anstarrte, obwohl sie ihn doch einfach nur unmöglich fand. »Ich komme viel rum in der Stadt«, sagte er. »Da bekommt man so einiges mit. Also habe ich mir gedacht, ich schau mir das Ganze mal an.«

Er hockte sich hin, um seinen Hund zu kraulen, der sich vertrauensvoll an sein Bein lehnte und mit heraushängender Zunge genüsslich die Augen zuklappte. Der Abstand ermöglichte es Felicia, sich wieder einen Schritt von der Hauswand wegzubewegen. Sie ignorierte das Gefühl, dass sich ihr von den Rosendornen zerzauster Haarknoten in seine Einzelteile aufzulösen begann. Inzwischen sah sie sicher so derangiert aus, dass ihr Gegenüber sie bestimmt nicht mehr ernst nahm.

»Sind Sie denn die Frau, die die Wohnung vermietet?«, fragte er, noch immer neben seinem Hund hockend.

»Heute bin ich die Frau, die keine Wohnung vermieten

wird. Wie gesagt, wenn Sie hier einziehen möchten, schreiben Sie mich wie alle anderen per Mail an. Vielleicht haben Sie Glück.« Innerlich legte sie seine Bewerbung schon jetzt auf den Aussortiert-Stapel.

Der Mann erhob sich, blieb mit dem Blick für einen Moment an ihrer schmutzigen Bluse hängen und betrachtete dann seine zerkratzten Arbeitsstiefel. »Optisch passen wir auf jeden Fall schon mal zusammen. Das hätte man in einer Mail gar nicht gesehen.« Wieder dieses Schulterzucken. »Und was den Rest angeht: Ich passe hundertprozentig zu Ihrer Anzeige. Cool.« Er wies mit dem Daumen auf sich. »Partylöwe. Und damit genau der Richtige für Sie.«

Seine Worte klangen anzüglicher, als er sie vermutlich gemeint hatte. Trotzdem musste Felicia dagegen ankämpfen, dass ihr die Röte in die Wangen kroch. Jetzt war es an ihr, ihre Schultern zu heben und seine Geste zu wiederholen. »Es tut mir leid, Ihnen das sagen zu müssen, aber das Ganze ist ein Irrtum. Meine Kollegin hat bei der Formulierung etwas falsch verstanden. Ich suche das genaue Gegenteil. Sie sind also definitiv nicht der Richtige.« Sie wollte sich schon umdrehen, aber der Typ hielt sie allen Ernstes am Ärmel zurück. Wenn jeder unpassende Mieter so anstrengend abzuwimmeln war, würde sie innerhalb einer Woche den ersten Nervenzusammenbruch ihres Lebens haben. »Was denn noch?«

»Ich bin ziemlich anpassungsfähig«, behauptete er. Wie eine Glühbirne knipste er sein Tausend-Watt-Lächeln ein. »Mein Name ist übrigens Benedikt Lindner. Meine Freunde nennen mich Ben.« Was Felicia egal war, da sie nicht vorhatte, sich mit ihm anzufreunden.

Er streckte ihr seine schwielige, nicht ganz saubere Hand

entgegen. Felicia zögerte einen Augenblick, sie zu schütteln. Lediglich ihre gute Erziehung hinderte sie daran, einfach die Flucht zu ergreifen. »Felicia Sommerfeldt«, murmelte sie.

»Mein Aufzug überrascht Sie wahrscheinlich ein bisschen«, fuhr er fort, als hätte er ihr Zögern nicht bemerkt. Oder als störe es ihn nicht besonders. Er betrachtete das Loch im Ärmel seines Hoodies und blickte dann auf seine Jeans und Stiefel hinab. »So gehe ich natürlich normalerweise nicht zu einem Vorstellungsgespräch.«

Wenigstens merkte er selbst, dass sein Aufzug unmöglich war.

»Ich komme direkt von der Arbeit. Eigentlich wollte ich mir nur mal das Haus und das Grundstück ansehen. Dass wir uns gleich über den Weg laufen, hatte ich nicht erwartet. Aber wo ich schon mal da bin, kann ich mir meine zukünftige Wohnung ja auch gleich ansehen, und wir besprechen die Details.«

Für Ben Lindner schien Felicia Chinesisch zu sprechen. »Ausgeschlossen«, wiederholte sie. »Ich kann Ihnen keine Wohnung vermieten, für die Sie sich nicht per E-Mail beworben haben.«

Dieser Mann überforderte sie. Nicht nur mit diesen wilden Haaren, die ihren Blick immer wieder anzogen. Und mit seiner Größe und den breiten Schultern, die dadurch betont wurden, dass er seine Hände in die Hüften stützte. Sondern auch mit diesem Grinsen, dass die Winkel seiner dunkelbraunen Augen kräuselte. Sie hatte das Gefühl, als mache er sich über sie lustig. Ein Gefühl, das sie aus ihrer Jugend nur zu gut kannte. Ganz automatisch fühlte sie sich wieder wie die unzulängliche Träumerin, die zu verschlossen und zu schüchtern war, um sich gegen ihre Mitschüler zu behaupten – deshalb war sie immer wieder überrumpelt worden.

Ben Lindner schien sie wirklich nicht zu verstehen – oder verstehen zu wollen. »Ziemlich cooles Grundstück. Bisschen verwildert vielleicht, aber mit großem Potenzial«, ignorierte er ihre Versuche, ihn abzuwimmeln.

»Danke.« Felicia ließ den Blick zu den Hecken schweifen, die dringend einen Schnitt brauchten. Dahinter funkelte das Blau des Sees. »Wir haben uns erst einmal auf den Umbau des Hauses konzentriert. Für den Garten hatten wir noch keine Zeit.«

»Wir?«, fragte er.

Felicia schluckte. »Ich«, korrigierte sie. Für einen Moment hatte sie vergessen, dass Leona nicht mehr da war. »Ich bin noch mit dem Umbau des Hauses beschäftigt«, wiederholte sie und versuchte, ihrer Stimme einen festeren Klang zu geben. Es wurde Zeit, dass sie ihre Zurückhaltung zur Seite schob. »Aber jetzt möchte ich Sie wirklich bitten zu gehen.« Weder Mann noch Hund setzten sich in Bewegung. »Ich gehe jetzt. Es ist mir egal, ob Sie hier stehen bleiben.«

Ben Lindner breitete die Arme aus. Das Grinsen in seinem Gesicht vertiefte sich, als sie an ihm vorbeiging. »Sie haben es gerade selbst gesagt: Sie sind noch mit dem Haus beschäftigt. Also bin ich ein absoluter Gewinn. Solange Sie sich um den Umbau kümmern, hübsche ich Ihren Garten auf. Da wird auf jeden Fall eine Menge Arbeit zu erledigen sein.«

Gegen ihren Willen verlangsamten sich Felicias Schritte. Sie hatte die Haustür fast erreicht, als sie sich zu Ben umdrehte. »Sie haben Ahnung?«, fragte sie, noch immer skeptisch. »Sind Sie Gärtner?«

»So ähnlich«, gab er zurück und schob seine Hände in die Gesäßtaschen seiner Jeans. »Landschaftsarchitekt. Aber keiner von der Sorte, die ihr Leben am Reißbrett verbringen. Ich wühle gern mit meinen Händen in der Erde.«

Felicia kam nicht umhin, ihren Blick noch einmal über seine Erscheinung gleiten zu lassen. Wenn er gerade von seinem Job auf einer Gartenbaustelle kam, erklärte das den Schmutz und die zerkratzten Schuhe natürlich. Trotzdem …

»Danke für dieses Angebot. Aber um den Garten kümmere ich mich, wenn ich so weit bin.« Ihr war klar, dass das Grundstück nicht mehr die parkähnliche Anlage war, mit der sich das Haus früher einmal rühmen konnte. Aber im Moment hatte Felicia schlicht keine finanziellen Mittel, um sich um dieses Thema zu kümmern. Sie hatte die winzige Terrasse hinter der Hausmeisterwohnung, in der sie lebte, in Ordnung gehalten. Auf der kleinen Natursteinmauer, die den Bereich vom Rest des Gartens trennte, hatte sie Leonas Kräutertöpfe für die Kochschule stehen. Dazu ein paar Frühjahrsblüher, um Farbakzente zu setzen. Mehr war nicht drin.

Ben legte den Kopf schräg und hielt ihrem Blick stand. »Frau Sommerfeldt, Sie können auf keinen Fall warten, bis Sie mit dem Haus fertig sind. Dann ist es vermutlich zu spät. Ich biete Ihnen an, dass ich mich in meiner Freizeit um den Garten kümmere. Quasi als Dankeschön dafür, dass ich Ihr Mieter sein darf.« Er lächelte siegessicher.

Felicia, die entschlossen auch die letzten Schritte zur Haustür überwunden hatte, hatte die Hand bereits auf die Klinke gelegt, als sie sich abermals langsam zu ihm umdrehte. »Was wollen Sie damit sagen, dann ist es zu spät?«

»Monilia Spitzendürre«, sagte er. Das Grinsen verschwand

aus seinem Gesicht und machte einem ernsten Ausdruck Platz.

»Monilia … Was bedeutet das?« Felicia schluckte. *Bitte nicht noch ein Problem*, betete sie im Stillen.

»Eine Krankheit, die Obstbäume und Ziergehölze befällt. Ich habe sie an diesem Mandelbäumchen dort hinten entdeckt. Und wenn Sie nicht aufpassen und diese Krankheit bekämpfen …« Er sprach nicht weiter.

Aber das musste er auch nicht. Felicia hatte verstanden. Sie schluckte um den Kloß herum, der in ihrem Hals festsaß. Das Mandelbäumchen hatten Leona und sie gepflanzt, als sie beschlossen hatten, zusammen in die Zukunft zu gehen und ihre Träume zu verwirklichen. Träume, von denen nur noch Scherben übrig waren. Felicia lief los, vorbei an dem Mann und dem Hund, die noch immer dastanden, statt endlich zu verschwinden, direkt in Richtung Garten. Sie blieb vor dem Mandelbäumchen stehen. Ben hatte recht. Es sah wirklich nicht gut aus. Mit den Fingerspitzen fuhr sie über die trockenen Astspitzen. Verdammt! Plötzlich dankbar, dass der Landschaftsarchitekt ihr gefolgt war und hinter ihr stehen blieb, kniff sie die Augen zusammen. Sie schaffte es, die Tränen zurückzuhalten, die hinter ihren Lidern brannten. Noch.

»Keine Sorge«, sagte Ben leise hinter ihr. »Ich kann ihn retten. Wenn ich hier wohne, also vor Ort bin, wird das schon wieder.«

Er stand viel zu nah. Felicia machte demonstrativ einen Schritt zur Seite und schlang die Arme um ihre Mitte.

*

Ben hatte sich verliebt. Auf den ersten Blick. Nach Pauls Anruf hatte er nur mal an dem Haus vorbeifahren und gucken wollen. Überrascht hatte er festgestellt, dass es sich um eine dieser alten Stadtvillen handelte, als er vor dem verschnörkelten Metalltor stand, an dem ein etwas verblasstes Schild angebracht war, auf dem *Küchennachhilfe* stand. Hatte Paul nicht gesagt, die Wohnung befinde sich in einer alten Schule? Egal. Was ihn wie magisch anzog, war der Garten hinter dem Haus, der von der Straße aus fast wie ein kleiner Park wirkte. Ein ziemlich verwilderter Park. Aber von der Art, die selbst von hier draußen sein Herz schneller schlagen ließ.

Das Tor war verschlossen, und auf sein Klingeln reagierte niemand. Schade. Einen Moment stand er noch unschlüssig vor dem Haus, dann wandte er sich zum Gehen. Es wäre zu schön gewesen, wenn er schon mit der Vermieterin über die Wohnung hätte sprechen können. »Poldi, komm«, rief er – und merkte erst auf halbem Weg zu seinem Pick-up, dass sein Hund genau das nicht tat. »Poldi?«, rief er.

Entfernt hörte er ein Bellen und kehrte wieder zur Villa zurück. Als er erneut vor dem Tor stand, nahm er das unverkennbare Platschen wahr, das ihm sagte, dass Poldi den See des in der Anzeige erwähnten Seegrundstücks gefunden hatte. »Mist«, murmelte er. »Wie bist du denn da reingekommen?« Langsam ging er an der Buchenhecke entlang, die das Grundstück begrenzte, bis er die Holztür fand, die einen Spalt offen stand. Hier war sein Hund also eingebrochen. Er schob das Türchen ein Stück weiter auf. Mit einem rostigen Quietschen in den Angeln gab es den Blick frei in das grüne Reich, das sich dahinter verbarg. »Poldi!«, rief er noch einmal. Die Antwort war ein glückliches Bellen.

Seinem Hund schien es hier zu gefallen. Ben warf einen Blick über die Schulter, ob ihn ein Nachbar beobachtete. Dann bückte er sich unter dem wild wuchernden Pflanzenbogen hindurch und folgte Poldi in das Paradies, das sich hinter dem Haus verbarg. Er bahnte sich einen Weg durch das verwilderte Grundstück, bis er das verfallene Bootshaus am Seeufer erreichte. Poldi hatte sich bereits ins Unterholz der Büsche verkrümelt, aber Bens Blick blieb an dem Bootshaus hängen. Einer der kleinen Schuppen auf dem Wasser, die so typisch waren für den Starnberger See und nur über einen schmalen Steg erreicht werden konnten. Ben würde allerdings niemandem raten, einen Fuß auf die morschen Bretter zu setzen, es sei denn, man hatte nichts dagegen, im See zu landen.

Langsam drehte Ben sich einmal um die eigene Achse und betrachtete dann die Rückseite des Hauses. Jemand hatte eine kleine Sitzecke eingerichtet. Der Holzboden war mit einer silbergrauen Patina überzogen, die perfekt zu den Natursteinen passte, die den Bereich begrenzten. Auf dem Mäuerchen standen Kräutertöpfe und als Farbkleckse dazwischen hellblaue Vergissmeinnicht und Ranunkeln in Rot, Gelb und Orange. Im Gegensatz zum Rest des Gartens wirkten sie gut gepflegt, was die Terrasse wie eine zivilisierte Insel inmitten einer Wildnis wirken ließ.

Er war hergekommen, weil er dringend eine günstige Wohnung brauchte. Aber inzwischen hatte das Apartment eine noch höhere Anziehungskraft auf ihn, weil es in diesem Haus lag. Zu dem dieser Garten gehörte. Er musste hier einziehen. Weil er in – und an – diesem kleinen Park arbeiten wollte. Ben hörte die Bienen und Hummeln, für die dieser Stadtdschungel das blanke Paradies war. Er konnte sich vorstellen, wie der Fliederbaum zu blühen begann und die schweren Blauregen-Trauben von ihrem Spalier hingen. Die wild wuchernden Bäume und Sträucher in der hinteren Grundstücksecke müsste man ein wenig zurückschneiden, damit mehr Sonne durchkam und die Heckenmyrthe mehr Licht abkriegte. Mohn und Purpur-Sonnenhut unter den Bäumen am Seeufer. Mehrstufige Bepflanzung um die kleine, zugewucherte Sitzbank herum, die er entdeckt hatte.

Er sah seinen nassen, in diesem Zustand ziemlich zotteligen Hund auf der Terrasse hinter dem Haus. Schwanzwedelnd saß er auf dem grauen Holzboden und betete eine riesige orangefarbene Katze an, die hinter der Fensterscheibe saß und auf ihn herabschaute. *Garfield in natura*, ging es Ben sofort durch den Kopf.

»Komm jetzt, Poldi«, rief Ben leise. »Lass uns hier verschwinden.« Er hatte ein schlechtes Gewissen, weil er einfach so Hausfriedensbruch begangen hatte. Andererseits hatte er auf diese Weise den Garten entdeckt und herausgefunden, dass er unbedingt hier wohnen wollte. Jetzt musste er nur noch einen guten Eindruck auf die Vermieter machen und hoffen, dass er dieser doch etwas schrägen Annonce gerecht werden konnte. Er dachte noch einmal über die Anforderungen nach, als Poldi sich auf der Terrasse aufrichtete und die Ohren spitzte. Im nächsten Moment sprintete er davon, ohne auf Bens »Bleib hier« zu reagieren.

Ben folgte ihm, aber als er um die Hausecke bog, hatte Poldi die Frau im Hosenanzug bereits begrüßt. Auf seine Weise. »Mist«, murmelte Ben und verzog innerlich das Gesicht. Falls diese Frau hier was zu sagen hatte – und so sah sie aus –, hatte sein Hund ihre Chancen, hier einziehen zu dürfen, nicht gerade verbessert.

Poldi hatte die Frau völlig überrumpelt – und sie sah nicht begeistert aus. Okay, von einem jungen, aber riesigen Hund angesprungen zu werden, mochte niemand. Aber sie wirkte zum einen nicht nur wie eine Hundefeindin, sie hatte auch etwas Steifes, Distanziertes an sich. Trotzdem faszinierte sie Ben irgendwie. Selbst wenn sie sich gerade aufrichtete, was sie tat, nachdem die Rosendornen ihre Frisur und Jacke freigegeben hatten, reichte sie ihm nicht einmal bis zum Kinn. Die Haare, die von den Rosen in Mitleidenschaft gezogen worden waren, standen wie kleine, kupferfarbene Federn von ihrem Hinterkopf ab. Ihre Figur erinnerte an eines dieser sexy Pin-up-Girls aus den Fünfzigerjahren. Ben war sich sicher, dass der strenge Hosenanzug diesen Eindruck aufheben sollte – seiner Meinung nach unterstrich das Outfit diesen Effekt allerdings eher.

Nicht, dass er der Frau das sagen würde – Felicia Sommerfeldt. Sie hatte sich zwar nach Poldis wilder Begrüßung mit knirschenden Zähnen vorgestellt, ihn inzwischen aber schon mehrmals aufgefordert, endlich von ihrem Grundstück zu verschwinden. Und sie verlangte, dass er per Mail auf ihre Annonce antwortete. Aber in ihren Augen konnte er schon jetzt lesen, dass sie nicht an Poldi und ihn vermieten würde.

Was in der Anzeige stand, schienen nun doch nicht die Anforderungen zu sein, um hier einziehen zu können. Eher das Gegenteil. Vielleicht hatte Paul sich hier auch einen kleinen Spaß mit ihm erlaubt. Trotzdem: So schnell würde Ben nicht aufgeben. Er war ein Kämpfer. Und wenn der Kampf fair war, hatte er auch kein Problem damit zu verlieren. Aber das hier war eine Situation, die alles andere als fair war. Er hatte nur mal einen Blick auf das Haus werfen wollen. In seinen erdverschmierten Jeans, Arbeitsstiefeln und seinem Kapuzenshirt, mit dem er heute zu allem Übel auch noch an der Spitze eines Metallspaliers hängen geblieben war und ein Loch hineingerissen hatte. Dazu Poldis rüpelhafter Auftritt. Aber dieser Garten … Er schluckte, als sich Felicia Sommerfeldt schließlich zur Tür umwandte und nicht einmal auf sein Angebot einging, den Garten kostenlos wieder herzurichten. Er war ein ehrlicher Typ, und der Gedanke, der ihm durch den Kopf ging, kratzte ein wenig an dieser Charaktereigenschaft. Ein winziges bisschen. Er würde Felicia Sommerfeldt damit nicht schaden. Schließlich bekam sie einen vorbildlichen Mieter – na gut, mit einem leicht übermütigen, wasserverliebten Hund –, der ihren Garten in ein Paradies verwandeln würde. Manchmal heiligte der Zweck eben die Mittel, redete er sich seinen Schachzug selbst schön.

Seine potenzielle Vermieterin schien jedenfalls ziemlich an ihrem Mandelbäumchen zu hängen und sah ihn mit ängstlich aufgerissenen Augen an, als er die Spitzendürre erwähnte. Was das betraf, hatte er nicht gelogen. Er hatte im Vorbeigehen gesehen, dass es diese Pflanze erwischt hatte. Allerdings war das halb so dramatisch, wie er es darstellte. Ohne die Worte auszusprechen hatte er Felicia suggeriert, dass sich die Baumkrankheit in ihrem gesamten Garten ausbreiten würde. Tatsächlich ließ sich die Monilia aber mit ein paar gezielten Schnitten an den betroffenen Ästen beheben. Bevor Felicia das googeln und herausfinden würde, dass sie das Problem leicht selbst lösen konnte, würde Ben sie dazu bringen, ihm die Wohnung zu vermieten. »Ich kann ihn retten«, sagte er zu ihrem Rücken, als sie sich wieder zu ihrem Mandelbaum umdrehte. »Wenn ich hier wohne, vor Ort bin, wird das schon wieder. Ich werde mich gleich morgen früh um die Monilia kümmern. Versprochen.« Felicia antwortete nicht und starrte über ihr Bäumchen hinweg auf den See hinaus. Also schob Ben ein »Wollen Sie mir die Wohnung zeigen?« hinterher.

3

Ben hatte es geschafft. Poldi und er betraten hinter Felicia Sommerfeldt das Haus. In dem Moment, in dem sie das Licht in dem kühlen, dämmrigen Hausflur einschaltete, wurde ihm wieder bewusst, was sein eigentliches Anliegen war: Er brauchte eine bezahlbare Bleibe. Zumindest so lange, bis sein Geschäft einigermaßen lief. Sein Cousin Sam beschwerte sich nicht, dass er auf seiner Couch pennte. Sie hatten sich schon immer sehr nahe gestanden, und es machte Spaß, zusammen Bundesliga zu schauen oder Playstation zu zocken. Nicht nur Sam war großzügig, auch Bens Onkel Jo und seine Tante Tessa, die ihn in ihrer Gärtnerei ein und aus gehen ließen und für jedes Projekt ein gutes Pflanzenangebot machten. Alle drei hatten ihm und seiner Firma zum bestmöglichen Start verholfen, nachdem er mit vierunddreißig endlich aus der Studenten-WG ausgezogen war. Aber er wollte diese Großzügigkeit nicht länger als notwendig ausnutzen. Er wollte also nicht nur den Garten – er brauchte auch die Wohnung.

»Ich weiß nicht, ob sich Ihr Hund mit meiner Katze verträgt«, holte Felicia ihn aus seinen Gedanken.

»Poldi ist mindestens so umgänglich wie ich«, ließ er seinen Charme spielen und hoffte, dass sein Hund es genauso machte. Als er sich nach ihm umblickte, konnte er ihn nirgends entdecken. Ben sprach ein stilles Stoßgebet, dass Poldi sich nicht gerade ausgerechnet mit diesem Garfield anlegte, den er durch das Fenster gesehen hatte. Denn dann hätten sie beide vermutlich wirklich keine Chance mehr, hier einzuziehen.

Felicia schien gegen seinen Charme immun zu sein. Ihr Blick sagte deutlich, dass sie ihn kein bisschen für umgänglich hielt. »Kommen Sie«, forderte sie ihn auf. »Ich zeige Ihnen das Haus.«

Ben blickte sich noch einmal um. »Ist das eine Knittl-Villa? Von außen sah sie so aus.« Auch wenn die bunten Kleiderhaken neben den beiden Türen auf der linken Seite des Flurs merkwürdig weit unten hingen, was wirklich eher an eine Schule als ein Herrenhaus erinnerte. Von außen war der Stil jedoch unverkennbar gewesen. Zierfachwerk, das keinem statischen Zweck diente. Ornamente, die die Giebel schmückten, und Laubsägearbeiten an den Holzbalkonen im zweiten Stock.

»Nicht von Baumeister Knittl selbst«, sagte Felicia. »Aber sie ist seiner Bauweise nachempfunden. Das Haus wurde 1873 von einer Familie von Kaufleuten erbaut.«

»Dann haben hier geschäftstüchtige Starnberger gelebt. Ich habe gehört, dass es eine alte Schule gewesen ist«, konnte sich Ben seine Feststellung nicht verkneifen.

Felicia hob den Kopf und lächelte ihn an. Zum ersten Mal, seit sein Hund sie überfallen hatte. Und, verdammt, ein Lächeln stand diesem schönen Gesicht mit den großen, blaugrünen Augen gut. »Das war das Haus tatsächlich mal und ist es auf gewisse Weise immer noch. Ich weiß nicht, wie es in die Hand des Freistaates gelangt ist, aber in den Sechzigerjahren wurde die Villa zu einer Volksschule umfunktioniert und wurde später zu einer Mittelschule. Bis diese in den Achtzigerjahren aus allen Nähten zu platzen drohte und der neue, deutlich modernere Schulkomplex gebaut wurde. Meine Großtante war hier Lehrerin, genau wie ihr Mann. Nachdem die Schule geschlossen wurde, hat sie das Haus gekauft und diesen Teil hier unten«, sie wies auf die Türen links von ihm, »zu einer Kochschule umfunktioniert. Dieser Raum hier vorn würde sich für Festempfänge wie Hochzeiten oder Familienfeiern eignen, aber ich konnte ihn noch nicht auf Vordermann bringen.«

Ben zog die Tür weit genug auf, um einen Blick in den Raum zu werfen, der ein einziges Chaos aus Gerümpel beherbergte.

»Meine Großtante ist vor zwei Monaten gestorben und hat mir das Haus vererbt.« Unbehaglich rieb sich Felicia über die Arme. »Aber für mich alleine ist es viel zu groß.«

»Dein Verlust tut mir leid«, sagte Ben. Zu spät wurde ihm bewusst, dass er einfach zum Du übergegangen war.

»Danke«, murmelte sie. »Lass uns mit der Besichtigung weitermachen.«

Ben hatte den Eindruck, dass sie noch sehr unter ihrem Verlust litt. Das war also mit Sicherheit nicht der richtige Zeitpunkt nachzubohren, auch wenn er die Sache mit der Kochschule interessant fand. Es erklärte das verblichene Schild am Tor, *Küchennachhilfe* hatte darauf gestanden. »Was ist hinter dieser Wand?«, fragte er und klopfte mit den Fingerknöcheln gegen den Putz rechts neben sich.

»Das ist eine kleine Bücherei. Leona, meine Großtante,

hat sie geöffnet gelassen, nachdem die Schule dichtgemacht hat. Die Nachbarn kommen noch immer, holen sich etwas zum Lesen und bringen hin und wieder auch mal eine neue Bücherspende vorbei. Der Raum ist nur Donnerstagnachmittag geöffnet. Du kannst dich gerne bedienen, wenn du etwas zum Lesen suchst.« Sie drehte sich wieder um und wies auf die Tür hinter der Treppe, die ins Obergeschoss führte. »Da hinten wohne ich. Das ist die ehemalige Hausmeisterwohnung.«

Ben führte sich den Grundriss des Hauses vor Augen. Dann gehörte die kleine Terrasse mit der Natursteinmauer zu ihrer Wohnung.

Felicia nahm die Treppe in Angriff, bevor Ben einen Blick in die Kochschule werfen konnte. »Ich vermiete insgesamt drei Wohnungen, die sich alle hier oben befinden.«

»Drei?« Ben versuchte sich wieder an seinem charmanten Lächeln. »Und ich bin wirklich der Erste? Dann kann ich mir ja eine aussuchen.«

*

Gerade hatte Felicia noch darüber nachgedacht, wie sie Ben Lindner loswerden konnte, und im nächsten Moment hatte er versprochen, ihr Mandelbäumchen zu retten. Und noch einen Augenblick später zeigte sie ihm das Haus und war mit ihm per Du. Sie war sich noch immer nicht sicher, ob es eine gute Idee war, ihn als künftigen Mieter in Betracht zu ziehen. Sein Hund war irgendwo in den Tiefen der alten Schule verschwunden, kaum dass sie die Tür geöffnet hatte. Sie schwor sich, dass sie Ben trotz allem in jedem Fall ablehnen würde, wenn dieser Poldi ihrer Elfriede Angst machte. »Zwei Apartments liegen im ersten Stock, eins im zweiten«, erklärte sie, als sie die knarzenden, ausgetretenen Holztreppen hinaufstieg, über die jahrzehntelang so viele Kinderfüße hinauf- und hinuntergerannt waren. »Hier rechts liegt das ehemalige Rektorenzimmer. Das wird für kleinere Events genutzt. Ein Bekannter bietet hier Whiskey-Tastings und Weinproben an«, erklärte sie auf Bens neugierig hochgezogene Augenbrauen hin.

Natürlich ließ er es sich nicht nehmen, die Tür zu öffnen und den Kopf hineinzustecken. »Wow«, hörte sie ihn beeindruckt sagen, bevor er die Tür ganz aufzog und den Raum betrat. »So hat das Büro meiner Rektorin nicht ausgesehen.«

»Das du vermutlich gut kanntest, weil du viel Zeit dort verbracht hast?«

»Hey.« Ben drehte sich zu ihr um und grinste sie an. »Du hast ja Humor.«

»Das war Ironie«, korrigierte Felicia ihn.

»Eine Form von Humor«, gab er zurück, betrachtete aber bereits die dunklen Kirschholz-Regale, die mit alten Wälzern gefüllt waren. Mit den Fingern trommelte er auf der Lehne eines der ledernen Clubsessel.

»Du solltest dich auf jeden Fall zu einem dieser Tastings anmelden«, sagte Felicia und wischte ein paar Staubpartikel von dem Regalbrett, auf dem eine komplette dreißigteilige Brockhaus-Enzyklopädie aufgereiht stand. »Sie nennen sich ›Termin beim Direktor‹.«

Er zeigte mit dem Finger auf sie. »Ironie, ich weiß. Aber trotzdem lustig.«

»Na komm.« Felicia drehte sich um und verließ das Zimmer. »Eine Wohnung ist hier vorn, die andere da hinten. Dazwischen liegt das ehemalige Lehrerzimmer. Aber ich warne dich. Das ›in die Jahre gekommen‹ in der Anzeige war ernst gemeint.«

Ben antwortete nicht. Er hatte den Kopf bereits durch die Tür des ersten Apartments gesteckt. Dann öffnete er die Tür zum Lehrerzimmer. »Habe ich mir auch anders vorgestellt«, sagte er, als er die Tür wieder schloss.

»Hier haben es sich die Handwerker, die die Klassenzimmer in Wohnungen umgebaut haben, in ihren Pausen immer ein bisschen gemütlich gemacht«, entschuldigte Felicia das Lehrerzimmer, das ein bisschen an eine Chill-out-Area erinnerte, allerdings im Stil der Achtzigerjahre.

Ben war schon weitergegangen und hatte die letzte Tür auf der linken Seite geöffnet. Anders als bei den Räumen davor, war er hier sofort im Zimmer verschwunden. Felicia folgte ihm und fand ihn auf dem verglasten Balkon, auf dem neben einem zerbrochenen Klappstuhl nur ein altes, verschnörkeltes Metallregal stand, von dem die weiße Farbe abblätterte. Außer ein paar leeren Blumentöpfen war hier nichts zu finden.

Ben hatte die Hände in die Hüften gestützt und sah sich um. »Das ist es«, hörte sie ihn murmeln. Dann schien ihm wieder einzufallen, dass er nicht allein war, und er drehte sich zu ihr um. »Ein Wintergarten? Das ist ja der Hammer.«

»Hier wurde früher Biologie unterrichtet«, erklärte Felicia ihm, dass es sich schlicht um eine zweckmäßige bauliche Veränderung handelte. »Der Balkon wurde verglast, damit hier auch im Herbst und Winter noch Pflanzen gezogen und in den Unterricht einbezogen werden konnten.«

»Und genau das werde ich auch machen.« Ben strahlte über das ganze Gesicht.

Felicia konnte sich nicht dagegen wehren und erwiderte das Lachen. »Biologieunterricht geben?«, fragte sie, erstaunt über sich selbst. Wo war ihre Abneigung gegen diesen Mann geblieben? Wahrscheinlich hatte er sie mit seiner Begeisterung über das Haus und sein Wissen über Knittl völlig eingenommen. Aber das war ja genau das, was sie wollte. Einen Mieter, der das alte Haus zu schätzen wusste, auch wenn die Wohnung nicht so komfortabel war wie die Apartments in diesen neu hochgezogenen Wohnkomplexen.

»Pflanzen ziehen. Dieser Balkon ist absolut perfekt dafür.«

Felicia war sich nicht sicher, ob er das immer noch dachte, wenn im Sommer die Sonne mit voller Wucht auf das Glas knallte. »Du möchtest hier einziehen?«, fragte sie vorsichtshalber noch einmal nach. Obwohl er sie völlig überrumpelt hatte, fühlte sie, wie sich langsam ein wenig Erleichterung in ihr breitmachte. Ben wirkte anständig. Er war Landschaftsarchitekt, also würde es keine Probleme mit der Miete geben. Und wenn sie bereits eine Wohnung vermietet hatte, musste sie sich nur noch zweimal in diese stressige Situation begeben, sich für einen Mieter zu entscheiden.

»Auf der Stelle«, sagte er.

»Wahrscheinlich hast du eigene Möbel«, sagte Felicia. »Aber wenn du noch etwas brauchst, kannst du dich in den Abstellräumen und dem Keller gern bedienen.« Sie wand sich zur Treppe um. »Allerdings kann ich dir die Wohnung wirklich nur vermieten, wenn es keine Probleme zwischen deinem Hund und meiner Katze gibt. Elfriede bewegt sich ziemlich frei im ganzen Haus.«

Ben tat so, als lausche er angestrengt. »Ich kann weder einen knurrenden Hund noch eine fauchende Katze hören.«

»Lass uns lieber nachsehen.« Felicia kehrte ins Erdgeschoss zurück. Die Tür zu ihrer Wohnung stand einen Spalt offen. Wofür Bens Hund verantwortlich sein konnte. Allerdings schaffte das auch Elfriede, wenn sie auf die Klinke sprang.

Felicia schob die Tür ganz auf und betrat ihre Wohnung. Sie entdeckte die Tiere sofort. Elfriede saß auf einem ihrer Lieblingsplätze, der Fensterbank neben der Hintertür, die auf ihre Terrasse führte. Poldi saß auf dem Boden, die Vorderpfoten ebenfalls auf der Fensterbank abgelegt, sodass sein Kopf neben ihrem war. Einträchtig hockten sie so da und betrachteten eine Amsel, die über die Natursteinmauer ihres Gartens hüpfte.

»Damit dürfte der Deal wohl besiegelt sein«, sagte Ben hinter ihr. Er blickte ihr über die Schulter, und Felicia konnte seinen Duft wahrnehmen. Baumwolle und Erde. Gemischt mit dem Geruch von frisch gemähtem Gras.

Langsam atmete sie aus. Ben hatte recht. Offenbar hatte sie gerade die erste ihrer drei Wohnungen vermietet.

*

Bens Cousin Sam schimpfte wie ein Kesselflicker, als sie Bens wenige Möbel aus seinen Studenten-WG-Zeiten, seine Aktenordner und die Kartons mit Materialproben in den ersten Stock der alten Schule hinaufschleppten. Aber die Wohnung beeindruckte ihn, das konnte Ben an dem Ausdruck im Gesicht seines Cousins sehen. »Schiefe Wände und unebene

Böden«, brummte Sam. »Aber ganz schön viel Charakter. Diese Wohnung ist ein echter Glücksgriff. Zumindest könnte es ein Schmuckstück werden, mit ein wenig Farbe und ein paar mehr Möbeln, als du im Moment hast. Aber dieses Bad«, er warf einen Blick in die winzige, äußerst spartanische Nasszelle und schüttelte den Kopf, »ist wirklich erbärmlich.«

Ben zuckte mit den Schultern. In Bezug auf das Bad hatte in der Annonce im Starnberger Merkur auf jeden Fall die Wahrheit gestanden. Das Bad in seiner letzten WG war deutlich größer gewesen als das hier, aber da seine Mitbewohner ein ambivalentes Verhältnis zum Putzplan gehabt hatten, genoss er es, dieses picobello saubere Bad ganz für sich allein zu haben, ganz egal, dass das warme Wasser nur ein Rinnsal war und sich außer der schmalen Dusche, einem Waschbecken und der Toilette nichts in diesem Raum befand.

»Nicht einmal eine Halterung für Handtücher oder Klopapier gibt es hier«, ergänzte Sam seine Beobachtungen.

Ben war es egal, dass er die Klopapierrolle auf das Fensterbrett stellen musste. »Dafür ist dieser Wintergarten ein absoluter Traum.« Er hatte die Pflanzen, die er aus allen Teilen der Welt mitgebracht oder aus Samen und Setzlingen selbst gezogen, gehegt und gepflegt hatte, auf die steinerne Balkonbrüstung und in das alte Metallregal gestellt.

»Kein Widerspruch.« Sam grinste. Sie sahen Poldi dabei zu, wie er sein großes, graues Hundekissen so lange schob und zog, bis er es auf dem ausgeblichenen Holzboden des Balkons platziert hatte, wo er jetzt sein erstes Nickerchen im neuen Zuhause hielt. »Poldi hat sich jedenfalls schon den besten Platz ausgesucht. Na los.« Er schlug in die Hände. »Bauen wir dein Bett auf.«

Sam behielt recht mit seiner Bemerkung über den Boden. Sie benötigten ganz schön viel Pappe, die sie unter den linken hinteren Bettfuß schoben, damit das Bett einigermaßen gerade stand.

Felicia hatte Ben angeboten, sich bei den Möbeln zu bedienen, die noch in den Abstellräumen herumstanden. Also stellten sie zwei alte Schulbänke zu einem Esstisch zusammen, was bei Sam zu einem Heiterkeitsausbruch führte, weil sie, genau wie die Stühle, viel zu niedrig für erwachsene Männer waren.

»Vorerst geht es«, verteidigte Ben die Kombination. »Ich kann mir ja bei Gelegenheit was Neues zulegen. Obwohl … irgendwie mag ich es, so wie es ist.« Mit den Zeigefingern vollführte er einen kleinen Trommelwirbel auf der Oberfläche eines Tisches, an dem sich vermutlich Generationen von Kindern durch Klassenarbeiten und Diktate gequält hatten. Mit dem dunkelblauen Sitzsack statt einer Couch (weil die nie in sein WG-Zimmer gepasst hätte) gab seine neue Bleibe ein etwas schräges Bild ab. Alter Krempel kombiniert mit seinem supermodernen Schreibtisch und einer winzigen Küchenzeile. Und ansonsten sehr viel Platz.

Sie bauten Bens Arbeitsplatz und seine Computerbildschirme an der gegenüberliegenden Wand auf, an der sie auch seine riesige Pinnwand aufhängten. In den weißen Billy-Regalen, die schon ein paarmal mit Ben umgezogen waren, verstauten sie seine Unterlagen, und eine weitere Schulbank bildete die Unterlage für Bens Modell eines begrünten Stadtviertels, über das er seine Masterarbeit geschrieben hatte.

»Noch ein wenig übersichtlich, aber ich kann das Potenzial erkennen«, bediente sich Sam der Worte, die seine Mutter Tessa für diese Wohnung gewählt hätte, als er schließlich Bens Schreibtischstuhl in den Raum gerollt hatte. »Ich bin gespannt auf den Garten.«

Ben führte seinen Cousin herum, diskutierte mit ihm Bepflanzungs- und Rodungsideen, eben ganz die zwei Garten-Nerds, die sie nun mal waren. Sie warfen ein paar Bälle für Poldi, der sie nur holte, wenn sie im Wasser landeten, damit sich der Spaß auch lohnte. Er ließ es sich nicht nehmen, das Apportieren mit einem kleinen Schwimmtraining zu verbinden und sich dann ausgiebig zu schütteln, sobald er aus dem Wasser kam und wieder neben ihnen stand.

Ben wollte Felicia, die ihm erzählt hatte, dass sie noch arbeiten müsse, nicht stören, indem sie sich unnötig lange im Garten herumtrieben. Also tranken Sam und er das Bier, das sich sein Cousin für die Umzugshilfe verdient hatte, auf den zwei Treppenstufen, die zur Haustür führten. Um in Bens neuer Wohnung herumzusitzen, war dieser milde Frühlingsabend jedenfalls viel zu schön.

»Was ist mit den Ausschreibungen?«, fragte Sam, nachdem sie angestoßen hatten und auf Bens Pläne zu sprechen gekommen waren. »Hast du schon irgendwas gehört?«

»Leider noch nicht.« Ben trank einen Schluck Bier und lehnte sich dann zurück. Den Unterarm auf die Treppenstufe hinter sich gestützt sah er Poldi dabei zu, wie dieser am Gartentor herumschnüffelte. Er hatte sich für drei große Landschaftsarchitektur-Projekte beworben. Wenn er auch nur eines bekommen würde, wäre er zumindest die Sorge los, wie er sich die nächsten Monate über Wasser halten sollte. »Die Ausschreibungen sind abgeschlossen, aber sie haben sich noch nicht gemeldet.«

»Sie müssen dich einfach nehmen«, sagte Sam mit Nachdruck. »Besonders diese hippen Jungs aus München. Das sage ich jetzt nicht, weil wir verwandt sind, sondern weil du einfach unschlagbar bist, wenn es um das Begrünen von Gebäudefassaden und Dächern geht.«

Ben hoffte, dass Sam recht behielt und er den Zuschlag bekam. Er hatte verdammt viel Zeit in den Begrünungsentwurf für die Dachterrasse von *No Limits*, einem Münchener Start-up, investiert. Ganz abgesehen davon, dass diese Form der Gestaltung sein Steckenpferd – und nicht zu vergessen: die Zukunft – war. Und er brauchte den Auftrag für sein Portfolio. Seit seinem Studienabschluss konnte er noch nicht viel vorweisen. Die Bepflanzung eines Kindergartens war mit Sicherheit nichts, womit er große Auftraggeber an Land ziehen konnte. Die anderen beiden Projekte, für die er einen Vorschlag eingereicht hatte, die Parkanlage einer Villa und der zentrale Platz einer Neubausiedlung, würden sich in seiner Reputation auch gut machen. Aber sein Herz schlug am heftigsten für das Bürogebäude in München.

Als hätte Sam seine Gedanken gelesen, schlug er ihm auf die Schulter. »Du bekommst den Auftrag«, sagte er noch einmal fest. »Wenn diese Start-up-Typen erst einmal mit dem kleinen Paradies auf ihrem Dach angeben, werden die drum herum auch eins wollen und nachziehen.«

Ben seufzte. »Das wäre ein fantastischer Dominoeffekt.« Und ein wirklich schöner Traum. So weit wollte er jedenfalls im Moment überhaupt noch nicht denken. Wenn er es schaffte, eines der Projekte an Land zu ziehen, wäre er ein glücklicher Landschaftsarchitekt. Er wollte noch einen Schluck Bier trinken, verharrte jedoch, die Flasche auf halbem Weg zu seinem Mund, als er den Typen sah, der durch das offene Hoftor trat und direkt auf sie zuschlurfte.

»Was …?«

Sam sog theatralisch den Duft ein, der vor dem Kerl herwehte. »Noch ein Pflanzenfreund«, kommentierte er die deutliche Marihuanafahne trocken. Sie passte perfekt zu der Bongo-Trommel, die der Typ unter dem Arm hielt, der Mütze in Jamaica-Farben und den Rasta-Locken.

»Jo, Leute«, grüßte er sie. »Hier soll eine Wohnung frei sein.« Er sprach ein wenig schleppend.

Ganz egal, was in der Zeitungsannonce stand oder was Felicia sich tatsächlich von ihren Mietern wünschte: Das hier war bestimmt nicht, was sie suchte. »Tut mir leid, Kumpel«, sagte Ben. »Die Wohnung ist schon weg.«

»Echt jetzt, Alter?« Der Kiffer ließ die Schultern hängen. »Die war doch noch gar nicht auf dem Markt.«

Ben zuckte entschuldigend mit den Schultern. »Sorry Mann. Du weißt ja, wie das ist. Kaum entscheidest du dich zu vermieten …« Er schnippte mit den Fingern, was den Typen aus seiner Trance riss, denn er zuckte zusammen, und seine Trommel schlug mit einem unschönen Geräusch auf dem Boden auf.

»Schon klar, Alter.« Der Typ nickte und hob umständlich seine Trommel auf. »Hare Krishna.« Er tippte sich an die Mütze und stolperte davon.

»Ja, dir auch«, murmelte Sam und grinste in sein Bier.

Der Kiffer war erst ein paar Meter die Straße hinaufgewankt, als eine Joggerin an ihm vorbeilief und ebenfalls geradewegs auf das Haus zuhielt. Deutlich zielbewusster und fokussierter als ihr Vorgänger. In dem Moment, in dem sie das Tor erreichte, hielt ein bunt gestreifter Mini-Van neben ihr, und eine weitere Frau sprang heraus.

Die Joggerin blieb vor Ben und Sam stehen. »Vermietet ihr eine Wohnung?«, fragte sie und blickte zu der Frau aus dem gestreiften Van hinüber, die Farben offenbar liebte. Denn sie fuhr nicht nur ein sehr grelles Auto, sie trug zu ihren roten Ballerinas einen bunt geblümten Rock. »Bist du auch wegen der Besichtigung hier?«

»Wie kommt ihr drauf, dass hier eine Wohnung frei ist?«, wollte Sam wissen und musterte die beiden Frauen neugierig. Sie waren etwa in ihrem Alter. Die Joggerin groß, mit kurzen, engen Lauftights. Die dunklen Haare zu einem schlichten Pferdeschwanz zurückgebunden. Die andere war fast einen Kopf kleiner und hatte ihre blonden Haare zu zwei Zöpfen geflochten. Unterschiedlicher konnten sie nicht sein, sah man einmal von dem gleichen, zutiefst entschlossenen Ausdruck in ihren Augen ab.

»Ich habe meine Quellen«, sagte die Joggerin.

Die Bunte nickte nur. Sie ging in die Hocke, als Poldi zu ihnen herüberschlenderte, und kraulte ihn unter dem Kinn. Die Große beugte sich herunter und streichelte ihn zwischen den Ohren.

Sie mochten seinen Hund. Das brachte den Frauen per se Pluspunkte. »Die Quelle ist Paul vom *Starnberger Merkur*«, sprach Ben seine Vermutung aus. »Was hat er euch für den Tipp abgeknöpft?«

»Ich hatte noch einen Gefallen gut bei ihm«, antwortete die Joggerin. »Habe ihm neulich einen Platten an seinem Fahrrad repariert.«

Die Blonde lachte. »Und ich muss übermorgen babysitten. Er soll eigentlich auf seinen Neffen aufpassen, hat aber Karten für das Champions-League-Spiel, zu dem er mit seiner Freundin gehen will.«

Ben schüttelte grinsend den Kopf. »Ich glaube, ihr seid besser weggekommen als ich. Mich hat der Tipp fünfzig Euro gekostet.« Darüber, was Paul von dem Kiffer bekommen hatte, wollte er lieber nicht nachdenken.

»Ah«, machten die Frauen unisono. Die Bunte ließ den Kopf hängen, während die Joggerin ihren in den Nacken legte und langsam ausatmete. »Dann ist die Wohnung also schon weg«, stellte sie fest, als sie Ben wieder ansah.

»Meine schon.« Ben zwinkerte ihnen zu. »Aber es gibt zwei weitere, die im Moment noch frei sind.«

»Cool. Können wir sie sehen?«

»Super. Kannst du sie uns zeigen?«

Wieder hatten die Frauen gleichzeitig gesprochen.

»Ich bin übrigens Jule«, sagte die Joggerin.

»Und ich Lina.« Die Kleinere winkte in die Runde.

»Ben. Und das ist mein Cousin Sam. Er hat mir beim Umzug geholfen.«

»Also«, begann Jule noch einmal. »Können wir die Wohnungen sehen?«

»Na ja, ich bin ja nicht der Vermieter.« Ben zuckte mit den Schultern. Felicia war ziemlich eigen, was ihre Vermietungs-Strategie anging. Aber die beiden hier sahen doch wirklich ganz vernünftig aus. Er versuchte, die Frauen aus Felicias Excel-Tabellen-Blickwinkel zu betrachten, konnte aber keinen Grund finden, aus dem sie Jule und Lina ablehnen sollte. Also stellte er sein Bier zur Seite und stand auf. »Was soll's. Ansehen können wir sie uns ja mal.«

Sam warf ihm einen Seitenblick zu. »Glaubst du, dass das eine gute Idee ist? Bei dem, was du über deine Vermieterin erzählt hast, wird sie davon mit Sicherheit nicht begeistert sein.«

»Ist sie der Haken an der Wohnung? Einen anderen konnte ich nämlich bis jetzt nicht erkennen«, fragte Lina.

»Nein.« Ben schüttelte den Kopf. »Sie ist echt cool.« Was nicht so ganz stimmte. Aber vielleicht war sie lockerer, wenn es darum ging, Frauen in diese alte Schule einziehen zu lassen. »Es ist nur das erste Mal, dass sie vermietet. Sie hat sich eine Liste gemacht, die sie abhakt. Aber ich kann mir vorstellen, dass ihr die Vorgaben erfüllt.«

»Ach ja, dieses komische Partyding aus der Anzeige«, bestätigte Jule, dass Ben nicht der Einzige war, dem Paul die Annonce so geschildert hatte.

»Das war wohl ein Missverständnis. Die Vermieterin sucht eher ruhige Mieter, die keine Probleme verursachen.«

»Wunderbar.« Lina hob in einer unschuldigen Geste die Hände. »Dann bin ich wie gemacht für eine dieser Wohnungen. Wie sieht es bei dir aus?«, fragte sie die andere Frau, Jule.

»So was von.« Jule rieb sich die Hände. »Das wäre ein echtes Wunder, wenn wir es schaffen sollten, hier eine bezahlbare Wohnung zu ergattern.«

4

Felicia schickte den fertiggestellten Buchhaltungsauftrag an ihren Chef und klappte den Laptop zu. Sie hatte vor einer Weile gesehen, wie Ben mit einem weiteren Mann und seinem Hund im Garten herumgelaufen war – was an ihrer Konzentration für die Arbeit gezerrt hatte. Nicht, weil sie laut gewesen wären oder sich irgendwie falsch verhalten hätten. Es war einfach die Anwesenheit anderer Menschen. Noch immer erwartete Felicia, ihre Großtante Leona zu sehen, wenn sie den Kopf von ihrem Laptop hob. Wie sie auf der Terrasse stand, ihre Kräutertöpfe goss, trockene Blätter von ihren Blumen zupfte. Stattdessen lief ein fremder Mann hier herum, der jetzt ihr Mieter war.

Ben hatte sie überrumpelt. Trotzdem hatte sie sich ihm gegenüber ganz schön ruppig verhalten. Dabei war die alte Schule schon immer ein gastfreundliches Haus gewesen – und sollte es bleiben, auch wenn Felicia jetzt allein die Verantwortung dafür trug. Außerdem bedeutete Ben zumindest eine sichere Einnahmequelle, die ihr über die nächste Zeit helfen würde. Vielleicht sollte sie ihn in seinem neuen Zuhause willkommen heißen. So machte man das doch unter Nachbarn. Sie erhob sich und ging in die Kochschule, die ihrer Wohnung gegenüberlag. Ihrem liebsten Platz im gesamten Haus. Leona und sie hatten erst vor ein paar Jahren richtig Geld in die Hand genommen, einen Durchbruch zwischen zwei ehemaligen Klassenzimmern geschaffen und die Profiküche einbauen lassen, mit der Mimi in der Wohnungsannonce warb. Sie strich mit den Fingerspitzen über die blitzblank geputzte Oberfläche der riesigen Kücheninsel, die den Raum dominierte und den Blick mit ihrer indirekten Beleuchtung magisch anzog. Vier Herdflächen, vier Öfen und vier Spülbecken. Hier konnten locker zehn Leute gleichzeitig werkeln und kochen. In den Küchenzeilen, die den Arbeitsplatz einrahmten, ließ sich alles finden, was man sich an Kochutensilien und lagerfähigen Lebensmitteln nur vorstellen konnte. Eine große Vitrine präsentierte die Köstlichkeiten, die sie verkauften und zu denen die Kunden gern griffen, wenn sie einen Abend in der Kochschule verbracht hatten. Von Soßen über Chutneys, Marmeladen bis hin zum Holunderblütensirup ließen sich hier jede Menge kulinarische Schätzchen finden. In der Ecke neben der verschlossenen Tür, die in den Gerümpelraum führte, den sie Ben vor ein paar Stunden gezeigt hatte, stand ihr riesiger Kühlschrank, in dem sie auch ihre persönlichen Lebensmittel lagerte. Die Zupfkuchen-Joghurts zum Beispiel, die sie für ihr Leben gern aß.

Sie suchte die Zutaten für ein Ciabatta-Brot zusammen. Während der Teig ging, trat sie durch den großen rustikalen Essbereich, an dem die Gäste die während der Kochevents selbst zubereiteten Leckereien verspeisen konnten, hinter das Haus und ging zu ihrer Terrasse hinüber. Dort erntete sie Petersilie, Schnittlauch und Kerbel und rührte sie mit fein gehacktem Knoblauch, Salz und Zitronensaft zu einem kleinen Töpfchen Kräuterbutter zusammen, das sie ihrem neuen Mieter mit dem frisch gebackenen Brot bringen wollte.

Als Felicia später die Treppe hinaufstieg, hörte sie Stimmen aus dem ersten Stock. Ben hatte also schon Gäste. Hoffentlich feierte er keine Einweihungsparty. Sie blieb stehen, atmete tief durch und wies sich selbst zurecht. Wann hatte sie sich eine so negative Grundeinstellung zugelegt? Nur weil sie hier in den letzten Wochen ein Einsiedlerleben geführt hatte, hieß das nicht, dass andere Menschen keinen Spaß haben durften. Sie freute sich für ihren neuen Mieter, dass er Freunde hatte, die mit ihm lachten. Jetzt würde sie ihm das Brot bringen, damit er es mit ihnen zusammen anschneiden und sich im alten Schulhaus willkommen und zuhause fühlen konnte.

Den Stimmen nach saßen Bens Gäste nicht in seiner Wohnung, sondern im ehemaligen Lehrerzimmer, dessen Tür offen stand. Auch das konnte Felicia nachvollziehen. Wahrscheinlich hatte Ben noch gar keine Couch und saß deshalb dort, wo er seinen Freunden auch einen Sitzplatz anbieten konnte. Vielleicht sollte Felicia ihm vorschlagen, eines der Sofas, auf denen die Maler ihre Mittagspausen verbracht hatten, in seine Wohnung zu stellen. Das alte Lehrerzimmer wurde schließlich nicht genutzt, und bis sie genug Geld zusammenhatte, um die leer stehenden Räume zu weiteren Apartments auszubauen, würden sich die Sofas sowieso in ihre Einzelteile auflösen.

»Ich hätte nicht gedacht, dass ich mich mit über dreißig noch mal in der Schule wiederfinden würde«, sagte eine Frauenstimme, als Felicia ihren Fuß auf die nächste Treppenstufe stellte. »Was warst du in deiner Schulzeit für ein Typ, Ben? … Ah, warte! Ich weiß es.« Felicia hörte eine kurze Pause und dann ein leises Lachen. »Du warst der Lässige, der nur das gemacht hat, was sein musste.«

»Oder das, was mir Spaß gemacht hat«, ergänzte Ben seine Charakterisierung. »Du warst wahrscheinlich die Revoluzzerin, Jule. Und du, Lina …«

»Everybody's Darling«, beendete eine zweite Männerstimme den Satz. Vermutlich derjenige, dem Ben vor ein paar Stunden den Garten gezeigt hat.

»Stimmt genau.« Ein Frauenlachen. »Und wie ist die Vermieterin so?«, folgte die nächste Frage.

Die Vermieterin? Felicia blieb kurz vor der offenen Tür stehen. Warum wollte die Frau das wissen? Zog Ben hier mit seiner Lebensgefährtin oder Freundin ein? Das hätte er ihr sagen müssen.

Felicia wollte sich gerade wieder in Bewegung setzen, als sie Bens Stimme hörte. »Ganz eindeutig Klassenbeste«, sagte er.

»Ui. Eine Streberin«, sagte eine der Frauen. »Obwohl, mit denen bin ich eigentlich immer ganz gut ausgekommen. Am Ende geht es ja darum, sich zu ergänzen. Hat bei mir immer super funktioniert. Und wenn es um meinen Job oder den Sport geht, werde ich inzwischen auch zur Streberin.«

»Apropos Sport. So wie du aussiehst, würde doch die Wohnung im zweiten Stock viel besser zu dir passen als die neben Ben.« Die andere Frauenstimme.

»Kein Problem. Eine Treppe mehr macht mir nichts aus. Und die Wohnung im zweiten Stock ist so groß, dass ich mein Büro gleich mit einrichten kann. Die Räume, die Ben uns hier unten gezeigt hat, sind zwar kleiner, aber dafür hast du diesen süßen Erker mit der eingebauten Fensterbank. Ich wette, das ist genau dein Ding.« Wieder eine kurze Pause, bevor sie weitersprach. »Und wenn wir die Wohnungen bekommen, können wir uns echt an dem Kram bedienen, der hier so rumsteht, und uns damit einrichten?«

»So hat es Felicia zu mir gesagt«, sagte Ben.

»Das klingt richtig gut. Bei meinem schmalen Budget im Moment kommt mir das echt entgegen.«

»Frag mich mal«, bestätigte die andere Frau. »Dann sind wir uns ja einig und müssen nur noch …«

Felicia stand da wie versteinert. Der Duft des noch warmen Brotes stieg ihr in die Nase, zusammen mit dem frischen Aroma der Kräuter und dem Geruch nach altem Wissen und verstaubten Erinnerungen. Langsam sickerte die Erkenntnis durch dieses Duftpotpourri, und sie begriff. Hier ging es nicht nur darum, dass sie von ihrem neuen Mieter als Streberin gesehen wurde. Was sie ja noch nicht mal gewesen war. Dafür war sie viel zu ruhig und verträumt gewesen. Viel zu schüchtern und in Gedanken mit dem Rosenkrieg ihrer Eltern beschäftigt, der ihre Jugendjahre dominiert hatte.

Ben hatte also nicht vor, mit seiner Frau oder Freundin hier einzuziehen. Nein, er hatte Interessenten durch die freien Wohnungen geführt. Nachdem sie ihm zu verstehen gegeben hatte, wie wichtig es ihr war, diese Entscheidungen allein und in Ruhe zu treffen.

Leona, womit hast du mich hier nur allein gelassen? Der Gedanke kam, ohne dass Felicia ihn stoppen konnte. Sie blinzelte gegen das Brennen in ihren Augen. Auf gar keinen Fall wollte sie sich schon wieder mit Ben auseinandersetzen.

Seinem selbstbewussten, einnehmenden Wesen, mit dem er glaubte, sie um den Finger wickeln zu können. Sie kannten sich jetzt wie lange? Fünf Stunden? Sechs? Und schon hatte er das Zepter übernommen und begann, Entscheidungen für sie zu treffen. Was sie daran erinnerte, wie sehr sie es hasste, wenn jemand versuchte, ihr Leben zu kontrollieren. Genau deshalb lebte sie in diesem Haus und nicht etwa in der Nähe ihrer Mutter oder ihres Vaters. Wenn sie die Kontrolle nicht an ihren charismatischen, deutlich zu selbstsicheren Mieter verlieren wollte, war jetzt der Zeitpunkt einzuschreiten.

Felicia atmete tief durch, zögerte den Bruchteil einer Sekunde. Doch dann straffte sie die Schultern und trat in den Türrahmen. *Immer die Haltung wahren* – schoss ihr das Mantra ihrer Mutter durch den Kopf. Ganz egal, wie es in ihrem Inneren aussah, nach außen musste sie etwas von der Stärke zeigen, nach der sie in ihrem Inneren gerade verzweifelt suchte. Sie atmete tief durch, was ihr etwas Kraft gab. »Guten Abend«, sagte sie dann kühl. »Sie sprechen hoffentlich nicht von den Wohnungen, die ich ab morgen vermieten werde.« Sie warf Ben einen Seitenblick zu, der bei ihrem Erscheinen erschrocken aufgesprungen war. »An Bewerber, die sich per Mail auf meine Annonce bewerben werden. Ab morgen.«

»O, hi, Felicia.« Ben fuhr sich durch den wilden Haar-Mopp. Er hatte seine Klamotten gewechselt. Sauberes T-Shirt, Jeans und Sneakers. Im Moment erinnerte er kein bisschen an den Landstreicher, dessen Hund sie überfallen hatte. Das schuldbewusste Funkeln in seinen Augen sprach allerdings dafür, dass er ganz genau wusste, dass er schon wieder eine Grenze übertreten hatte. »Das sind Jule und

Lina.« Er wies mit der Hand auf eine Frau, die ein bisschen an Dorothee aus *Der Zauberer von Oz* erinnerte mit ihren roten Ballerinas, dem geblümten Rock und den blonden Zöpfen. Sie saß auf einem Turnbock, dem irgendwann die Beine ein wenig gestutzt worden waren, und lächelte Felicia offen und freundlich an. »Ich bin Lina. Lina Kirchleitner«, stellte sie sich vor.

»Und ich bin Jule Hansen.« Die große, dunkelhaarige Frau erhob sich von der Couch. Ihr Lächeln war ebenfalls freundlich, aber Felicia spürte sofort, dass sie der Typ war, der stur seine Ziele verfolgte. Das war die Revoluzzerin, die sich mit den Strebern gut gestellt hatte, brachte Felicia das Gehörte mit der Person zusammen, die vor ihr stand.

»Sam.« Der Mann, der sich mit Ben den Garten angesehen hatte, saß neben Poldi auf dem Boden. Er hob seine rechte Hand zu einem kleinen Winken, während er mit der Linken unermüdlich durch das Fell des Hundes fuhr, der diese Zuneigung mit geschlossenen Augen genoss und Felicias Auftauchen lediglich mit einem kurzen Klopfen seines Schwanzes auf den zerkratzten Dielenboden quittiert hatte. »Ich bin Bens Cousin und habe nur geholfen, seine Sachen in die Wohnung zu schleppen. Ich will hier nicht einziehen«, fügte er vorsichtshalber hinzu, was ihm einen bösen Blick von Ben einbrachte. Felicia kam nicht umhin zu bemerken, dass die beiden Männer einige gleiche Gesichtszüge hatten, die sie als Verwandte auswiesen. Dieser Sam schien außerdem die gleichen störrischen, sandfarbenen Haare zu besitzen, nur dass seine noch länger waren als Bens und er sie sich zu einem Man-Bun zusammengebunden hatte.

»Aber wir würden gern einziehen«, sagte Jule. »Ben hat uns ein bisschen rumgeführt und uns die Wohnungen gezeigt. Das ist so cool hier.«

Lina nickte und presste ihre Hände in einer bittenden Geste vor der Brust zusammen. »Wir fühlen uns hier schon wie zuhause und würden die Wohnungen unfassbar gern nehmen.«

»Also, was sagst du? Abgemacht?« Mit einem breiten Grinsen streckte Jule ihr die Hand entgegen. »Wie kürzt man Felicia eigentlich ab? Feli oder Licie?«

»Was …?« Felicia konnte dem Tempo der Frau fast nicht folgen. Sie wurde sich bewusst, dass sie wie eine Idiotin mit ihrem Brot und der Kräuterbutter in der Tür stand.

»Also Licie«, entschied Jule.

»Stopp!«, sagte Felicia, bevor diese Frau, Jule, sie in Grund und Boden redete. Sie stellte das Brot auf ein Vortragspult, das neben der Tür abgestellt war, und ignorierte die kleine Staubwolke, die sie damit aufwirbelte. »Ben, kann ich dich mal sprechen? Unter vier Augen«, forderte sie ihren neuen Mieter mit zusammengebissenen Zähnen auf. Sie wartete seine Antwort nicht ab, sondern drehte sich um und öffnete die Tür, die ihr am nächsten lag. Das Rektorenzimmer.

Ben seufzte. »Ich dachte wirklich, dass ich das hinter mir habe. Aber kaum bin ich in eine alte Schule gezogen, werde ich zur Direktorin zitiert.«

»Möge die Macht mit dir sein«, sagte eine der Frauen leise, und Bens Cousin lachte über diesen Spruch. Felicia nicht. Das hier war schließlich nicht *Star Wars*, das war ihr Haus. Sie wartete, bis er in den Raum getreten war, zog dann die Tür hinter ihnen ins Schloss und lehnte sich mit verschränkten Armen dagegen. »Was hast du getan?«, fauchte sie.

»Ich finde die zwei super«, sagte er. »Sie sind mir einfach vor dem Haus in die Arme gelaufen. Da war auch noch ein Kiffer, aber den habe ich abgewimmelt. Ich war mir sicher, den willst du nicht hierhaben. Aber die zwei sind doch völlig okay. Das werden sicher angenehme Mitbewohnerinnen.«

»Ich suche keine Mitbewohner! Ich suche Mieter! Und zwar auf meine Weise.«

»Ja, ich weiß.« Ben ließ sich in einen der braunen Ledersessel fallen, in dem normalerweise die Gäste an den Whiskey-Proben teilnahmen. »Bewerbung per Mail und abgeglichen mit deiner Excel-Tabelle. Aber so läuft das in der Realität nicht, Felicia. Die zwei sind ein Glücksgriff. Glaub mir. Ich habe einschlägige Erfahrungen, was potenzielle Mitbewohner angeht.«

»Mieter!«, zischte Felicia.

»Gib ihnen doch wenigstens eine Chance und sieh sie dir genauer an. Meinetwegen mit deiner Excel-Tabelle.«

»Sag mir nicht, wie ich meine Mieter auswählen muss!« Sie löste sich von der Tür und machte einen Schritt auf Ben zu. Die Hände in die Hüften gestützt blickte sie auf ihn hinab. »Ich werde nicht einfach an diese beiden Frauen vermieten, nur weil du sie toll findest. Du hast ihnen Hoffnungen gemacht. Das war nicht okay.« Felicia atmete tief durch. Sie hasste Konfrontationen. Jeder Art. Aber das hier musste sein. »Du hast eine Grenze überschritten, Ben. Ich, und nur ich, werde die Mieter für dieses Haus aussuchen.«

Einen Moment sah Ben auf seine Sneakers, dann hob er den Blick. Felicia hatte keine Ahnung, was in seinem Kopf vor sich ging. Dafür musterte er sie. Länger, als ihr angenehm war. Schließlich setzte er mit einem abgrundtiefen Seufzen einen Blick auf, der dem seines Hundes glich, nachdem er sie angesprungen hatte. »Das kann ich nicht«, sagte er.

»Was soll das heißen? Du kannst das nicht?« Felicia beugte sich noch ein wenig weiter vor und kniff wütend die Augen zusammen.

»Ich kann es einfach nicht.« Ben legte mit einer ordentlichen Portion Dramatik die rechte Hand auf seinen Brustkorb. »Das bringe ich nicht fertig. Jule und Lina sind toll. Junge Unternehmerinnen, gerade erst mit dem Aufbau ihrer Firmen beschäftigt.« Er ließ seine Handfläche zweimal auf seinen Brustkorb flattern, was Felicia an die Geste von Patrick Swayze in *Dirty Dancing* erinnerte, von dem er sie wahrscheinlich geklaut hatte. »So etwas muss man heutzutage doch unterstützen. Sie haben sich so über die Wohnungen gefreut. Ich kann ihnen auf keinen Fall sagen, dass sie hier nicht einziehen können. Wenn du ihre Hoffnungen zerstören willst, musst du das schon selbst machen.«

»Das hättest du dir überlegen müssen, bevor du ihnen einfach das Haus zeigst. Wie bist du überhaupt auf die Idee gekommen, die beiden hier rumzuführen?«

»Ich habe dir echt viel Arbeit abgenommen, finde ich.« Das freche Grinsen war zurück. »Den Verrückten habe ich wie gesagt schon ausgesiebt. Und jetzt musst du dir gar keine Gedanken mehr über deine Tabelle machen. Abgesehen davon wäre es nett, wenn du meine Meinung berücksichtigst. Immerhin lebst nicht nur du mit deinen Mietern zusammen, sondern auch ich.«

»Niemand zwingt dich, hier zu wohnen.« Felicias Herz

klopfte laut und schnell gegen ihren Brustkorb. Wie sie solche Auseinandersetzungen hasste! Am liebsten würde sie einfach nachgeben und Ben seinen Willen lassen. Aber dann würde er sich vermutlich nie an das halten, was sie sich für das Haus, das immerhin ihr Zuhause war, vorstellte. »Die alte Schule gehört mir. Und sie ist keine WG. Begreif das endlich! Du hast den beiden falsche Hoffnungen gemacht. Das hättest du nicht tun dürfen, also musst du das jetzt auch wieder geradebiegen. Hier wird heute Abend jedenfalls gar nichts entschieden.« Felicia hatte die Hand bereits auf der Klinke, drehte sich aber noch einmal zu Ben um. »Wenn sie Interesse haben, können sie sich wie alle anderen per Mail bewerben.« *Oder es am besten gleich lassen*, fügte sie, innerlich noch immer wütend, hinzu. Sie musste sich zusammenreißen, um nicht in einer völlig kindischen Geste die Tür hinter sich zuzuknallen. Leise, aber mit Nachdruck zog sie sie hinter sich ins Schloss und bemühte sich, die Treppe in gemäßigten Schritten hinunterzugehen, statt zornig zu poltern. Erst als sie ihre eigene Wohnungstür hinter sich zugezogen hatte, konnte sie den wütenden Schrei nicht mehr unterdrücken.

Elfriede saß auf der Fensterbank und starrte sie an, als hätte Felicia den Verstand verloren.

*

Ben plagte sein schlechtes Gewissen. Allen gegenüber. Er konnte Felicia ja verstehen. Aber er war auch der Meinung, dass Jule und Lina wirklich gut in das alte Schulhaus passen würden. Ihre Situation ähnelte seiner. Sie waren beide gerade dabei, ihr erstes Unternehmen aufzubauen. Jule als Privat-Concierge und Lina mit einem Nanny-Service. Beide waren sie, genau wie er, auf günstigen Wohnraum in zentraler Lage angewiesen. Eine Kombination, die sich in Starnberg so leicht finden ließ wie ein Pinguin am Nordpol.

Es tat Ben leid, dass er ihnen Hoffnung gemacht hatte. Er war sich so sicher gewesen, dass Felicia erkennen würde, dass die beiden fantastische Mieterinnen abgaben. Natürlich war das alte Schulhaus keine WG im klassischen Sinne. Aber das Haus war offen. Über die eigene Wohnung hinaus konnte man zumindest einen Teil der anderen Räume nutzen. Man lief sich zwangsläufig über den Weg, in den ehemaligen Klassenzimmern genauso wie im Garten. Es war also kein Fehler, wenn man sich verstand.

Nach Felicias Wutausbruch hatte Ben Paul angerufen und gefragt, ob er noch weiteren Leuten gesteckt hatte, dass im alten Schulhaus Wohnungen frei waren. Der Zeitungsmitarbeiter hatte Stein und Bein geschworen, dass außer ihnen und seinem Kiffer-Kumpel niemand von der Annonce wusste. Zumindest bis man es am nächsten Tag im *Merkur* lesen konnte. Zudem hatte er Ben versichert, die Adresse niemandem außer ihnen verraten zu haben. Dann hatte Ben sich mit Jule und Lina zusammengesetzt und einen Schlachtplan entworfen, den sie am nächsten Morgen in die Tat umsetzen wollten, bevor Felicia andere Wohnungsinteressenten einladen würde. Jule und Lina würden sich noch einmal ganz formell bei der Vermieterin vorstellen. Sie waren sich alle drei einig, dass man einen viel besseren Eindruck hinterlassen konnte, wenn man das persönliche Gespräch suchte, statt eine E-Mail zu schreiben. Diese Taktik war einen Versuch wert. Klein beigeben gehörte zugegebenermaßen nicht zu Bens herausragenden Charaktereigenschaften.

Der Tag war eigentlich aufregend genug gewesen, um in einen tiefen, traumlosen Schlaf zu fallen. Doch statt wie Poldi auf seinem Hundekissen vor sich hin zu träumen, wälzte er sich die halbe Nacht hellwach von einer Seite auf die andere. Der Mond schien viel zu hell. Das Knarzen des alten Gebälks war ungewohnt. Irgendwann schlief er doch ein und erwachte erst, als die Sonne hell und warm durch die Fenster schien. Blinzelnd drehte er den Kopf in Richtung Wintergarten. Poldis Platz war verwaist, sein Hund war offenbar bereits auf der Suche nach seinem täglichen Abenteuer. Was auch die einen Spalt offen stehende Wohnungstür erklärte. Im Haus war es still, aber es war höchste Zeit, aus den Federn zu kriechen. Er hatte viel vor. Nachdem er im Bad gewesen war, warf er seiner Kaffeemaschine einen missmutigen Blick zu, weil er vergessen hatte, Kaffeepulver zu kaufen. Bei Felicia vorbeizuschauen und um einen Kaffee zu betteln war nach dem vergangenen Abend wahrscheinlich keine gute Idee. Wenigstens hatte er das Brot, das sie gebacken hatte, und diese Kräuterbutter, die zum Niederknien war. So musste er seine Wohnung zumindest nicht mit leerem Magen verlassen.

Als er aus dem Haus trat, machte er sich als Erstes auf die Suche nach Poldi. Sein Hund tobte am Ufer herum, als Ben um die Hausecke bog. Er versetzte ein paar Enten in Angst und Schrecken, als er mit allen vier Pfoten gleichzeitig von dem Steg, der zum Bootshaus führte, ins Wasser sprang und sie mit einem tiefen Wuff begrüßte. Hektisch flatterten sie davon und überließen Poldi das Feld, der zum Ufer paddelte, als er Ben erblickte. Mit einem glücklichen Hundegrinsen schüttelte er sich und kam dann auf ihn zugaloppiert, um sich seine morgendliche Streicheleinheit abzuholen.

»Na, mein Großer?« Ben kraulte ihn zwischen den Ohren. »Genießt du das Leben?« Der Hund hob den Kopf, damit Ben über das nasse Fell seines Brustkorbes streicheln konnte. »Ich muss dringend einkaufen, sonst verhungern wir zwei. Und dann brauche ich noch ein bisschen Werkzeug, um diesem Garten zu Leibe zu rücken. Das muss ich bei Sam holen. Kommst du mit?«

Poldi legte den Kopf schräg und sah ihn an, als verstehe er jedes Wort. Was es nicht unbedingt besser machte, dass er Dialoge mit einem Hund führte. Als ihm das bewusst wurde, drehte er sich vorsichtig um. Aber von Felicia war weit und breit nichts zu sehen. Erleichtert atmete er aus und richtete sich auf. »Los geht's«, murmelte er, doch Poldi war anderer Ansicht. Er sprintete davon, um weiter am See zu spielen.

Normalerweise hatte er kein Problem damit, seinen Hund einfach hierzulassen. Poldi war tollpatschig und übermotiviert, aber er tat keiner Fliege etwas zuleide. Wieder blickte er zu den Fenstern hinter der kleinen Terrasse, konnte aber keine Bewegung dahinter erkennen. Felicia war von Poldis Liebesbekundungen nicht besonders begeistert gewesen. Andererseits dürfte ihr inzwischen klar sein, dass sein Hund harmlos war und sich außerdem gut mit ihrer Katze verstand. Allerdings hatten sie noch nicht darüber gesprochen, ob sich Poldi hier frei bewegen durfte. Einen Moment zögerte Ben und sah zu seinem glücklich spielenden Hund hinüber. Dann joggte er zu seinem Wagen und holte den Post-it-Block, den er für Ideen immer im Handschuhfach liegen hatte. *Wollte dich nicht stören, Felicia*, schrieb er. *Hoffe, es ist okay, dass ich Poldi in den Garten gelassen habe. Ich bin gleich wieder da.* Ben klebte die Nachricht an Felicias Hintertür. Er würde sich einfach beeilen. Vielleicht tauchte Felicia gar nicht hier draußen auf, bevor er zurück war.

5

Felicia hatte schlecht geschlafen. Immer wieder war sie hochgeschreckt, weil sie glaubte, etwas gehört zu haben. Doch das Haus war still, bis auf die Geräusche, die diese alten Mauern nachts immer machten und die ihr so vertraut waren. Sie standen für das Problem, mit dem sich Felicia auseinandersetzen musste. Wenn sie das Vertraute behalten wollte, musste sie sich auf Neues einlassen. Sie verachtete ihren Cousin Frederik für seine Gier, die Felicias Leben fast so sehr wie Leonas plötzlicher Tod aus den Angeln gehoben hatte. Sie vermisste ihre Großtante so wahnsinnig, dass es sich anfühlte, als presse ihr die Trauer das Herz zusammen. Wenn sie nur daran dachte, dass Leona nie mehr durch das alte Schulhaus gehen würde, lächelnd am Herd stand oder leise vor sich hin summend ihre Kräuter auf der Terrasse pflegte.

Als ob das nicht genug wäre, war sie enttäuscht von ihrem Freund Martin. Er hatte sich die Woche über verdammt rar gemacht. In München hatte er sich nicht einmal zum Mittagessen mit ihr getroffen. Und dieses Wochenende war er mit Kollegen auf einem Seminar. Dabei hatte sie so auf seine Hilfe gehofft. Mit ihm wären Situationen wie die mit Ben und diesen beiden Frauen überhaupt nicht erst passiert.

Aber er hatte sie hängen lassen. Sie bemühte sich, die Worte »wieder einmal« nicht zu denken. Er hatte schließlich viel zu tun und Gründe, wenn er sie nicht in Starnberg besuchte.

Erst im Morgengrauen sorgte ihre Erschöpfung dafür, dass sie noch einmal einschlief. Als sie das nächste Mal aufwachte, spürte sie die Sonne auf ihrem Gesicht, was ein gutes Indiz dafür war, dass sie ganz schön lange geschlafen hatte. Ein Gewicht drückte auf ihren Brustkorb. Ohne die Augen zu öffnen hob Felicia die Hand und strich durch Elfriedes sonnenwarmes Fell. Die Katze knetete die Bettdecke mit ihren Pfoten, dann gab sie ein aufforderndes Mauzen von sich, in dem ein kleines bisschen beleidigte, kurz vor dem Verhungern stehende Diva mitschwang, und sprang vom Bett.

Felicia blieb noch einen Moment liegen, blinzelte in das warme Sonnenlicht, das durch die Äste des Fliederbusches vor ihrem Fenster hindurch Muster auf das Bett malte. Erst als Elfriede abermals an der Tür erschien, sie anstarrte und mit einem empörten Mauzen an ihre Pflichten erinnerte, schob sie die Decke zur Seite. »Ich komm ja schon, du armes, vernachlässigtes Wesen«, murmelte sie.

Nachdem sie die Katze gefüttert hatte und im Bad gewesen war, zog sie Leggins und eine gemütliche Tunika-Bluse an, fasste ihre Haare zu einem Knoten auf dem Kopf zusammen und schlüpfte in ihre Birkenstocks. Als sie die Terrassentür öffnete, um Leonas Kräuter zu gießen, stellte sie fest, dass es draußen bereits warm war – wie an einem Sommertag, obwohl noch immer April war. Sie sah Poldi am Seeufer herumtollen und drehte sich um, darauf gefasst, dass jeden Moment Ben um die Hausecke kommen würde. Doch statt ihres neuen Mieters fand sie einen gelben Post-it an ihrer Tür, der auf das Offensichtliche hinwies: Der Hund war allein. Genau in diesem Moment entdeckte er Felicia und kam durch den Garten galoppiert. Felicia mochte Tiere – eigentlich. Aber dieses struppige, nasse Monster war eine echte Herausforderung. Sie bereitete sich innerlich bereits darauf vor, gleich wieder seine Pfoten auf ihren Schultern und die Zunge im Gesicht zu haben, als er, mit einem Seitenblick in ihre Richtung, an ihr vorbeirannte.

Felicia drehte sich um und sah, wie er stolpernd hinter ihr zum Stehen kam. Elfriede hatte es sich auf einem sonnenwarmen Fleck auf der Terrasse gemütlich gemacht. Als der Hund vor ihr stehen blieb und sie beschnupperte, öffnete sie die Augen zu schmalen Schlitzen, bevor sie sie wieder schloss und weiterdöste. Poldi ließ sich mit einem unsanften Rums neben sie fallen, legte seinen Kopf auf die Pfoten und schloss ebenfalls die Augen. Felicia schüttelte den Kopf, als sie die beiden betrachtete. Zumindest Hund und Katze waren schon zu Freunden geworden.

Weil das Wetter so schön war, trug sie ihren Laptop, eine Tasse Kaffee und die Morgenzeitung nach draußen. Sie machte es sich an ihrem etwas wackligen Bistrotisch bequem und schloss für einen Moment die Augen. Kurz genoss sie das Summen der Bienen, das Vogelgezwitscher in den Bäumen und den leichten Wind, der das Lachen der Kinder von der Strandpromenade bis zu ihr trug. Gemeinsam mit dem frischen, klaren Geruch des Sees. Die Augen zu schließen, um den Moment, das Hier und Jetzt zu genießen, war okay. Sie vor der Situation verschlossen zu halten, in der sie sich befand, brachte allerdings überhaupt nichts.

Also öffnete sie sie wieder und schlug den Immobilienteil des *Merkurs* auf. Da war ihre Anzeige. Im oberen Drittel der Seite. Sie konnte noch immer nicht fassen, was Mimi da fabriziert hatte.

Auf ihrem Handydisplay blinkte eine Nachricht auf. Felicias Vater. Sie klickte den Text an und unterdrückte das resignierte Seufzen, als sie seine Frage las, wann sie den alten Kasten endlich aufgeben und wie er nach München ziehen würde. Dort war schließlich ihre Arbeit. Und ihre Familie. »Zumindest ein Teil davon«, murmelte Felicia und legte das Handy zur Seite, ohne zu antworten. Wahrscheinlich hatte Frederik versucht, ihren Vater von dem Verkauf zu überzeugen, und damit offene Türen eingerannt. Keiner von ihnen verstand sie. Aber vor allem rechnete keiner von ihnen mit der Starrköpfigkeit, mit der sie Leonas und ihren Traum weiterverfolgen würde.

Felicia trank einen Schluck Kaffee und rief das E-Mail-Programm an ihrem Laptop auf. Die Zeitung hatte erst vor ein paar Stunden ihren Weg in Starnbergs Briefkästen gefunden. Sie tippte ihr Passwort ein. Sicher hatten noch gar nicht viele Leute die Wohnungsanzeigen gelesen. Sie navigierte den Cursor auf den Posteingangs-Button. Diejenigen, die ihre Annonce gelesen hatten, hielten Felicia wahrscheinlich für verrückt. Wahrscheinlich hatte noch niemand … Einhundertvierunddreißig! »Was?«

Poldi hob den Kopf und gab ein tiefes Wuff von sich, als er ihren erschrockenen Aufschrei hörte. Als er sich sicher war, dass keine Gefahr drohte, legte er seinen Kopf wieder neben Elfriedes und döste weiter.

Einhundertvierunddreißig … -fünfunddreißig – kündigte

sich die nächste Mail mit einem Pling an. Waren das Spam-Mails? Felicia trank noch einen Schluck Kaffee und beugte sich vor. Mimi hatte die E-Mail-Adresse extra für diesen Zweck eingerichtet. Sie konnte doch noch nicht mit Penisverlängerungsangeboten und versprochenen Erbschaften südafrikanischer Prinzen zugemüllt sein. Nein. Das waren tatsächlich Wohnungsbewerber. Einhundertsiebenunddreißig. Sie klickte die erste Nachricht an.

Eine halbe Stunde später lehnte Felicia sich ernüchtert zurück. Vielleicht gab es da draußen normale Menschen, die auf der Suche nach Wohnungen waren. Aber die würde sie über diese verdammte Anzeige, die Mimi verschickt hatte, nicht finden. Die Leute, die ihr geschrieben hatten, waren allesamt verrückt oder hatten zumindest so skurrile Hobbys, dass sie sie nicht als Mieter in der alten Schule haben wollte. Ein Typ wollte okkultistische Rituale in ihrem Haus abhalten. Eine Frau fragte, ob der Garten groß genug für Ritterspiele und ein Mittelalterfestival sei. Der nächste nannte sich Panzerknacker und gab damit an, jedes Schloss in Sekunden öffnen zu können. Was er vielleicht auch an ihrer Wohnungstür tun würde. Sie schluckte. Verglichen damit waren andere Bewerber, die Barbies fotografierten oder Figuren aus Klopapier bastelten, regelrecht harmlos. Wie sollte sie unter all diesen Menschen jemanden für ihre Wohnungen finden?

Sie blickte auf, als ein Schatten über ihren Tisch fiel, und erwartete, Ben zu sehen. Überrascht blinzelte sie die Frau an, die vor ihr stand. Sie brauchte einen Moment, um hinter dem schlichten, weißen T-Shirt, den Jeans und ausgetretenen Chucks und den Haaren, die ihr in einem Longbob über die Schultern strichen, die Joggerin vom Vortag zu erkennen. Jule, erinnerte sie sich an den Namen. An ihrem Unterarm baumelte eine riesige Handtasche, und in der Hand hielt sie ein Tablet, das in einer Hülle steckte, auf der mehr Blumen prangten, als im Sommer im Garten der alten Schule zu finden waren.

»Hi.« Die Frau lächelte und hielt ihr einen To-go-Becher entgegen. »Von Barista Carlo aus dem *Café Seeblick* höchstpersönlich für dich zubereitet.«

»Ähm … danke.« Felicia nahm den Kaffee entgegen. »Was führt dich her?«, fragte sie. Unnötigerweise. Entgegen den Leuten, die ihr E-Mails geschrieben hatten, wusste Jule, wo sich die Wohnung befand, die sie haben wollte.

»Na ja.« Jule lächelte. »Wir hatten keinen guten Start gestern. Ich möchte mich dafür entschuldigen, dass wir dich so überfallen haben. Aber in dieser Stadt ist es so schwer, eine annehmbare Wohnung zu finden, dass man bereit ist zu kämpfen. Als mir jemand erzählt hat, dass hier etwas frei ist, habe ich nicht nachgedacht. Ich bin einfach losgejoggt in der Hoffnung, das Apartment zu ergattern. Lina ging es vermutlich nicht anders.«

Genau wie Ben, der ebenso impulsiv gehandelt hatte, ging es Felicia durch den Kopf. Felicia kannte die Probleme der Wohnungssuche nur aus der Zeitung. Die Preise waren in Starnberg nicht viel anders als in München. Ihre – erschwinglichen – Mieten resultierten in erster Linie nur daraus, dass man reichlich Arbeit in sein neues Zuhause stecken oder mit wenig Komfort zufrieden sein musste. Felicia selbst hatte nie nach einer Wohnung suchen müssen. Sie war aus dem Haus ihrer Mutter in die alte Schule gezogen, sobald sie ihr Abitur in der Tasche gehabt hatte. Da sie aber auch vorher schon die meiste Zeit bei ihrer Großtante verbracht hatte, war der Einzug in dieses Haus eher wie ein »nach Hause Kommen« gewesen. Sie nippte an ihrem Kaffee. »Der ist gut.«

»Ja, nicht wahr?« In Jules Augen blitzte ein kleines Funkeln auf. »Carlo betet mich an, seit ich vor ein paar Wochen seine Espressomaschine repariert habe. Seitdem habe ich eine Kaffee-Flat.«

»Du kannst Kaffeemaschinen reparieren?« Eine Frau, die Kaffeemaschinen wieder in Schuss brachte, beeindruckte sie durchaus, denn Felicia konnte höchstens eine Glühbirne wechseln und die Sicherungen im Stromkasten wieder anknipsen, wenn sie rausflogen.

»Ich kriege fast alles wieder hin«, behauptete Jule und grinste. »Dafür sind YouTube-Videos erfunden worden.« Sie räusperte sich. »Wo wir gerade davon sprechen ... ich bin in dieser Hinsicht ein wenig zwanghaft.« Sie stellte ihren Kaffee auf die Kräutermauer und legte ihr Tablet daneben, wühlte kurz in ihrer riesigen Tasche herum und zog ein monströs aussehendes Taschenmesser hervor. »Darf ich?«, fragte sie und hockte sich vor den Bistrotisch, ohne Felicias Antwort abzuwarten. Felicia hatte keine Ahnung, was sie da machte, aber schon einen Augenblick später rüttelte sie an der Tischplatte, die nicht mehr ganz so wackelte. »War nur eine lockere Schraube. Wie gesagt: Es fällt mir schwer, an irgendetwas Reparierungsbedürftigem vorbeizusehen.« In einer entschuldigenden Geste hob sie die Hände.

Felicia konnte nicht anders: Sie musste lachen. »Jemand mit diesem Hobby sollte nicht in das alte Schulhaus ziehen, wo man dieses Werkzeugtaschenmesser an jeder Ecke gebrauchen kann.«

»Leatherman«, sagte Jule. »So heißt das Werkzeug«, ergänzte sie auf Felicias verständnislosen Blick hin und ließ das Monstrum wieder in ihre Tasche fallen. »Dass es hier viel zu tun gibt, glaube ich sofort.« Sie warf einen sehnsüchtigen Blick auf die Fassade.

»Willst du dich vielleicht setzen?«, bot Felicia ihrem Gegenüber spontan Platz an. »Der Stuhl dürfte ganz stabil sein.« Es juckte sie in den Fingern, ihren Laptop einfach zuzuklappen. Doch stattdessen rief sie ihre Excel-Tabelle auf und trank noch einen Schluck aus ihrem To-go-Becher. Jule war ihr tatsächlich sympathisch. Nachdem sie am vergangenen Abend so überrumpelt worden war, war Felicia fast froh, eine Chance zu bekommen, diese Frau noch einmal neu kennenzulernen. Sie wartete, bis Jule sich gesetzt hatte, bevor sie weitersprach. »Warum willst du unbedingt hier wohnen?«, fragte sie dann. Der erste Punkt in ihrer Tabelle.

»Du meinst abgesehen davon, dass das ein wunderschönes Haus ist?«

»Zumindest von außen«, stimmte Felicia ihr zu.

»Die Wohnungen sind nicht gerade auf dem neuesten Stand. Aber sie haben Charme, und man kann es sich hier gemütlich machen. Du fühlst dich in dem Haus ja auch wohl«, sagte Jule.

Damit hatte sie natürlich recht. Aber die Gründe, aus denen Felicia an dem Haus hing, waren ganz andere als die, aus denen Jule hier einziehen wollte.

»Ich will ehrlich sein«, fuhr Jule fort. »Ich habe als Concierge in einem der Luxushotels gearbeitet. Ein super Job.

Genau mein Ding. Aber mein Hang zum Reparieren hat mir ein paar Probleme bereitet. Als die Warmwasserbereitung ausgefallen ist, habe ich versucht, das Heizungssystem wieder in Gang zu bringen. Eines der wenigen Male, bei denen ich versagt habe. Oder eher der Typ vom YouTube-Video, weil ich mich genau an seine Anweisungen gehalten habe.« Sie verzog das Gesicht und strich sich eine Haarsträhne hinter das Ohr. »Das hat mir eine Abmahnung eingebracht. Ein verstopfter Abfluss hat das Fass dann zum Überlaufen gebracht. Ich wollte nur ein paar bestellte Theatertickets in einer Suite hinterlegen, als ich das Leck im Bad bemerkt habe. Ich konnte nicht anders.« Sie klopfte auf ihre Handtasche.

Gespannt beugte sich Felicia vor. »Hast du das Bad unter Wasser gesetzt?«

»Nein.« Jetzt grinste Jule, als gefiele ihr die Erinnerung an den Moment. »Nur die Gattin eines russischen Oligarchen zu Tode erschreckt. Sie kam in die Suite zurück, und als sie ins Bad ging, sah sie mich auf dem Boden liegen. Zumindest rumpfabwärts. Der Rest steckte in dem Unterschrank, in dem ich versucht habe, das Problem zu lösen. Nach ihrer Beschwerde hat mir das Hotelmanagement nahegelegt, mir woanders Arbeit zu suchen.«

»Du wurdest gekündigt?« Felicias Herz sank. Sie hatte gerade begonnen, sich Jule als Mieterin vorzustellen. Jemand, der einen Abfluss reparieren konnte, war sicher eine gute Wahl. Aber eine arbeitslose Frau konnte vielleicht ihre Miete nicht pünktlich zahlen, und Felicia war auf das Geld angewiesen, um ihren Kredit zu bekommen.

»Nein. Ich bin gegangen.« Jule grinste frech. »Ich habe

einfach mein eigenes Unternehmen gegründet. Die *Gute Fee am See*. Ein Concierge-Service, der fast alles besorgen und erledigen kann.«

»Inklusive Reparaturen im Haus«, vermutete Felicia. »Oder wie muss ich mir das vorstellen?«

»Angenommen, du kochst zum ersten Mal für deinen Angebeteten – und dir fehlt der passende Wein! Oder du willst unbedingt Karten für ein ausverkauftes Konzert? Dir ist mitten in der Nacht danach, Golf zu spielen? Dann brauchst du einen guten Concierge – oder eben die *Gute Fee am See*. Die sofort zur Stelle ist, alles organisiert und die richtigen Verbindungen hat, um jedes deiner Probleme zu lösen. Ein ›Nein‹ gibt es für mich nicht«, pries Jule ihr Unternehmen an.

»Und davon kann man leben?«

»In einer Stadt wie Starnberg schon. Hier gibt es genug Leute, die gern meine Hilfe in Anspruch nehmen. Ich habe durch meine Arbeit im Hotel ein ziemlich großes Netzwerk aufgebaut. Aber trotzdem ist mein Unternehmen in der Gründungsphase. Ich kann nicht gerade mit Geld um mich werfen, und ich brauche eine zentral gelegene Wohnung, um schnell vor Ort zu sein, wenn ich gebraucht werde. Deshalb würde ich hier gern einziehen.«

Felicia nickte. Sie konnte Jule verstehen. Ihre Geschichten ließen sich nicht vergleichen, und doch hatten sie etwas gemeinsam: Sie kämpften für ihren Traum. Felicia hatte das Bedürfnis, dieser sympathischen jungen Frau unter die Arme zu greifen. Ben hatte recht behalten, Jule schien ein Glücksgriff zu sein. Felicia hatte während des Gesprächs völlig ihre Excel-Tabelle vergessen. Trotzdem konnte sie nicht aus ihrer Haut. »Ich …«, begann sie.

Und wurde von einem »Hallo? Ist hier jemand?« unterbrochen. Poldi sprang mit einem Wuff auf und verschwand um die Hausecke. Im nächsten Moment tauchte er an der Seite von Lina wieder auf. Sie erkannte Felicia immerhin auf Anhieb wieder: Das lange, bunte Kleid im Hippie-Stil passte zum Farbschema des vergangenen Abends. Lina hatte sich die Sonnenbrille so auf den Kopf geschoben, dass sie die Haare aus dem Gesicht hielt, die ihr offen über den Rücken fielen. In der Hand hielt sie eine Art flatterndes Windspiel.

»Hi«, sagte sie. »Ich habe vorn geklopft. Als niemand aufgemacht hat, dachte ich, ich gehe einfach ums Haus herum. Ich habe dir etwas mitgebracht. Als kleine Entschuldigung für den Überfall gestern Abend.«

*

Ben schleppte seine Einkäufe die Treppe hinauf und verstaute sie in seiner kleinen Küchenzeile und dem winzigen Kühlschrank. Dann warf er einen Blick aus dem Fenster, um nach Poldi Ausschau zu halten, und konnte sich ein Grinsen nicht verkneifen. Sein Hund hatte es sich neben seiner neuen Freundin Elfriede gemütlich gemacht. Jule und Felicia tranken auf der Terrasse Kaffee wie alte Freundinnen und sahen Lina dabei zu, wie sie versuchte, ihr Windspiel in den Ahornbaum zu hängen. Kein leichtes Unterfangen bei ihrer Körpergröße. Statt ihrem amüsanten Gehopse noch ein wenig länger zuzuschauen, beschloss er, sie zu erlösen, und ging in den Garten. Er nahm ihr das Windspiel ab und hängte es an einen der unteren Äste, die er ohne Leiter erreichen konnte.

»Danke.« Lina grinste ihn an und drehte sich dann zu ihrem Publikum um. »Tadaa«, sagte sie und präsentierte das Kunstwerk. »Ich habe mir gedacht, der Garten kann noch ein wenig Farbe vertragen, bis der Sommer kommt.«

Felicia stellte ihren Kaffee zur Seite und erhob sich von ihrem Platz, um sich das Windspiel näher anzusehen. Ben konnte ihren zarten, unaufdringlichen Duft riechen, als sie zu Lina und ihm trat. Sie wirkte völlig anders auf ihn als noch am Tag zuvor. Weniger gestresst und steif. Was nicht nur daran lag, dass sie statt des strengen Hosenanzugs eine Leggins trug. Die Tunika-Bluse umspielte ihren Oberkörper und ließ sie sogar ein wenig Haut zeigen, wo sie ihr ein Stück von der Schulter gerutscht war. Ihr kupferfarbenes Haar glänzte in der Sonne. Heute gab es keinen glatten Haarknoten, sondern sie fielen lockig herab. Ein paar vorwitzige Strähnen waren ihrer Frisur entkommen und kringelten sich an ihren Wangen und in ihrem Nacken. Am meisten faszinierte Ben aber ihr Gesicht, das, völlig ohne Make-up und den zutiefst genervten Ausdruck in den blaugrünen Augen, zart und weich wirkte. Diese Lippen …

»Das sieht wirklich wunderschön aus«, sagte Felicia und riss Ben aus seinen Gedanken. Mit den Fingerspitzen strich sie über die knallbunten, seidigen Bänder, die Lina an einem alten Kleiderbügel befestigt hatte. Dazwischen hatte sie an dünnen Drahtschnüren kleine Vasen und Reagenzgläser auf unterschiedlichen Höhen befestigt und mit Frühjahrsblumen bestückt: Ranunkeln, Hyazinthen, Tulpen und Narzissen. »Hast du das selbst gemacht?«, fragte sie, trat einen Schritt zurück und sah dabei zu, wie der leichte Wind, der vom See herüberwehte, die Bänder herumwirbelte.

»Sozusagen mein Job«, antwortete Lina. »Ich bin gelernte Erzieherin. Da bleiben diese Bastelaktionen nicht aus.«

Felicia sah Lina aufmerksam an. »Gelernt? Dann arbeitest du nicht mehr in dem Beruf?«

»Wie man es nimmt. Ich habe mich gerade selbstständig gemacht mit einem Nanny-Service. Ich kümmere mich darum, dass jedes Kind pünktlich dort landet, wo es hinsoll. Ganz egal, ob Kindergarten, Nachhilfe oder Klavierunterricht. Ich betreue sie, wenn sie krank sind und ihre Eltern keine Zeit haben. Und natürlich sorge ich dafür, dass jedes Kind das Essen bekommt, das sich die Eltern vorstellen. Von Paleo-Diät bis vegan. Das hat viel Potenzial in Starnberg, aber ich stecke noch in der Anfangsphase.« Lina blickte zum Haus hinüber, wo Jule die gedrückten Daumen hochhielt, ohne dass Felicia es sehen konnte. »Deshalb möchte ich auch gern in das alte Schulhaus einziehen. Ich kann mir die hohen Mieten hier in der Gegend nicht leisten, aber ich möchte so zentral wie möglich wohnen, um schnell bei meinen Kunden und ihren Kindern sein zu können«, brachte sie fast dieselbe Begründung an wie Jule und lächelte, ein wenig schüchterner, als Jule es getan hatte. »Deshalb wollte ich dich noch einmal um eine Chance bitten, wenn du die Wohnung nicht schon anderweitig vermietet hast.«

Ben sah, wie Felicias Schultern ein wenig hinuntersackten. Sie rieb sich über die Stirn. »Das ist sicher ein toller Job, den du da hast.« Sie betrachtete das Windspiel einen Moment lang. »Und du bist ziemlich kreativ. Aber ich kann das nicht so aus dem Stegreif entscheiden. Ich muss erst …«

»… darüber nachdenken«, wollte sie mit Sicherheit sagen. Doch Poldi unterbrach das Gespräch, indem er sich von seinem Platz auf der Terrasse aufrappelte und bellend auf die Hausecke zurannte, um die in diesem Moment eine Frau bog – und beim Anblick des Hundes erschrocken aufkreischte.

»Poldi! Hierher!«, rief Ben und hoffte, dass sein Hund heute gewillt war, auf ihn zu hören. Poldi blickte zu ihm herüber, dann noch einmal zu der Frau, die stocksteif an der Hauswand stand, und trabte dann zu Ben. In den Augen stand ganz deutlich der Vorwurf, dass man ja wohl als Hund überhaupt keinen Spaß mehr haben durfte. Ben hockte sich hin, packte Poldi vorsichtshalber am Halsband und kraulte ihn zwischen den Ohren, während er weiter die Frau beobachtete.

Sie schob mit einer eleganten Bewegung ihre Sonnenbrille auf den Kopf und warf einen missbilligenden Blick in die Runde, der erst an Felicia und dann an ihm und Poldi hängen blieb. Überhaupt sah sie ziemlich schick aus. Nicht zu denken, was sein Hund angerichtet hätte, wenn er an dieser weißen Leinenhose hochgesprungen wäre. Die Verwandtschaft der Frau zu Felicia war unverkennbar, auch wenn sie schon fast ungesund dünn wirkte und einen verkniffenen Ausdruck im Gesicht hatte. Ihre Augen glänzten im selben Blaugrün, und der elegante Haarknoten in ihrem Nacken schimmerte ebenfalls in einem sanften Kupferton.

»Hallo Mutter«, hörte Ben Felicia neben sich sagen, gefolgt von einem resignierten Seufzer.

»Felicia.« Ihre Mutter setzte sich in Bewegung. Nicht, ohne ihre Tochter von oben bis unten zu mustern. Wobei sich ihr Gesichtsausdruck noch ein wenig mehr verfinsterte. Im Gehen holte sie eine Ausgabe des *Merkur* aus ihrer Handtasche, die aussah, als wäre sie sündhaft teuer gewesen.

Felicia küsste sie auf die Wange, als sie bei ihnen ankam, und brachte dann wieder einen Schritt Abstand zwischen sich und ihre Besucherin. Trotzdem schaffte die Frau es, mit einem »Wie siehst du denn aus?« an Felicias Tunika-Bluse herumzuzupfen, bis diese die Hand ihrer Mutter zur Seite schob.

»Was kann ich für dich tun, Mutter?«, fragte Felicia, den Blick auf die Zeitung gerichtet. Nervös biss sie sich auf die Unterlippe.

»Frederik hat mich angerufen.« Felicias Mutter wedelte mit der Zeitung in der Hand herum. »Du willst doch nicht ernsthaft Wohnungen in diesem alten Bunker vermieten, um an das Geld zu kommen?«

»Ich habe es dir schon mal gesagt, Mutter: Das geht dich nichts an.« Die steife, distanzierte Person, die neben Ben stand, erinnerte ihn plötzlich wieder an die Frau, die sie am vergangenen Abend gewesen war. Er hatte keine Ahnung, um welches Geld es hier ging, aber es gefiel ihm nicht, wie diese Frau mit Felicia umsprang.

Felicias Mutter setzte ihre Sonnenbrille wieder auf. »Du wärst so viel besser dran, diesen hässlichen alten Kasten einfach zu verkaufen. In dieser Lage, mit Seezugang, würdest du ein Vermögen machen. Du könntest dir ein wunderschönes, modernes Penthouse mit Blick aufs Wasser leisten und müsstest keine Angst haben, dass die Decke über deinem Kopf zusammenbricht.«

Wenn es möglich war, dass sich Felicia noch ein wenig mehr versteifte, dann brachte sie dieses Kunststück gerade eben fertig. »Dieses Thema hatten wir bereits. Ausführlich. Und mehr als einmal«, betonte sie die einzelnen Punkte.

»Ich dachte, wir wären uns einig geworden, dass du dich nicht in meine Angelegenheiten einmischst, solange du mich nicht unterstützen willst.« Felicia sprach leise, aber trotzdem war jedes Wort zu verstehen.

Lina zog sich taktvoll zurück und ging zu Jule hinüber. Und auch Ben müsste eigentlich ein Stück zurückweichen, um Felicia und ihrer Mutter Raum und Privatsphäre für ihr Gespräch zu geben. Aber mehr als zwei Meter schaffte er es nicht. Er wusste nicht, wie er es hinbekommen hatte, binnen vierundzwanzig Stunden seinen Beschützerinstinkt zu aktivieren. Dabei wirkte sie so, also könne sie ihre Schlachten ganz gut allein schlagen.

»Du willst nicht wirklich vermieten!« Felicias Mutter sagte das, als holte man sich auf diesem Weg Ungeziefer ins Haus. Ihr Blick glitt wieder zu Poldi, der es sich im Gras gemütlich gemacht hatte und seine Pfote über die Schnauze legte, als die Frau ihn anstarrte. Sah man seinem Hund an, dass er wirklich manchmal Ungeziefer daherbrachte? Zecken waren ein regelmäßiges Problem. Und auch mit dem einen oder anderen Hundefloh hatten sie in der Vergangenheit zu kämpfen gehabt. Aber so wie Felicias Mutter die Worte ausgesprochen hatte, meinte sie eher menschliches Ungeziefer.

Felicia schluckte. Sie sah zu Jule und Lina hinüber, dann aus den Augenwinkeln zu ihm. »Du kannst dir die Mühe sparen. Du kommst zu spät. Ich habe schon vermietet«, sagte sie.

Ben war sich sicher, dass man das leichte Zittern in ihrer Stimme nur hörte, wenn man sehr genau darauf achtete.

Um ihre Aussage zu unterstreichen, breitete Felicia die

Arme in einer Geste aus, die sie alle einschloss. »Darf ich vorstellen, Mutter? Meine Mieter.«

»Das ist nicht dein Ernst!« Felicias Mutter fuhr herum und musterte jeden von ihnen einzeln. »Überleg dir noch mal, was du …«

»Da gibt es nichts zu überlegen«, schnitt Felicia ihr das Wort ab. »Entschuldigst du mich jetzt bitte? Und wenn du Frederik das nächste Mal anrufst, sag ihm, er bekommt sein Geld. Er soll mich in Ruhe lassen. Ich verkaufe nicht.«

»Kannst du nicht einfach Vernunft annehmen?«, versuchte Felicias Mutter es noch einmal.

»Nein.« Felicia trat einen Schritt vor, küsste sie auf die Wange und wartete mit verschränkten Armen, bis ihre Mutter sich zum Gehen wandte.

Ben hörte Felicias Mutter irgendetwas davon murmeln, dass ihre Migräne einsetzte und sie Ruhe bräuchte, dann stakste sie davon. Ben konnte nicht anders. Er legte Felicia die Arme auf die Schultern und drückte sie freundschaftlich. »Da haben wir ja jetzt eine coole WG zusammen«, sagte er, als Jule und Lina zu ihnen herüberkamen. Sogar Elfriede setzte sich in Bewegung und schlich an der Seite der Frauen durch das hohe Gras.

Da standen sie versammelt. Unter dem Ahornbaum. Alle Bewohner der alten Schule gemeinsam. Vielleicht abgesehen von ein paar Mäusen, die es wahrscheinlich auf dem Dachboden noch gab.

»Das ist keine WG«, korrigierte Felicia ihn. »Ich bin eure Vermieterin.« Ben hob abwehrend die Hände, lächelte sie aber an. Und Felicia spürte, wie sich auch ihre Mundwinkel hoben.

»Die Mischung ist perfekt«, stellte Jule fest. »Was man in jeder Hausgemeinschaft braucht, ist jemand, der alles reparieren kann.« Sie wies mit dem Daumen auf sich.

»Und jemanden, der immer gute Laune verbreitet«, ergänzte Lina.

»Nicht zu vergessen: jemanden, der kochen kann«, fügte Ben hinzu.

»Und du denkst, ich koche für dich?« Felicia fuhr zu ihm herum.

»Hey!« Felicias empörter Gesichtsausdruck brachte ihn zum Lachen. »Ich hatte mich gemeint.«

Röte stieg in Felicias Wangen, und sie biss sich auf die Unterlippe. »Du kannst kochen?«, fragte sie skeptisch.

»Vermutlich nicht so gut wie du. Aber ich bin nicht schlecht.« Er konnte nur hoffen, dass das Kochschulenschild am Tor und die Profiküche, die er im Erdgeschoss der alten Schule entdeckt hatte, nicht bedeutete, dass sie auf Sternekoch-Niveau unterwegs war. Denn dann würde er sich mit seinem »nicht schlecht« mächtig blamieren.

»Ich habe eine Idee.« Jule legte sowohl ihm als auch Felicia eine Hand um die Schultern. »Wir machen einen Wettkampf draus. Heute Abend. Das große Kochduell zwischen dir, Licie, und dir, Ben. Das wird super. Ihr könnt um die Wette kochen. Lina und ich bewerten euch. Und bei der Gelegenheit können wir uns gleich ein bisschen näher kennenlernen.«

Lina klatschte in die Hände. »Vier Gefährten. So sei es.«

»Was?«, fragten Jule und Felicia gleichzeitig. Sie schienen genauso wenig zu verstehen, was Lina da sagte, wie Ben.

»Kennt ihr das nicht?« Lina hob die Hände in einer ungläubigen Geste. »Ihr wisst schon: *Herr der Ringe*.« Als immer noch niemand darauf reagierte, seufzte sie ergeben. »Die neun Gefährten. Die Gemeinschaft des Ringes. Ein bisschen wie wir: Die Gemeinschaft der alten Schule.«

»Natürlich kenne ich die Filme. Und die Bücher«, zählte Jule auf. »Ich kann es nur nicht auswendig mitsprechen.«

Ben lachte und legte Lina den Arm um die Schultern. »Wenn wir die Gefährten sind, bin ich Legolas. Ihr könnt euch ja mal überlegen, wer Gimli sein soll.«

6

Felicia fühlte sich im ersten Moment ein wenig überrumpelt, als Jule einen Kochwettkampf vorschlug. Sie biss sich auf die Unterlippe und wollte schon sagen, dass das keine gute Idee war. Doch dann holten sie die Probleme ein, die vor ihr lagen wie riesige Felsbrocken, die ihr den Weg versperrten. Eines dieser Probleme war die Kochschule, die sie bald wieder eröffnen musste. Also musste sie sowieso neue Gerichte probieren, herumexperimentieren. Leute wie Jule, Lina und Ben waren ihre Zielgruppe. Junge, unabhängige Leute, die Spaß daran hatten, etwas Neues zu testen. Ihren kulinarischen Horizont zu erweitern. Wenn sie ein Koch-Battle gegen Ben führen sollte, dann würde sie aus ihren Gästen Geschmackstester machen. Und Ben und sein freches Grinsen ganz nebenbei in Grund und Boden kochen.

Lina war der Meinung gewesen, dass sich alle in den ersten gemeinsamen Abend als neue Hausgemeinschaft einbringen müssten. Sie hatte angeboten, die Deko zu übernehmen. Jule hatte daraufhin angekündigt, sich um die Aperitifs zu kümmern, und gefragt, ob sie ein paar Zweige Rosmarin von Leonas Kräutertöpfen abschneiden dürfte. Und Ben – hatte einfach nur mit lässig in die Hosentaschen geschobenen Händen an der Hauswand gelehnt. Für ihn war alles okay. Er wusste offenbar genau, was er kochen wollte, und hatte kein Problem damit, als Jule ihn damit aufzog, dass die Herausforderung in einem Drei-Gänge-Menü bestand.

Felicia fiel es nicht leicht loszulassen. Die *Küchennachhilfe* mit einem Konkurrenten zu teilen. Die Dekoration des Tisches Lina zu überlassen. Die Drinks Jule. Also machte sie sich bewusst, dass sie die Zeit, die sie sich nicht mit dem Drumherum beschäftigen musste, mit den Vorbereitungen für ihre Gerichte verbringen konnte. Dadurch konnte sie in ihre eigene Welt abtauchen, sodass sie gar nicht mehr darüber nachdenken musste, dass sie die Kontrolle aus der Hand gab.

Ben hatte Jule und Lina den Tag über dabei geholfen, ihre Möbel zu schleppen und aufzubauen. Während sie sich vollständig eingerichtet hatten, war er noch mal in einen Supermarkt gefahren und hatte eingekauft. Die Lebensmittel hatte er in den Kühlschrank in der Kochschule geworfen und war dann in seine Wohnung verschwunden, um zu duschen. Er tauchte erst wieder auf, als Jule sie zum Aperitif auf die Terrasse hinter Felicias Wohnung bat.

Überrascht schnappte Felicia nach Luft, als sie aus dem Haus trat. »Ich erkenne meinen Garten nicht wieder«, entfuhr es ihr.

»Hoffentlich im positiven Sinn?«, fragte Lina vorsichtig. »Jule und ich haben uns voll ins Zeug gelegt.«

»Das ist…« Felicia ließ den Blick schweifen. Über die Lichterketten, die in den Bäumen hingen und sich an Linas Windspiel hinunterschlängelten. Über die Windlichter aus alten Weckgläsern, die Felicia schon mal im Keller der Schule gesehen hatte und die zwischen den Kräutern auf der Steinmauer standen, die die Terrasse begrenzte. Auf dem Boden und im Gras. Versehen mit flackernden Teelichtern. Die Sonne hatte nur einen rot-orangefarbenen Streifen am Horizont hinterlassen, der die Berge wie die dunkle Zickzack-Linie eines Scherenschnittes hinter dem See aufragen ließ.

»… wunderschön.« Felicia lächelte ihre neuen Mieterinnen an. »Danke.«

Poldi trottete an ihr vorbei und setzte sich neben Elfriede, die auf einem der Bistrostühle hockte und die Drinks auf dem Tisch misstrauisch betrachtete. Felicia drehte sich nicht um, als sie Ben hinter seinem Hund aus dem Haus kommen hörte. Aber sie nahm seinen Duft wahr, nach einer unaufdringlichen Seife, Erde und einem Hauch frisch gemähtem Gras, der immer an ihm zu haften schien. Erst als er neben sie trat, riskierte Felicia einen Seitenblick. Nichts erinnerte mehr an den Landstreicher, für den sie ihn gestern noch gehalten hatte. Seine Jeans waren sauber und sein T-Shirt schlicht und grau. Sogar seine Haare machten den Eindruck, als hätte er es geschafft, sie irgendwie unter Kontrolle zu bringen.

Jule unterbrach Felicias Gedankengänge, indem sie in die Hände klatschte. »Wunderbar«, sagte sie und strahlte in die Runde. »Die Hausgemeinschaft ist vollständig versammelt.« Sie nahm das Tablett vom Bistrotisch und verteilte die Gläser. Als Letztes nahm sie ihr eigenes Glas und hielt es in den Kreis, den sie bildeten. »Mögen die Spiele beginnen«, brachte sie einen Toast aus und stieß der Reihe nach mit ihnen an.

»Auf einen schönen Abend und gute Nachbarschaft«,

schloss sich Felicia an. Die Eiswürfel klirrten in ihrem Glas, und das Aroma von Rosmarin stieg ihr in die Nase, als sie an dem Getränk nippte. Der herbe Geschmack mischte sich mit der zarten Säure einer Limette, braunem Zucker und dem Prickeln von Sekt.

»Das ist ein Wahnsinnsdrink«, sprach Lina aus, was Felicia dachte.

»Danke.« Jule grinste in die Runde und klopfte auf ihr Tablet, das sie auf den Bistrotisch gelegt hatte und das auf einmal in einer weinroten Hülle steckte. »Das ist das Geheimrezept von Lorenz, dem das *Bootshaus* gehört.« Eine angesagte Bar, die sich in einem alten, restaurierten Bootsschuppen befand und eine atemberaubende Terrasse über dem Wasser hatte.

»Wollen wir wissen, wie du an dieses ›Geheimrezept‹«, Ben betonte das letzte Wort, »gekommen bist?«

Jule stieß ihn lachend mit dem Ellenbogen an. »Nicht, was du denkst«, wies sie ihn gut gelaunt zurecht. »Er hatte neulich ein Problem mit seiner Spülmaschine. An einem Tag mit Hochbetrieb in der Bar.«

»Sag nicht, du warst zu Gast in der Bar und hast einfach so nebenbei die Spülmaschine repariert.« Felicia kannte ihre Mieterin zwar erst seit einem Tag, aber sie hatte schon jetzt den Eindruck, dass Jule vor keiner Herausforderung zurückschreckte.

»Nein, habe ich nicht. Aber ich kenne da so einen jungen Beikoch aus dem Hotel. Ein echt netter Kerl, der auf einen Ring spart, weil er seiner Freundin einen Heiratsantrag machen möchte. Lorenz hat eine Aushilfe gebraucht. Dennis einen Nebenjob. Und ich durfte mir zum Dank eine seiner Cocktail-Rezepturen aussuchen. Win-win-win«, fasste sie die Situation zusammen. »Eigentlich ist das Rezept simpel. Simpel genug, dass ich diesen Rosmarinsirup in der Küche mit den zwei Kochplatten in meiner neuen Wohnung zubereiten konnte. Aber als Concierge ist es gut, immer auch einen angesagten Drink in der Hinterhand zu haben. Ihr seid also in gewisser Weise meine Versuchskaninchen.«

»Hat geklappt.« Ben grinste. »Wenn das immer so schmeckt, betrachte uns gern regelmäßig als deine Laborratten.«

»O ja.« Lina lachte ebenfalls. »Es gibt Tage mit den Kindern – und vor allem ihren Eltern –, da stelle ich mich gerne zur Verfügung.«

Die Unterhaltung blieb leicht, plätscherte dahin, und Felicia spürte, wie sie sich zusehends entspannte. Sie horchte in sich hinein. Das hier fühlte sich richtig an. Sie hatte Mieter gebraucht und drei unkomplizierte, angenehme Menschen gefunden. Oder eher andersherum. Drei neue Mitbewohner (vier, wenn sie Poldi dazuzählte) hatten sie gefunden. »Hat jemand Hunger?«, fragte sie, als sie ihre Gläser geleert hatten.

»So was von.« Jule klopfte sich auf den Bauch. »Ich dachte schon, du fragst nie.«

»Dann lasst uns mit der Vorspeise beginnen.« Felicia warf Ben einen Seitenblick zu. »Wie viel Zeit brauchst du?«

Ben zuckte entspannt mit den Schultern. »Ein paar Minuten.« Er griff nach dem Tablett mit den leeren Gläsern und ließ den Frauen den Vortritt in den Bereich der Kochschule.

*

Ben schob das Tablett auf die Küchenanrichte und stellte die leeren Gläser gleich in die Spülmaschine, während Felicia einen Weißwein zur Vorspeise öffnete. Er hatte Jule und Lina bei ihrem Einzug geholfen und nicht viel Zeit gehabt, sich auf diesen Kochwettkampf vorzubereiten. Aber er hatte immerhin einen Blick auf die Einrichtung und die Geräte der Kochschule werfen können, als er seine Einkäufe in einen der Kühlschränke gestopft hatte. Hier war genug Platz, um locker zehn oder zwölf Leute kochen zu lassen. An einer riesigen weißen Kücheninsel, die durch die indirekte Beleuchtung unterhalb der Arbeitsplatte ein bisschen wie ein Raumschiff aussah, das gleich abheben würde. Oder sich zumindest zum Beamen eignete. Felicia und er würden sich bei so viel Platz jedenfalls nicht in die Quere kommen.

Er sah ihr dabei zu, wie sie eine Kochschürze anzog. »Was sind deine Superkräfte? Ich bin Köchin!« stand in großen, verschnörkelten Buchstaben auf dem Stoff, und Ben konnte sich ein Grinsen nicht verkneifen. Felicia hatte mit Sicherheit Spaß in der Küche. Sie war hier jedenfalls wesentlich entspannter als bei ihren ersten Treffen. Trotzdem war er sich sicher, dass sie den Kochwettkampf deutlich ernster nahm als er. Er konnte kochen. Gar nicht schlecht, wie er fand. Aber wenn Felicia auch nur ansatzweise so kochte, wie er annahm, würde er nicht mit ihr konkurrieren können. Zum Kennenlernen seiner neuen Nachbarn war dieser Abend allerdings perfekt.

Er holte die Zutaten für seine Vorspeise aus dem Kühlschrank, in dem sich neben seinen Einkäufen nur eine komplette Palette Joghurt der Geschmacksrichtung »Russischer Zupfkuchen« befand. Da vermutlich weder Jule noch Lina

Sachen in der *Küchennachhilfe* verstaut hatten, ging er davon aus, Felicias geheime Leidenschaft entdeckt zu haben. Er blickte über die Schulter zu ihr hinüber, und ihre Blicke trafen sich. Ben konnte ein Grinsen nicht zurückhalten, und Felicia lächelte zurück. Jep, in dieser Küche, in Jeans, einem schlichten T-Shirt und die Haare zu einem lockigen Pferdeschwanz zurückgebunden war sie wirklich wesentlich offener als in einem Hosenanzug, der genauso streng war wie der Haarknoten, den die Rosenranken zerpflückt hatten.

Ben konzentrierte sich wieder auf seine Vorspeise. Der Vorteil bei diesem Kochduell war, dass er von allem nur wenig zubereiten musste, weil ihre Jurorinnen jeweils zwei Essen vorgesetzt bekommen würden. Er wusch den Wildkräutersalat ab, den er bei seinem Onkel stibitzt hatte, und wickelte ein paar Ziegenkäsetaler in Frühstücksspeck ein. Während der Käse in der Pfanne brutzelte, mischte er ein Dressing.

»Machst du das aus dem Stegreif?« Lina hatte sich neben Jule an die große Kücheninsel gelehnt und sah ihm aufmerksam bei jedem Handgriff zu.

Ben trank einen Schluck Wein. »Echte Männer brauchen kein Rezept«, sagte er, auch wenn das nicht ganz stimmte. Aber im Notfall schnell googeln zählte für ihn nicht als Rezept.

Felicia gab von der gegenüberliegenden Seite der Kücheninsel ein »Pff« von sich. »Die meisten Männer, die in die Kochkurse kommen, kochen die Rezepte Zeile für Zeile nach.«

»Ist das deine Haupt-Zielgruppe in der *Küchennachhilfe*? Männer, die kochen lernen möchten?«, fragte Lina und klaute ein paar von Bens Salatblättern.

Felicia nippte an ihrem Wein. »So hat es zumindest angefangen, vor über dreißig Jahren. Meine Großtante Leona, die Tante meiner Mutter, war hier an der Schule Lehrerin. Deutsch und Geschichte. Weil hier auch Hauswirtschaft gelehrt wurde, gab es schon immer eine Schulküche, selbst wenn die früher ein wenig anders ausgesehen hat. Abends hat sie für die Volkshochschule Kochkurse gegeben. Wie sich herausstellte, wurde dieses Angebot hauptsächlich von alleinstehenden Herren wahrgenommen.«

Ben hatte aufgehört, sein Dressing zu rühren, und sah zu Felicia hinüber. Die Erinnerungen, in denen sie gerade versunken war, schienen gute zu sein, denn wieder zog sich dieses Lächeln über ihr Gesicht, das ihr so fantastisch stand.

»Ich bin schon als Kind in dieser Küche gewesen, habe Leona assistiert und gelernt.«

»Du hast es geliebt, hier zu sein«, brachte Jule es auf den Punkt. »Und tust es noch.«

*

»Ja. Ich liebe das alte Schulhaus.« Felicia antwortete leise und senkte den Blick auf die Arbeitsfläche vor sich, um wenigstens für einen Moment der Neugier der anderen zu entgehen. Als sie wieder aufsah, spürte sie die Wehmut, die in ihrem Lächeln mitschwang. »Über die Jahre hat sich das Konzept geändert. Nach dem Neubau des Schulzentrums wurde diese Schule geschlossen. Leona hat das Gebäude gekauft und eine richtige Kochschule aufgemacht.«

»*Küchennachhilfe*.« Lina nickte. »Das Schild habe ich am Tor gesehen.«

»Hmm.« Felicia begann in einer dunklen Soße herumzurühren. »Das Konzept war super. Vor ein paar Jahren haben wir den Küchen- und Dinnerbereich richtig ausgebaut. Wir haben zwar immer noch Basic-Kochkurse gegeben, aber der Trend ging mehr und mehr zu außergewöhnlichen Themen. Motto-Kochkurse, denen wir humorvolle Namen gegeben haben wie ›Vorspeisen-Abitur‹ und ›(Haus-)Meister-Klasse‹. Oder auch ›Nach(-tisch)-Sitzen‹. Das Ganze kam ziemlich gut an. Zusätzlich haben wir die Küche und den Dinnerbereich auch für Events vermietet. In den letzten Jahren ist es zu einem Trend geworden, dass Freunde oder ganze Firmenbelegschaften zusammen kochen und essen. In einer Profi-Küche, aber ohne Kochlehrer. Als Teambuilding.« Sie füllte die Soße in kleine Glasschälchen und platzierte sie auf schlichten, weißen Tellern. Leona und sie hatten so viele Pläne gehabt. So große Träume. »Unser nächstes Ziel war es, den vorderen Raum herzurichten«, sie wies auf die Tür zwischen Kühlschrank und Küchenzeile, »und für größere Feiern zu vermieten, bei denen wir das Catering anbieten wollten. Hochzeiten. Geburtstage. Taufen.« Sie richtete die Teller, die akkurat nebeneinanderstanden, in einer noch korrekteren Linie aus.

»Aber?« Jule hatte leise gesprochen.

Felicia seufzte. Sie war selbst schuld, wenn sie so viel über ihr Privatleben preisgab. Natürlich wollten die Leute wissen, warum sich plötzlich alles geändert hatte. »Leona ist vor zwei Monaten gestorben.« Die Worte kamen so leise über ihre Lippen, dass sie nicht sicher war, ob die anderen sie über das Brutzeln von Bens Ziegenkäse überhaupt verstanden hatten.

Der Gedanke schmerzte noch immer, als wäre all das gestern passiert. Leona fehlte ihr so furchtbar. Aber das hier sollte ein geselliger, fröhlicher Abend werden, also … Noch bevor sie ihre neutrale Miene wieder aufsetzen konnte, überraschte Lina sie, indem sie sie in eine feste Umarmung zog und damit schon wieder dafür sorgte, dass sie an dem Kloß in ihrem Hals vorbeiatmen musste. »Das tut mir wahnsinnig leid für dich«, murmelte Lina. Sie hielt sie, bis Felicia sich von ihr löste und an einem zittrigen Lächeln versuchte.

»Danke«, wisperte sie und wischte mit den Fingern unter ihren Augen entlang. »Wir sind nicht hier, um Trübsal zu blasen, sondern um zu essen«, sagte sie. »Ben, du musst die Pfanne vom Herd nehmen, sonst verbrennt dein Käse«, sagte sie, ohne in seine Richtung zu blicken. Er hatte sowieso schon viel zu oft zu ihr hinübergesehen, statt sich um seine Vorspeise zu kümmern.

»Was …? O!« Ben zog die Pfanne zur Seite, in der er um ein Haar Kohlen produziert hätte.

»Nehmt schon mal Platz, wenn ihr möchtet«, schlug Felicia vor und legte die Sommerrollen, die sie am Nachmittag vorbereitet hatte, auf ein Schneidebrett, um sie diagonal zu teilen und dann je eine halbe gelbe und eine halbe rote auf die Teller zu drapieren und mit geröstetem Sesam zu bestreuen.

Ben verteilte seinen Salat, schüttete Dressing darüber und krönte das Ganze mit dem Ziegenkäse im Speckmantel. Sein Arrangement sah nicht einmal im Ansatz so ansprechend aus wie Felicias Kreation. »Optisch hast du auf jeden Fall schon gewonnen«, sagte er mit einem Blick auf ihre Teller, als sie die Vorspeisen zum Tisch trugen, den Lina mit Efeuranken,

Kerzen und Gläsern mit Frühlingsblumen geschmückt hatte. Was wunderbar zu der rustikal-modernen Einrichtung des Raumes passte. An einer Wand war neben einem schlichten Kamin, den sie im Winter beheizten, Holz aufgestapelt, an der Wand gegenüber hing eine alte Schultafel, die die Gäste willkommen hieß und an der Felicia und Leona das jeweilige Thema des Kochunterrichts festgehalten hatten. Die Tische waren rustikal, ließen sich zu kleineren und größeren Gruppen zusammenschieben und ergänzten sich mit den weißen Stühlen, die zwar aus Kunststoff waren, aber in jeder Rückenlehne ganz klassisch ein Herz ausgestanzt hatten, um sich an dem traditionellen bayrischen Thema entlangzuhangeln. Das Highlight waren die drei Kronleuchter, die den Raum erhellten. Leonas Hommage an König Ludwig. Wenn man die einzelnen Elemente betrachtete, konnte man sich nicht vorstellen, dass hier auch nur irgendetwas zusammenpasste. Aber als Ganzes war dieser Raum atemberaubend schön, ansprechend und gleichzeitig so gemütlich, dass ihre Kochschüler und Küchenevent-Teilnehmer nicht nur gern ihre Zeit hier verbrachten, sondern immer wieder Kurse buchten.

»Diese Kochschule ist wirklich unglaublich schön«, sagte Lina genau in diesem Augenblick und strahlte Felicia an.

»Danke.« Felicia schob die Traurigkeit noch ein Stück weiter zur Seite und lächelte ihre Gäste an. Sie hatte schon viel zu lange niemanden mehr bewirtet und genoss das Gefühl. »Ich hoffe, ihr genießt den Abend und das Essen schmeckt euch.«

Sie verteilten die Gerichte und stießen noch einmal auf den Abend an.

»Ben, willst du uns verraten, was du für uns vorbereitet hast?«, fragte Jule und mimte dabei den Moderator einer dieser Kochshows.

»Das, was du siehst. Salat mit Ziegenkäse. Mich interessiert viel mehr Felicias Gericht.«

»Dann sollte uns Licie erzählen, was wir von ihr erwarten können«, fuhr Jule fort, und alle drei blickten sie an.

»Das sind Sommerrollen mit einem Sojasoßen-Erdnuss-Dipp. Das Reispapier habe ich mit Kurkuma und Rote-Bete-Saft eingefärbt«, erklärte sie. Denn die Farbe war wahrscheinlich das, was die drei am meisten interessierte. »Lasst es euch schmecken.«

Und das taten sie. Ben stippte seine Rolle in die Soße, biss ab und verdrehte genüsslich die Augen. »Das schmeckt fantastisch«, sagte er mit vollem Mund.

»Ich kann mich nur anschließen«, sagte Jule, und Lina nickte begeistert.

Felicia, die ihr Besteck schon in die Hand genommen, aber noch nichts gegessen hatte, legte Messer und Gabel zurück. Sie hatte schon so viel über Leona und ihren gemeinsamen Traum erzählt – es fühlte sich richtig an, jetzt auch den Rest zu sagen. »Um ehrlich zu sein, habe ich es ein bisschen wie Jule mit dem Drink gemacht und euch als Testesser benutzt. Deshalb freut es mich sehr, dass es euch schmeckt.«

»Soll es das in deinem nächsten Kochkurs geben?«, fragte Lina und nippte an ihrem Wein.

»O Gott, wenn da solche Sachen zubereitet werden, buche ich mich sofort ein. Ich kann kein bisschen kochen. Bei mir fliegen einfach nur Sachen in die Pfanne.« Jule grinste in die Runde. »Und dann hoffe ich.«

Felicia zuckte bei der Beschreibung von Jules Kochkünsten leicht zusammen. »Ich habe noch nicht entschieden, wie es weitergeht. Die Kochschule war Leonas und mein gemeinsames Projekt. Jetzt allein weiterzumachen fühlt sich irgendwie nicht richtig an. Aber …«, sie hielt inne und biss sich auf die Unterlippe. »Ohne das Geld, das ich mit den Kochkursen verdiene, kann ich die alte Schule nicht halten«, gestand sie ihrer kleinen Runde dann. »Seit Leonas Tod habe ich alles abgesagt. Aber jetzt muss ich weitermachen. Deshalb habe ich heute nur Sachen vorbereitet, die sich für einen Kurs eignen, und bin gespannt auf euer Feedback.«

»Unser Feedback ist einfach: Gib unbedingt wieder Kochkurse«, bettelte Lina. »Und lass uns an einem teilnehmen. Ich koche möglicherweise besser als Jule. Aber ich habe vier jüngere Geschwister. Meine Stärke liegt bei Nudeln mit Soße.«

Ben warf Felicia einen nachdenklichen Blick zu. »Ist das der Grund, aus dem du die Wohnungen vermietest?«, fragte er leise, als Jule und Lina eine Diskussion darüber begannen, welcher Fernsehkoch der heißeste war. »Weil du Geld brauchst? Ich wollte nicht lauschen heute Morgen.« O doch. Er hatte lauschen wollen. Sonst wäre er, genau wie Lina, taktvoll ein paar Schritte zur Seite gegangen. »Es war nicht zu überhören, dass du jemandem Geld schuldest. Einem … Frederik?«, hakte er im Flüsterton nach.

Felicia trank einen Schluck Wein und lehnte sich in ihrem Stuhl zurück. Ihre Mutter reagierte mit Unverständnis, was die alte Schule anging. Genau wie ihr Vater. Von Martin gar nicht erst zu reden. Und Frederik … er hatte nur

Eurozeichen in den Augen. »Frederik ist Leonas Sohn, also der Cousin meiner Mutter.« Kurz dachte sie darüber nach, wie sie Bens Frage beantworten konnte, ohne zu viel von ihren Problemen preiszugeben. »Ihm steht ein Pflichtteil des Erbes an diesem Haus zu.« Das beschrieb nicht einmal im Ansatz das Dilemma, in dem Felicia steckte. Aber es war der Kern der Geschichte. Frederik war ein Weltenbummler. Ein Hallodri und Schmarotzer. Er hatte sich sein Erbe schon vor Jahren auszahlen lassen, das aus einer schicken Penthouse-Wohnung in München und einem prall gefüllten Sparkonto bestanden hatte. Leider hatte sich das schneller geleert, als er erwartet hatte. Er gehörte zu der Sorte Menschen, die immer wieder jeder neuen Methode glaubten, mit der man auf der Stelle unglaublich reich werden konnte – nur um ein paar Monate später vor den Scherben der ach so sicheren Investition zu stehen. Frederik fiel auf jeden Trick herein, der Geld in Aussicht stellte. Für das alte Schulhaus hatte er sich früher kein bisschen interessiert. Felicia schluckte den bitteren Geschmack hinunter, den der Gedanke an ihren Cousin auf ihrer Zunge hinterließ. Leona hatte ihr das alte Schulhaus hinterlassen, weil sie wusste, dass Felicia ihren Traum weiterverfolgen würde, während ihr eigener Sohn, den sie immer wieder vor den unseriösen Investitionen gewarnt hatte, das Erbe innerhalb kürzester Zeit durchbringen würde. Frederik hatte getobt, als ihm klar wurde, dass er leer ausgehen würde, weil er sich sein Erbe bereits hatte auszahlen lassen. Aber dann hatte er erfahren, dass ihm auch von der alten Schule ein Pflichtanteil zustand. Und sie ihn auszahlen musste.

»Was denkst du, Licie? Wer ist besser, Henssler oder

Mälzer?«, holte Jule sie aus ihren Gedanken und unterband gleichzeitig, dass Ben weitere Fragen stellte. Denn dass es da welche gab, konnte sie ganz deutlich in seinen Augen sehen.

»Hmm.« Sie tat, als müsse sie überlegen. »Beide gut, würde ich sagen. Aber in der *Bullerei* war ich schon mal zum Essen, und das war sagenhaft. Also tendiere ich zu Mälzer.« Sie zog den Salatteller zu sich heran. »Aber jetzt bin ich erst einmal auf die Vorspeise unseres Chefkochs gespannt.«

»Und?«, fragte Ben, nachdem sie zwei Bissen genommen hatte, ohne ihm zu antworten.

»Also… fürs Dressing brauchst du jedenfalls keinen Kochkurs«, beschied sie ihm mit einem Zwinkern.

*

Ben legte den Kopf schief. »Aber? Ich sehe doch, dass du gern noch etwas ergänzen möchtest.«

Felicia zögerte einen Moment. Dann grinste sie. »Nein, nur… der Käse hat ein etwas… ungewöhnliches Röstaroma«, platzte es aus ihr heraus.

Wer hätte das gedacht? Felicia konnte witzig sein. Ben konnte nicht anders. Er legte den Kopf in den Nacken und lachte. Herzhaft. Felicia war einfach… Sie faszinierte ihn. All die neuen Facetten, die es ständig an ihr zu entdecken gab. Die Leidenschaft, mit der sie um ihr Zuhause und ihren großen Traum kämpfte. Die Schürze mit dem lustigen Spruch. Ihre geröteten Wangen und die glänzenden Augen. Wenn sie in der Küche stand, wirkte sie so viel glücklicher als in diesem Business-Outfit. »Ladies.« Er sah zu Jule und Lina hinüber. »Sieht so aus, als würde ich euch bei eurem

Kochkurs Gesellschaft leisten.« Dann drehte er sich wieder zu Felicia um. »Sollen wir uns an den Hauptgang machen?«

Felicia und er kehrten an den Herd zurück, während Jule und Lina die Teller abräumten. Es war gut, dass Felicia darüber gesprochen hatte, warum sie die Wohnungen vermietete. Mit dem Druck, unter dem sie stand, konnte Ben verstehen, warum sie sich so abweisend verhalten hatte. Aber jetzt hatte sie die richtigen Leute unter ihrem Dach versammelt, fand er. Sie ergänzten sich doch alle ganz fantastisch. Und wenn dieser Frederik hier auftauchen sollte, würde er ihm zeigen, wo der Hammer hing.

Er blickte auf die andere Seite der Kücheninsel hinüber, wo Felicia lächelnd ihre selbst gemachten Ravioli von Jule und Lina bewundern ließ. Bens Cousin, Sam, würde vermutlich die Augen verdrehen, weil er es schon wieder nicht lassen konnte, den Helden zu spielen. Wann hatte er diesen Beschützerinstinkt Felicia gegenüber entwickelt? Er hatte keinen blassen Schimmer. Eines wusste er aber sicher. Er wollte sie besser kennenlernen, viel mehr von ihr wissen, als er heute Abend herausgefunden hatte. Dabei war das vielleicht gar keine so gute Idee. Wenn sie sich wirklich näherkommen würden und das Ganze nicht funktionierte, mussten sie immer noch unter einem Dach leben. Oder noch schlimmer: Felicia könnte ihn rauswerfen. Vielleicht beließ er es besser einfach bei dieser zarten Freundschaft, die sich zwischen ihnen zu entwickeln begann.

Die Stunden in Gesellschaft seiner neuen Nachbarn waren fantastisch. Ben amüsierte sich köstlich, auch wenn sein Menü nicht mal im Ansatz mit Felicias mithalten konnte.

Jule und Lina ernannten sie trotzdem beide zu Siegern und besiegelten das mit einer zweiten Flasche Wein.

Als sie die Runde schließlich auflösten und die Küche aufgeräumt war, ging Ben mit Poldi noch auf einen kleinen Mitternachtsspaziergang nach draußen. Als sie in den Garten der alten Schule zurückkehrten, sah er Felicia am Seeufer stehen. Sie hatte sich gegen die Kühle des Abends ein Tuch um die Schultern gelegt. Ihre Erscheinung leuchtete regelrecht im Mondlicht. Hinter ihr der silberne Schimmer des Wassers. Die Kerzen, die Lina überall im Garten verteilt hatte, waren längst erloschen, aber die Lichterketten brannten noch und schaukelten im Nachtwind sanft hin und her.

Ben zögerte, nicht sicher, ob er Felicia lieber allein lassen sollte. Aber da Poldi bereits zu ihr rannte, konnte er sowieso nicht mehr unbemerkt verschwinden. Felicia beugte sich zu seinem Hund hinunter, um ihn zwischen den Ohren zu kraulen, und sah sich gleichzeitig nach ihm um.

Als Ben zu ihr trat, richtete sie sich wieder auf. »Genießt du noch ein bisschen die Stille nach diesem turbulenten Abend?«, fragte er.

»Hmm.« Felicia blickte auf den See hinaus. »Leona hätte das gefallen«, sagte sie leise und warf ihm einen Seitenblick zu. »Sie hätte euch gemocht.« Langsam drehte sie sich zu ihm um und stand plötzlich viel zu nahe vor ihm. »Danke, Ben.«

»Keine Ursache. Ich hatte keine Chance. Dieser Garten hat einfach danach verlangt, dass ich hier einziehe.« Ben lächelte Felicia an. Er konnte ihren Duft einatmen. Zarte Blumen und die Kräuter, mit denen sie heute gekocht hatte. Er spürte die Wärme ihres Körpers und musste schlucken.

Eine leise Sehnsucht breitete sich in seinem Körper aus. So hatte er schon eine ganze Weile nicht mehr empfunden. Und eigentlich wollte er das auch nicht. Zumindest nicht, wenn es sich dabei um Felicia drehte. Sie war seine Vermieterin, Herrgott noch mal. Trotzdem blieben seine Gedanken immer wieder bei der Frage stehen, was Felicia tun würde, wenn er sie jetzt küsste. Statt Abstand zwischen sie zu bringen, beugte er sich zu ihr herunter. So wie sie ihn ansah, unverwandt, hätte sie vermutlich nichts dagegen. Er hielt inne, gab ihr die Chance, sich zurückzuziehen. Aber sie blieb, wo sie war. Sah ihn unverwandt an. Langsam überwand er die letzten Zentimeter, die sie …

Ihr Handy klingelte, und Felicia zuckte erschrocken zusammen. Ihre Lippen nur Millimeter von seinen entfernt. Die Verbindung, die Ben gerade noch gespürt hatte, zerriss, und der Moment verlor seine Magie, als Felicia ihr Telefon hektisch aus der Hosentasche zog und einen Blick auf das Display warf. »Entschuldige mich bitte«, murmelte sie, ohne Ben anzusehen. »Das ist mein Freund.« Sie wandte ihm den Rücken zu, bevor sie das Gespräch annahm und langsam in Richtung Haus ging. »Martin. Na endlich!«, hörte Ben sie sagen. »Ich habe mir schon Sorgen gemacht, weil du dich nicht gemeldet hast.«

Freund? Ben blickte Felicia fassungslos nach. Sie hatte einen Freund? Ihre Worte hatten die gleiche Wirkung wie eine kalte Dusche. Natürlich hatte sie einen Freund, wies er sich in Gedanken zurecht. Nur weil er in den letzten beiden Tagen keinen Mann an ihrer Seite gesehen und sich eingebildet hatte, da wäre etwas zwischen ihnen, hieß das ja noch lange nicht, dass es keinen gab.

Er blickte nach unten, als Poldi ihn mit einem Ast anstupste, den er im Maul hielt. Ben nahm ihm das Stöckchen ab und warf es ein Stück den Strand hinauf. »Alles kann man eben nicht haben«, murmelte er und sah seinem Hund nach, der vor Eifer, seine Beute zurückzubringen, fast über seine eigenen Pfoten stolperte. Er hatte schon die coole Wohnung, nette Mitbewohnerinnen und einen Wahnsinnsgarten, in dem er sich austoben durfte. Obendrauf noch der faszinierendsten Frau seit Langem näherzukommen wäre fast ein bisschen zu viel des Guten.

7

Felicia hatte die zweite Nacht in Folge schlecht geschlafen. Sie stand in der Schulküche und versuchte, ihre Konzentration auf die Zutaten zu richten, die vor ihr lagen. Und nicht auf… »Verdammt«, murmelte sie, als Bens Gesicht zum gefühlten hundertsten Mal vor ihrem inneren Auge auftauchte. Und dieses leise Kribbeln in ihrem Bauch wie ein sanftes Echo nachhallte.

Sie stützte ihre Hände auf die Kücheninsel und ließ den Kopf hängen. Gerade war sie über sich selbst erschrocken. Wie hatte sie sich nur so hinreißen lassen können? Ben und sie hatte in der letzten Nacht plötzlich nur noch ein Lufthauch getrennt. Er war nur den Bruchteil einer Sekunde davon entfernt gewesen, sie zu küssen. Was sie ihm nicht vorwerfen konnte. Schließlich hatte er nicht gewusst, dass sie einen Freund hatte. Sie hingegen – hatte für einen Augenblick einfach vergessen, dass sie sich in einer Beziehung befand. Einfach so!

Felicia stieß sich von der Kücheninsel ab und trat ans Fenster. Der Garten lag still vor ihr. Nicht einmal Poldi, an dessen Anwesenheit sie sich allmählich gewöhnte, war zu sehen. Dass sie Ben in diesem Moment am See nicht ausgewichen war, könnte sie noch unter Überraschung verbuchen. Sie hatte einfach nicht schnell genug geschaltet. Was sich aber keinesfalls leugnen ließ, war das Kribbeln in ihrem Bauch gewesen. Ganz zart nur. Aber sie hatte es gespürt. Felicia presste die Hand auf ihren Magen und drehte sich zu den Zutaten um, die sie ordentlich nebeneinander aufgereiht hatte. Ordnung half ihr, einen klaren Kopf zu bewahren. Nichts brauchte sie im Moment so sehr. Seit Ben, Jule und Lina in die alte Schule eingezogen waren, stand ihr Leben Kopf. Und dabei waren noch nicht einmal zwei Tage mit ihren neuen Mietern vergangen. Sie hatte keine Ahnung, wie sich das weiter entwickeln würde. Allerdings musste sie den dreien zugutehalten, dass sie sie aus der Lethargie gerissen hatten, in der sie die vergangenen zwei Monate vor sich hin gedümpelt war. Und sie hatte ihre neuen Mieter verdammt gerne um sich, egal, wie viel Chaos das in ihr Leben brachte. Ihre Instinkte waren wieder erwacht. Das Bedürfnis zu kochen so groß, dass sie am liebsten sofort angefangen hätte, Gerichte für einen neuen Kochkurs zu testen.

Aber das musste noch warten. Felicia kehrte zur Kücheninsel zurück und griff nach dem Hartweizengrieß und den Eiern. Rein objektiv hatte sie Martin nicht betrogen. Aber in der Gegenwart eines anderen Mannes diesen kleinen Schmetterling im Bauch zu spüren war nicht okay. Wahrscheinlich hatte es einfach nur daran gelegen, dass sie glücklich und erleichtert darüber gewesen war, dass ihren Gästen das Essen so gut geschmeckt hatte. Sie würde diesen Abend jetzt einfach zur Seite schieben, Bens Lippen vergessen, die ihren so nahe gewesen waren, und Martins Lieblingsgericht kochen, mit dem sie ihn am Abend überraschen wollte. Dass sie für ihren Freund kochte, hatte nicht zu bedeuten, dass sie etwas wiedergutzumachen hatte. So schlimm hatte sie sich am vergangenen Abend auch gar nicht verhalten. Ein schwacher Moment, von dem Martin nie etwas erfahren würde.

Felicia schüttelte den Kopf über sich selbst, kniff die Augen zusammen und atmete tief durch. Wem machte sie hier eigentlich etwas vor? Sie hätte nicht so empfinden dürfen, ganz egal wie verrückt ihr Leben im Moment war. Aber daran konnte sie im Augenblick nichts ändern. Ihr blieb nur eines: zu kochen. Das brachte ihr Leben wenigstens etwas ins Lot zurück.

Sie zwang ihre Gedanken zu dem Mann, mit dem sie seit fast zwei Jahren zusammen war, und atmete erleichtert aus, als es ihr gelang. Dann knetete sie Nudelteig, und sobald er ruhte, setzte sie den Rinderfonds für die Rotweinsoße an. Die Handgriffe beruhigten sie. Als sie den Braten vorbereitete, summte sie bereits leise die Lieder aus dem Radio mit. Beim Filetieren der Orangen für das Dessert hatte Felicia den merkwürdigen Augenblick mit Ben so gut wie vergessen.

Als das Menü für Martin ein paar Stunden später vorbereitet war, sie die Küche wieder auf Hochglanz poliert und Grieß und Eier auf ihre Einkaufsliste geschrieben hatte, konzentrierte sich Felicia auf sich selbst. Nach dem Duschen trug sie die Creme auf, deren Duft Martin am liebsten an ihr mochte. Sie glättete ihre Haare. Zum einen, weil sie sie im Büro am nächsten Tag sowieso in einem strengen, glatten Knoten tragen würde, und zum anderen, weil Martin fand, dass sie mit ihren Locken wie eine irische Pub-Sängerin aussah. Glattes Haar wirkte seiner Meinung nach einfach viel eleganter. Und damit hatte er recht. Also machte sich

Felicia die Mühe. Sie entschied, die Haare offen zu tragen, und schlüpfte in ein schönes Set Unterwäsche und ein dunkelgrünes Wickelkleid und trug ein leichtes Make-up auf.

Mit ihrem Aussehen zufrieden zog sie ihren kleinen Übernachtungskoffer unter dem Bett hervor und packte ein, was sie für den nächsten Tag in der Firma brauchen würde.

Ein Klopfen an der Tür unterbrach Felicia. Einen Moment stand sie einfach nur da und starrte die Tür an, die Bluse, die sie in ihren Koffer packen wollte, in der Hand. Sie hatte sich noch nicht daran gewöhnt, dass sie nicht mehr allein in diesem Haus lebte. Vielleicht war das Ben, der sich entschuldigen wollte. Ihr Herzschlag beschleunigte sich, als sie weiter bewegungslos auf die Tür starrte. Dann riss sie sich zusammen und schimpfte sich leise eine Idiotin. Sie legte die Bluse zur Seite und zog die Tür auf. »Jule.« Überrascht sah sie ihre neue Mieterin an. »Was kann ich für dich tun?«

»Hi.« Jule grinste sie an, schob sich dann, ein paar Papiere und ihr obligatorisches Tablet in der Hand, an ihr vorbei und betrat Felicias Wohnung, ohne darauf zu warten, hereingebeten zu werden. »Schön hast du es hier«, stellte sie fest. Sie betrachtete das Bild, das auf der Kommode stand und Leona und sie zeigte. Dann drehte sie sich einmal um die eigene Achse und ließ die bunt zusammengewürfelte Einrichtung auf sich wirken, die Felicias Tante und sie über die Jahre angeschafft hatten.

Felicia folgte ihrem Blick. Heutzutage nannte man das vermutlich Shabby Chic. Jule ging wahrscheinlich davon aus, dass sie tagelang Kataloge gewälzt hatten, um genau diesen Effekt zu erzielen. Dabei waren Leona und sie immer darauf bedacht gewesen, sich möglichst zweckmäßig und günstig einzurichten. Alles Geld, das ihre Großtante und sie in den vergangenen Jahren zur Verfügung gehabt hatten, hatten sie in ihren Traum von der Kochschule gesteckt.

Jule ging zwei Schritte weiter in den großzügigen Wohnraum, in den sie gar keine Küche eingebaut hatten, weil sie auf der anderen Seite des Flurs bestens ausgestattet waren. »Ich erinnere mich noch an die Hausmeisterwohnung an meiner Schule.« Wieder dieses breite Grinsen. »Es war eine Mutprobe, sich dort hineinzuschleichen.«

»Der du vermutlich nicht widerstehen konntest«, mutmaßte Felicia. Sie griff wieder nach ihrer Bluse und legte sie so zusammen, dass sie in ihrem Koffer nicht zerknitterte.

Jules Grinsen erreichte inzwischen fast ihre Ohren. »Das waren noch Zeiten.« Sie seufzte, als ob die Schulzeit eine besonders nostalgische Erinnerung sei. »Die Wohnung unseres Hausmeisters war jedenfalls ein ziemlich gruseliges, dunkles Loch. Ganz anders als das hier. Er selbst war auch nicht besser. Ein bisschen wie Argus Filch aus Harry Potter. Nur ohne Katze.« Sie strich über Elfriedes Rücken, die neugierig neben ihr auf die Sofalehne sprang. »Es war eine echte Mutprobe, sich dort hineinzuschleichen. Und ich habe sie natürlich bestanden.«

»Leona und ich haben zwar über die Jahre hier und da ein paar Verschönerungen vorgenommen, aber die Wohnung ist schon immer ein nettes kleines Apartment gewesen.« Mit einem wundervollen Blick in den Garten und auf den See, der zwischen den Bäumen und Fliedersträuchern hindurchblitzte. »Was kann ich für dich tun?«, fragte Felicia noch einmal mit Blick auf die Unterlagen in Jules Hand.

»Deswegen bin ich gekommen. Der unterschriebene Mietvertrag. Selbstauskunft und so weiter.« Jule legte die Papiere auf den Couchtisch, der eine Kabeltrommel für Starkstromkabel gewesen war, bevor Leona ihn aufgearbeitet und zu einem Möbelstück umfunktioniert hatte. »Verreist du?«, fragte sie mit Blick auf Felicias Koffer.

Plötzlich interessierte es jemanden, wenn sie eine Nacht nicht zu Hause verbrachte. Sie war nicht mehr allein. Daran musste sich Felicia auch erst einmal gewöhnen. »Nein«, erwiderte sie. »Ich verbringe die Nacht bei meinem Freund in München.«

»O.« Für einen Moment sagte Jule nichts. Felicia vermutete, dass es nicht oft vorkam, dass es ihrem Gegenüber die Sprache verschlug. »Ich habe gar nicht darüber nachgedacht, dass du einen Freund hast. Wahrscheinlich, weil der Rest unserer Gang Single ist und deine bessere Hälfte an diesem Wochenende nicht hier war. Wird er auch hier einziehen?«

»Nein.« Für Jule schien das die logische Konsequenz einer Beziehung zu sein. »Wir haben entschieden, dass getrennte Wohnungen besser zu uns passen.« Genau genommen hatte Martin das entschieden. Felicias Blick glitt zu der Kommodenschublade, die sie für ihren Freund freigeräumt hatte, in der er aber noch nie auch nur ein einziges Kleidungsstück hinterlassen hatte. Im Gegenzug hatte sie sich erhofft, ein paar ihrer Sachen in seinem Apartment lassen zu können, aber Martin bestand auf seinem Freiraum, seinem eigenen Reich und dem Wissen, dass alles, was sich darin befand, ausschließlich ihm gehörte. Anfangs hatte sie dieses Verhalten gekränkt, aber irgendwann hatte sie sich damit abgefunden. Schließlich hatten alle Menschen Eigenheiten. Und das war nun mal Martins. Abgesehen davon bot ihr sein Unabhängigkeitsdrang ebenfalls jede Menge Freiheit, die sie im alten Schulhaus verbringen konnte. Denn das war der einzige Punkt, an dem Martin und sie sich nie einigen würden und der ihr manchmal im Stillen das Herz brach, weil es sie in eine Sackgasse manövriert hatte, aus der sie keinen Ausweg sah: Martin hasste die alte Schule. Er mochte Starnberg. Nicht das bodenständige, traditionelle Städtchen am See, die mystische Geschichte um König Ludwig oder die tragische Romantik um Sissi. Die nostalgischen Bootshäuser interessierten ihn genauso wenig wie die Strandpromenade. Er stand auf die Promis, denen man hier unter Umständen über den Weg lief. Champagner in *H'ugo's Beach Club* und die Tatsache, dass hier die dritthöchste Millionärsdichte Deutschlands herrschte. Aber das war nichts, was sie Jule erzählen würde. Vielleicht würde Martin sich ja doch irgendwann für ein Leben in Starnberg entscheiden. Wer wusste das schon?

Jule schien die getrennten Wohnungen jedenfalls nicht sonderlich merkwürdig zu finden. Sie zuckte mit den Schultern. »Dann lernen wir ihn einfach kennen, wenn er das nächste Mal bei dir ist. Wir können ja mal grillen oder so«, schlug sie vor.

»Hmm.« Felicia nickte ganz automatisch. »Gute Idee. Ich werde es ihm ausrichten. Allerdings arbeitet Martin sehr viel. Ich weiß nicht, wann er es einrichten kann. Aber jetzt muss ich wirklich …« Sie wies mit der Hand auf ihren halb gepackten Koffer, um das Gespräch zu beenden, dass ihr von Minute zu Minute unangenehmer wurde. Sie hasste es zu lügen. Aber genauso wenig konnte sie ihrer neuen Mieterin sagen, dass ihr Freund die Menschen um sich herum an ihrem Erfolg maß, den er bei ihren neuen Mietern nicht sehen würde. Zugegeben, nicht sein bester Charakterzug. Aber er hatte auch viele gute Seiten, die diesen Fehler wieder ausglichen. Felicia war sich allerdings nicht sicher, ob Jule das verstehen würde, wenn sie es ihr erklärte.

»Ich bin schon weg.« Doch statt einfach zu gehen, umarmte Jule sie kurz und fest. »Danke noch mal, Licie«, flüsterte sie. »Du kannst dir gar nicht vorstellen, wie glücklich ich bin, dich und die alte Schule gefunden zu haben.« Bevor Felicia die Umarmung erwidern konnte, hatte Jule sich bereits von ihr gelöst, tänzelte auf die Tür zu und war im nächsten Moment verschwunden.

Felicia atmete tief durch. Sie nahm die Unterlagen, die Jule ihr dagelassen hatte, und legte sie auf ihren Schreibtisch. Wenigstens hatte keiner ihrer Mieter größere Schulden – und zumindest etwas Geld auf dem Konto. Sie konnte nur hoffen, dass sie ihre Miete immer pünktlich zahlten. Denn sie hatte bereits jetzt das Gefühl, keinen von ihnen jemals rauswerfen zu können.

*

Ben blickte von seinem Monitor auf und erhaschte einen Blick auf Felicia, die gerade ihr Fahrrad durch das Tor schob. In einem grünen, eng anliegenden Kleid unter einem leichten Mantel balancierte sie das Rad, auf dessen Gepäckträgerkorb ziemlich schief ein kleiner Koffer thronte. Am Lenker hing ein Picknickkorb. Ihre Haare wehten lang und glatt hinter ihr her, als Felicia in die Pedale trat und Richtung Bahnhof fuhr. Machte sie sich gerade auf den Weg zu dem Freund, der sie vergangene Nacht angerufen hatte? Und hatte diese Frau kein Auto, mit dem sie dieses Gepäck transportieren konnte? Ihre Ladung sah jedenfalls ziemlich abenteuerlich aus. Ben blickte zu der kleinen Garage am Ende des Grundstücks. Er hätte schwören können, die Umrisse eines Autos ausgemacht zu haben, als er gestern versucht hatte, einen Blick durch die schmutzblinden, schmalen Fenster zu werfen.

Felicia bog an der Kreuzung rechts ab und verschwand aus Bens Blickfeld, was ihn veranlasste, die Aufmerksamkeit wieder seinem Computermonitor zuzuwenden und auf den Mist zu starren, den er in seinem Zeichenprogramm verzapft hatte. Er war dabei gewesen, erste Ideen für eine neue Ausschreibung zu skizzieren. Aber offenbar hatte er ziemlich konfuses Zeug auf den Bildschirm gebracht. Was vermutlich daran lag, dass Poldi, der als seine Muse sonst unter dem Schreibtisch lag, verschwunden war. Vermutlich, um sich am See herumzutreiben und die Enten zu erschrecken. Vielleicht kreisten seine Gedanken aber auch einfach noch ein bisschen zu sehr um den Fast-Kuss von vergangener Nacht. Er war Felicia heute aus dem Weg gegangen, gestand er sich ein. Schließlich sollte sie nicht doch noch auf den Gedanken kommen, dass es eine schlechte Idee war, ihn hier wohnen zu lassen.

Ben seufzte und warf einen letzten Blick auf seinen Entwurf. Dann drückte er auf Löschen und schloss das Programm. Einen Moment betrachtete er das Hintergrundbild auf seinem Monitor. Die *Villa Santa Emiliana*, eines der kostspieligsten Luxushotels an der Copacabana in Rio de Janeiro. Die Aufnahme war gemacht worden, nachdem der aufwendig gestaltete Dachgarten des Hotels angelegt worden war. Eine Arbeit der Firma, für die er damals noch gearbeitet hatte, und das erste Mal, dass Ben die Luft der großen weiten Welt geschnuppert hatte. Er drehte das Lederarmband an seinem linken Handgelenk, das er seit diesem ersten Auslandsjob trug. Wenn alle Stricke rissen, konnte er jederzeit in diesen Job zurück, um die Welt reisen und für *Green Dreams* Dach- und Gebäudebegrünungen entwickeln, für die dann seine Chefs das Lob, die Kohle und in einem Fall sogar einen Innovationspreis einsteckten.

Entschlossen trommelte er mit den flachen Händen die ersten Takte von Outkast's *Hey Ya* auf die Schreibtischoberfläche. Dann schaltete er den PC aus und stand auf. Es gab keinen Grund, Trübsal zu blasen. Er hatte seinen Abschluss in der Tasche. Mit ein paar Startschwierigkeiten zu kämpfen war normal. Er musste nur etwas Geduld haben, dann würde er eines der Projekte an Land ziehen, für die er einen Vorschlag eingereicht hatte, und endlich etwas für sein Portfolio tun. Ganz abgesehen davon, dass er die Finanzspritze, die das mit sich brachte, so dringend brauchte.

Er zog seinen Hoodie über und suchte die Astschere aus seiner Werkzeugkiste. Dann schob er sich einen Notizblock und einen Bleistift in die linke und sein Handy, auf dem er seine Lieblings-Indie-Rock-Playlist einschaltete, in die rechte Gesäßtasche seiner Jeans und verließ seine Wohnung.

Im Garten kam ihm Poldi entgegen, seinen orangefarbenen Lieblingsball im Maul. »Na mein Freund. Hast du Spaß?« Ben kraulte das feuchte Fell seines Hundes, als der den Ball vor seine Füße fallen ließ und mit der Schnauze zwischen Bens Zehenspitzen schob. Er hob den Ball auf und warf ihn in hohem Bogen auf das Wasser hinaus. Poldi sprintete davon und ließ sich mit einem Bauchklatscher vom Steg in den See fallen.

»Wahrscheinlich war er in seinem früheren Leben ein Delfin«, hörte Ben eine Stimme hinter sich.

Er drehte sich um. »Lina, hi.«

»Habe ich dich erschreckt?«, fragte sie. Heute trug sie Jeans und ein bunt geringeltes T-Shirt. Ihre Haare steckten zwar nicht in einer dieser komplizierten Flechtfrisuren, die sie so zu mögen schien, war dafür aber mit einigen glitzernden Haarspangen verziert. Um ihren Daumen klebte ein buntes Kinderpflaster. »Ich wollte mich nicht anschleichen. Aber du warst so in Gedanken. Was hast du vor?« Mit dem Kinn wies sie auf die Astschere, die er noch immer in der Hand hielt.

Ben zog das Handy aus der Hosentasche und stellte die Musik leiser. »Ich muss das Mandelbäumchen da drüben beschneiden. Es leidet an Spitzendürre, und ich hab Felicia versprochen, mich darum zu kümmern.« Er setzte sich in Bewegung, und Lina fiel in seinen Schritt ein.

»Ich wollte mich noch einmal bei dir bedanken«, sagte sie, als sie das Bäumchen erreichten.

Ben begutachtete die verdorrten Zweige und begann, sie mit ausreichend Abstand vom Rest der Äste abzuschneiden. »Wofür?«, fragte er, während er die nächste Astspitze abknipste.

»Ohne deine Hilfe hätten Jule und ich es bestimmt nicht geschafft, eine der Wohnungen zu ergattern. Felicia hat uns zwar gewarnt, dass die Ausstattung des Hauses nicht auf dem neuesten Stand ist, aber dieser Erker mit der kleinen Leseecke in meiner Wohnung… ich bin total verliebt.« Sie sammelte die Zweige ein, die er abschnitt, und warf sie auf einen Haufen, als sie weitersprach: »Wenn ich mich also irgendwie revanchieren kann, lass es mich wissen.«

»Ach was.« Er lächelte seine neue Mitbewohnerin an. »Wir hatten alle drei verdammtes Glück, dass wir hier einziehen konnten.«

»Trotzdem würde ich mich gern erkenntlich zeigen. Wenn du also mal 'ne Nanny brauchst oder so was…«

Ben lachte. »Eher weniger. Der größte Kindskopf, mit dem ich zu tun habe, ist mein Cousin. Und ich glaube, er ist aus dem Nanny-Alter raus. Falls du dich allerdings mit dem Gärtnern auskennst…«

Ergeben hob Lina die Hände. »Gartendeko kann ich. Beim Rest muss ich passen.«

Ben überlegte einen Moment. »Wie sieht's mit deiner Handschrift aus? Lesbar?«

»Jepp. Im Schönschreiben hatte ich immer eine Eins«, bestätigte sie.

»Dann kannst du dich als Gartenbauassistentin einbringen.« Ben ließ die Astschere sinken, zog sein Notizbuch und den Bleistift aus seiner Gesäßtasche und hielt sie ihr hin. »Ich habe eine furchtbare Klaue und kann manchmal selbst nicht mehr lesen, was ich mir notiert habe. Wenn ich die Äste entsorgt habe, kannst du mich durch den Garten begleiten und notieren, was ich vor mich hin brabbele.«

Lina lachte. »Das klingt nach einem spannenden Nachmittag. Mach ich gern.«

Sie schlug das Buch auf und sah ihn erwartungsvoll an, nachdem er die von der Monilia befallenen Pflanzenteile entsorgt hatte. »Womit fangen wir an? Und was hast du überhaupt vor mit dem Garten?«, wollte sie wissen.

»Wir fangen mit den Sträuchern und den Wegen an. Lass uns mal nachsehen, wohin die Pfade führen, die hier angelegt sind. Einige müssen freigelegt werden oder verschwinden ganz in den Büschen und Hecken, die sich hier überall ausgebreitet haben«, erklärte Ben und folgte einem der Wege, dessen in regelmäßigen Abständen verlegte Natursteinplatten völlig zugewuchert waren. »Ich fotografiere, du machst die Notizen.« Er machte mit dem Handy ein paar Aufnahmen. »Wenn Felicia es erlaubt, mache ich ein Vorher-Nachher von diesem Garten und stelle es in mein Portfolio.« Das würde auf jeden Fall einen Teil der Zeit in Anspruch nehmen, die er mit Warten auf Rückmeldung seiner anderen Projekte verbrachte.

»Ich finde es schön, wenn es ein bisschen was von einem wild gewachsenen Wald hat«, sagte Lina. »Das wirkt viel natürlicher.« Sie warf Ben einen Seitenblick zu und lachte dann. »Ich bin auf einem Bauernhof aufgewachsen. Unser Haus stand direkt am Waldrand, und ich habe vier jüngere Geschwister. Der Wald war unser Spielplatz.«

Ben nickte. »Ich verstehe, was du meinst. Der Trick ist, diesen Garten wie ein wild gewachsenes Stück Land aussehen zu lassen und trotzdem alles unter Kontrolle zu haben. Notier dir mal, dass ich diese Buchsbaumhecken da drüben stutzen muss. Wenn Felicia einverstanden ist und ich mich hier austoben kann«, fuhr er fort, »stelle ich mir das Ganze als eine Ansammlung von Aha-Effekten vor.«

Lina sah von den Notizen auf, um die Ben sie gebeten hatte. »Du meinst, dass man hinter jeder Ecke, um die man kommt, etwas entdecken kann? Kleine Highlights überall?«

»So in der Art. Den Schmetterlingsstrauch da drüben muss ich auch verschneiden«, führte Ben seine Liste weiter fort, und Lina schrieb es auf.

Fast eine Stunde liefen sie gemeinsam durch den Garten, begutachteten Pflanzen, überlegten sich, was bleiben oder verschwinden sollte, und warfen zwischendrin immer wieder den Ball für Poldi, der einfach nicht müde wurde, ins Wasser zu springen. Vielleicht hatte Lina ja recht, und sein Hund war wirklich ein wiedergeborener Delfin.

Ben betrachtete das Dickicht, durch das sie sich gekämpft hatten, ein letztes Mal, während er das Notizbuch wieder in seine Gesäßtasche schob. Wenn er keine der Ausschreibungen bekommen sollte, auf die er sich beworben hatte, konnte er sich in Felicias Garten zumindest den Sommer über beschäftigen. »Danke für deine Hilfe, Lina. Kann ich dich auf ein Bier einladen? Oder ein Glas Wein?«

»Gern geschehen. Und nein, ich bin noch mit meiner Familie verabredet. Ich muss die frohe Kunde der gefundenen Wohnung überbringen. Und dann wollen wir alle zusammen ins Kino«, sagte sie.

»Mit allen vier Geschwistern?« Ben, der als Einzelkind aufgewachsen war, sah seinen Cousin zwar wie einen Bruder, konnte sich aber nicht vorstellen, wie es war, gleich vier von der Sorte zu haben. Wenn er sich allerdings ausmalte, wie alle zusammen im Wald herumgerannt waren und Verstecken gespielt hatten, hatte Lina vermutlich eine ziemlich schöne Kindheit gehabt.

Sie lachte. »Allen vier Geschwistern. Und meinen Eltern.« Sie warf ein letztes Mal den Ball für Poldi und winkte Ben im Gehen noch einmal zu. »Bis später.«

»Bis dann.« Ben hob ebenfalls die Hand und zog dann sein Handy, das eine Nachricht ankündigte, aus der Tasche. Sam hatte ihm geschrieben. *Abendessen im Nordbad Tutzing?*

Ben zögerte nicht. Er hatte nichts vor, und in seinem neuen Zuhause herumzusitzen und über seine nicht vorhandene Auftragslage oder gar den Beinahe-Kuss der vergangenen Nacht nachzudenken würde ihn wahrscheinlich deprimieren. *Bin dabei*, schrieb er zurück.

Sam schickte einen erhobenen Daumen zurück. *Perfekt*, schrieb er. *Ich habe Lust, das Boot zu nehmen, also zieh dich warm an.*

8

Felicia stellte ihren Koffer und den Essenskorb auf dem Treppenabsatz vor Martins Wohnung ab und strich sich erst die Haare über die Schultern und dann ihr Kleid glatt. Sie atmete einmal tief durch, um ihr klopfendes Herz zu beruhigen. Was nicht daran lag, dass sie noch immer ein schlechtes Gewissen ihrem Freund gegenüber hatte, sondern daran, dass seine schicke Altbauwohnung im dritten Stock lag und es keinen Aufzug gab, der ihr Gepäck und sie nach oben transportiert hätte. Redete sie sich zumindest ein.

Felicia klingelte. Denn, nein, einen Schlüssel zu Martins Apartment hatte sie nicht. Aber auch das sah sie ihm inzwischen nach. Es war Teil seines Spleens, seine Wohnung ganz für sich allein zu haben und selbst zu entscheiden, wann er Gäste empfing.

Als er schon im nächsten Moment lächelnd die Tür aufzog, breitete sich in Felicia das warme, beruhigende Gefühl aus, dass er bereits auf sie gewartet hatte. In seinen Jeans, einem dunklen Kaschmirpulli, dessen Ärmel er bis zu den Ellenbogen hinaufgeschoben hatte, und Socken sah er genau so aus, wie Felicia es erwartet hatte: bereit für einen gemütlichen Abend zu zweit. »Baby«, sagte er, zog Felicia in seine Arme und legte seine Lippen auf ihren Halsansatz.

»Schön, dass du da bist. Ich habe dich vermisst in der letzten Woche.«

»Hey.« Felicia ließ sich in die Umarmung fallen, die sich so normal anfühlte. Zwischen Martin und ihr war alles wie immer. Erleichtert atmete sie aus. Das mit Ben war einfach nur ein merkwürdiger Moment gewesen. Jetzt, in den Armen ihres Freundes, die sich besitzergreifend um ihre Taille schlangen, während er seine Lippen an ihrem Hals nach oben gleiten ließ und sie dann zur Begrüßung küsste, zerbröselte diese Erinnerung innerhalb von Sekunden. Martin und sie würden sich einen schönen Abend machen. Das Essen – und einander – genießen.

Martin löste sich von ihr, griff nach ihrem Koffer und stellte ihn neben die Garderobe. Felicia folgte ihm mit dem Korb in den offenen Wohnbereich, der an ein Loft erinnerte. Die Kochinsel, auf der sie das Essen abstellte, trennte den Küchenbereich vom Rest des Raumes.

Martin griff nach dem Rotwein und dem Korkenzieher, die er bereits neben zwei Weingläser gestellt hatte. »Ich bin völlig erledigt von diesen ganzen Meetings«, erklärte er, während er die Flasche öffnete. »Für heute Abend will ich nur den *Tatort* sehen und dich danach in mein Bett locken.« Er zwinkerte Felicia zu und goss ihnen ein.

»Das klingt nach einem guten Plan.« Sie nahm das Glas entgegen und stieß mit ihm an.

»Auf diesen Abend.« Martin nippte an seinem Wein und öffnete dann den Deckel ihres Korbes. »Du hast Essen mitgebracht? Wir hätten auch was liefern lassen können.«

»Ich habe dich letzte Woche auch vermisst«, sagte Felicia. Sie stellte ihr Glas zur Seite und begann, die Dosen auszupacken. »Also habe ich mir gedacht, statt heute Abend etwas zu bestellen, bringe ich dir dein Lieblingsessen mit.«

»Hast du was ausgefressen?«

Felicias Hand, die gerade nach der Dose mit dem Braten greifen wollte, blieb in der Luft hängen, genau wie der Satz, den Martin hatte fallen lassen. Sie spürte, wie sich ihre Wangen in diesem verräterischen Rot färbten, das der Fluch aller Rothaarigen war. »Was?«, brachte sie heraus.

Martin betrachtete sie einen Moment über den Rand seines Weinglases hinweg, dann legte er den Kopf schräg. »Du weißt schon: Ein Mann mit schlechtem Gewissen bringt Blumen mit, und du kochst stattdessen vielleicht das Lieblingsessen.«

Nicht, dass Martin ihr schon jemals Blumen mitgebracht hätte. Felicia schob diesen Gedanken gemeinsam mit ihrem schlechten Gewissen zur Seite. »Ich habe schon oft für dich gekocht«, verteidigte sie sich. »Ich hatte einfach keine Lust auf Essen vom Lieferservice und dachte, ich verwöhne dich ein bisschen.«

»Du musst dich nicht rechtfertigen, Baby.« Martin zog sie für einen Kuss an sich. »Ich weiß doch, dass ich mir bei dir keine Gedanken machen muss, dass du irgendetwas anstellst.«

Richtig. Felicia trat einen Schritt zurück, griff nach ihrem Glas und trank einen großen Schluck Wein. Sie war die Verlässliche. Die, die niemals einen Fehltritt begehen würde. Viel zu anständig. Viel zu dankbar, dass sie geliebt wurde. Warum hatten diese Gedanken auf einmal einen so bitteren Beigeschmack? Sie wollte doch so sein. Eine Frau, auf die man zählen, der man sich sicher sein konnte. Sie war sich nur in letzter Zeit nicht mehr so sicher, ob sie es Martin damit nicht zu einfach machte. Manchmal kam sie sich in seiner Gegenwart vor wie eine dieser alten, ausgeleierten Strickjacken, die man einfach nicht wegwerfen konnte, weil sie so schön gemütlich war, in der man aber nicht einmal den Müll vor die Tür bringen würde.

»Deine Mutter hat mich übrigens heute Nachmittag angerufen«, holte Martin sie aus ihren Gedanken.

»Das tut mir leid«, sagte Felicia ganz automatisch und trank noch einen großen Schluck Wein. Ihre Mutter war ein großer Fan von Martin. Schließlich hatte er bereits die ersten Stufen der Karriereleiter erklommen und war überall vorzeigbar. Mit ihm konnte man angeben, was in den Augen ihrer Mutter mit Felicia kaum möglich war. Sie schob den Gedanken zur Seite, schaltete den Backofen ein und stellte das Essen zum Aufwärmen hinein.

»Sie hat etwas davon erzählt, dass du den alten Kasten jetzt vermietest«, fasste Martin das Telefonat zusammen. Er griff nach der Fernbedienung, schaltete den leisen Jazz aus, der im Hintergrund lief, und den Fernseher ein.

»Das hatte ich dir doch erzählt«, sagte Felicia. Sie deckte den Esstisch. Über Eck, sodass Martin den Beginn des *Tatorts* nicht verpasste, während sie aßen.

»Ach ja?« Er stutzte kurz, bevor er mit den Schultern zuckte und weiter durch die Programme zappte. »Es war auf jeden Fall eine gute Entscheidung. Jetzt kannst du dir ein cooles Apartment mit Blick auf den See suchen. Es sei denn, du entscheidest dich, endlich nach München zu ziehen.«

Womit Martin nicht seine Wohnung meinte, wie sie wusste. Aber wenn sie in der Stadt lebte, konnten sie sich natürlich öfter und vielleicht auch mal spontaner treffen, als es jetzt der Fall war. Und was Starnberg anging: Martin liebte *H'ugo's Beach Club*. Er mochte die Events, zu denen Felicias Mutter sie einlud und zu denen er manchmal sogar ohne sie ging. Nur mit der alten Schule konnte er sich einfach nicht anfreunden. Es versetzte Felicia wie immer einen Stich, dass er nicht verstand, wie wichtig ihr das Haus, die Verbindung zu ihrer Großtante und der Traum von der Kochschule waren. »Ich ziehe nicht aus. Ich habe nur die freien Apartments vermietet«, erzählte Felicia ihm noch einmal. Martin hatte als Steuerberater immer verdammt viel um die Ohren. Es war gut möglich, dass er Felicias Versuch, an Geld zu kommen, um ihren Cousin auszuzahlen, schlicht vergessen hatte. So etwas konnte schon einmal vorkommen, wenn man arbeitete wie ein Besessener. Während Felicia nur davon träumte, wieder Kochkurse zu geben und sich in ihrer *Küchennachhilfe* kreativ auszuleben, wollte Martin seine Karriere vorantreiben. Früher hatte er sogar darüber nachgedacht, den Sprung nach Frankfurt zu schaffen und sich dort einen Namen zu machen. Inzwischen wurde in der großen Steuerkanzlei, in der sie beide arbeiteten, gemunkelt, dass er der Nächste war, der zum Partner ernannt werden würde.

»Hmm«, antwortete er und zappte weiter durch das Programm. »Ich weiß nicht, was meine Putzfrau immer mit dieser Fernbedienung anstellt«, schimpfte er. »Jedes Mal wenn sie hier war, sind alle Sender verstellt. Ah, da ist der *Tatort*.« Zufrieden legte Martin die Fernbedienung zur Seite und sah Felicia an. »Wolltest du noch etwas sagen?«

Felicia schluckte. Sie hätte ihm gern von ihren neuen Mietern erzählt, aber … »Nein.« Überrascht stellte sie fest, dass sie ihr Weinglas schon geleert hatte. Großzügig schenkte sie sich nach. »Du kannst dich schon setzen, wenn du möchtest. Das Essen ist gleich so weit«, schlug sie vor und wandte sich zur Kücheninsel um, um sich die Enttäuschung nicht anmerken zu lassen, die ihr mit Sicherheit ins Gesicht geschrieben stand. Es war nicht so, dass Martin sich nicht für ihr Leben interessierte. Er war einfach nur viel zu eingespannt in seinem Job, und am Sonntagabend schaltete er nun einmal gerne ab. Vielleicht konnten sie sich in der nächsten Woche mal in einem Restaurant oder auf einen Drink verabreden. Dann konnte sie ihm immer noch von Lina, Jule und Ben erzählen. Und von Poldi. Genau genommen gab es da ja auch noch gar nicht viel, was sie berichten konnte. Es war sogar ganz gut, noch ein paar Tage zu warten. Dann konnte sie ein viel besseres Bild ihrer neuen Mieter zeichnen.

Das Dinner verlief schweigsamer, als Felicia es erwartet hätte, nachdem Martin und sie sich fast eine Woche nicht gesehen hatten. Aber ihr Freund konzentrierte sich auf Leitmayr und Batic, die sich wiederum darauf konzentrierten, einen Doppelmord in der Münchner Schickeria aufzuklären. Das Essen schaufelte er in sich hinein, ohne besonders darauf zu achten, wie viel Mühe sie sich damit gemacht hatte. Bei diesem Essverhalten hätte es eine Pizza oder etwas vom Inder tatsächlich getan. Felicias Gedanken wanderten zu ihrem Koch-Battle mit Ben, während der Mörder auf die Tatortkommissare schoss. Es tat einfach gut, ein Feedback zu bekommen für das, was man kreiert hatte. Natürlich erwartete sie nicht, jeden Tag über den grünen Klee gelobt zu werden. Aber die »Ahs« und »Hmms« und die genüsslich verdrehten Augen ihrer Gäste hatten ihr gutgetan.

»Felicia?«

»Hmm?« Sie blinzelte und sah von ihrem Teller auf, von dem sie so gut wie nichts gegessen hatte.

»Wo bist du mit deinen Gedanken?«, fragte Martin und richtete seine Aufmerksamkeit zum ersten Mal, seit der *Tatort* lief, auf sie.

»Ich … ähm … nirgends.« Felicia legte ihr Besteck auf den Teller und schob ihn von sich.

»Wenn du fertig bist, lass uns schnell abräumen.« Er zwinkerte ihr zu. »Und es uns dann auf der Couch gemütlich machen.«

»Gute Idee.« Sie verstauten die Essensreste, und dann ließ sich Felicia von Martin zum Sofa ziehen. Der Wein, den sie getrunken hatte, schenkte ihr ein ganz leichtes Gefühl. Ihr war fast ein bisschen schwindlig.

Martin ließ sich in die Polster fallen und zog Felicia mit sich. Er lehnte sich gemütlich zurück und drückte sie an seinen Brustkorb. »Ich habe dich wirklich vermisst«, murmelte er und senkte den Kopf, um sie zu küssen. Seine Hand strich an ihrem Oberschenkel hinunter, über ihr Knie, bis er sie unter den Stoff ihres Kleides schieben und sie wieder nach oben wandern lassen konnte. »Wahnsinnig vermisst«, wiederholte er.

Felicia schloss die Augen und ließ sich zurücksinken, als Martin sie sanft in die Kissen schob. Der Herzschlag, der die ganze Zeit in einem ungesunden Rhythmus vor sich hin geholpert war, wie ihr jetzt erst bewusst wurde, beruhigte sich. Martin hatte den *Tatort* offenbar vergessen. Und sie vergaß die Gefühle, die am Abend zuvor diese merkwürdigen Purzelbäume geschlagen hatten. Das hier fühlte sich richtig an.

Sie erwiderte Martins Küsse. Das war ihr Leben. Genau so, wie sie es wollte.

*

»Wassertaxi!«, rief Sam. Er hatte sein Motorboot an der kleinen Plattform des Anlegers festgemacht, der vom Garten der alten Schule zu dem kleinen Bootshaus führte, das auf Stelzen im Wasser stand.

Ben balancierte in der Hoffnung, dass nicht der ganze Steg unter ihm zusammenbrach, über die morschen Bohlen. Poldi war vor ihm hergestürmt und sprang gerade ins Boot, um Sam zu begrüßen. Ben tastete sich zum nächsten durchhängenden Brett vor. Er musste Felicia unbedingt sagen, dass sie sich um dieses jämmerliche Stück Holz kümmern musste. Bei ungepflegten oder beschädigten Stegen verstanden die Behörden in Starnberg keinen Spaß. Neue Stege wurden im Landkreis so gut wie nie genehmigt. Und wenn man sich nicht um das kümmerte, was man hatte, war man sein Eigentum schneller los, als man »Brauch ich noch« sagen konnte.

»Dieses erbärmliche Stück Holz, das den Namen Steg nicht verdient, sollte deine Vermieterin schleunigst ausbessern lassen«, sagte Sam genau das, was Ben gedacht hatte, als er das Boot erreichte.

»Sehe ich genauso«, sagte Ben. Sie stießen zur Begrüßung die Fäuste gegeneinander.

Sam nickte in Richtung der durchhängenden Bretter. »Wenn Felicia Hilfe braucht, soll sie sich melden. Wenn wir zusammen anpacken, dürften wir das Problem in einem halben Tag im Griff haben.«

»Ich werde es ihr vorschlagen.« Ben sprang an Bord, und Sam startete den Motor.

Er wendete das Boot langsam und schob den Gashebel nach vorn. Sobald der Bug nach Süden zeigte, jagte er die *Why Not* auf den See hinaus. Das Wasser lag friedlich und glatt vor ihnen. Ein paar Segler waren noch unterwegs. Die letzten Tretbootfahrer, die ihre winzigen Kähne an der Uferpromenade ausgeliehen hatten, strampelten in Richtung der kleinen Bootshäuser. Der Wind blies Ben und Sam eisig ins Gesicht und zerrte an ihren Beanies. Die Cousins hatten es schon immer genossen, auf dem Wasser zu sein. Die Geschwindigkeit auszuleben. Vorzugsweise im Sommer, wenn die Sonne von einem strahlend blauen Himmel knallte. Aber selbst jetzt, in der frischen Aprilluft, konnten sie den Ausflug genießen. Poldi hatte ebenfalls die Zeit seines Lebens. Er hielt seinen Kopf mit hängender Zunge in den Wind, wie er es auch beim Autofahren tat, wenn Ben das Beifahrerfenster für ihn herunterließ, ein breites Hundegrinsen im Gesicht.

Sam nahm die Geschwindigkeit ein wenig zurück, als sie über die Bugwelle eines kreuzenden Motorbootes holperten. Ben blickte zum Ufer hinüber. Sie befanden sich unterhalb von *La Maison*, einem exklusiven Hotel. Dazu gehörte auch ein sehr vornehmes Restaurant, in dem Ben sich das Essen noch nie hatte leisten können, in dem er aber mit Sam viele Teenagersamstage mit der Rasenpflege des weitläufigen Areals verbracht hatte.

Sie waren sich damals ziemlich unwiderstehlich vorgekommen. Denn das alte Gebäude verfügte über einen eigenen Anlegesteg, an dem sie immer das Motorboot festgemacht hatten, das sie sich von Onkel Jo »für den Weg zur

Arbeit« geliehen hatten. Sam und Ben hätten zwar auch mit ihren Mountainbikes fahren können, mit denen sie sonst jeden Weg in Starnberg zurücklegten. Aber verdammt, war das cool gewesen, mit dem Boot zu ihrem Ferienjob zu fahren und nach den Stunden in der brennenden Sonne auf den See hinauszufahren, sich direkt von Bord ins kühle Wasser fallen zu lassen und statt der üblichen Cola eines der Biere aus der Kühlbox zu nehmen, die sie aus dem Vorrat von Sams Vater geklaut hatten. Das war ein fantastischer Sommer gewesen. Die Mädchen hatten sie bewundert, weil sie ein Boot hatten. Und Sam und er hatten es sich jederzeit leisten können, eines von ihnen auf ein Eis oder eine Portion Pommes einzuladen, weil ihr Sommerjob so gut bezahlt war.

Sam schien den gleichen Erinnerungen nachzuhängen. Er grinste breit, als er zum *La Maison* hinüberblickte, und stieß Ben mit der Schulter an. Mehr brauchte es zwischen ihnen nicht, um sich zu verständigen. Doch dann wurde Sams Blick plötzlich ernst, während er weiter zum Anlegesteg des Hotels hinüberstarrte. Er nahm noch mehr Schub weg, und Ben folgte seinem Blick mit den Augen. Am Steg neben dem Bootshaus, in dem *Lilly* überwinterte – das historische Fährboot, mit dem die Hotelgäste über den See geschippert wurden –, lag eine schwarze, protzige Motorjacht mit der Applikation eines wilden Flammenmusters auf der Seite. Die Harley Davidson unter den Booten sozusagen. Die Art von Jacht, die man sich leistete, wenn man in die Midlife-Crisis geriet – und August Schlederer schien mittendrin zu stecken. Er war allerdings auch Inhaber des größten Landschaftsarchitektur-Büros der Gegend. Und der

Mann, dem er gerade die Hand schüttelte, während er ihm die andere jovial auf die Schulter legte, war Johannes Bergmoser. Der Bauunternehmer, der eines der Projekte ausgeschrieben hatte, auf das sich Ben beworben hatte: die Gestaltung des zentralen Platzes einer Neubausiedlung. Es sah ganz so aus, als verabschiedeten sich die beiden, nachdem sie sich ein Drei-Gänge-Menü im *La Maison* gegönnt hatten. Vielleicht lud Schlederer den Bauunternehmer sogar noch auf eine Fahrt mit dieser Angeberjacht ein.

Sam warf Ben einen Seitenblick zu. »Ich vermute, so läuft das in diesen Kreisen. Wetten, dass Bergmoser seine Rechnung nicht selbst gezahlt hat?«

Ben drehte das Lederarmband an seinem Handgelenk. »In meiner Welt bekommt der den Auftrag, der den besten Vorschlag für das Projekt macht.«

Sam schnaubte. »Deine Welt ist zu gut für die, in der wir tatsächlich leben.« Er schob den Gashebel wieder nach vorn und beschleunigte.

Ben blickte noch einmal zurück zu den kleiner werdenden Männern auf dem Steg, dann ließ er die Wälder und Parks an sich vorbeifliegen und bemühte sich, die Beobachtung zur Seite zu schieben. Was ihm nicht ganz gelang. Er wusste, dass seine Entwürfe gut waren. Innovation. Nachhaltig. Aber er wusste auch, wie die Dinge liefen, wenn man schon seit Jahren oder Jahrzehnten mit den gleichen Firmen zusammenarbeitete und von ihnen hofiert wurde. Als Auftraggeber musste man auf diese Weise die Katze nicht im Sack kaufen. Man wusste, was man für sein Geld bekam. Aber Ben wurde das Gefühl nicht los, dass mehr dahintersteckte. Zum Beispiel die Einladung in ein so teures Restaurant, um seinen Willen, in das Bauprojekt eingebunden zu werden, zu unterstreichen.

Er grübelte noch immer, als Sam das nächste Mal den Schub wegnahm, diesmal, um das Motorboot an den L-förmigen Steg des *Nordbades Tutzing* gleiten zu lassen, der mit seiner obligatorischen Palme am äußeren Ende und der indirekten Beleuchtung an eine coole, mediterrane Bar erinnerte. Sobald es wärmer wurde, würden die ausgebleichten Holzplanken von Badegästen bevölkert sein, die hier ihre Handtücher ausbreiteten und die Jachten und Motorboote bewunderten, die anlegten. Oder den Surfern, Katamaran-Seglern und Stand-Up-Paddlern bei ihren Übungsstunden zusahen. Das *Nordbad* war nicht nur bei den Touristen beliebt, die den See im Sommer besuchten, hier waren auch die Einheimischen zu finden, die es zu schätzen wussten, dass sie einfach ihr Boot am Steg vertäuen und ihr Abendessen auf der hölzernen Plattform genießen konnten, die über dem Wasser errichtet worden war.

An einem kühlen Aprilabend wie diesem war allerdings nicht besonders viel los. Ben und sein Cousin gingen von Bord und winkten Sams Eltern Jo und Tessa zu, die bereits einen Tisch am äußeren Rand der Plattform besetzt hatten, und holten sich an der Selbstbedienungstheke zwei Tegernseer. Die Currywurst Seeluxe, die sie hier immer aßen, würde ihnen die Bedienung später an den Tisch bringen. Mit dem Bier in der Hand umarmten sie Jo und Tessa und machten es sich unter dem eingeschalteten Heizpilz bequem.

Tessa zückte ihr Handy. »Familienselfie«, kommandierte sie, und alle rückten um sie herum zusammen für das Foto, das sie mit einem Gruß an Bens Eltern in die Familiengruppe stellte. Was zur Folge hatte, dass die beiden ein Selfie aus einem Nürnberger Restaurant zurückschickten, auf dem sie grinsend ihre Biergläser in die Höhe hielten. Ben vermisste seine Eltern. Manchmal mehr, manchmal weniger. Als er nach der Schule beschlossen hatte, Jobs auf der ganzen Welt anzunehmen, hatten sie ebenfalls entschieden, sich beruflich noch einmal neu zu orientieren, und waren von München ins Fränkische gezogen. Ben sah sie nicht allzu oft, auch wenn sie sich regelmäßig anriefen, Mails oder alberne Bilder schickten, wie jetzt. Deshalb war er froh, dass Sams Eltern ihn wie ihren eigenen Sohn behandelten. Aber an diesem Abend vermochten weder das Plätschern des Wassers unter Bens Füßen noch der Sonnenuntergang oder die lustigen Geschichten, die Jo aus der Gärtnerei erzählte, Bens trübe Stimmung zu lösen.

»Was ist los mit dir?«, fragte Tessa und legte ihre Hand auf Bens Arm. »War der Umzug in diese alte Schule ein Fehler?«

»Nein.« Ben schüttelte den Kopf und zwang sich zu einem Lächeln. Wenn er an das Kochevent und Felicias gerötete Wangen am Vorabend dachte, gelang ihm das sogar. Doch dann drängten sich Schlederer und Bergmoser wieder in seine Gedanken. »Wir haben da gerade etwas beobachtet, das uns zu denken gegeben hat«, erklärte er.

Sam stellte sein Bier zur Seite und beugte sich vor, um zu berichten, was sie am *La Maison* gesehen hatten.

»Was hältst du davon, Jo?«, fragte Ben, nachdem sein Cousin zu Ende erzählt hatte.

Sein Onkel lehnte sich zurück und legte seinen Arm hinter dem Rücken seiner Frau auf die Brüstung. Nachdenklich spielte er einen Moment mit den Enden von Tessas Pferdeschwanz, bevor er zu einer Antwort ansetzte. »Ich habe es bis jetzt immer ohne Bestechungen und Geschenke geschafft. Aber ich habe meine Finger ja auch noch nie nach den ganz großen Projekten ausgestreckt. Mal eine Verkehrsinsel oder ein Blumenbeet für die Stadt zu bepflanzen hat mir immer gereicht.« Ben war sich sicher, dass die Garten- und Landschaftsbaufirma, die sein Onkel und sein Cousin neben der Gärtnerei und der Baumschule noch betrieben, mehr als genug Arbeit abwarf und die beiden ordentlich auf Trab hielt. »Bei dir ist das anders«, fuhr Jo fort und wies mit seinem Weißbierglas in der Hand auf Ben. »Dir war das nie genug. Sonst wärst du nicht in die Welt hinausgezogen und hättest Bäume auf Wolkenkratzer gepflanzt. Und das war richtig so. Denn du bist dafür geschaffen. Aber hier in Starnberg«, Jo kratzte sich nachdenklich am Kinn, »wirst du wahrscheinlich nicht darum herumkommen, dich ein bisschen mehr ins Zeug zu legen. Zumindest, wenn du bei den richtig großen Projekten mitmischen willst. Kleine Geschenke erhalten die Kundschaft.«

»Eigentlich die Freundschaft«, warf Tessa ein und bedachte ihren Mann mit einem Blick unter hochgezogenen Augenbrauen.

Jo zuckte mit den Schultern. »Ihr wisst ganz genau, was ich meine. Nur weil ich die Tatsachen ausspreche, heißt das ja noch lange nicht, dass ich sie gutheiße.«

Die Kellnerin brachte ihr Essen und unterbrach das Gespräch einen Moment. Als sie sich zum nächsten Tisch umdrehte und die leeren Gläser abräumte, fuhr Jo fort: »Egal, wofür du dich entscheidest: Du solltest dich immer so verhalten, dass du beim morgendlichen Zähneputzen mit gutem Gewissen in den Spiegel schauen kannst und magst, was du siehst.«

»In einem beschissen winzigen Spiegel in einem noch winzigeren Bad«, konnte sich Sam einen Kommentar auf Bens neue Wohnsituation nicht verkneifen.

»Sam!« Tessa hasste es, wenn die Leute um sie herum Schimpfwörter benutzten. Dabei sollte man sie nicht erwischen, wenn ihr in der Küche etwas misslang. Die Flüche, die sie ausstoßen konnte, hatten schon manchmal dafür gesorgt, dass sich Ben mit roten Ohrenspitzen aus dem Haus geschlichen hatte, um ihr nicht über den Weg zu laufen.

»Sam hat recht.« Ben trank einen Schluck Bier. »Genau darum geht es doch. Unter anderem. Ich könnte es mir gar nicht leisten, irgendjemanden zu bestechen, weil ich nicht einen Cent dafür übrig habe. Meine Firmenkugelschreiber werden das Rennen wohl kaum machen.«

»Du wirst mit deinen brillanten Ideen bestechen«, beruhigte Tessa ihn. »Dessen bin ich mir sicher. Und jetzt will ich alles über deine neue Wohnung wissen und dieses winzige Bad«, ergänzte sie mit einem Seitenblick auf ihren Sohn, der gespielt genervt die Augen verdrehte. »Wann können wir dich besuchen und uns diese Schule mal ansehen?«

Es war längst dunkel, als Ben von seinem Cousin wieder am Steg hinter der alten Schule abgesetzt wurde. Im Licht seiner Handytaschenlampe balancierte Ben hinter Poldi über die wackligen Bohlen in den Garten zurück. Auch hier war bereits alles dunkel, sah man mal von ein paar Lichterketten und Feenlichtern ab, die Lina verteilt hatte und deren kleine

Solarpaneele noch von der Sonne profitierten, die den Tag über geschienen hatte.

Ben blieb einen Moment stehen, um die Gerüche und Geräusche des nächtlichen Gartens in sich aufzunehmen. Dann blickte er zu Felicias Fenstern hinüber. Natürlich waren sie ebenfalls dunkel. Sie war schließlich nicht mit einem Koffer auf dem Gepäckträger zu ihrem Freund gefahren, um ein paar Stunden später in ihrer Wohnung vor dem Fernseher zu sitzen oder ein Buch zu lesen.

Ben ließ seinen Blick an der Fassade hinaufwandern. Hinter den Fenstern, die zum ehemaligen Lehrerzimmer gehörten, das zwischen seiner und Linas Wohnung lag, erkannte er ein schummriges Licht. Er hörte leise Musik und trommelte den Rhythmus mit der Hand ganz automatisch gegen seinen Oberschenkel mit, während er die Haustür aufzog und mit Poldi an seiner Seite die Treppe hinaufstieg.

Die Tür zum Lehrerzimmer stand offen, und Bens neue Nachbarinnen tanzten ausgelassen zu einem Stones-Klassiker durch den Raum, der in seiner Vergangenheit sicher sehr viel Ruhe und Strenge geatmet hatte. Jule in Lauftights und einem Funktionsshirt, obwohl sie nicht so aussah, als wäre sie laufen gewesen. Lina trug verblichene Jogginghosen und ein ausgeleiertes T-Shirt. Ihre Haare waren zwar zu einem unordentlichen Knoten auf ihrem Kopf geschlungen, trotzdem hatte sie es sich nicht nehmen lassen, zwei pinkfarbene Spangen mit Betty-Boop-Motiv in ihre Haare zu schieben. Das Lehrerzimmer hatte sich in eine Art kitschige Chill-out-Lounge verwandelt. An der Tafel, die von bunten Lichterketten eingerahmt war, stand in feinstem Handlettering: *Kaffee wurde erfunden, um so lange wach bleiben zu können, bis es*

Zeit für Wein ist. Auf dem alten Rednerpult, auf dem Felicia erst vor zwei Tagen wütend ihr selbst gebackenes Brot und die Kräuterbutter abgestellt hatte, thronte jetzt ein beleuchteter Globus, der sich langsam um die eigene Achse drehte. Wenn sich Ben nicht täuschte, gab es auf dieser Nachbildung der Erde noch Ländergrenzen, die sich schon vor Jahrzehnten verschoben hatten, und auf den Fenstersimsen standen zwei, nein, drei Lavalampen, die so aussahen, als hätte sie jemand in einer Zeitkapsel aus den Siebzigern auf direktem Weg hierherbefördert. Wobei – Ben betrachtete einen der hässlich grauen Einbauschränke –, wahrscheinlich fand man solche Schätzchen hier einfach nur, indem man eine Tür aufzog und sich davon überraschen ließ, was dahinter zu finden war.

Poldi hatte offenbar genug gesehen und beschloss, dass das nicht seine Party war. Er trollte sich in Richtung Erdgeschoss, wahrscheinlich um Elfriede noch ein bisschen Gesellschaft zu leisten. Wer wusste schon, was die beiden planten, wenn sie ihre Hunde- und Katzenköpfe zusammensteckten. Wahrscheinlich die Übernahme der Weltherrschaft. Wobei Elfriede vermutlich das Superhirn war. Und sein Hund … Ben drehte Mick Jagger, der gerade darüber philosophierte, dass man nicht immer alles bekam, was man haben wollte, den Saft ab. »Was treibt ihr da?«, fragte er seine Nachbarinnen in die Stille hinein, als die beiden erschrocken zu ihm und dem Ghettoblaster auf dem Schränkchen neben ihm herumfuhren.

»Ben!« Lina legte sich die Hand aufs Herz. »Du hast uns zu Tode erschreckt.«

Jule sah nicht ganz so erschrocken aus. Grinsend kam sie

zu Ben herüber und drehte die Musik wieder etwas lauter. »Wir haben den Keller entdeckt«, erklärte sie.

»Aha.« Mehr fiel Ben nicht dazu ein. Die hässlichen Achtzigerjahre-Muster der Sofas waren unter bunten Überwürfen mit passenden Kissen verschwunden, die ihn an Patchwork erinnerten. Auf jeden Fall passten sie zu den Blumen, die, in diversen Gefäßen verteilt, überall im Raum herumstanden.

»Die habe ich heute genäht«, sagte Lina, die Bens Blicken gefolgt war. »Ich hatte noch Stoffreste. Und so ist es doch viel hübscher, oder?« Sie wartete Bens Antwort nicht ab, sondern lehnte sich gegen den Sport-Bock mit den kurzen Beinen, der neben einem der Sofas stand. »Als ich vom Essen mit meiner Familie zurückgekommen bin, dachte ich mir, ich sehe mich mal im Keller um, weil Felicia doch gesagt hat, wir können uns an allem bedienen.« Mit einem begeisterten Funkeln presste sie abermals die Hand auf ihren Brustkorb. »Dieser Keller ist eine Schatztruhe.«

»Ich wollte eigentlich joggen gehen, aber dann hat Lina mich einfach in die Katakomben entführt und mich dazu gezwungen, Zeug hier hochzuschleppen«, ergänzte Jule. Das erklärte zumindest ihr Outfit. Ihr Handy begann zu klingeln, und Jule zog es aus der Hosentasche. Mit gerunzelter Stirn blickte sie auf das Display. »Entschuldigt mich«, murmelte sie und drehte sich zur Tür um. »Da muss ich rangehen.« Im nächsten Moment war sie verschwunden.

Lina grinste breit. »Jetzt, wo du da bist, könnte ich noch ein wenig Hilfe gebrauchen.« Sie nahm eine Glühbirne, die auf der Couchlehne balanciert hatte, und hielt sie ihm entgegen. »Könntest du auf den Tisch steigen und die in die Deckenlampe schrauben? Wir konnten keine Leiter finden.«

»Dann sind die Lavalampen und der Globus also nur dafür da, wenigstens etwas Licht in den Raum zu bringen. Ich dachte schon, das wird der neue Style der alten Schule.« Er nahm Lina die Birne ab und schob einen der Tische unter die Deckenlampe.

»Hey.« Lina stemmte die Hände in die Hüften, als Ben auf den Tisch stieg. »Nichts gegen die Lavalampen. Ich finde sie supervintage. Aber ein bisschen mehr Licht können wir hier drin trotzdem gebrauchen.« Sie kicherte, als Ben sich aufrichtete. »Oh Captain, mein Captain«, salutierte sie.

»Was?« Ben blickte zu ihr herunter. Seine Nachbarin hatte ganz offensichtlich schon einen Schluck zu viel – was auch immer sich in ihrem Glas befand.

»Du weißt schon.« Sie blinzelte zu ihm hoch. »*Der Club der toten Dichter*. Muss ich irgendwie gerade dran denken, wenn ich dich da oben stehen sehe.«

Ihm war in den letzten beiden Tagen schon ein paarmal aufgefallen, dass sie Sätze aus Filmen zum Besten gegeben hatte. »Was bist du?«, fragte er und sprang vom Tisch. »Ein wandelndes Filmzitate-Lexikon oder so was?« Er ging zum Lichtschalter neben der Tür und testete die Lampe, die sofort den Raum erhellte.

Lina zuckte mit den Schultern. »Ich liebe Filme. Und wenn ein Satz gut ist, kann ich ihn leider nicht mehr vergessen. Dafür kann ich mir nichts merken, was mit Physik oder Mathe zu tun hat. Oder Chemie«, ergänzte sie. »Willst du einen Gin Tonic?«

Der Themenwechsel ließ Ben blinzeln. »Ja, gerne.« Er hatte zwar im *Nordbad* bereits zwei Bier getrunken, aber irgendwie war dieser Tag deprimierend genug gewesen, dass ein weiterer Drink nicht schaden konnte. Erst jetzt bemerkte er das schmale Regal, das Jule und Lina neben dem Lehrerpult aufgestellt hatten und in dem neben einem dieser kleinen Kühlschränke mit Glastür eine kleine Ansammlung nicht zueinanderpassender Gläser und ein paar Flaschen Wein standen.

Jule stürmte in den Raum zurück. »Das übernehme ich«, kündigte sie an, mixte den Gin Tonic für Ben und reichte ihm das Glas mit einem »Voilà«.

»Alles in Ordnung bei dir?«, fragte Lina sie. Das Telefonat schien sie irgendwie aufgewühlt zu haben.

»Ja, schon gut.« Jule wischte Linas besorgten Gesichtsausdruck mit einer Handbewegung zur Seite. »Nur ein paar Scherereien mit meinem kleinen Bruder. Ein Pubertier mit zu vielen dummen Ideen.« Sie verdrehte die Augen. »Davon lassen wir uns nicht den Abend verderben.« Dann mixte sie sich selbst noch einen Drink und hielt das Glas in die Luft. »Auf die alte Schule«, brachte sie einen Toast aus.

»Zum Wohl.« Ben drehte sich einmal um die eigene Achse. »Dann ist das hier so was wie der Clubraum?«, fragte er.

»Raum der Begegnungen«, korrigierte Lina. »Hat heutzutage jede Wohnanlage, die etwas auf sich hält.«

Das bezweifelte Ben. In seinem Studentenwohnheim hatte diese Art von Raum einfach nur Partykeller geheißen. Auch wenn er zugeben musste, dass das Lehrerzimmer der alten Schule deutlich mehr Klasse hatte als die dunklen Sauflöcher an der Uni, in denen bei jedem Schritt die Schuhe am Boden festgeklebt waren. »Bisschen schräg, plötzlich derjenige zu sein, der im Lehrerzimmer rumhängt«, er grinste die Frauen an, »aber definitiv eine Erfahrung. Und echt gemütlich. Was hat es damit auf sich?« Er trat vor die an der Wand aufgehängte Weltkarte, die er aus seinem eigenen Geografie-Unterricht noch kannte. Aus einer Zeit, als er sich noch nicht hatte vorstellen können, einen Fuß auf einen anderen Kontinent zu setzen. Wie lange war das inzwischen her? Im Unterschied zu damals waren auf dieser Karte einige Länder markiert. Obwohl … er trat noch näher an die Karte heran. Dieses Exemplar hier war, genau wie der Globus, ein überholtes Modell. »UdSSR?«, fragte er und zog dann mit dem Zeigefinger die Grenze nach, die Deutschland geteilt hatte. »DDR?«

»Na ja, da die Schule ja schon seit ein paar Jahrzehnten zu ist, ist das Kartenmaterial nicht auf dem aktuellen Stand. Aber die Welt an sich hat sich ja nicht verändert.« Jule trat neben ihn. In der Hand eine Box mit Pinnnadeln. »Bist du schon ein bisschen rumgekommen auf unserem schönen Planeten?«, wollte sie wissen.

Ben lachte leise und nippte an seinem Drink. »Könnte man so sagen.«

Auffordernd hielt Jule ihm die Nadeln hin. »Ich bin Rot. Lina ist Gelb. Wir haben alle Länder markiert, in denen wir schon einmal gewesen sind. Du kannst gerne Grün nehmen, schließlich bist du Gärtner«, schlug sie vor.

Landschaftsarchitekt, dachte Ben. Aber vielleicht würde er auch einfach wieder als Gartenbauer arbeiten, wie er es früher getan hatte. Zumindest war das eine Option, wenn ihm seine Konkurrenten mit ihren Bestechungen und Zuwendungen die Projekte wegschnappten.

Ben konzentrierte sich wieder auf die Karte vor ihm. Mit einem Blick erfasste er, dass Jule schon um einiges weiter

herumgekommen war als Lina. Aber verglichen mit ihm …
Er stellte seinen Gin Tonic zur Seite und nahm die Nadeln. »Ihr könnt ruhig weitertanzen. Das dauert eine Weile.«

»Angeber.« Jule stieß ihn mit der Schulter an. »Ah, der Klassiker: USA«, kommentierte sie die erste Nadel, die er in die Karte bohrte.

Nun gesellte sich auch Lina zu ihnen und schaute Ben über die andere Schulter. »Brasilien. Das ist schon ein bisschen exotischer.«

Ben machte weiter. Steckte Nadel für Nadel in die Karte. Den größten Teil Europas hatte er gesehen. Neben den USA und Kanada auch einige mittel- und südamerikanische Länder.

Als er begann, afrikanische Staaten zu markieren, hielt Jule seinen Arm fest. »Wow, wow, wow«, sagte sie und zog die Augenbrauen auf eine Art hoch, die sagte: Verscheißere mich nicht! »Wir reden von Ländern, in denen wir wirklich schon mal waren. So Sachen wie ›Da ist der Flieger mal zwischengelandet‹ zählen nicht.«

»Schon klar«, sagte Ben und platzierte die nächste Nadel in Ägypten. »Ich nehme nur Orte, an denen ich mindestens zwei Tage war. Eine Nacht dort geschlafen und einmal etwas Landestypisches gegessen ist die Grundvoraussetzung, finde ich. Nicht der Stempel im Pass. In den meisten Ländern war ich allerdings länger.«

»Aber wie …« Lina trat einen Schritt nach vorn und betrachtete seine Markierungen fasziniert. »Das sieht so aus, als hättest du jahrelang nichts anderes gemacht, als die Welt zu erkunden.«

»So könnte man es nennen.« Ben pinnte eine Nadel in Namibia und eine in Südafrika. »Ich habe nach der Schule angefangen, für einen Landschaftsarchitekten zu jobben, der sich darauf spezialisiert hat, auf der ganzen Welt Dächer und Fassaden zu begrünen. Vor allem Hotels und Bürokomplexe. Ich hatte Spaß an dem Job, und mit der Zeit stieg ich in der Hierarchie immer weiter auf. Ich hatte Ideen, brachte mich ein.«

Jule schnaubte. »Aber deine Chefs haben es als ihre Ideen verkauft, habe ich recht?«

Ben sah sie von der Seite an. »Na ja, es war ihre Firma. Ihre Projekte. Also auch ihre Ideen. Manchmal bekam ich einen kleinen Bonus. Aber irgendwann hat mir das einfach nicht mehr gereicht. Ich wollte mein eigener Herr sein, selbst Projekte umsetzen. Als mir klar wurde, dass ich keinen Schritt weiterkomme, bevor ich nicht studiert hatte, bin ich nach Hause gekommen und hab mich an der Uni eingeschrieben.«

»Deshalb bist du für einen Berufsanfänger schon ein bisschen in die Jahre gekommen«, zog Jule ihn auf.

»Wobei man kein Berufsanfänger ist, wenn man einen Job von der Pike auf gelernt hat«, gab Lina zu bedenken. »Mit deinen Erfahrungen steckst du wahrscheinlich jeden in die Tasche.«

Wenn es nur so wäre, dachte Ben. Er stellte die Box mit den Nadeln ab. »Zumindest habe ich die halbe Welt gesehen und meinen Traumjob gefunden.« Er drehte das Lederarmband an seinem Handgelenk, das ihn an seinen ersten Auftrag in Brasilien erinnerte.

»Das ist etwas, was wir alle drei gemeinsam haben.« Jule hob ihr Glas, um mit ihnen anzustoßen. »Wir haben unsere Träume wahrgemacht. Und das hat uns hierhergeführt.«

»Schade, dass Felicia nicht da ist«, sagte Lina. »Es ist schließlich auch ihr Traum – die alte Schule zu halten –, der uns die Chance gegeben hat, hier zu wohnen.«

»Da hast du absolut recht. Auf Felicia«, sprach Jule noch einen Toast aus. »Vielleicht sollten wir uns einfach erkenntlich zeigen und ihr bei der Verwirklichung ihres Traumes auch ein bisschen unter die Arme greifen.«

»Die *Küchennachhilfe*?« Linas Augen begannen zu glänzen. »Felicia kocht so wundervoll. Sie hätte es wirklich verdient, dass die Kochschule bald wieder anläuft.«

Ben betrachtete die beiden Frauen, die bereits begannen, Ideen zu brainstormen, wie sie ihrer Vermieterin auf die Sprünge helfen konnten. Viel wusste er noch nicht über Felicia, aber bei einer Sache war er sich sicher: Sie hasste es, die Kontrolle aus der Hand geben zu müssen. Jule und Lina würden bei ihr auf Granit beißen.

9

Ben hatte versprochen, seinem Cousin in der Baumschule zu helfen, solange es bei seinen Projekten nicht vorwärtsging. Er mochte die Arbeit, und Poldi war sowieso immer mit Feuereifer dabei, wenn er die Erlaubnis hatte, irgendwo herumzubuddeln. Aber an diesem Montagmorgen schaffte Ben es nicht ganz, so viel Freude wie sonst aufkommen zu lassen, wenn es um die Gärtnerei ging. Der vergangene Abend hatte ihm einmal mehr bewusst gemacht, wie sehr er sich danach sehnte, so zu arbeiten, wie er es vor dem Studium gemacht hatte. Richtig große Konzepte. Vorhaben, die ihn wirklich forderten und mit denen er zeigen konnte, was er draufhatte. Sein Job brannte ihm nicht nur unter den Nägeln, er beschäftigte seinen Kopf so sehr, dass Sam ihn mittags nach Hause schickte und ihm empfahl, erst mal mit sich selbst ins Reine zu kommen, bevor er sich wieder in der Gärtnerei blicken ließ.

Ben wusste, dass sein Cousin das nicht böse meinte. Schließlich wusste er ganz genau, wie sehr sein Leben ins Stocken geraten war, seit er seinen Uniabschluss hatte. Ben ärgerte sich hauptsächlich über sich selbst, weil er es nicht schaffte, diese Gedanken weit genug zur Seite zu schieben, um sich auf andere Dinge zu konzentrieren.

Der Einzige, der einen fantastischen Vormittag gehabt hatte, war Poldi, der völlig verdreckt und glücklich neben Ben saß, als sie zur alten Schule fuhren. Wenigstens war es inzwischen einfacher geworden, seinen Hund sauber zu bekommen – er musste nur ein paarmal Poldis Lieblingsball in den See werfen.

Ben parkte gerade vor der Schule, als sein Handy klingelte. Er angelte es aus der Hosentasche und blickte einen Moment lang auf das Display. Sein Puls beschleunigte sich auf die unangenehme Art, als er auf Bergmosers Nummer starrte. Er wusste schon, was der Bauunternehmer ihm gleich sagen würde, noch bevor er den Anruf annahm.

Poldi stupste mit seiner erdverschmierten Nase gegen Bens Schulter. Richtig. Er musste den Anruf annehmen. Also atmete Ben tief durch und tippte auf das grüne Telefon. »Lindner.«

»Herr Lindner, Marika Petersen von Bergmoser-Bau. Ich hoffe, ich störe Sie nicht.«

»Nein.« Ben legte den Arm um Poldi und ließ den Kopf in das Fell seines Hundes sinken. Rief Bergmoser nicht einmal persönlich an, um ihn aus dem Rennen zu kegeln?

»Es tut mir leid, dass ich Ihnen das mitteilen muss. Ihr Projektentwurf hat Herrn Bergmoser zwar außerordentlich gut gefallen, aber schlussendlich hat er sich für ein anderes Konzept entschieden«, flötete diese Frau Petersen, die keinen blassen Schimmer hatte, dass damit wieder einer der dünnen Pfeiler wegbrach, auf dem das Fundament seiner Zukunft stand.

»Wer …« Ben räusperte sich, weil seine Stimme so rau klang. »Wer hat den Zuschlag bekommen?«, fragte er.

»Das Architekturbüro Schlederer«, verkündete Frau Petersen und klang dabei so stolz, als hätte sie den Entwurf selbst ausgewählt, während ihr Chef sich bei einem edlen Essen von den Vorteilen des Projekts hatte überzeugen lassen. »Wenn Sie sonst keine Fragen haben, wünsche ich Ihnen einen schönen Tag.«

Bevor Ben etwas erwidern konnte, hatte sie aufgelegt. Sie hatte wahrscheinlich damit zu tun, noch ein paar Absagen zu verteilen. Obwohl Ben gewusst hatte, dass es so kommen würde, packte ihn Wut. Wut auf das System, indem er nicht mithalten konnte. Wut auf Schlederer, der seine Vorteile so dreist ausnutzte, und auf Bergmoser, der das Potenzial in Bens Vorschlag nicht erkannte. Aber vor allem war Ben wütend auf sich selbst. Auf die Hoffnung, die er sich gemacht hatte. Die Träume, die er mit diesem Auftrag hatte verwirklichen wollen. Alles zerplatzt.

Er ließ Poldi aus dem Wagen und schlug die Fahrertür wütend hinter sich zu. Hinter dem Haus warf er den Ball für seinen Hund weit auf den See hinaus – was wenigstens einen von ihnen glücklich machte. Dann holte er seine Kettensäge und begann, sich in Felicias Gartendschungel auszutoben.

*

Felicia war erschöpft, als sie am Montagabend in die S-Bahn stieg. Sie hatte schlecht geschlafen. Um ihre Gedanken zu sortieren und Martin nicht zu wecken, weil sie sich ruhelos hin und her wälzte, hatte sie die ganze Nacht an die dunkle Decke gestarrt und Schäfchen gezählt.

Im Büro hatte ihr Chef seine schlechte Laune an ihr ausgelassen, und am Bahnsteig hatte sie im Gedränge mit ihrem Übernachtungskoffer auch noch eine alte Dame angerempelt und aus dem Gleichgewicht gebracht. Zum Glück waren zwei junge Skateboarder zur Stelle gewesen und hatten die Frau aufgefangen. Nicht auszudenken, wenn sie wegen Felicia gestürzt wäre und vielleicht einen Oberschenkelhalsbruch erlitten hätte. Verdammter Koffer! Wenn Martin und sie ihre Beziehung endlich auf die nächste Ebene heben würden, wäre das nicht passiert. Dann hätte sie Platz in seinem Kleiderschrank und müsste nicht ständig mit diesem Koffer durch die Gegend ziehen.

Mit einem Seufzen ließ sich Felicia in der S-Bahn auf einen der unbequemen Notsitze fallen. Wem machte sie etwas vor? Niemand war verantwortlich für das, was sie tat. Martin hatte die alte Dame nicht geschubst. Aber egal, wie sie es drehte und wendete, dieser Tag war nicht mehr zu retten. Er gehörte in die Kategorie: kann weg.

Als der Koffer auf halbem Weg vom Starnberger Bahnhof zur alten Schule auch noch aus dem Gepäckträgerkorb ihres Fahrrades fiel und auf den Asphalt knallte, erreichte ihre Beherrschung ihre Grenzen. Felicia hatte das dringende Bedürfnis, wie ein vierjähriges Kind mit dem Fuß aufzustampfen oder zumindest einen wütenden Schrei loszulassen. Inmitten der Starnberger und Touristen um sie herum war das nicht die optimale Lösung. Also atmete Felicia ein paarmal tief durch und setzte ihren Weg zu Fuß fort. Mit der rechten Hand schob sie das Rad, die Linke zog den Koffer hinter sich her. Zuhause, in ihren eigenen vier Wänden, in Ruhe und allein, würde sie sich einfach aufs Sofa legen, bis sie sich wieder besser fühlte. Oder ein warmes Schaumbad nehmen. Vielleicht würde auch ein Glas Wein helfen. »Das ist es«, murmelte sie vor sich hin. »Ein Glas Wein und ein Entspannungsbad. Und meine Ruhe.«

Die Kettensägengeräusche aus ihrem Garten erinnerten sie, genau wie die drei Autos, die an der Hecke, die das Grundstück begrenzte, geparkt waren, schlagartig daran, dass sie nicht mehr alleine war in der alten Schule. Felicia blieb vor dem Tor stehen und ließ den Blick über Bens Pick-up schweifen, der bereits einige Roststellen aufwies. Der bunt gestreifte VW Sharan, der Lina gehörte, war ihr bereits in den vergangenen Tagen aufgefallen. Nur den leuchtend gelb-grünen Suzuki Jimny hatte sie bisher noch nicht gesehen. Dem J und dem H auf dem Kennzeichen nach zu urteilen war das vermutlich Jules Auto.

Wieder drang das Dröhnen der Kettensäge an Felicias Ohr. Offenbar würde ihr Abend nicht ganz so ruhig verlaufen, wie sie sich das gewünscht hatte. Sie lehnte ihr Fahrrad an das windschiefe Rosengitter an der Hauswand und trug ihr Gepäck in die Hausmeisterwohnung. Doch statt erst einmal aus ihrem Hosenanzug zu schlüpfen und sich etwas Bequemes anzuziehen, ging sie durch die Hintertür nach draußen – und blieb wie angewurzelt stehen. Ihr Garten hatte sich … gelichtet. Das war das einzige Wort, das ihr einfiel. Ein Teil des Unterholzes war verschwunden, was zur Folge hatte, dass es das Licht, das durch die Baumkronen mit den jungen, leuchtend grünen Blättern brach, bis auf den Boden schaffte. Überall lagen Berge von Grünzeug herum, die Ben abgeschnitten und gemäht hatte.

Die Kettensäge verstummte. Ben, der mit dem Rücken

zu ihr stand, legte sie zur Seite. Dann richtete er sich wieder auf und blickte mit in die Seiten gestützten Händen auf das, was er gerade freigelegt hatte. Trotz des kühlen Abends trug er keine Jacke. Die lag ein paar Meter weiter im Gras. Ein dunkles V auf Bens Rücken zeugte genau wie seine Fortschritte im Garten davon, dass er schon eine ganze Weile hier arbeitete. Poldi und Elfriede lungerten am Strand herum und beobachteten ihn aus der Ferne.

Felicia riss ihren Anblick von Bens Rücken los (*Wie lächerlich, einen Mann so anzustarren*, wies sie sich zurecht) und sah über seine Schulter in die Richtung, in die auch er blickte. »O mein Gott!«, entfuhr es ihr, als ihr bewusst wurde, was Ben da aus dem Dickicht von Hecken und Büschen befreit hatte. »Der Pavillon!« Langsam setzte sich Felicia in Bewegung. Sie blieb neben Ben stehen, der sich seine Schutzbrille auf den Kopf schob und sich mit dem Unterarm über das Gesicht wischte. »Du hast den Pavillon gefunden«, sagte sie unnötigerweise. Sie hatte keine Ahnung, wie lange diese wunderschöne, schmiedeeiserne Konstruktion schon den Garten zierte. Die filigranen Streben, das schiefergedeckte Dach, das noch intakt zu sein schien, und die kleine, zwiebelförmige Kuppel, ebenfalls schmiedeeisern, die sich über alldem stolz in die Luft reckte. Felicia hatte so lange nicht mehr an diesen kleinen, verwunschenen Ort gedacht. Über die Jahre war er so zugewuchert, dass er irgendwann aus ihrem Gedächtnis verschwunden war. Aber jetzt, mit Blick auf den See und der Sonne, die gerade begann, hinter die Berge zu sinken, verschlug es Felicia den Atem. Das war in ihrer Kindheit einer ihrer liebsten Plätze gewesen. Hier hatte sie stundenlang auf den schmalen Metallbänken gesessen, die sich an der Innenseite entlangzogen, und gelesen. Oder auf den See hinausgeblickt und vor sich hin geträumt. Manchmal war der Pavillon einfach ihr kleiner verwunschener Platz gewesen, an dem sie sich wie eine Prinzessin gefühlt hatte. Und viel zu oft der Rückzugsort, an dem sie sich versteckt hatte. Vor den Kindern, die in der Schule über sie gelacht hatten, wenn sie eine Frage der Lehrerin nicht hatte beantworten können, weil sie vor sich hin geträumt hatte. Oder vor ihren Eltern, die sich vor ihren Augen gestritten und angeschrien hatten. Wenn ihr all das zu viel geworden war, war sie einfach losgerannt. Zur alten Schule. Oft war sie gar nicht erst zu ihrer Großtante gelaufen, um sich bei ihr auszuweinen, sondern hatte sich gleich in ihrem Pavillon versteckt. Aber Leona hatte sie immer gefunden, war mit einer Tasse Kakao zu ihr gekommen und hatte ihr zugehört und sie getröstet. Hin und wieder waren sie einfach hier sitzen geblieben und hatten gemeinsam auf den See hinausgeblickt. An anderen Tagen hatte ihre Großtante sie dazu überredet, mit ins Haus zu kommen und Kekse zu backen. Egal wie diese Tage ausgegangen waren, die schon so viele Jahre zurücklagen: Leona hatte ihnen immer ein schönes Ende gegeben. Wie hatte sie nur diesen wunderbaren Pavillon und alles, was mit ihm zusammenhing, vergessen können?

Ben wandte ihr den Kopf zu und musterte ihren Hosenanzug. »Schönen Abend gehabt, gestern?«, fragte er mit einer Stimme, die ganz eindeutig nach schlechter Laune klang.

Felicia spürte, wie ihr die Röte ins Gesicht schoss. Sie musste sich nicht dafür rechtfertigen, bei ihrem Freund gewesen zu sein, auch wenn Ben und sie sich fast … Sie öffnete bereits den Mund, um etwas Entsprechendes zu sagen, als Jule neben sie trat und sie mit der Schulter anstieß.

Lachend reichte ihre Mieterin ihr ein Glas Rosé. »Er ist schon den ganzen Tag so brummig«, kommentierte sie Bens Laune. »Aber dem Garten scheint diese Stimmung gutzutun.« Sie prostete Ben mit ihrem Wein zu, was dieser mit einem Blick aus zusammengezogenen Augenbrauen quittierte. Dann zog sie das ledergebundene Buch hervor, das sie sich unter den Arm geklemmt hatte – und verdächtig danach aussah, als stamme es aus dem Rektorenzimmer der alten Schule –, und wedelte damit herum.

Felicia lag schon die Bitte auf den Lippen, vorsichtig mit dem Buch umzugehen, als Lina hinter Jule auftauchte und ihr das Glas abnahm.

»Ich habe da was gefunden«, sagte Jule, hielt das Buch hoch und schlug es mit feierlichem Gesichtsausdruck auf. Dann räusperte sie sich und begann stockend, die altdeutsche, halb verwischte Schrift zu lesen, mit der lateinische Begriffe notiert worden waren.

Felicia verstand kein Wort von dem, was Jule da vorlas, bei Ben war das offenbar anders. Er fuhr zu Jule herum, und als sie zwei, drei weitere Wörter gelesen hatte, wischte er sich mit dem Unterarm über das Gesicht und trat hinter sie, um über ihre Schulter einen Blick auf den Text zu erhaschen.

Felicia trat ebenfalls einen Schritt näher, um die Tintenzeichnung des Pavillons zu betrachten, die auf die linke Seite gemalt worden war. Sofort spürte sie Bens Nähe, die Hitze, die von ihm ausging, seinen Geruch, der an den frisch gemähten Rasen um sie herum erinnerte. Sie blickte über die

Schulter, und Ben erwiderte ihren Blick. Wieder vibrierte zwischen ihnen diese Energie, die ihren Herzschlag aus dem Takt brachte.

Ben hielt ihren Blick für einen stummen Moment. Erst als Jule stockend den nächsten Begriff las, senkte er den Kopf ein wenig, um über Jules Schulter mitzulesen. Jule hob das Buch ein wenig, damit er die Seite besser betrachten konnte, ohne sie mit seinen schmutzigen Händen anfassen zu müssen.

Viel flüssiger als Jule las er ein paar weitere Zeilen und stieß dann ein ungläubiges Lachen aus. »Da lassen sie in Nürnberg aufwendig die Sorten nachzüchten, die es im neunzehnten Jahrhundert auf der Roseninsel gegeben hat, und an diesem Pavillon wachsen ein paar von ihnen, unbemerkt hinter diesen ganzen Büschen und Hecken, einfach vor sich hin, ohne dass irgendjemand davon weiß. Diese Rosenstöcke, die du hier hast, sind alt, Felicia. Aber sie sind fantastisch erhalten, und du kannst dir sicher sein, dass es die gleichen Sorten sind, zwischen denen Ludwig und Sissi auf der Roseninsel spazieren gegangen sind.«

»Mein Gott, ist das romantisch.« Lina seufzte und stellte sich auf die Zehenspitzen, um ebenfalls einen Blick in das Buch zu werfen, in dem offenbar detailliert der Bau des Pavillons und seine Bepflanzung beschrieben waren.

Felicia trat in den Pavillon und stieg über die Äste und Blätter, die Ben entfernt, aber noch nicht weggeräumt hatte. Sie nippte an ihrem Wein und blickte auf den See hinaus. Der Wind war kühl, und ein paar schmale Wolkenbänder hingen am Horizont und wurden von der untergehenden Sonne rotgolden angestrahlt. »Das ist einfach unglaublich«, sagte sie, ohne den Blick von dem gezackten Scherenschnitt der Bergketten in der Ferne abzuwenden. Hinter ihr traten ihre Mieter in den Pavillon.

Lina hüpfte regelrecht auf und ab vor Begeisterung. »Dieser Garten ist wie ein kleines, verstecktes Paradies.«

»Diesen Pavillon kannst du auf der Homepage der alten Schule erwähnen«, fand Jule. »Hier könnten Trauungen abgehalten werden. Dann müsstest du nur noch den Gerümpelraum neben der Kochschule wieder auf Vordermann bringen und kannst gleich den Saal zum Feiern und das Catering mit anbieten.«

»Das klingt nach einer ziemlich guten Idee«, stimmte Ben ihr zu, und Lina klatschte begeistert in die Hände.

Felicia trank noch einen Schluck Wein. Ihr Herz begann plötzlich zu rasen. Die Gedanken überschlugen sich in ihrem Kopf. Sie versuchte, tief durchzuatmen, aber sie schaffte es nicht, die Luft an dem Kloß vorbeizupressen, der in ihrem Hals festsaß. Mit einem Lächeln, das in ihren Mundwinkeln zitterte, drehte sie sich um. Erst gestern Abend hatte Martin sich darüber beklagt, dass sie neuerdings so wenig Zeit für ihn gehabt hatte. In ihrem Job in der Steuerkanzlei lagen die anstrengendsten Monate vor ihr. Und Leonas Tod? Sie wollte nicht einmal darüber nachdenken, wie schwer der auf ihrer Seele lastete. Noch mehr Veränderungen waren das Letzte, was sie im Moment brauchte. Davon gab es bereits genug.

Felicia hatte sich überwunden, drei Fremde in ihrem Haus einziehen zu lassen, um von der Bank den Kredit zu bekommen, den sie so dringend brauchte, damit sie ihr Zuhause retten konnte. Doch diese drei überrumpelten sie ständig mit ihrer Präsenz und ihren Ideen. Das war einfach – zu viel. Zumindest im Moment. »Tolle Idee«, murmelte sie. »Aber das wird nicht funktionieren.« Felicia leerte ihr Weinglas, zwängte sich zwischen Jule und Lina hindurch und suchte Zuflucht in ihrer Wohnung. Selbst von hier konnte sie den Pavillon jetzt sehen. Die Rosenranken, die, noch ohne Blüten, an den nostalgisch verschnörkelten Gittern nach oben geklettert waren. Sie sah Lina und Jule davorstehen, mit verwunderten Gesichtern. Und Ben, der auf ihre Hintertür starrte, als wäre ihm bewusst, dass sie hier stand und die Veränderungen in der Welt da draußen aus der Sicherheit ihrer Wohnung betrachtete.

*

Ben stand vor Felicias Tür. Er hatte nach der befriedigenden Arbeit im Garten und der Entdeckung der historischen Rosenstöcke geduscht. In Jeans und einem sauberen Longsleeve war er ins Erdgeschoss des Hauses zurückgekehrt. Unschlüssig blieb er vor Felicias Tür stehen, was ihm einen verständnislosen Blick seines Hundes einbrachte. »Ich weiß«, murmelte Ben, als er sich hinunterbeugte, um Poldi zwischen den Ohren zu kraulen. »Für dich ist diese Tür kein Hindernis. Du gehst einfach rein, wenn du Elfriede besuchen möchtest. Für mich ist das nicht ganz so einfach.«

Statt zu klopfen, öffnete Ben die Tür zum Gerümpelraum, dessen Erwähnung Felicia so aus dem Takt gebracht hatte. Ben hatte eine Vermutung, warum sie überreagiert hatte und weggerannt war, statt sich über die Wiederentdeckung des Pavillons zu freuen. Lina und Jule jedenfalls waren ganz begeistert gewesen. Allerdings hatte Ben den Eindruck, dass es in der alten Schule nicht viel gab, was die beiden nicht cool fanden. Und er selbst? Er schloss die Tür wieder und ging in die Kochschule hinüber. Ihn hatte der Fund des Pavillons ebenfalls elektrisiert. Vor allem, nachdem Jule das Buch aufgestöbert hatte, in dem seine Vermutung, dass er auf alte Rosensorten gestoßen war, bestätigt wurde.

Aber all das war in den Hintergrund getreten, als er hinter Felicia getreten war, um einen Blick in Jules Notizen zu werfen. Der Blick, in dem Felicia und er versunken waren. Ihr zarter Duft, der ihn fast high werden ließ, als er ihm in die Nase gestiegen war. Felicia trug diese Business-Kostüme wie eine Rüstung. Fast ein bisschen, als ob sie glaube, sich auf diese Weise unangreifbar zu machen. Unverletzlich zu sein. Ben hatte den starken Verdacht, dass sie in ihrem Leben schon oft verletzt worden war, und, wenn er an den Auftritt ihrer Mutter im Garten vor ein paar Tagen dachte, noch immer wurde. Felicia war es wichtig, die Kontrolle zu behalten. In jeder Situation. Und ihm war es wichtig, sich alle Gedanken aus dem Kopf zu schlagen, die darüber hinausgingen, dass Felicia eine Freundin war. Seine Vermieterin.

Ben zog den Kühlschrank auf und betrachtete die Joghurt-Palette, die Felicia dort deponiert hatte. Bevor er es sich anders überlegen konnte, schnappte er sich einen Joghurt, kehrte zu Felicias Wohnungstür zurück und klopfte.

Sie ließ sich Zeit mit dem Öffnen. Fast so, als müsse sie überlegen, ob ihr wirklich nach Gesellschaft war. Als sie die Tür endlich aufzog, drängelte sich Poldi sofort an ihr vorbei, um nach Elfriede zu suchen.

Bens Blick blieb an Felicia hängen. Sie hatte den strengen

Haarknoten gelöst, ihre Haare hatten sich aber noch nicht in die wilden Locken verwandelt, die sie bei ihrem Kochabend getragen hatte. Inzwischen trug sie einen übergroßen Hoodie mit dem verwaschenen Schriftzug *Starnberg* und Leggins. Ihre Füße steckten in bunten Wollsocken. Wohlfühlkleidung, ging es Ben durch den Kopf. Das Gegenteil der Business-Rüstung. Und genau so unsicher sah sie ihn jetzt auch an. Offen und verletzlich. Ben lächelte, lehnte sich in den Türrahmen und wedelte mit dem Joghurt in der Hand. »Ich dachte, du könntest vielleicht einen gebrauchen«, sagte er.

Zögerlich nahm Felicia den Joghurt. »Danke.« Sie machte einen Schritt zurück, als wolle sie ihm die Tür vor der Nase zuschlagen. Oder einfach Abstand zwischen sie beide bringen. »Ist sonst noch etwas?«, fragte sie.

»Ja.« Bens Grinsen vertiefte sich. Felicia hatte sicher nur gefragt, weil sie dafür gut genug erzogen war, gleichzeitig aber gehofft, dass er Nein sagen würde. »Ich mach dir einen Vorschlag.« Er nahm ihr den Joghurt wieder ab. »Hol einen Löffel. Lass uns einen kleinen Abendspaziergang durch den Garten machen. Dann zeige ich dir, was ich heute sonst noch gemacht habe.«

Wieder dieses Zögern. Dann nickte Felicia langsam. »Warte einen Moment.« Diesmal schloss sie ihm die Tür vor der Nase. Ben konnte nur hoffen, dass sie ihn nicht stehen ließ. Zusammen mit ihrem Joghurt. Neugierig schnüffelte er an dem Becher und verzog das Gesicht. Er mochte Joghurt, und er mochte Zupfkuchen. Aber beides gleichzeitig?

Diesmal dauerte es nur einen Moment, bis Felicia die Tür wieder aufzog, einen Löffel in der Hand und Gartencrocs an den Füßen. Schweigend öffnete sie die Tür zum Garten und ging vor Ben her auf ihre kleine Terrasse. »Mir ist aufgefallen, dass du meine Pflanzen gegossen hast«, sagte sie und blickte Ben über die Schulter an. »Danke.«

»Kein Problem.« Ben gab ihr den Joghurt zurück. »Das habe ich nebenbei erledigt.«

Sie gingen ein paar Schritte durch die Dämmerung, und das Schweigen, das sich zwischen ihnen ausbreitete, begann schon wieder unangenehm zu werden. Ben schob die Hände in die Taschen seiner Jeans, und Felicia rührte in ihrem Joghurt herum. Eigentlich war es Blödsinn, seine Fortschritte in der Dämmerung zu präsentieren, aber eigentlich war das nur ein Vorwand. Ben wollte mit Felicia reden. Über den Garten und darüber, wie er die beginnenden Veränderungen für sich nutzen wollte.

Ben führte Felicia herum, wies auf Sachen, die er schon erledigt hatte, und auf solche, die er in nächster Zeit in Angriff nehmen wollte. Felicia schwieg die meiste Zeit, nickte und löffelte ihren Joghurt.

Als sie schließlich vor dem Pavillon stehen blieben, seufzte sie und ließ den Becher sinken. »Ben«, sagte sie leise. »Ich weiß das wirklich zu schätzen. Deine Ideen sind fantastisch. Aber, um ehrlich zu sein: Das ist mir im Moment alles zu viel.« Sie machte eine unbestimmte Bewegung mit der Hand. »Ich muss die *Küchennachhilfe* wieder zum Laufen bekommen.«

Wieder schwieg sie, also brachte Ben den Gedanken für sie zu Ende. »Dir fehlt die Energie dafür.«

Felicia nickte, sagte aber nichts weiter.

»Komm mal mit.« Ben wartete nicht darauf, dass sie ihm folgte. Er griff nach Felicias Hand und zog sie in den Pavillon und auf die schmale, schmiedeeiserne Sitzbank, die sich an der Seite entlangzog. »Genau deshalb wollte ich mit dir reden.« Ben schluckte. Er gestand sich selbst nicht gern ein, dass ihm die Felle davonschwammen. Aber er war dabei, gegen diese Situation zu kämpfen. Es vor jemandem außerhalb seiner Familie zuzugeben war allerdings etwas völlig anderes. Er hielt noch immer Felicias Hand, und da auch sie keine Anstalten machte, ihre zurückzuziehen, beließ er es dabei. Weil es eine freundschaftliche Geste war. Und weil es sich gut anfühlte. »Meine Situation ist nicht ganz so rosig, wie es mein Studienfach vielleicht annehmen lässt.« Als Felicia ihn überrascht ansah, fuhr er schnell fort. »Ich bin Landschaftsarchitekt, ja. Nach der Uni habe ich beschlossen, mich selbstständig zu machen. Ich bin auf das Begrünen von Dächern und Gebäuden spezialisiert«, erzählte er. »Aber ich übernehme auch jeden anderen Auftrag, den ich bekomme. Allerdings sieht es, was die Auftragslage angeht, im Moment schlecht aus. Keine Sorge, meine Miete kann ich bezahlen«, ergänzte Ben, um nicht den Eindruck zu erwecken, Felicia hätte einen Fehler gemacht, ihn in die alte Schule einziehen zu lassen.

»Trotzdem hast du deine Situation ein wenig beschönigt und mich in dem Glauben gelassen, dass bei dir alles rundläuft.« Felicia drehte sich so, dass sie Ben ansehen konnte. In der zunehmenden Dunkelheit schimmerten ihre Augen, ohne dass das Blaugrün darin noch zu erkennen gewesen wäre. »Ich brauche die Mieteinnahmen, wenn ich die alte Schule nicht verlieren will«, sagte sie leise, aber eindringlich. »Wenn du …«

»Keine Sorge.« Er drückte ihre Hand. »Wenn ich merken

sollte, dass ich es mir nicht mehr leisten kann, hier zu wohnen, mache ich die Wohnung für den nächsten zahlenden Mieter frei. Aber mein Plan ist es, es nicht so weit kommen zu lassen. Heute habe ich eine Absage für eine Ausschreibung bekommen. Allerdings habe ich mich noch bei ein paar großen Projekten beworben und bin mir sicher, eines zu bekommen.« Über alles andere wollte er nicht einmal nachdenken. »An dieser Stelle kommst du ins Spiel. Und die alte Schule. Ich brauche deine Hilfe.«

»Ich habe überhaupt keinen grünen Daumen und kenne mich mit Pflanzen gar nicht aus«, sagte Felicia sofort.

Ben konnte sich ein kleines Lachen nicht verkneifen, so entsetzt wie ihre Stimme allein bei dem Gedanken daran klang, im Garten zu arbeiten. Er blickte auf den See hinaus. Der Mond war inzwischen aufgegangen und ließ die Wasseroberfläche silbern schimmern. »Keine Sorge«, beruhigte er sie. »Ich wollte dich nur fragen, ob ich mich hier austoben darf. Wenn ich Hilfe brauche, frage ich Sam. Ich würde aber gern das Vorher und das Danach festhalten und die Fortschritte auf meiner Homepage und in den sozialen Medien als Projekt posten. Dafür brauche ich dein Okay.«

»O.« Felicia blickte nachdenklich in den Garten, in dem außer Linas Lichterketten und Feenlichtern nicht mehr viel zu erkennen war. »Kann ich darüber nachdenken?«

»Natürlich. Lass dir Zeit. Aber Felicia«, Ben wartete, bis sie ihn wieder ansah, »lass dich von Jule, Lina und mir nicht in den Wahnsinn treiben. Du bist es nicht gewohnt, dass in der alten Schule so viele Leute herumlaufen, abgesehen von den Kochkursen, die deine Tante und du früher gegeben habt. Uns um dich zu haben kann aber auch etwas Gutes sein. Jemanden zu haben, der einem unter die Arme greift. Oder Ratschläge erteilt. Ob gewollt oder nicht«, ergänzte er und musste an Jule denken, die nie ein Blatt vor den Mund nahm. »Und jetzt«, er zog Felicia von ihrem Platz, »komm mit, ich habe ein paar Skizzen für den Garten gemacht, die ich dir gerne zeigen möchte. Und deine neuen Mieterinnen haben bei dieser Gelegenheit auch noch eine Überraschung für dich.«

*

Felicia folgte Ben durch den stillen Garten zurück zur alten Schule. Nur das Glucksen der Wellen war zu hören, hier und da ein Nachtvogel oder ein Geräusch aus dem Unterholz. Alles um sie herum war so friedlich. Ben hatte sie überrumpelt. Einmal mehr. Aber auf eine Art, mit der sie überraschenderweise klargekommen war. Auch wenn sein Geständnis, zurzeit ohne Auftrag dazustehen, ihr für einen Moment den Atem genommen hatte. Nicht nur, weil Ben unter Umständen seine Miete würde nicht mehr zahlen können, sondern auch, weil ihr klar wurde, dass sie ihn nicht als Mieter verlieren wollte.

Felicia konnte Ben nicht für die Pflege ihres Gartens bezahlen, also konnte sie sein Angebot auch nicht annehmen. Eigentlich. Die Idee, eine Vorher-Nachher-Dokumentation zu machen und als Werbung für seine Arbeit zu nutzen, gefiel ihr. Sie war gespannt, was Ben sich ausgedacht hatte.

Gemeinsam stiegen sie die Treppe hinauf. Noch bevor Felicia den ersten Stock erreichte, hörte sie Musik aus dem ehemaligen Lehrerzimmer. Ein Song aus den Achtzigern, der gemeinsam mit Jules und Linas Lachen durch das Haus klang.

»Du solltest den beiden Gesellschaft leisten«, schlug Ben vor. »Ich hole inzwischen die Skizzen.«

Felicia nickte. Sie hatte das Gefühl, Lina und Jule ihre Reaktion im Pavillon erklären zu müssen. Ben hatte recht. Sie war nicht an so viele Menschen gewöhnt, die auf sie einredeten und Ideen hatten, wie sie ihr Leben am besten gestalten konnte. Normalerweise bekam sie nur von ihren Eltern gesagt, was sie tun und lassen sollte. Und das ganz unabhängig davon, dass sie inzwischen zweiunddreißig war. Aber ihre neuen Mieter wollten nicht über ihr Leben bestimmen, Entscheidungen über ihren Kopf hinweg treffen. Sie waren kreativ und bemühten sich, Felicias Unternehmen wieder auf die Sprünge zu helfen. Ohne Hintergedanken. Einfach, weil sie nett waren. Das hatte Felicia schon begriffen, bevor Ben die Sprache darauf gebracht hatte. Allein in ihrer Wohnung, als sie sich das Gespräch am Pavillon noch einmal hatte durch den Kopf gehen lassen. Als ihr klar geworden war, dass sie sich inzwischen in einen scheuen Angsthasen verwandelt hatte, der vor dem Leben außerhalb ihrer vier Wände Reißaus nahm. Damit war jetzt Schluss. Sie würde sich bei Jule und Lina entschuldigen und ihnen erklären, warum sie so reagiert hatte. Vielleicht verstanden die beiden sie ja. Und vielleicht hatten sie in Zukunft noch mehr dieser guten Ideen für die alte Schule.

Entschlossen trat Felicia in das Lehrerzimmer – und blieb wie angewurzelt stehen. »Wow«, entfuhr es ihr, als sie die Veränderungen im Raum wahrnahm.

Jule und Lina, die auf dem Sofa saßen und über irgendetwas kicherten, während Jule auf ihrem Tablet herumtippte, sahen überrascht auf.

»Gefällt es dir?« Lina sprang auf und drehte die Musik ein wenig leiser. »Wir haben jetzt einen … wie war das Wort noch?« Stirnrunzelnd sah sie zu Jule hinüber.

»Raum der Begegnungen.« Langsam erhob sich Jule von der Couch, deren hässliche Polsterung jetzt unter farbenfrohen Decken verschwand. Sie legte das Tablet – heute mit einer Hülle im Leopardenmuster – zur Seite und vollführte mit ihrem Weinglas in der Hand eine Drehung, die den ganzen Raum einschloss. »So nennt man das heutzutage. Gibt es in jedem Mehrgenerationenhaus und diesen ganzen hippen Wohnprojekten, die zurzeit wie Pilze aus dem Boden schießen.«

Nicht, dass die alte Schule irgendetwas Derartiges war. Aber die Veränderungen gefielen Felicia. Sie hatten dem alten, trostlosen Raum Leben eingehaucht. Der Spruch auf der Tafel ließ sie grinsen, und die Weltkarte an der Wand zog ihren Blick wie magisch an. Sie betrachtete die Nadeln, die in allen möglichen Ländern steckten. Die meisten waren grün. »Seid ihr hier überall gewesen?«, fragte sie über die Schulter.

»Ja. Die meisten Pins gehören Ben«, erklärte Lina. »Deine fehlen noch.«

Felicia schluckte. Ihre Mieter interessierten sich für sie, nahmen sie in die Gruppe auf, zu der sie in so kurzer Zeit bereits zusammengewachsen waren. Das war mehr, als sie von ihrer eigenen Familie in den letzten Jahren erfahren hatte. »Okay«, sagte sie und schob die unwillkommenen Gedanken zur Seite. »Welche Farbe soll ich nehmen?« Viele Länder hatte Felicia noch nicht bereist. Aber die paar, die sie kennengelernt hatte, würde sie dieser unorthodoxen Auflistung gerne hinzufügen.

»Blau ist noch frei«, sagte Jule und brachte ihr das Kästchen.

Unter Kommentaren ihrer Mieterinnen verteilte Felicia ihre Pins und nahm dann das Glas Wein entgegen, das Lina an der Minibar, die es jetzt im Lehrerzimmer gab, eingeschenkt hatte.

»Und jetzt die Playlist«, kommandierte Jule und griff wieder nach ihrem Tablet. »Wir brauchen deine zehn Lieblingssongs für unsere Alte-Schule-Playlist. Wenn ich deine Auswahl hinzugefügt habe, schicke ich sie dir auf Spotify.«

Der David-Guetta-Song, den Felicia erkannte, weil er der Handy-Klingelton einer ihrer Kolleginnen war, endete und machte kreischenden Gitarren Platz. »Du bist ohne dein Tablet nicht lebensfähig, oder?«, sagte Felicia, um Zeit zu gewinnen. Welches Lied würde zur Songliste ihrer Mieterinnen passen? Sie zermarterte sich das Hirn, doch ihr fiel nichts ein, von dem sie sicher sein konnte, dass es Jule und Lina gefallen könnte.

Jule lachte. »Das, meine Liebe, ist kein Tablet.« Sie ließ eine bedeutungsschwere Pause folgen. »Das ist mein Cardex, das geheime Buch, das jeder Concierge besitzt. Hier drin steht alles, was ich für meinen Job brauche. Nur benutze ich kein Notizbuch und Tinte, sondern die zeitgemäßere Version. Adressen, Kontakte, Lieferanten«, zählte sie auf. »Aber vor allem das Wesen meiner Kunden. Ihre Vorlieben und was sie hassen. Angewohnheiten und Interessen. Dinge, die ich schon einmal für sie erledigt habe. Und die Dinge, von denen sie noch träumen, die ich aber auf jeden

Fall wahr werden lasse.« Sie schenkte Felicia ein breites Lächeln. »Mein Cardex ist mir heilig. Sollte ich es also jemals erleben, dass jemand versucht, da reinzukommen, werde ich ihn töten und im See versenken.«

»Gut zu wissen«, murmelte Felicia, überrascht, wie einschüchternd ein so breites Lächeln wirken konnte. »Und die Tablet-Hüllen?«, fragte sie, weil ihr immer noch kein Song einfiel, von dem sie behaupten konnte, dass er ihr Lieblingslied war, und den ihre Mieterinnen für gut befinden würden. »Hast du eine für jeden Tag?«

Jule seufzte. »Das ist mein kleines Laster.« Sie strich über den Leoparden-Print. »Wenn ich mich mit meinen Kunden treffe, trete ich natürlich professionell auf, deshalb kommen Leos, Blümchen oder Glitzerschmetterlinge nicht infrage. Also tausche ich die Hüllen in meiner Freizeit gerne aus. Aber lenk nicht ab. Wir waren immer noch bei deinen Lieblingsliedern. Los geht's!«

Felicia schluckte. »Ich glaube, die Lieder, die ich so höre, sind gar nicht so spannend«, versuchte sie sich herauszureden. Ihr Geschmack war deutlich leiser und passte sicher kaum in die Sammlung, die Jule angelegt hatte.

»Keine Chance«, widersprach Lina. »Her damit! Was ist dein Lieblingssong?«

Ihr fiel einfach nichts Cooles ein. Also blieb nur die Wahrheit. »Ähm … *Hello* von Adele.« Felicia spürte bereits, als sie es aussprach, dass das ein Fehler war.

Jule und Lina ließen sich gleichzeitig mit einem genervten Stöhnen und einer dramatischen Geste aufs Sofa fallen, wo sie einfach liegen blieben und noch ein bisschen weiterseufzten über Felicias schlechten Musikgeschmack.

Felicia musste nicht in einen Spiegel blicken, um das leuchtende Rot zu sehen, das ihre Wangen überzog. Sie wollte ihre Mieterinnen gerade daran erinnern, dass sie diejenigen gewesen waren, die nach ihrem Lieblingslied gefragt hatten, als Jule sich wieder aufrappelte und den Song offenbar der Playlist hinzufügte. Denn als sie das Tablet wieder zur Seite legte, grinste sie Felicia an. »Keine Sorge, Adele ist definitiv nicht das Schlimmste auf dieser Liste. Die Auswahl von Ben ist durchweg …« Sie verdrehte die Augen. »Und Lina hat sogar einen Helene-Fischer-Song beigesteuert.«

»Hey.« Lina boxte Jule in die Seite, nicht ohne ebenfalls breit zu grinsen. »Ich mag Adele eigentlich auch ganz gerne. Nur manchmal ist sie ein bisschen deprimierend. Vermutlich ist das ein ganz guter Ausgleich zu Jules Ich-mach-Sport-und-hab-dabei-auch-noch-gute-Laune-EDM-Tracks.« Sie malte Gänsefüßchen in die Luft, um Jules Musikgeschmack besser zu beschreiben.

Felicia atmete langsam aus. Ihr Herzschlag beruhigte sich. Jule und Lina machten sich nicht über ihren Musikgeschmack lustig. Obwohl, irgendwie schon. Aber nicht in einem größeren Ausmaß als über ihren eigenen. Das hier war eine Kabbelei unter Freunden. Gutmütiges Aufziehen. Kein Mobbing der kleinen, schüchternen Rothaarigen, die sie einmal gewesen war.

»Okay. Weiter geht's«, holte Jule sie aus ihren Erinnerungen. »Lieblingssong Nr. 2«, verlangte sie zu wissen.

Felicia konnte nicht verhindern, dass sich ein Grinsen auf ihrem Gesicht ausbreitete. Sie konnte sich schon vorstellen, wie die beiden auf das nächste Lied reagieren würden. »*I will always love you* von Whitney Houston.«

10

Zwei Tage später erwartete Felicia die nächste Überraschung, als sie von ihrer Arbeit nach Hause kam. Eine Gruppe Halbstarker schleppte Dinge aus ihrem Haus. Was zum Teufel …?

Sie trat schneller in die Pedale, um zu sehen, was da los war. Wurde die alte Schule gerade ausgeraubt? Doch als sie das Tor erreichte, erkannte sie Jule, die die Jungs herumkommandierte, und Ben, der auf der Ladefläche seines Pickups stand und mit einem der Teenager die Dinge entgegennahm, die zu ihm heraufgereicht wurden. Hinter seinem Ford parkte ein Traktor mit Anhänger, der ebenfalls beladen wurde. Linas bunt gestreifter Wagen stand am Straßenrand. Sie selbst war aber nirgends zu sehen.

Felicia wurde also zumindest nicht ausgeraubt. »Was ist hier los?«, fragte sie Jule ein wenig atemlos, als sie ihr Fahrrad an die Hauswand lehnte.

»Gerümpelraum-Aufräum-Aktion«, war Jules schlichte Erklärung. Sie ließ sich auf einen Eimer sinken, der umgedreht auf dem Rasen vor dem Haus stand, und klopfte auf die Holzkiste neben sich. »Lina ist drin und koordiniert, was die Jungs noch im Keller einlagern und was wir gleich zum Wertstoffhof bringen.«

Felicia biss sich auf die Unterlippe und sah einem Teenager mit Sidecut und einer blauen Strähne im Haar nach, der eine alte Schreibmaschine an ihr vorbeischleppte, an der ein paar Tasten fehlten. Sie blickte zu Jule hinüber, dann wieder zu Bens Pick-up. Gerade konnte sie nicht anders, als dem Jungen zu folgen und sich davon zu überzeugen, dass wirklich nichts weggeworfen wurde, was sie behalten wollte. Dabei wusste sie gar nicht, was sich in dem Gerümpelraum überhaupt alles verborgen hatte. Sie stellte sich auf die Zehenspitzen und betrachtete die Sachen, die bereits auf der Ladefläche lagen. Ihr Blick glitt über jede Menge zerbrochener Möbel, einen ganzen Satz Mathebücher, der offenbar einem Wasserschaden zum Opfer gefallen war, und einen alten, eingedellten Globus.

»Mach dir keine Sorgen.« Ben ging auf der Ladefläche vor ihr in die Hocke, trotzdem musste Felicia den Kopf in den Nacken legen, um zu ihm aufsehen zu können. »Lina hat das im Griff. Jule überwacht alles, was nach draußen geschleppt wird, und ich habe auch ein Auge drauf, was wir aufladen. Wir werfen nichts weg, was du noch gebrauchen könntest. Diese Dinge wandern alle in den Keller«, wiederholte er Jules Worte.

Dabei könnte der Keller selbst einen Transporter vertragen, der die Hälfte der eingelagerten Sachen zum Sperrmüll brachte. Felicia schluckte. »Danke. Das ist wirklich nett von euch.«

Ben legte seine Hand auf ihre Schulter und drückte sie kurz und freundschaftlich. »Der Dank gebührt den Jungs«, sagte er, richtete sich dann wieder auf und griff nach ein paar zersplitterten Brettern, die vielleicht mal zu einem Regal gehört hatten und jetzt von einem Jungen mit Baseballkappe und einem riesigen Paar Kopfhörer um den Hals angeschleppt wurden.

Felicia wartete, bis der Junge sich auf den Rückweg zum Haus machte, bevor sie Ben noch einmal ein »Danke« zumurmelte und zu Jule zurückkehrte. Sie war in ein Telefonat vertieft, in dem es offenbar darum ging, ein Candlelight-Dinner auf einer Segeljacht zu organisieren. »Es ist mir egal, ob Sie seekrank werden, Björn. Der Kunde will das Essen. Er will es auf der Jacht. Und er will es von Ihnen. Genau so wird er es bekommen. Und wenn ich es höchstpersönlich dorthin transportieren und aufwärmen muss.« Sie lauschte einen Moment und nickte dann, während sie mit einer Hand auf ihrem Tablet tippte. »Wunderbar. Ich freue mich, dass wir uns verstehen, Björn. Sie werden es nicht bereuen.«

Jule legte auf, und Felicia ließ ihre Aktentasche von der Schulter rutschen und stellte sie neben sich ins Gras, bevor sie mit der Handfläche über die Kiste wischte und sich vorsichtig neben Jule setzte.

»Entschuldige«, sagte Jule. »Das musste ich kurz klären. Aber jetzt bin ich wieder ganz für dich und die alte Schule da.«

Ihre Mieterinnen hatten davon gesprochen, dass der Raum neben der Kochschule als Eventlocation nutzbar gemacht werden musste. Etwas, das Leona und Felicia nie hinbekommen hatten. Jule und Lina waren offenbar zwei Frauen, die nicht nur über die Dinge sprachen, sondern sie auch anpackten. Felicia blickte über die Schulter zu den Fahrzeugen, die beladen wurden. Und Ben natürlich. Er setzte ebenfalls um, was ihm durch den Kopf ging.

Felicia horchte in sich hinein. Hatte der Gedanke, den nächsten Schritt zu wagen und die Kochschule zu erweitern, ihr vor ein paar Tagen noch Herzrasen beschert und sie überfordert, machte er ihr plötzlich keine Angst mehr. Ein bisschen schien das mit dem Abend zusammenzuhängen, an dem Ben im Pavillon mit ihr gesprochen hatte und Jule und Lina sie anschließend mit dem zu neuem Leben erweckten Lehrerzimmer überrascht hatten. Sie war die Vermieterin der alten Schule. Aber eigentlich fühlte sie sich ein bisschen, als hätten ihre Mieter sie in ihren Kreis aufgenommen.

»Was für Jungs sind das denn?«, flüsterte sie Jule zu. Sie war sich sicher, keinen einzigen von ihnen zu kennen.

In Jules Augen blitzte ein amüsiertes Funkeln auf. »Die sind allesamt vom Gymnasium und wurden zu Strafarbeiten verdonnert. Da scheint ein kleiner Streich nach hinten losgegangen zu sein.« Sie kicherte. »Sie haben sämtliche Computertastaturen ausgetauscht und stattdessen überall in der Schule Exemplare verteilt, bei denen zwischen den Tasten jede Menge Kresse geblüht hat. Vom Rektorenbüro bis zum Computerlabor. Ich würde sagen, die Jungs hatten wirklich einen grünen Daumen. Aber es gab richtig Ärger. Vor allem, weil im ersten Moment jeder geglaubt hat, dass sie Schuleigentum ruiniert hätten. Ihre Lehrerin ist eine Freundin von Lina und hat sich darüber Gedanken gemacht, womit man diese frechen Kerle so bestrafen kann, dass es sie wenigstens ein bisschen beeindruckt.« Jule reichte Felicia eine Cola und nippte an ihrer eigenen, bevor sie weitererzählte. »Offenbar waren sie in letzter Zeit nicht die Einzigen, die aus der Reihe getanzt sind. Die halbe Oberstufe ist laut Linas Freundin auf Krawall gebürstet. Sämtliche Strafarbeiten, zum Beispiel Graffitis übersprühen, Papierchen aufsammeln oder Kaugummis vom Schulhof kratzen, waren schon vergeben. Also hat Lina ihr angeboten, dass die Jungs sich hier austoben können. Immerhin ist das ja auch eine Schule. Und ich kenne mich mit rebellischen Teenagern gut aus. Mein Bruder ist sechzehn und probt zurzeit ebenfalls regelmäßig den Aufstand. Mach dir keine Sorgen. Das läuft alles. Nachher bestellen wir einfach eine große Ladung Pizza, damit wir kein schlechtes Gewissen haben müssen, weil wir die Kerle für uns schuften lassen.«

Felicia nippte an ihrer Cola. »Wem gehört der Traktor da drüben?« Sie nickte in Richtung des Treckers, der hinter Bens Pick-up stand.

»Den hat Sam vorbeigebracht. Der gehört zur Gärtnerei von Bens Onkel«, klärte Jule sie auf.

Felicia schüttelte lächelnd den Kopf. »Ihr habt wirklich an alles gedacht.«

Jule warf ihr einen Seitenblick zu. »Wir haben einfach die Möglichkeit beim Schopf gepackt. Manchmal muss man eben zugreifen, wenn sich eine Chance bietet. Wie fühlt sich das an für dich? Sind wir wieder zu schnell zu weit gegangen?«

»Nein.« Felicia lächelte. »Ich muss mich an dieses Tempo zwar noch ein bisschen gewöhnen, aber ehrlich gesagt ist es sehr befreiend, das Gerümpel loszuwerden. Dieser Raum war immer einer von der Sorte, bei der man die Tür öffnet, hineinschaut und sie frustriert wieder schließt, weil man nicht weiß, wo man überhaupt anfangen soll. Es fühlt sich wie ein Neuanfang an.«

»Das klingt fantastisch.« Jule drückte freundschaftlich

ihre Schulter. »Hey!«, rief sie dann einem der Jungen zu, der ein nostalgisch aussehendes Radio nach draußen schleppte. »Das da nicht.«

»Alter, das Ding ist kaputt«, erwiderte der Teenager. »Das bringt es nicht mehr.«

Jule grinste ihn an. »Sagst du«, gab sie zurück und schien ob des »Alter« kein bisschen beleidigt zu sein. »Ich krieg das Ding wieder zum Laufen. Hab ich schon mal gemacht. Und dann ist es ein echtes Schmuckstück. Also ab in den Keller damit.« Mit dem Daumen wies sie über die Schulter in Richtung Haustür.

Felicia musste sich das Lachen verkneifen, als der Teenager die Augen verdrehte, kehrtmachte und das Radio zurücktrug. »Du hast hier wirklich alles im Griff«, sagte sie. »Aber bei einer Sache muss ich Widerspruch einlegen.« Felicia wies auf das Schild am Tor. »Das hier ist eine Kochschule, und ich mache verdammt gute Pizza. Wir werden also auf keinen Fall etwas bestellen. Ich backe Pizza. Das wird mein Anteil an dieser Entrümpelungs-Aktion sein.« Sie kicherte, als ihr ein Gedanke durch den Kopf schoss. »Und ich habe noch Kresse im Garten. Die könnten wir als Deko über das Essen streuen.«

Jule sah sie einen Moment mit offenem Mund an. Dann legte sie den Kopf in den Nacken und brach in ein fröhliches Lachen aus. »Wenn das mal keine fantastische Idee ist. Schlag sie mit ihren eigenen Waffen, Baby«, prustete sie. »Wir dürfen nur nicht vergessen, ein Foto davon zu machen. Linas Freundin wird das sicher gefallen.«

Felicia hätte sich nicht vorstellen können, dass der Abend so enden würde, als sie am Bahnhof aus der S-Bahn gestiegen war. Sie radelte noch einmal los, um Zutaten für eine ziemlich große Menge Pizza zu besorgen. Insgesamt hatte sie sechs Teenager gezählt, die kaputte Stühle, eine verbogene Tafel, defekte Kartenständer, Bilderrahmen mit zersplittertem Glas und jede Menge anderes Zeug aus dem Haus schleppten. Sogar einen Overhead-Projektor und einen uralten Videorekorder hatte sie auf der Ladefläche von Bens Wagen entdeckt.

Jungs in diesem Alter waren mit Sicherheit hungrig wie ein Rudel Wölfe. Dazu kamen ihre Mieter, Sam und sie selbst. Felicia ließ die Küchenmaschine Teig kneten, schnitt die Zutaten für den Belag und kochte eine Tomatensoße, während der Teig ging.

Ihre Helfer, die den Gerümpelraum nicht nur leergeräumt, sondern auch ausgefegt hatten, stellten ein paar Biertischgarnituren auf, die sie im Keller gefunden hatten. Hip-Hop-Bässe, die nichts mit der Playlist zu tun hatten, die Jule für die alte Schule zusammengestellt hatte, hallten von den nackten Wänden des Raumes wider und schallten durch die offen stehenden Fenster in den Abend hinaus.

Felicia hatte die Tür von der Küche zu ihrem künftigen Festsaal geöffnet, sobald sich die Staubwolken in dem Raum gelegt hatten. Sie lauschte mit leiser Freude auf das Stimmengewirr, das Lachen und hin und wieder eine Stimme, die ein Stück Text mitrappen konnte. Es war alles andere als ruhig in der alten Schule – und sie genoss jeden Moment davon, als sie die Pizzaböden belegte.

Wie sie es vermutet hatte, brachen ihre Helfer in lautes

Gelächter aus, als sie die Dekoration aus Kresse entdeckten. Sofort wurde das Essen aus allen möglichen Perspektiven abgelichtet und in den sozialen Medien verteilt, bevor sie wie ein Schwarm Heuschrecken über die Pizza herfielen.

Die Bleche mit den klassischen Varianten »Salami-Champignon« und »Schinken-Peperoni« leerten sich in Sekundenschnelle. Jule hingegen angelte nach einem Stück der etwas eleganteren Pizza-Version mit einer Crème-fraîche- statt Tomatensoße, Parmaschinkenstreifen und Rucola, getoppt mit Mozzarella statt Gouda. »Diese Idee deiner Freundin war fantastisch, Lina. Zwei der Jungs haben schon Interesse an der *Guten Fee am See* gezeigt. Für mich zu arbeiten ist in dem Alter ein perfekter Nebenjob. Erledigungen. Botengänge. Kleine Aufträge. Wenn sich das rumspricht, klopft wahrscheinlich bald die halbe Oberstufe bei mir an. Wenn nur mein Bruder halb so viel Enthusiasmus für irgendetwas aufbringen würde.« Sie biss in die Pizza und verdrehte die Augen. »Verdammt, ist das lecker. Du machst sogar aus einer Pizza ein Gourmet-Essen, Licie«, fuhr sie fort, bevor Felicia nach Jules Bruder fragen konnte.

»Kann ich nur zustimmen«, nuschelte Lina mit vollem Mund. »Die meisten meiner Geschwister stehen unerklärlicherweise auf Margherita. Wenn wir zuhause Pizza selbst gemacht haben, war das meistens eine ziemlich langweilige Angelegenheit.« Sie rückte ein Stück zur Seite, als Ben an ihr Ende der Bierbank trat und seinen Teller, auf dem drei große Stücke Pizza lagen, gegenüber von Felicia abstellte.

Bevor er sich neben Lina auf seinen Platz fallen ließ, zog er einen Farbfächer aus der Gesäßtasche seiner abgetragenen Jeans. »Der lag in der Küche herum«, sagte er und legte ihn auf den Tisch.

»Den habe ich besorgt«, erklärte Jule. »Damit wir eine Farbe für die Wände aussuchen können.« Sie sah Felicia an. »Im Baumarkt in Gauting gibt es diese Woche zehn Prozent auf alle Farben. Dieses Angebot können wir uns nicht entgehen lassen.«

Felicia lehnte sich zurück und schob den Fächer auf. »Nein, das können wir wohl nicht«, murmelte sie. Es sah ganz so aus, als hätte das Projekt »Festsaal« Fahrt aufgenommen und würde sich nun nicht mehr stoppen lassen.

Zwei Tage später stand Felicia, in einen weißen Maleroverall gehüllt, mit ihren neuen Freundinnen im Gerümpelraum (sie musste sich unbedingt abgewöhnen, das Zimmer so zu nennen) und trug ein zartes Grau auf die Wände auf. Mit der weißen Decke und Abschlusskante sah diese Farbe sehr elegant aus und würde sich als perfekter Hintergrund für jegliche Art von Veranstaltung eignen.

Sie sangen die Lieder auf der Playlist mit, unterhielten sich über ihre Jobs und philosophierten darüber, was für fantastische Feiern in diesem Raum stattfinden würden.

*

Ben hatte sich in seine Wohnung zurückgezogen. Die Frauen hatten ihm versichert, dass sie seine Hilfe beim Streichen nicht bräuchten. Wenn eine verkappte Handwerkerin wie Jule dabei war, stimmte das mit Sicherheit. Dem Lachen und der Musik nach, die er durch das Rauschen des Regens leise durch seine gekippten Fenster hörte, hatten sie zumindest Spaß.

Nach ein paar Tagen, in denen er viel hatte machen können in Felicias Garten, hatte ihn das Aprilwetter an diesem Tag zum Nichtstun verdammt. Er hatte noch nichts von der Ausschreibung für die Parkanlage von Ignaz Kirschner gehört. Und auch das Start-up aus München, die einen Dachgarten auf ihrem Bürogebäude anlegen wollten, hatte sich noch nicht gemeldet.

Dafür hatte seine ehemalige Professorin eine Mail an ihn weitergeleitet mit der Frage, ob er kurzfristig ein Projekt übernehmen könne. Der vorgesehene Landschaftsarchitekt war krank geworden, und man brauchte schnellen Ersatz. Der Job war eine Kleinigkeit. Der Randstreifen zwischen einer vierspurigen Straße und einer Einkaufsmeile. Immerhin sollte ein Wasserreservoir unter der Bepflanzung entstehen, was das Ganze zumindest etwas spannend machte. Nicht dass sich Ben über diese Chance beschweren würde. Das Projekt brachte nicht viel Geld, aber es reichte zumindest für die nächsten ein oder zwei Monate.

Die Miete konnte er damit jedenfalls zahlen. Wie von selbst wanderten seine Gedanken zu Felicia. Ihm wurde bewusst, dass er die Musik und das Lachen aus dem Erdgeschoss nicht mehr hörte. Durch den Regen waren nur Schritte über ihm und ein leises Poltern neben ihm zu hören. Jule und Lina waren offenbar in ihre Wohnungen zurückgekehrt, und der Anstreich-Marathon war beendet.

»Na komm schon«, ermahnte Ben sich selbst und senkte den Blick von der verregneten Stadt vor den Fenstern auf seinen Computerbildschirm.

Er hatte sich gerade wieder in seinen Auftrag vertieft, als es an seiner Tür klopfte. Wahrscheinlich eine seiner neuen Nachbarinnen, die noch mal eines ihrer Möbelstücke verrücken wollte. »Herein«, rief er und drehte sich mit seinem Bürosessel um.

Überrascht stellte er fest, dass es nicht Jule oder Lina waren, die ihn um Hilfe bitten wollten, sondern Felicia, die ihm einen Besuch abstattete. Den ersten, seit er eingezogen war, wie ihm bewusst wurde. »Hi«, sagte Ben und ergänzte ein: »Komm doch rein«, als sie unschlüssig an der Tür stehen blieb.

Poldi, der ein Nickerchen unter Bens Schreibtisch gehalten hatte, rappelte sich auf, trabte zu Felicia hinüber, um sich ein paar Streicheleinheiten abzuholen, bevor er sich an ihr vorbei durch den Türspalt zwängte. Wahrscheinlich um Elfriede einen Besuch abzustatten, jetzt, wo ihr Frauchen bei ihm war. Ben musste ein Grinsen unterdrücken. Ob Felicia überhaupt klar war, wie natürlich sie nach nur wenigen Tagen mit seinem Hund umging? Das hätte er sich bei seiner ersten Begegnung zwischen Poldi und ihr nicht vorstellen können.

Felicia wartete, bis der Hund verschwunden war, und schob dann die Tür ins Schloss. Sie trug Jeans und ein schlichtes schwarzes T-Shirt, das sich perfekt um ihre Kurven schmiegte. Ihre Haare hatte sie auf dem Kopf zu einem unordentlichen Knoten zusammengefasst, aus dem sich schon ein paar der roten Locken gelöst hatten, und ihre Füße steckten in farbverschmierten Crocs. Felicias Blick glitt durch den Raum, und Ben entdeckte mit Schrecken die Beweise, dass er in einer Junggesellenbude hauste – oder wie seine Mutter sagen würde, während sie die Augen verdrehte: Wann hörst du endlich auf, ein Studentenleben zu führen. Er war nicht auf Besuch eingestellt gewesen. Der Einzige, der hier auftauchte, war sein Cousin, in dessen vier Wänden es meist nicht besser aussah. »Sorry für die Unordnung«, entschuldigte Ben sich trotz allem.

Doch Felicia schien sich gar nicht für die auf dem Boden herumliegenden Klamotten, sein ungemachtes Bett und die leere Kaffeetasse auf dem Boden daneben zu interessieren. Genauso wenig wie für die beiden leeren Pizza-Kartons neben der Tür, die es noch nicht bis zur Altpapiertonne geschafft hatten. »Darf ich?«, fragte Felicia und wies mit einem Nicken in Richtung seines Wintergarten-Balkons.

»Sicher.« Ben wartete, bis sie in sein Pflanzenreich getreten war, und sammelte dann schnell die Klamotten auf, die herumlagen, und ließ sie hinter seinen Sitzsack fallen. Bevor er Felicia nach draußen folgte, zog er noch seine Bettdecke einigermaßen glatt. So sah es doch schon viel ordentlicher aus.

»Das ist eine unglaubliche Sammlung«, sagte sie und betrachtete die unterschiedlichsten Setzlinge, Ableger, kleinen und großen Pflanzen. Manche kamen ihr vermutlich bekannt vor, andere wirkten wahrscheinlich ziemlich exotisch. »Hast du die von deinen Reisen mitgebracht?« Sie drehte sich zu Ben um, als er sich, statt zu antworten, in den Türrahmen lehnte. »Ich habe die vielen grünen Nadeln auf der Weltkarte gesehen«, begründete sie, woher sie von seinem Weltenbummler-Gen wusste.

Ben rieb über das Lederarmband an seinem linken Handgelenk. »Ja«, sagte er. »Ich liebe Pflanzen. Viel von dem, was du hier siehst, stammt aus den Ländern, in denen ich gearbeitet habe.«

»Das muss ein aufregendes Leben sein«, sagte Felicia.

»War es«, korrigierte Ben sie und erinnerte sich daran, dass sie nicht dabei gewesen war, als er Jule und Lina von seinen ersten Jobs und dem Grund für sein Studium erzählt hatte. »Jetzt ist mein Leben hier.«

Felicia sah ihn an. »Du hattest das Bedürfnis, sesshaft zu werden. Eine Basis zu haben. Ich kann das verstehen.« Sie breitete die Arme aus. »Die alte Schule ist genau das für mich, solange ich mich zurückerinnern kann. Ich habe schon als Kind so viel Zeit hier verbracht und mit meiner Großtante gekocht und gebacken. Damals war das Haus schon lange keine Schule mehr und Leona bereits pensioniert. Aber wir beide waren hier immer glücklich und haben unsere gemeinsame Zeit geliebt. Ich bin so froh, dass ihr meine Mieter geworden seid. Du, Jule und Lina. Das Haus hat die Aufmerksamkeit gebraucht, die es von euch bekommt. Und ich habe mich in den letzten Monaten viel zu sehr hängen lassen. Ich habe«, sie lachte fast ein wenig ungläubig, »einen Tritt in den Hintern gebraucht, um es mal mit Jules Worten zu sagen.«

Ben lachte. »Ja, an Jule ist eine wahre Poetin verloren gegangen. Willst du den Rest sehen?«, fragte er Felicia. Plötzlich hatte er das Bedürfnis, ihr zu zeigen, dass er seinen Traum genau wie sie die Kochschule unheimlich ernst nahm. Er machte einen Schritt zur Seite, damit Felicia ins Zimmer zurückkommen konnte.

»Das ist also dein Arbeitsplatz?«, fragte sie mit Blick auf die fast schon zwanghaft ordentliche Ecke, in der Ben seine Entwürfe ausarbeitete.

»Hmm.« Ben ließ den Blick über die IKEA-Regale neben seinem großen Schreibtisch wandern. Er hatte keine Ahnung, ob die Aktenordner, die sich dort aufreihten, und die Materialproben, die er daneben auf dem Fußboden aufgestapelt hatte, einen professionellen Eindruck auf Felicia machten. »Am liebsten bin ich allerdings draußen. Auf der Baustelle oder in einer Baumschule, um Pflanzen auszuwählen. Beim Schreiner, um Materialien für Möbel oder Deko-Elemente zu finden. Sogar der Besuch in der Betongießerei macht Spaß, wenn man die Bestandteile in Auftrag geben kann, die man für sein Projekt braucht. Du kannst dir gar nicht vorstellen, zwischen wie vielen Arten von Beton man wählen kann.« Ben wurde bewusst, dass er sich gerade in Begeisterung redete, und bremste sich. Felicia würde sicher noch früh genug bemerken, dass er ein absoluter Nerd war, wenn es um die Welt der Landschaftsarchitektur und die Gartengestaltung ging. »Na ja, jedenfalls, ja, das ist mein Arbeitsplatz, wenn ich am Entwurf eines Projektes arbeite.«

»Und das hier?« Felicia beugte sich über sein Modell eines begrünten Stadtviertels, das er neben seinem Arbeitsplatz aufgestellt hatte. »Das ist etwas Besonderes, oder?«

»Meine Magisterarbeit. So stelle ich mir die Zukunft vor, wenn neu gebaut wird.« Ben fuhr sich durch die Haare. Aus irgendeinem Grund war es ihm wichtig, dass Felicia verstand, warum ihm sein Job so viel bedeutete. Was irgendwie bescheuert war. Seine Familie, seine Freunde und seine Kunden waren begeistert von dem, was er tat. Und alle anderen waren ihm egal. Eigentlich. Bei Felicia war das anders. Ben wollte nicht einmal darüber nachdenken, warum er so empfand.

Felicia richtete sich wieder auf. »Warum Landschaftsarchitektur?«, fragte sie. »Ich meine, du hättest ja auch ein ganz normaler Architekt werden können. Die entwerfen ja genauso schöne Sachen.«

»Du meinst, abgesehen davon, dass ich das Gärtnern liebe und es nicht nur darum geht, etwas ›schön zu machen‹? Es geht auch darum, Aufenthaltsqualität zu schaffen. Ein Park, ein Dachgarten oder eine Straße gewinnen mit jeder Pflanze. Landschaftsarchitekt ist einer der Berufe, die in der Zukunft große Bedeutung haben werden.«

Felicia hatte sich so gedreht, dass sie ihn ansehen konnte. Ben atmete ihren weichen Duft ein, sah die kleinen Farbsprenkel, die das Streichen des Gerümpelraums auf ihrem Gesicht und sogar ein paar ihrer Locken hinterlassen hatte. »Ihr helft also, das Klima von Städten zu verbessern«, sagte sie und blickte noch einmal auf Bens begrüntes Stadtviertel.

»Du würdest nicht glauben, wie viele meiner jüngeren Kommilitonen freitags statt in die Uni zu *Fridays for Future* gegangen sind. Sie haben erkannt, dass wir eine verdammt große Verantwortung haben.« Er blickte auf sein Prüfungs-Modell. »Ganz besonders, wenn es um den Städtebau geht. Wir hatten schon so viele heftige Naturkatastrophen in den letzten Jahren, und das wird zunehmen.« Ben wandte sich Felicia wieder zu. »Es ist wichtig, dafür zu sorgen, dass Städte weder überflutet werden noch austrocknen.« Er grinste, um seinen Worten die Schwere zu nehmen. »Deshalb bin ich kein Architekt geworden. Mit einem hübschen Gebäude löst man nicht besonders viele Probleme. Aber mit Vegetation auf dem Dach oder Wänden und einem Wasserrückhaltesystem zum Beispiel schon.«

Felicia hatte ihm aufmerksam zugehört und starrte ihn stumm an.

Mist. »Zu viel Text, oder?«, fragte er zerknirscht. »Sorry, wenn ich anfange, über meine Arbeit zu reden …«

»Nein!«, unterbrach Felicia ihn. »Nein, nein.« Sie legte ihre Hand in einer beruhigenden Geste auf seinen Unterarm, zog sie aber gleich wieder zurück. Eine zarte Röte überzog ihre Wangen. »Ich … das ist total faszinierend. Ich bekomme ein furchtbar schlechtes Gewissen, dass ich dich hier im Garten schuften lasse, auch wenn es sich in deinem Portfolio gut macht, wenn du so viel Größeres tun könntest.«

»Na ja, wie ich neulich schon gesagt habe: Die großen Projekte sind das eine. Man muss die Ausschreibung dann aber auch bekommen. Und da das bis jetzt noch nicht geklappt hat und ich deinen Garten fantastisch finde, tust du mir eher einen Gefallen, als mich schuften zu lassen.« Bens Blick blieb an einem der Farbkleckse in Felicias Haaren hängen. »Apropos: Wie ist es mit dem Streichen gelaufen? Seid ihr fertig geworden?«

Ein Strahlen breitete sich über Felicias Gesicht aus. »Ja. Es sieht fantastisch aus. Du musst es dir unbedingt ansehen. Das ist übrigens auch der Grund, aus dem ich vorbeigekommen bin. Ich habe als kleines Dankeschön gekocht. Wir haben beschlossen, im Lehrerzimmer zu essen und eine Flasche Wein aufzumachen. Bist du dabei?«

»Na klar. Lass mich nur schnell meine Dateien sichern. Dann komme ich rüber.« Ben ließ sich noch einmal auf seinen Schreibtischstuhl fallen und speicherte seine Änderungen ab.

Er hatte angenommen, dass Felicia schon vorgehen würde,

aber als er aufblickte, stand sie noch immer im Zimmer und betrachtete die Bilderrahmen, die auf der Fensterbank standen. Sie fischte eines der Fotos aus der Sammlung heraus, um es näher zu betrachten. »Was ist das denn?«, fragte sie und drehte den Rahmen in Bens Richtung.

Mist. War ja klar, dass Felicia als Erstes das Foto der Band auffallen würde, in der er mal gespielt hatte. »Versteh das bitte nicht falsch. Das ist ein echt altes Bild. Ich habe mir inzwischen längst andere Hobbys zugelegt.« Er nickte in Richtung der Pflanzen in seinem Wintergarten und nahm sich fest vor, seinen Cousin, der es witzig gefunden hatte, diesen Schnappschuss unter die Familienfotos zu schmuggeln, bei der nächsten sich bietenden Gelegenheit umzubringen. »Sehr ruhige Hobbys«, betonte er noch einmal. »Von der Kettensäge im Garten mal abgesehen mache ich wirklich nicht viel Lärm.«

Sein Gestammel schien Felicia zu amüsieren. Sie hatte offenbar keine Befürchtungen, dass er ein Schlagzeug in seiner Wohnung aufstellen und einen auf Lars Ulrich oder Dave Grohl machen würde. »Das erklärt zumindest, warum du ständig auf irgendetwas herumtrommelst.« Sie drehte sich um und öffnete seine Tür. »Kommst du?«, fragte sie, ohne das Foto zurückzustellen. Offenbar hatte sie vor, das Bild seinen neuen Nachbarinnen zu zeigen.

11

»Schaut mal, was ich gerade entdeckt habe!« Felicia hielt den Bilderrahmen, den sie auf Bens Fenstersims erspäht hatte, in die Höhe wie ein Beutestück. Sie streckte es Jule und Lina entgegen, die das kleine Büfett aufgebaut hatten, das Felicia vorbereitet hatte, und sich jetzt zu ihr umdrehten.

Ben war Felicia gefolgt, und sie hätte wetten können, dass ihm ein resignierter Seufzer auf den Lippen lag, den er aber wieder hinunterschluckte. »Hey, ich war auch mal jung«, verteidigte er sich.

Ganz automatisch scannte Felicia als Erstes das Essen, das ihre Freundinnen für sie auf einer Schulbank angerichtet hatten. Es verströmte nicht nur einen angenehmen Duft, sondern weckte auch begehrliche Blicke bei Poldi und Elfriede, die links und rechts der Leckereien Wache hielten.

»Coole Haarfarbe«, bemerkte Jule, als sie Felicias Hand weit genug nach unten gezogen hatte, um das Foto betrachten zu können.

»Welche meinst du?«, konnte sich Lina nicht verkneifen und prustete los. »Ich finde, dass sich das Orange und das Pink ein bisschen beißen.«

Felicia stieg in die Stichelei ein. Immerhin war sie diejenige gewesen, die das Bild entdeckt und herübergebracht hatte. »Dafür ist Grün dabei. Grün passt zu dir. Schließlich liebst du alles, was mit Pflanzen und Gärten zu tun hat«, befand sie. Eigentlich hatte sie Ben nur fragen wollen, ob er mit ihnen essen wollte, doch dann hatte die Neugier sie in seine Wohnung gezogen. Auf diesen fantastischen Balkon mit diesen unglaublich vielen, exotischen Pflanzen. Sie hatte seinen Arbeitsplatz gesehen und ihn über seinen Job sprechen gehört. Dieser Moment war irgendwie – intensiv – gewesen. Ben gehörte ganz eindeutig nicht zu den Menschen, die Karriere machen wollten. Er wollte etwas verändern. Etwas bewirken. Und das faszinierte Felicia. Denn diese Lebenseinstellung stand ihm ganz eindeutig gut. Sie war sich sicher, dass sie etwas mit dem Lederarmband zu tun hatte, das Ben um das linke Handgelenk trug. Ihm war das wahrscheinlich gar nicht bewusst, doch wann immer er über seine Arbeit sprach, drehte er es unbewusst mit der rechten Hand.

Felicia hätte Ben noch stundenlang zuhören können. Aber dann hatte sie zwischen den Bildern, die ihn offenbar mit seiner Familie zeigten, eines entdeckt, auf dem er als Teenager zu sehen war. Zusammen mit Sam. Als Schlagzeuger einer ziemlich gruselig aussehenden Band.

»Blau geht sowieso immer.« Jule sah von dem Foto auf. »Können wir das hier irgendwo hinhängen?«

»Nein.« Ben nahm Felicia den Bilderrahmen ab und legte ihn zur Seite. »Bis ihr nicht irgendwas ähnlich Peinliches rausrückt, das wir danebenhängen können, vergesst ihr das ganz schnell wieder.«

»Aber verdammt, Ben, du warst ein Rockstar«, zog Lina ihn auf.

»Mit vierfarbigen Haaren.« Jule nahm das Bild noch einmal zur Hand. »Der feuerrote Irokese deines Cousins ist allerdings auch nicht zu verachten. Und dieses Mädchen hier«, sie tippte auf das einzige weibliche Bandmitglied, »kommt mir irgendwie bekannt vor.«

Ben verdrehte die Augen, aber Felicia konnte erkennen, dass er sich ein Lachen verkneifen musste. »Rockstars! Ihr brecht mir echt das Herz, wisst ihr das? Wir waren keine Rocker, sondern Punker. Das ist doch ganz klar zu erkennen. Und die Frau ist Marie. Die Schwester von Lorenz Wolfstetter, dem das *Bootshaus* gehört. Ihr habt sie wahrscheinlich schon mal in der Bar gesehen. Sie war unsere Sängerin.«

»Dann warst du also Schlagzeuger in einer Punkband, und Sam hat Bass gespielt?« Felicia beugte sich noch einmal vor, um einen Blick auf Bens bunten Haarschopf zu werfen. Die Cousins posierten neben Marie und zwei anderen Jungs, die ähnlich aussahen, vor der Kamera – schielend und mit herausgestreckten Zungen. Sie versuchte, sich vorzustellen, was passiert wäre, wenn sie mit einer solchen Frisur nach Hause gekommen wäre, und konnte nur mit Mühe das Schaudern unterdrücken, das sie bei diesem Gedanken erfasste. »Du hast offenbar eine ziemlich tolerante Familie. Wie alt seid ihr da gewesen?«

»Sechzehn.« Ben grinste. »Wir hielten uns für unwiderstehlich. Ich meine: Hallo?« Er wies mit beiden Daumen auf sich. »Wir haben in einer Punkband gespielt. Meine Eltern haben über meine Frisur gelacht. Schlagzeug üben durfte ich allerdings nur im Keller. Meine Tante Tessa hätte tatsächlich fast der Schlag getroffen, als Sam mit seinem Iro nach Hause kam. Bis sie sich daran gewöhnt hatte, fanden wir es schon wieder uncool, Punker zu sein.«

»Das war also nur eine Phase?« Lina, die eine Flasche Wein geöffnet und ihnen eingeschenkt hatte, verteilte die Gläser. »Ich hatte gehofft, ihr seid kleine Berühmtheiten in der Gegend gewesen.«

»Kein bisschen. Wir waren mit Sicherheit die schlechteste Punkband Deutschlands. Sam und ich haben eigentlich nur mitgemacht, weil wir dachten, dass das verdammt gut bei den Mädels ankommt.« Er lehnte sich, sein Glas in der Hand, gegen die Wand und zwinkerte Lina zu, die im Gegenzug die Augenbrauen hochzog, als wollte sie fragen, ob das denn nicht funktioniert hatte. »Dieser Typ«, er tippte auf den Jungen mit wasserstoffblonden Haaren und lila Strähnchen, »war neben Marie der Sänger. Artur Kufer. Er war zwei Jahre älter als wir. Nach den Auftritten hat er sich immer sofort an die Bar verzogen und alle coolen Mädchen um sich geschart. Ich hingegen musste jedes Mal noch dieses verdammte Schlagzeug abbauen, während Sam sich permanent mit Marie in die Wolle gekriegt hat. Und weil Sam ein echter Freund ist, hat er mir immer geholfen, statt sich ebenfalls an der Bar zu vergnügen. Um ehrlich zu sein, waren wir überhaupt nur bei drei Konzerten dabei. Dann haben wir beschlossen, dass wir bei den Ladies viel besser ankommen, wenn wir sie zu einem Trip auf den See mit Onkel Jos Boot einladen.«

Jule legte das Bild zur Seite. »Den Namen dieser legendären Band hast du uns noch nicht verraten«, forderte sie Ben auf, genau das nachzuholen.

»Ähm …«

Fasziniert sah Felicia dabei zu, wie Ben rot anlief und sich mit einer nervösen Handbewegung durch die Haare fuhr.

»Wir waren ja eine bayrische Punkband. Also wollten wir auch einen Namen, der mit dem Establishment der Heimat zu tun hat, gegen das man als Punker nun mal rebellieren muss. Deshalb hießen wir nicht die *Weißwürste*, sondern die *Scheißwürste*.«

Felicia starrte Ben einen Moment fassungslos an. Genau wie Jule und Lina, nicht sicher, ob Ben sie gerade auf den Arm nahm. Da seine Gesichtsfarbe angesichts ihres entgeisterten Gesichtsausdrucks nur noch dunkler wurde, schien es die Wahrheit zu sein.

Jule war die Erste, die reagierte. Sie gab ein kieksendes Geräusch von sich, im nächsten Moment brach sie in haltloses Gelächter aus, dass alle mitriss. Dementsprechend balancierte Felicia schon einen Augenblick später mit der einen Hand ihr Weinglas, während sie sich mit der anderen die Lachtränen aus den Augen wischte und nach Atem rang, als sie von einem erneuten Lachflash geschüttelt wurde.

»O mein Gott, Ben, das ist echt der Knaller«, japste Lina. »Ich wette, ihr habt für jede Menge punkermäßige Empörung gesorgt.«

Ben nippte an seinem Wein. Die Röte in seinem Gesicht verblasste langsam, und auch er konnte sich ein Grinsen nicht verkneifen. »Davon kannst du ausgehen«, gab er Lina recht. »Was ist eigentlich mit diesem Essen, zu dem du mich eingeladen hast, Felicia?« Er nickte in Richtung des Tisches und der leidenden Blicke, die Poldi und Elfriede austauschten.

Felicia wusste nicht, wann sie zum letzten Mal so gelacht hatte, dass ihr der Bauch wehtat. Sie warf ebenfalls einen Blick auf den Tisch und brach in erneutes Gelächter aus.

»Es gibt Weißwurst«, brachte sie heraus, bevor sie erneut zu kichern begann.

»Verdammt, Ben.« Jule boxte ihn gegen die Schulter. »Ich werde nie wieder eine Weißwurst essen können, ohne an diese Band zu denken.« Sie hob den Zeigefinger und bohrte ihn gegen seinen Brustkorb, als er versuchte, sein Lächeln hinter dem Weinglas zu verstecken. »Das ist nicht witzig. Vielleicht verklage ich dich wegen seelischer Grausamkeit.«

Das zog einen erneuten Heiterkeitsausbruch nach sich. Als sich schließlich alle einigermaßen beruhigt hatten, suchten sie sich auf Felicias Bitte hin Plätze um den Tisch.

Felicia schloss für einen Moment die Augen und inhalierte das Aroma ihres Weines, nachdem sie sich auf der Couch zurückgelehnt hatte. Dann atmete sie tief durch und sah ihre Mieter der Reihe nach an. Lina, die sich wie immer auf dem alten Turnbock niedergelassen hatte. Über ihrer Jeans verlief ein grauer Farbstreifen, den sie sich bei dem Versuch, gleichzeitig zu tanzen und zu streichen, aus Versehen selbst mit dem Pinsel verpasst hatte. Jule neben ihr in ihren Yogahosen und einem kuschligen Hoodie, die die Beine im Lotussitz verknotet hatte. Und auf der Couch gegenüber Ben, der sich in den letzten Minuten so oft durch die Haare gefahren war, dass sie ihm wild vom Kopf abstanden. »Als Erstes möchte ich euch danken. Für eure Hilfe. Und vor allem für eure Hartnäckigkeit«, begann Felicia. »Ich hätte wahrscheinlich noch in einem Jahr vor dem Gerümpelraum gestanden und nicht gewusst, wo ich anfangen soll.« Sie lächelte ihre Freunde an. »Ihr habt ja sicher gemerkt, dass ich mich nicht ganz so schnell auf Veränderungen einstelle.« Jule lachte leise, Lina quittierte diese Aussage mit einem Kichern, und Ben – Ben sah sie einfach nur mit einem warmen Lächeln an, das ihr die Röte in die Wangen trieb. Wieder einmal. Felicia räusperte sich und konzentrierte sich wieder auf das, was sie sagen wollte. »Ihr hattet auf jeden Fall recht. Jetzt, wo der Raum leer, sauber und frisch gestrichen ist und wir nur noch Möbel brauchen, wird es Zeit, dass ich die *Küchennachhilfe* wieder eröffne, ein paar Kurse online stelle und einen Newsletter versende.« Sie hatte keine Ahnung, ob die Kochschule ohne Leona überhaupt funktionieren würde. Sicher, Felicia hatte auch alleine Kurse gegeben, aber meistens war ihre Tante verantwortlich oder wenigstens dabei, wenn sie mit ihren Schülern Gerichte zauberte. Wer wusste schon, ob bei ihr überhaupt jemand Kochstunden nehmen wollte. Wenn sie allerdings nur darüber nachdachte, würde sie das nie erfahren. »Das hier«, sie wies auf die Häppchenplatten, die Jule und Lina für sich auf dem Tisch verteilt hatten, »ist eine Idee, die mir schon seit einer Weile im Kopf herumgeistert: der ›Pausensnack‹ – oder auch ›Bayerische Tapas‹. Ich habe einiges ausprobiert und würde euch gern noch einmal als Versuchskaninchen benutzen und nach eurer Meinung fragen.«

»Licie-Schätzchen, wenn du dafür sorgst, dass ich nicht selbst kochen muss, spiel ich gerne jeden Tag deine Vorkosterin.« Jule grinste sie an. »Mit was für Leckereien haben wir es denn zu tun?«

»Ich habe ein paar Sachen mehr gemacht, als ich in einem Kurs anbieten würde«, erklärte Felicia, als sich auch Lina und Ben neugierig vorbeugten. »Im Prinzip geht es darum, Fingerfood selbst zu machen und dabei traditionell bayrische Gerichte modern zu interpretieren. Am Ende werde ich höchstens fünf oder sechs Kreationen in den Kurs aufnehmen, also sagt mir auf jeden Fall, welche Snacks ihr am besten findet. Fangen wir mit der Weißwurst an.« Felicia hatte schon geahnt, dass Jule und Lina automatisch an Bens Bandnamen denken und wieder einen Lachanfall bekommen würden. Ihr ging es nicht anders. Ben hingegen nutzte den Heiterkeitsausbruch und schob sich schon mal diverse Häppchen auf den Teller.

»Okay, also die Weißwurst …«, nahm Lina den Faden wieder auf, als sie sich ein bisschen beruhigt hatten.

Felicia räusperte sich. »Genau. Ich habe sie in einem Brezenteig ausgebacken. Ihr könnt sie entweder so essen oder in süßen Senf dippen. Alternativ gibt es sie auch als Weißwursthappen, bei denen ich einfach jeweils ein Stück Wurst und ein Stück Brezen mit einem Klecks süßem Senf dazwischen aufgespießt habe. Sagt mir einfach, was ihr besser findet.«

»O mein Gott«, nuschelte Lina mit vollem Mund und verdrehte die Augen. Sie hob die Hände, wie um sich zu ergeben, in jeder Hand eine Snackvariante. »Ich kann mich nicht entscheiden. Ich finde beides superlecker.«

»Was ist das?« Ben war schon bei den Obazda-Cupcakes angelangt, während Lina bereits einen Minilaugenburger probierte, auf dem statt eines Rindfleisch-Pattys eine Scheibe Fleischkäse lag, die unter anderem mit frischem Radi garniert war.

Jule probierte sich ebenfalls durch die Häppchen, sagte aber im Gegensatz zu Lina und Ben wenig, die fachsimpelten, als wären sie von Beruf Geschmackstester.

Felicia bekam gar nichts herunter. Sie war viel zu nervös

über das Urteil ihrer Testesser. Besonders, weil ausgerechnet Jule beharrlich schwieg und dann auch noch ihr Tablet aufklappte und damit begann, auf ihm herumzuscrollen.

»Hast du keinen Appetit?«, fragte Ben mit Blick auf Felicias angeknabberte Tapas.

Sie schüttelte den Kopf und versuchte sich an einem kleinen Lächeln. »Ich glaube, ich kann erst etwas essen, wenn ich euer Urteil gehört habe.«

»Unsere Begeisterung ist ja nicht zu übersehen. Und was ist mit dir, Jule?«, hakte Lina nach. »Schmeckt es dir nicht?«, stellte sie die Frage, die Felicia ebenso brennend interessierte. Wahrscheinlich verwöhnte man als Concierge nicht nur seine Gäste, man aß vermutlich selbst viel erlesenere Gerichte als diese bayrischen Snacks.

»Hmm?« Jule tippte weiter auf ihrem Tablet und nahm nebenbei einen winzigen Bissen von einem Zwetschgen-Bavesen, die Felicia als süße Variante zubereitet hatte.

»Felicia stirbt hier tausend Tode, weil sie wissen will, ob es uns schmeckt und was sich für die Kochschule eignen würde, und du tippst die ganze Zeit nur in deinem Geheimniskrämer-Tablet herum«, wurde Lina deutlicher.

Felicia zuckte bei den Worten innerlich zusammen. Ganz im Gegensatz zu Jule, die den Kopf hob und Lina breit angrinste. »Geheimniskrämer-Tablet?« Sie schwenkte besagtes Gerät, das an diesem Abend eine rosa glitzernde Hülle mit pinkfarbenen Herzchen trug. »So hat mein Cardex auch noch niemand bezeichnet.« Sie legte es zur Seite und wandte sich Felicia zu. »Ich wollte das eigentlich erst einmal alles in Ruhe durchdenken, aber offensichtlich gibt es in diesem Haus Leute, die einfach nicht die nötige Geduld aufbringen«, sagte sie mit einem Seitenblick in Richtung Lina, die ihr mit ihrem Weinglas zuprostete. »Deshalb bekommst du erst mein Feedback, und wir besprechen die Details danach.«

»Danach? Welche Details?«, fragte Felicia irritiert.

»Was wir mit deinen Kochkünsten anfangen. Meine Meinung zuerst: Alles was hier steht, ist fantastisch. Vor allem die Alpen-Dogs. Wer kommt denn auf die Idee, Bierhörnchen zu backen, ein Bratwürstl reinzustopfen und sie so zu befüllen wie einen Hotdog? Wenn du damit eine Würstlbude aufmachst, kann der Hotdog-Stand bei IKEA zumachen.«

»Das ist also dein Lieblingssnack?«, fragte Felicia vorsichtig nach. Erleichterung durchfuhr sie, als Jule ihre Kreation lobte.

»Deine Apfelküchle stehen bei mir auch ganz oben, aber alles andere ist ebenfalls toll. Und vor allem«, sie machte eine bedeutungsschwere Pause, »innovativ, modern und trotzdem traditionell und eine wahre Augenfreude. Daraus musst du mehr machen als Rezepte für den ›Pausensnack‹-Kurs.« Wieder griff sie nach ihrem Tablet und scrollte herum. »Was machst du übernächsten Samstag?«, wollte sie wissen, als sie wieder aufsah.

»Ich … ähm … nichts.« Wahrscheinlich würde sich Martin noch bei ihr melden, aber sie würde ihren Freunden keinesfalls erzählen, dass sie viel zu viel Zeit damit verbrachte, darauf zu warten, dass ihr Freund sie sehen wollte.

»Dann möchte ich dir für diesen Tag einen Job anbieten«, sagte Jule. »Catering. Siebzig Personen. Genau diese Häppchen. Bekommst du das hin?«

»Was?« Felicia starrte Jule an. Hatte sie ihr gerade mal eben so einen riesigen Caterer-Auftrag für siebzig Personen angeboten? Wahrscheinlich kam gleich ein Haken. Die Sache musste einen Haken haben.

»Und ich will wissen, ob ich dich auf die magische Liste in meinem Geheimniskrämer-Tablet setzen kann. Für künftige Events«, fuhr Jule fort.

Felicia nickte und fühlte sich dabei ein bisschen wie ein Wackeldackel auf der Hutablage eines alten Opels. Sie konnte gar nicht mehr aufhören. Gleichzeitig wurde ihr schwindelig bei dem Gedanken, für so viele Menschen zu kochen. Wenn sie nicht mochten … *Hör auf!*, schalt sie sich im Stillen, *und hör endlich auf zu nicken.* Jule machte den Eindruck, genau zu wissen, was sie tat. Wenn sie der Meinung war, dass es genau das war, was ihre Kunden wollten, dann war es nicht an Felicia, das infrage zu stellen.

»Perfekt, Licie.« Jule griff nach ihrem angebissenen Alpen-Dog. »Ich habe mich in letzter Zeit ein paarmal über den Caterer geärgert, mit dem ich schon länger zusammenarbeite. Er ist nicht mehr so zuverlässig, und seine Qualität hat auch nachgelassen. Kennt ihr das?« Sie drehte den Alpen-Dog in ihren Händen. »Du hast ein schlechtes Gefühl, aber keine passende Alternative. Jetzt hab ich eine. Du wirst dieses Event rocken, Licie. Und damit kommen ganz automatisch die nächsten Aufträge.«

*

Ben zerlegte einen Minilaugenburger in drei Teile, schmuggelte zwei davon für Elfriede und Poldi unter den Tisch und schob sich das dritte Stück in den Mund, ohne auch nur ein Wort der lebhaften Diskussion um sich herum zu verpassen.

Jule zeigte Felicia einen Weg auf, ihre Probleme zu lösen – auf eine Art, die Felicia Spaß machen würde. Ihm war nicht entgangen, wie ängstlich Felicia ihr Urteil über die »Pausensnacks« erwartet hatte. Wie sehr sie befürchtet hatte, sie würden ihre Kreationen nicht für gut befinden. Umso euphorischer reagierte sie auf Jules Ideen. Ihre blaugrünen Augen leuchteten. Ihre Wangen hatten Farbe bekommen, vor lauter Aufregung. Der Haarknoten, der ihre Locken auf dem Kopf zusammenhielt, saß ein wenig schief, genau wie ihr Shirt, dessen Ausschnitt so verrutscht war, dass er ihre Schulter und einen schmalen, schwarzen BH-Träger freilegte. Ben zwang sich, den Blick abzuwenden und Felicia wieder ins Gesicht zu sehen, während er nach einer der bayrischen Bierstangen griff.

»Wenn du mich fragst, sollten wir fünf Häppchen aussuchen, die du im ›Pausensnack‹-Kurs zubereitest«, schlug Jule gerade vor und tippte auf ihrem Cardex – dem Geheimniskrämer-Tablet – herum. »Die kannst du bei dem Catering-Auftrag zwar auch mit anbieten, aber ich möchte, dass dort auch ein paar exklusive Häppchen geboten werden, die neu und einmalig sind. Ich möchte gern bei dem Begriff ›Bayerische Tapas‹ bleiben.«

Felicia nickte meistens einfach nur lächelnd. Was aber auch daran liegen konnte, dass Jule ihr gar keine Zeit zum Antworten ließ, weil ihr bereits die nächste Idee durch den Kopf schoss.

»Sie ist ein bisschen wie eine Naturgewalt«, flüsterte Lina, als sie ebenfalls nach einer der Bierstangen griff.

Ben zwinkerte ihr zu. »Aber eine von der guten Sorte«, ergänzte er.

»So viel ist sicher.« Lina biss von ihrem Gebäck ab. »Jeder sollte eine Jule in seinem Leben haben.«

Sicher hatte Felicia im ersten Moment das Gleiche gedacht, was auch ihm durch den Kopf gegangen war: Machte Jule das alles, um ihr zu helfen? Ganz gleich, wie gut sie die Bayerischen Tapas fand? Ben wischte den Gedanken beiseite. Jule war genau wie Lina und ihm klar, dass Felicia Unterstützung brauchte. Vielleicht sogar einen kleinen Schubs in die richtige Richtung, der sie aus ihrer Lethargie riss, in der sie offenbar seit dem Tod ihrer Tante gefangen war. Die Mieteinnahmen, die sie von ihnen bekam, würden nicht reichen, um die alte Schule zu retten, sie brauchte auch das Geld, das die Kochkurse und das Catering einbrachten. Sollte Felicia die alte Schule verlieren, würden sie alle auf der Straße stehen. Und weder Ben noch seine neuen Nachbarinnen wollten ihr Zuhause aufgeben, das nicht ganz perfekt war, aber verdammt viel Charme versprühte. Sie waren innerhalb kürzester Zeit zu einer Gemeinschaft zusammengerückt, in der er sich ziemlich wohlfühlte. Es war also eine Selbstverständlichkeit, Felicia zu helfen. Im Garten. Mit dem Ausmisten und Streichen des Gerümpelraums. Als Vorkoster. Aber Ben hatte in den letzten Tagen auch mitbekommen, wie Jule arbeitete. Wie hochprofessionell sie mit ihren Klienten umging. Wenn sie Felicia bat, ein Catering für sie zu übernehmen, dann nur, weil sie für die Veranstaltung, die sie organisierte, das Beste wollte.

Was als kleines Testessen begonnen hatte, verwandelte sich in eine Strategiebesprechung. Sie redeten. Und redeten. Über die Kochschule und das, was die Zukunft bereithielt. Über die Homepage, die Felicia überarbeiten musste.

Über das, was über die *Küchennachhilfe* und das Catering hinaus möglich war.

»Du könntest zum Beispiel fertiges Essen anbieten«, schlug Lina vor. Sie hatte einen Teil der Tafel neben der Weltkarte freigewischt und begann, die Punkte, die sie ansprachen, mit Kreide festzuhalten – obwohl sich Ben ziemlich sicher war, dass Jule auf dem Geheimniskrämer-Tablet genau das Gleiche tat. »Marmeladen, Soßen und Sirupe hast du ja sowieso schon im Angebot. Wenn du ein neues Gericht ausprobierst, könntest du es zum Beispiel in coole Gläser einwecken. Total retro. Ich habe im Keller sogar welche gesehen, du müsstest also nicht mal welche kaufen. Dann setzt du das Ganze auf die Homepage und packst es in einen Newsletter …«

»Ja, verdammt!«, fuhr Jule dazwischen. »Du brauchst unbedingt einen Newsletter.«

»Jedenfalls«, überging Lina den Einwurf, »kannst du diese Gerichte für Leute anbieten, die keine Lust haben, mittags selbst etwas zuzubereiten, oder vielleicht sogar für Feriengäste, die etwas Besonderes wollen und in ihrem Urlaub nicht selbst kochen wollen.« Sie klatschte begeistert in die Hände. »Damit kannst du so viele Fliegen mit einer Klappe erwischen. Ich würde deine Gerichte auf jeden Fall kaufen.«

Felicia öffnete den Mund, um etwas zu erwidern, aber Jule war schneller. »Wir müssen auf die Themen Regionalität, Frische und Nachhaltigkeit eingehen. Das muss unbedingt auf die Homepage«, befand sie und machte sich Notizen, während Lina die Punkte auf die Tafel schrieb.

Ben schwirrte der Kopf vor lauter Ideen. Alles, was Jule und Lina vorschlugen, klang fantastisch. Da er selbst bei diesem Brainstorming-Tempo nicht ganz mithalten konnte, öffnete er stattdessen eine zweite Flasche Wein und schenkte den Frauen nach, bevor er sich den letzten Alpen-Dog schnappte und mit Elfriede und Poldi teilte. Dann lehnte er sich zurück und genoss die Ideensammlung, die wuchs und wuchs, je länger sie zusammensaßen.

»Was meinst du?«, fragte Felicia ihn plötzlich.

»Was?« Ben setzte sich auf. Die letzten Minuten war er in Gedanken ein wenig abgedriftet. Okay, vielleicht war »abgedriftet« nicht unbedingt das richtige Wort. Er hatte Felicia dabei zugesehen, wie sie mehr und mehr aus sich herausgekommen war. Wie sie gelacht und an ihrem Weinglas genippt hatte. Wie sie bei manchen Ideen nachgehakt, andere infrage gestellt und sich bei wieder anderen mit ihren neuen Freundinnen abgeklatscht hatte. Aber jetzt hatte sie ihn etwas gefragt, und offenbar wartete nicht nur sie auf eine Antwort. Denn auch Jule und Lina sahen sie mit schief gelegtem Kopf an. »Ähm …«

»Ich habe überlegt, womit ich beginnen soll«, half Felicia ihm auf die Sprünge und lächelte ihn an. »Der Garten sieht schon so viel besser aus. Aber trotzdem sollte ich mich jetzt wahrscheinlich erst einmal auf das Haus konzentrieren. Was denkst du?«

Ben nippte an seinem Wein. Felicias Lächeln breitete sich warm in seinem Bauch aus. Oder vermutlich eher der Alkohol. »Um den Garten musst du dir keine Gedanken machen, den habe ich im Griff«, beruhigte er sie. »Wenn du mit der Kochschule und dem Catering wieder an den Start gehst, sollte der Rahmen zwar stimmen, also der Garten etwas hermachen. Aber wichtiger finde ich im Moment, den Gerümpelraum so einzurichten, dass du ihn nutzen kannst. Bis es dann so weit ist, dass die ersten Gäste kommen, wird der Garten ein Schmuckstück sein.«

Lina drehte sich auf dem Turnbock so, dass sie Ben ansehen konnte. »Und wie würdest du den Gerümpelraum einrichten?«, wollte sie wissen.

Er lachte. »Komm schon, ich bin ein Mann. Ich habe von solchen Dingen überhaupt keine Ahnung«, versuchte er, sich aus der Affäre zu ziehen, obwohl er insgeheim eine ganz klare Vorstellung hatte, die seiner Meinung nach perfekt zu Felicia passte.

»Gerade deshalb interessiert es uns ja.« Jule prostete ihm grinsend zu.

»Und ich glaube, dass du sogar einen sehr guten Blick für die Dinge hast. Egal, um was es geht«, sagte Felicia leise. »Weil du sonst kein guter Landschaftsarchitekt wärst. Was nicht stimmt, wie die Pläne und das Modell beweisen, die ich in deiner Wohnung gesehen habe.«

Es wäre gelogen zu behaupten, dass Felicias Worte nicht runtergingen wie Öl. Ben musste verdammt noch mal aufhören, diese Frau anzuhimmeln. Sie war für ihn tabu, und doch konnte er das breite Grinsen nicht unterdrücken, dass sich auf seinem Gesicht ausbreitete. Die Worte ließen sich nicht aufhalten, die nur so hervorsprudelten. »Ich würde einfach den Dinnerraum der *Küchennachhilfe* spiegeln. Einen Kamin einzubauen wäre vielleicht zu viel verlangt und würde unnötig Platz wegnehmen. Aber die gleichen Tische und Stühle, die sich individuell zu kleineren und größeren Gruppen oder Tafeln zusammenschieben lassen. Die Kronleuchter«, zählte er auf. »An die Wand würde ich eine alte Schultafel hängen, wenn du in diesem Sammelsurium im Keller noch eine findest. Dort könntest du eine Begrüßung für die Gäste oder das Veranstaltungsmotto hinschreiben. Ganz individuell eben, abgestimmt auf den Anlass.«

Einen Moment starrten ihn die Frauen an. Dann breitete sich ein Grinsen auf Jules Gesicht aus. »Nebenfach Innenarchitektur?«, fragte sie frech.

»Naturtalent«, gab Ben zurück. »Schreib es gar nicht erst in dein Geheimniskrämer-Tablet, ich stehe nicht zur Verfügung, falls du mal einen feinen Salon einrichten musst.«

*

Felicia schwirrte der Kopf. Sie lag in ihrem Bett und starrte an die dunkle Decke. Die Vorhänge bauschten sich leicht in der frühlingskühlen Brise, die durch die Fenster strich und den Duft von Erde und das Glucksen des Sees in ihr Schlafzimmer wehte. Dieser Tag hatte so viel verändert. Er hatte ihr neue Energie gegeben, hatte ihr gezeigt, dass sie Freunde hatte, auf die sie bauen konnte. Hatte wie ein helles Licht die Hoffnung aufglimmen lassen, dass sie es wirklich schaffen konnte, die alte Schule zu retten. Was sich bis jetzt als verzweifeltes Tauziehen mit ihrem Cousin angefühlt hatte, war plötzlich zu einer Art organisiertem, strukturierten Kampf um ihr Zuhause geworden. Zu einem Kampf, den sie gewinnen konnte – und wollte.

Einem Kampf, der ihr sehr viel abverlangen würde neben ihrem regulären Job, auf den sie nicht verzichten konnte, weil sie den regelmäßigen Gehaltseingang auf ihrem Konto einfach brauchte. Ein Kampf, der verdammt viel Zeit in Anspruch nehmen würde, weil sie einen Kochkurs nicht mal eben aus dem Ärmel schütteln konnte. Geschweige denn ein komplettes Catering.

»Wer hätte das gedacht?«, murmelte sie. Ihre Gedanken glitten ganz automatisch zu Leona. In den letzten Monaten war es so schmerzhaft gewesen, an sie zu denken. Es tat immer noch weh, aber mit jedem Tag, an dem sie alle gemeinsam die alte Schule voranbrachten und neue Ideen umsetzten, und mit jedem Tag, an dem sie ein neues Gericht ausprobierte, fühlte sich Felicia ihrer Großtante wieder näher. Hatte sie das Gefühl, dass Leona sicher glücklich wäre, weil sie einen Weg gefunden hatte, das Schulhaus zu behalten und die Kochschule wieder zum Leben zu erwecken. Felicia wünschte sich selbst jetzt noch, ihre Großtante stolz zu machen. Denn Leona war die Einzige gewesen, die ihr immer bedingungsloses Vertrauen entgegengebracht hatte. Felicia konnte sich bildlich vorstellen, wie ihre Großtante mit ihrem rotbraunen Dutt, den Sommersprossen auf der Nase und den Augen, die vom gleichen Blaugrün waren wie ihre eigenen, in der Küche stand und sich, vor Begeisterung lachend, um die eigene Achse drehte. »Ja, dir hätte verdammt gut gefallen, was hier gerade passiert«, sagte Felicia leise und starrte an die dunkle Decke. Ein Gedanke, der sie so erleichterte, dass Felicia das Gefühl hatte, als wäre ein zentnerschweres Gewicht von ihrer Brust verschwunden.

Elfriede sprang zu ihr ins Bett und rollte sich schnurrend neben Felicia zusammen. Sie wusste, dass sie hier nichts verloren hatte, aber was interessierte die Katzengöttin der alten Schule, welche lächerlichen Regeln ihre Untertanen aufstellten? Abgesehen davon war es beruhigend, über das weiche warme Fell zu streicheln. Felicia schloss die Augen. Wie hatte Leona immer gesagt? *Jede Medaille hat zwei Seiten. Und nicht immer sind beide gleich schön.* Ihre Gedanken wanderten zu Martin, der vermutlich nicht halb so viel Begeisterung für ihre neuen Pläne aufbringen würde wie ihre Mieter – ihre Freunde, korrigierte sie sich in Gedanken. Vor ihrem inneren Auge tauchte plötzlich Ben auf, das komplette Gegenteil ihres Partners. Der so viel für sie tat, der sie immer ansah, wenn er glaubte, sie merke es nicht. Und der ihr einfach guttat mit seiner freundschaftlichen Unterstützung. Denn genau das war es, was sich zwischen ihnen entwickelte: Freundschaft. Felicia schob sein Bild zur Seite und begann, Schäfchen zu zählen. Und doch schaffte Ben es mühelos, weiter durch ihre Gedanken zu geistern, als sie langsam in den Schlaf hinüberglitt.

Es gelang Felicia, das penetrante Klopfen in ihren Gedanken zu ignorieren. Sie war einfach noch nicht bereit, die Augen zu öffnen, und dieses Pochen hallte sicher sowieso nur aus ihrem Traum nach, aus dem sie langsam in den Morgen hinüberglitt.

Erst das Gefühl, nicht mehr allein zu sein, ließ sie die Lider heben – und in zwei dunkelbraune Augen starren, die sie aus ein paar Zentimeter Entfernung aufmerksam betrachteten. Mit einem erschrockenen Schrei fuhr sie hoch. »Poldi!«, schimpfte sie. »Was zur Hölle machst du hier?«

Der Hund legte lediglich den Kopf schief und sah sie genauso verständnislos an wie Elfriede, die auf der Bettkante hockte.

Felicia wurde bewusst, dass Ben sich offenbar Zutritt

zu ihrer Wohnung – und ihrem Schlafzimmer – verschafft hatte, denn die Tür, die von hier ins Wohnzimmer führte, stand einen Spalt offen. Und das Klopfen an der Tür war noch immer zu hören. Wenn Poldi vor ihrem Bett saß, stand sein Herrchen wahrscheinlich vor ihrer Tür.

»Ihr seid mir vielleicht zwei«, murmelte sie und schob die Decke zur Seite. Sie strich Hund und Katze über den Rücken, dann griff sie nach ihrem Morgenmantel und stand auf, während sie in die Ärmel schlüpfte. Auf dem Weg nach draußen band sie den Gürtel zu und zog ihre Haare aus dem Kragen.

Wie sie vermutet hatte, stand auch ihre Wohnungstür einen Spalt offen. Wenn sie künftig von vierbeinigen Überraschungsbesuchen verschont bleiben wollte, würde sie wohl oder übel abends abschließen müssen. Sie schluckte den Seufzer herunter, der ihr auf der Zunge lag, und öffnete die Tür ganz. »Guten Morgen, Ben.«

»Hey.« Ben verzog entschuldigend das Gesicht. Zumindest glaubte Felicia das, so richtig erkennen konnte sie ihn nicht hinter dem Toastbrot, der Milch und einem ganzen Haufen anderer Lebensmittel, die er in den Armen balancierte. Zum Anklopfen hatte er offenbar seine Schuhspitze benutzt. »Sorry, falls ich dich geweckt haben sollte. Ich hoffe, mein Hund hat dich nicht überfallen. Normalerweise hört er echt gut.« Hatte Ben das nicht schon einmal von Poldi behauptet? Es klang jetzt nicht glaubwürdiger als beim letzten Mal. »Aber wenn es um Elfriede geht, ist er einfach blind vor Liebe.«

»Was ist passiert?«, fragte sie und wies auf die Lebensmittel in seinen Armen. Immerhin hatte sich nur Bens Hund einen Weg in ihr Schlafzimmer gesucht, und er war hier stehen geblieben.

»Mein Kühlschrank hat den Geist aufgegeben.«

»Ach verdammt!«, schimpfte sie leise. Das durfte doch nicht wahr sein. Ausgerechnet jetzt, wo sie jeden Cent zweimal umdrehen musste. Und sie als Vermieterin war nun einmal dafür verantwortlich, dass die Geräte in den Wohnungen funktionierten. »Den haben Leona und ich zwar gebraucht gekauft, aber der hätte wirklich noch ein paar Jahre halten sollen.«

»Technische Geräte haben ihren eigenen Willen.« Ben zuckte mit den Schultern, seine Universalgeste, die jetzt allerdings die Butter und eine Packung Käse ins Rutschen geraten ließ.

Felicia fing die Lebensmittel auf. »Am besten verstauen wir alles erst einmal im Kühlschrank in der Kochschule«, schlug sie vor. »Dort stören sie ja im Moment nicht.« Sie schob sich an Ben vorbei und öffnete die Tür zur Küche.

Er folgte ihr und lud seine Sachen auf der Kücheninsel ab, nur um sie dann – nicht so ordentlich wie Felicia es gewohnt war – in ihren Kühlschrank zu stopfen.

Felicia bemühte sich, nicht zusammenzuzucken. Vielleicht konnte sie noch ein bisschen Ordnung in das Chaos bringen, wenn Ben verschwunden war. »Das tut mir wirklich leid«, sagte sie. »Ich werde versuchen, so schnell wie möglich einen neuen Kühlschrank zu besorgen.«

»Mach dir keinen Kopf.« Ben legte in einer freundschaftlichen Geste seine Hand auf ihre Schulter. Was aber nichts daran änderte, dass sie die Wärme seiner Haut durch den dünnen Stoff ihres Morgenmantels und Schlafshirts spürte.

Statt auf das zarte Kribbeln, das diese Berührung in ihr auslöste, konzentrierte sie sich auf Bens Worte. »Die Sachen sind doch hier erst mal gut aufgehoben. Und Jule sieht sich schon YouTube-Videos zum Thema Kühlschrankreparatur an. Wahrscheinlich schaffen sie und ihr Leatherman es, das Ding wieder zum Laufen zu bringen. Und falls nicht, warte einfach, bis du ein gutes Angebot bekommst. Ich kann solange problemlos ein Stockwerk nach unten gehen, wenn ich mir etwas zu essen machen will.« Er drehte sich zur Tür um. »Sorry noch mal, dass ich dich aus dem Bett geworfen habe«, sagte er über die Schulter. »Aber ich muss los und wollte die Sachen nicht den ganzen Tag ungekühlt bei mir herumliegen lassen.«

»Sicher. Kein Problem«, murmelte Felicia, denn Ben war schon verschwunden. Sie hörte ihn nach seinem Hund pfeifen und im nächsten Moment die Haustür hinter den beiden ins Schloss fallen.

Sie lehnte sich gegen die Küchenzeile. Das war nicht gerade die perfekte Art, den Tag zu beginnen. Ein Küchengerät, das ersetzt werden musste und ein neues Loch in ihr Budget reißen würde, das sich sowieso schon wie ein Sieb anfühlte. Hoffentlich brachte Jule das Gerät wieder zum Laufen. Wenn sie das jemandem zutraute, dann ihr. Sie rieb mit der Hand über ihre Schulter. Und spürte der Berührung nach, die mehr in ihr auslöste, als gut für sie war.

12

Die nächsten beiden Wochen verschwammen in einem Wirbel aus Arbeit, Terminen, To-do-Listen und Probekochen. Felicia hatte auf Jules Bitten hin ein Testessen für den Veranstalter des Empfangs vorbereitet, für den sie catern sollte. Rupert Freiherr von Lemberg, ein bekannter Kunstmäzen, der die Bayerischen Tapas passend zur Einweihung seines neuesten Gemäldes *Brezelregen* serviert haben wollte, war begeistert – und ließ Felicia erleichtert aufatmen. Eine Hürde geschafft.

Doch die Tatsache, dass ausgerechnet einer der bekanntesten Kunstsammler in ganz Süddeutschland einen solchen Abend ausrichtete, um seine neueste Errungenschaft zu präsentieren, machte Felicia auch noch aus einem ganz anderen Grund nervös, an den sie gar nicht gedacht hatte, als sie Jule zugesagt hatte: ihre Mutter. Denn das war genau die Art von Veranstaltung, bei der sie vorzugsweise ihre Zeit verbrachte, mit ihren Freundinnen Champagner schlürfte – und über den Caterer und das schlechte Essen herzog. Felicia stand zwar zu ihren Kreationen und schämte sich nicht für den Job, aber Margaretha Sommerfeldt wäre mit Sicherheit alles andere als begeistert, ihre Tochter auf der Seite des Personals anzutreffen. Felicia war deshalb regelrecht erleichtert, als ihre Mutter sie wissen ließ, dass sie ein paar Tage an der Côte d'Azur verbringen würde – und sie sich auf dem Anwesen des Freiherrn also nicht über den Weg laufen würden.

Das nächste Thema, um das sie sich kümmern musste, war das Personal. Felicia war dankbar, dass Jule ihr half, die Servicekräfte zu aktivieren, die in der *Küchennachhilfe* früher beim Catern unterstützt hatten, und fand in ihrem Geheimniskrämer-Tablet noch ein paar weitere junge Kellner, die ihre Häppchen unter die Leute bringen würden.

Blieb ein weiteres, großes Problem, das Felicia nicht alleine lösen konnte: der Einkauf. Mit dem Fahrrad, mit dem sie ihr Leben ansonsten bestritt, ließ sich das keinesfalls bewerkstelligen. Blieb Olof, den sie seit dem Tod ihrer Tante nicht mehr aus der Garage geholt hatte – und der ihr das offenbar übelgenommen hatte, denn als sie den Zündschlüssel drehte, antwortete er mit einem gequälten Klacken – und sonst nichts. Felicia versuchte es noch einmal. Nichts.

»Mist«, fluchte sie unterdrückt und schlug mit der flachen Hand auf Olofs Lenkrad, wobei er ja nichts dafür konnte, dass sie ihn monatelang vernachlässigt hatte. »Komm schon«, murmelte sie und versuchte noch einmal, ihn zu starten. Hoffnungslos. Sie blickte auf, als ein Schatten über die Motorhaube fiel. »Ben!«, sagte sie überrascht, als sie ihn, Poldi mit neugierig schräg gelegtem Kopf neben sich, im Rahmen des Garagentors lehnen sah. So wie sie aussahen, kamen sie gerade von einer Baustelle, bei der sie beide fleißig mitgeholfen hatten. Wahrscheinlich der Randstreifen zwischen der Bundesstraße und der Einkaufsmeile, der unter Bens Aufsicht mit einem Wasserreservoir versehen und dann bepflanzt wurde. »Was für ein Schätzchen hast du denn hier drin versteckt?«, fragte er, stieß sich aus dem Türrahmen ab und kam zu Felicia herüber, ohne Olof auch nur einen Moment aus den Augen zu lassen. »Ich habe mich schon die ganze Zeit gefragt, was in der Garage steht. So einen coolen Oldtimer hätte ich nicht erwartet.«

»Im Moment ist es ein Oldtimer, der nicht anspringt«, hielt Felicia dagegen und stieg aus. Sie konnte verstehen, dass Ben den in dunklem Metallicblau lackierten Volvo Duett, Baujahr 1969, bewundernd einmal umrundete. Ihre Tante und sie hatten das Logo *Küchennachhilfe* auf der Seite aufbringen lassen und ihm – passend zu seiner Herkunft – einen schwedischen Namen gegeben. Aber gefahren hatte dieses alte Gefährt hauptsächlich Leona, während Felicia meist mit dem Fahrrad unterwegs gewesen war. Jetzt gehörte der kleine alte Lieferwagen genauso zu ihrem Erbe wie das Haus und der Garten.

»Vermutlich hat sich die Batterie entladen«, erklärte Ben und öffnete bereits die Motorhaube. »Das kommt bei so alten Gesellen schon mal vor, wenn sie eine Weile nicht bewegt werden. Zumindest klang es danach, als du versucht hast, ihn anzulassen. Ich hole meinen Wagen. Dann starten wir den Volvo fremd und bringen ihn so hoffentlich wieder zum Laufen.« Bevor Felicia noch etwas sagen konnte, hatte er sich bereits umgedreht und war aus der Garage verschwunden. Ein paar Sekunden später manövrierte er seinen Pick-up vor den Volvo und schloss die Starthilfekabel an.

Im nächsten Moment schnurrte Olofs Motor nach kurzem Stottern wie ein Kätzchen, und Felicia konnte mit ihrer Einkaufstour beginnen. »Ich weiß gar nicht, wie ich dir danken soll«, sagte sie, als Ben ihr grinsend das Daumen-Hoch-Zeichen gab und ihre Motorhaube schloss.

»Falls bei diesem ›Brezelbildevent‹«, Felicias Mitbewohner hatten die Angewohnheit, alles mit einem lustigen Namen zu versehen, »ein paar Häppchen übrig bleiben, bring sie mir gerne mit«, schlug er vor.

Felicia nickte. Sie würde nicht nur etwas übrig lassen. Nein, sie würde ein paar Snacks nur für ihn zubereiten. Und für Jule und Lina, die ihr so hilfreich zur Seite standen. »Danke«, sagte sie noch einmal.

Ben schlug mit der flachen Hand auf Olofs Dach. »Keine Ursache. Du kannst durchstarten, und ich tobe mich jetzt noch ein bisschen in deinem Garten aus.«

Je näher das Brezelbildevent rückte, desto ruhiger wurde Felicia. Sie fand zu der Routine zurück, in der sie sich bereits früher, mit Leona an ihrer Seite, so wohlgefühlt hatte. Alle Listen waren geschrieben, alle Einkäufe, bis auf die Sachen, die sie frisch vom Markt holen würde, waren erledigt. Das Personal für den Abend stand. Die Servierplatten, auf denen die Bayerischen Tapas den Gästen serviert werden würden, waren blank poliert und warteten darauf, endlich wieder einmal zum Einsatz zu kommen.

Zwei Tage vor dem großen Catering fuhr Felicia gerade ihren PC in der Steuerkanzlei herunter, als Martin anklopfte und sofort eintrat, ohne auf ihr »Herein« zu warten. Er sah wie immer aus, wie aus dem Ei gepellt. Die dunklen Haare perfekt frisiert, ein dunkelblauer Anzug, der ihm fantastisch stand, und einen leichten Sommermantel über den Arm gehängt. »Du hast meine Nachricht nicht beantwortet«, sagte er statt einer Begrüßung.

»Hallo Martin.« Felicia griff nach ihrer Handtasche und stand auf. »Tut mir leid. Was für eine Nachricht?«

»Die, die ich dir vor ein paar Minuten geschickt habe.«

»Du weißt doch, dass ich das während der Arbeit meistens nicht mitbekomme.« Felicia zog ihr Handy aus der Tasche und warf dabei einen unauffälligen Blick auf die Uhr auf dem Display. Wenn Martin sie zu lange aufhielt, würde sie ihre S-Bahn verpassen. Aber immerhin musste sie ihm recht geben, denn das WhatsApp-Symbol zeigte eine ganze Reihe Nachrichten an. Felicia öffnete den Chat und sah, dass einiges in der Gruppe los war, die Lina für die Bewohner der alten Schule angelegt hatte. Trotzdem klickte sie zuerst die Nachricht von Martin an und überflog den Text. »Du willst das Wochenende in Starnberg verbringen?« Sie sah auf und blickte Martin verständnislos an. »Wieso?«

»Am Samstag ist in *H'ugo's Beach Club* diese Veranstaltung, zu der ein paar meiner Kollegen und mein Chef gehen. Da kann ich nicht fehlen«, erklärte Martin mit der für ihn typischen Ungeduld.

»Okay, wenn du da hingehen willst, bist du in der alten Schule natürlich willkommen. Nur habe ich einfach keine Zeit, dich zu begleiten. Vielleicht können wir es uns ja dann am Sonntag in Starnberg gemütlich machen«, schlug sie vor.

»Was heißt du hast keine Zeit? Ich habe dir doch gesagt, dass diese Party dieses Wochenende ist.« Martin verschränkte die Arme vor der Brust. Was Felicia lange Zeit als durchsetzungsstark und erfolgsorientiert und damit als eine seiner Stärken empfunden hatte, wirkte jetzt plötzlich kindisch. »Ich brauche dich an meiner Seite«, sagte er und schaffte es nicht, den enttäuschten Unterton aus seiner Stimme herauszuhalten.

Felicia unterdrückte ein Stöhnen. Sie hasste es, andere zu enttäuschen. Besonders ihre Eltern – und Martin. Ganz abgesehen davon, dass sie sich in den letzten Wochen wirklich rar gemacht hatte, weil die Planung des Caterings und die Fortschritte im Gerümpelraum der alten Schule einen so großen Teil ihrer Zeit in Anspruch nahmen. Es hatte Tage gegeben, an denen sie erst abends, wenn sie ins Bett gegangen und Martin eine Gute-Nacht-WhatsApp geschrieben hatte, überhaupt an ihn gedacht hatte. »Ich habe am Samstag das Catering«, erinnerte sie ihren Freund.

Er runzelte die Stirn. »Ist das dieses Wochenende? Ich dachte erst in ein oder zwei Wochen.«

»Nein. Es ist diesen Samstag.« Felicia dachte fieberhaft nach, wie sie diese Terminüberschneidung so lösen konnte, dass niemand zu kurz kam. »Wie wäre es, wenn ich nach dem Job noch zu euch stoße?« Ein guter Kompromiss, wie sie fand. Sie würde zwar erst ziemlich spät Feierabend haben, aber sie kannte Martin und seine Kollegen gut genug, um zu wissen, dass sie ausdauernd lange feiern würden.

Martin drehte sich zur Tür um, doch sie erhaschte trotzdem einen Blick auf seine missmutig zusammengezogenen Lippen. »Einmal bitte ich dich um deine Unterstützung, aber du spielst lieber Kellnerin für irgend so einen Kunst-Heini.«

»Ich kellnere nicht, das ist ein Catering-Job, für den ich das Essen zubereite«, konnte Felicia sich nicht verkneifen. Und selbst wenn sie nebenher irgendwo als Servicekraft arbeiten würde, um genug Geld zur Rettung der alten Schule zusammenzubekommen, gab es keinen Grund, die Augen zu verdrehen. Diese Geringschätzigkeit, die Felicia manchmal an das Verhalten ihrer Eltern erinnerte, machte sie wütend. »Und Freiherr von Lemberg ist kein Kunst-Heini, sondern ein angesehener Sammler«, schob sie hinterher.

Für einen Moment erstarrte Martin, die Hand auf der Türklinke, dann drehte er sich langsam zu Felicia um. »Lemberg?«, fragte er. »Der Lemberg? Rupert Freiherr von Lemberg?«

Felicia nickte.

»Du machst dieses Catering für einen der reichsten Männer dieser Gegend? Der eines der Aushängeschilder der Hochfinanz ist?« Langsam kam er zu ihr zurück, ohne Felicia aus den Augen zu lassen. Was sie für einen Moment wie das Kaninchen fühlen ließ, das hilflos mit wild schlagendem Herzen vor der Schlange saß.

Diese Gedanken waren lächerlich, ermahnte Felicia sich selbst, als Martin viel zu nah vor ihr stehen blieb. Das hier war schließlich ihr Freund. Nähe war völlig normal, auch wenn sie sich für den Bruchteil einer Sekunde bedrohlich angefühlt hatte und Martin im Büro normalerweise darauf bestand, ihre Beziehung nicht zu offen zu zeigen. »Ich habe dir davon erzählt«, verteidigte sie sich. Vielleicht hatte Martin ihr mal wieder nicht richtig zugehört, als sie bei einem ihrer Telefonate davon gesprochen hatte.

»Wie auch immer«, winkte Martin ab. »Hast du da irgendwie noch Freikarten oder kannst mich auf die Gästeliste setzen lassen?« Plötzlich klang er zuckersüß und zwinkerte ihr auch noch zu, als würde er ihr mit seiner Bitte einen Gefallen tun.

Wut kochte in Felicia hoch. Wie eine winzige, heiße Flamme, die sich innerhalb von Sekunden zu einem Flächenbrand ausbreitete, der durch ihren Körper raste. »Nein«, fauchte sie. »Ich kann dich nicht auf die Gästeliste setzen lassen. Ich arbeite dort.« Ihr wurde bewusst, dass sie zum ersten Mal ihren Ärger auf Martin nicht heruntergeschluckt hatte – und dass sich das verdammt gut anfühlte. Sie schob sich den Träger ihrer Handtasche über die Schulter und drängte sich an ihm vorbei. »Wenn du mich jetzt entschuldigst? Ich muss versuchen, meine S-Bahn zu bekommen.«

»Wie du willst.« Martin ließ sie vorbei und folgte ihr aus ihrem Büro. »Dann werde ich meinen Chef und meine Kollegen in *H'ugo's Beach Club* begleiten.«

*

Sonnenlicht flutete den Wintergarten, brach sich im Grün der Pflanzenblätter und malte Muster aus Licht und Schatten auf den Dielenboden. Ben hatte blinzelnd die Augen geöffnet und betrachtete die exotischen Mitbringsel, die auf seinem Balkon wuchsen und gediehen. So hell, wie die Sonne schien, hatte der Tag schon vor einer ganzen Weile begonnen. Dieser Zustand, keinen Job zu haben, ließ ihn ein noch lotterigeres Leben führen als zu Studentenzeiten. Hoffentlich änderte sich daran bald etwas. Nächste Woche konnte er Sam und Onkel Jo in der Gärtnerei und in der Baumschule unterstützen. Er würde weiter nach Ausschreibungen suchen und hoffen, dass sich bei denen etwas tat, bei denen er bereits einen Entwurf eingereicht hatte.

Heute war allerdings erst Freitag, und es gab nichts zu tun, außer gemütlich in den Tag zu starten. Erst einmal brauchte er Kaffee. Und später würde er sicher noch ein bisschen im Garten der alten Schule arbeiten.

Durch die gekippten Fenster hörte er das fröhliche Bellen seines Hundes und dann ein Platschen, als er in den See sprang. Poldi war es mit ihm offenbar zu langweilig geworden, und er hatte sich schon mal selbst rausgelassen, um mit seiner Lieblingskatze in den Tag zu starten. Der Gedanke brachte Ben zum Lächeln. Poldi schien ganz gut ohne ihn klarzukommen, seit sie in der alten Schule wohnten. Zumindest hatte der freche Kerl inzwischen sämtliche weiblichen Wesen des Hauses um seine Pfote gewickelt.

Ben stand auf, ging ins Bad und stellte seinem Hund dann Futter und frisches Wasser hin. Nur Minuten später nippte er an seinem ersten Kaffee des Tages und ging mit der Tasse in der Hand ins Erdgeschoss hinunter, um sich etwas zum Frühstück aus dem Kochschulkühlschrank zu holen.

Er hatte die Hand schon auf die Klinke der Tür zur *Küchennachhilfe* gelegt, als sie von innen unsanft aufgeschoben wurde und Jule herausstürmte. Was ihn zwang, einen Schritt zur Seite zu machen. »Morgen«, sagte er und balancierte seine Kaffeetasse, um sie vor einem Zusammenstoß mit Jule in Sicherheit zu bringen.

»Geh da lieber nicht rein«, warnte Jule ihn mit einem Blick über die Schulter in Richtung Kochschule. Bevor Ben fragen konnte, warum, war sie bereits weitergehastet. In ihrem halboffiziellen Outfit – wie er es insgeheim nannte. Jeans, Bluse und Jackett. Das Geheimniskrämer-Tablet in einer schlichten, hellblauen Hülle. Wäre sie hochoffiziell unterwegs, hätte sie ihr Tablet schwarz angezogen und sich selbst mit einem Hosenanzug.

Ben schüttelte lächelnd den Kopf. Er war sehr gespannt, was »Geh da nicht rein« bedeutete. Vorsichtig schob er die Tür auf und lugte in die Küche. Ihm fiel der Song *Maniac* von Michael Sembello ein, nur dass Felicia nicht über einen

Tanzflur wirbelte, sondern durch die Küche. Sie trug Jeans, die an den Knien zerrissen waren, ein schwarzes Shirt mit dem Logo der *Küchennachhilfe* und darüber ihre Superkraft-Schürze. Ihre wilden Locken waren unter einem cool geknoteten, bunten Tuch verschwunden. Alle Arbeitsflächen waren mit Häppchen in den unterschiedlichsten Zubereitungsstadien belegt. Aber Felicia schien genau zu wissen, was sie tat. Ihre Handgriffe waren schnell und effizient. Ihre Bewegungen wirkten, als ob sie nach einer Choreografie tanze, die nur sie kannte. Selbst die Musik, die aus der Bluetooth-Box auf der Fensterbank drang, war ein fröhlicher Popsong, statt der sonst eher langsamen Lieder, die sie so mochte. Ihre Augen leuchteten, als sie zu Ben herumfuhr.

»Morgen.« Er prostete ihr mit seiner Tasse zu. »Kann ich dir helfen?«, rutschte ihm die Frage heraus, die sich beim Anblick der Küche regelrecht aufdrängte.

»Nein.« Sie rührte in einer Schüssel und nickte dann zu ein paar eng beschriebenen DIN-A4-Seiten hinüber, die an der Pinnwand hingen. »Ich habe einen Plan.« Im nächsten Moment schien sie Ben bereits wieder vergessen zu haben und wirbelte weiter durch die Küche.

Ben griff über sie hinweg, um eine Schüssel aus einem der Schränke zu nehmen, kippte Müsli hinein und goss Milch darüber. Dann lehnte er sich an das Sideboard neben dem Kühlschrank und sah Felicia bei ihrem Küchenballett zu, während er sein Frühstück in sich hineinschaufelte. Als er fertig gegessen hatte, stellte er die Schüssel in die Spülmaschine.

Im Spülbecken daneben stapelten sich bereits einige große Pfannen und Töpfe. Ben blickte zu Felicia hinüber, die begonnen hatte, einen Berg Zwiebeln zu schälen. Er hatte Zeit, weil kein Job auf ihn wartete. Die geschäftige Stimmung um Felicia herum gefiel ihm. Ohne groß darüber nachzudenken, holte er die Töpfe und Pfannen aus dem Spülbecken und ließ Wasser einlaufen. Er verpasste einem der Töpfe ein kleines Trommelsolo im Takt von Fleetwood Macs *Go your own way*, das neuerdings wieder ziemlich angesagt zu sein schien, und kippte Spülmittel ins Wasser.

Felicia fuhr zu ihm herum, als würde sie sich seiner Anwesenheit erst jetzt bewusst. »Du bist ja immer noch da«, sprach sie das Offensichtliche aus. »Was machst du noch hier?«

Ben hielt eine Pfanne hoch, ließ sie dann ins Spülbecken plumpsen und den Seifenschaum aufspritzen. »Ich helfe dir.«

Felicia wedelte mit dem Messer in der Hand in Richtung Tür. »Ich habe dir doch gesagt, ich habe einen Plan«, erinnerte sie ihn.

Ben grinste sie an. »Und ich bin dein Back-up.«

Felicia nickte nachdenklich. Dann wandte sie sich wieder ihren Zwiebeln zu, drehte sich aber noch einmal nach Ben um. »Du weißt, dass du das nicht tun musst?«, fragte sie.

»Klar.« Ben zwinkerte ihr zu. »Ich helfe dir wirklich gern. Und so wie es aussieht, kannst du im Moment einen Küchensklaven ganz gut gebrauchen.«

Ben hatte keine Erfahrung mit dieser Art von Arbeit. Aber er stellte fest, dass das Grundprinzip gar nicht so anders funktionierte als in der Landschaftsarchitektur. Man brauchte einen Entwurf, passende Strukturen und einen Plan, an dem man sich entlanghangelte. Sie arbeiteten synchron und konzentriert, und Ben genoss es, mit Felicia allein in der Küche zu sein. Obwohl sie nicht viel redeten, nur hin und wieder ein Lied mitsummten und sich ein Lächeln zuwarfen. Ben folgte Felicias Anweisungen. Wenn sie ihm etwas zeigte, standen sie nahe beieinander. Und als sie ihm demonstrierte, wie er die bayrischen Bierstangen formen sollte, führte sie sogar seine Hände. Er konnte den sanften Druck ihrer Finger noch zwanzig geformte Bierstangen später fühlen. Roch ihren zarten Duft, der ihm gemeinsam mit dem der Kräuter, die sie für die Gerichte geerntet hatte, in die Nase stieg.

Als sie gerade die letzte Lage Blätterteig eingeklappt hatten, die sie für den nächsten Tag kühl stellen wollten, steckten Jule und Lina den Kopf in die Küche. Seite an Seite standen Felicia und er an der Kücheninsel und blickten den Freundinnen entgegen. »Ihr traut euch wieder in die Höhle der Löwin?«, fragte er scherzhaft.

»Hat sie sich wieder ein bisschen beruhigt?«, fragte Jule flüsternd.

Felicia fuhr herum und warf ein Geschirrtuch in Richtung der Freundinnen – konnte dabei ein Grinsen aber nicht unterdrücken. »Dieser Tag war wundervoll«, schwärmte sie. »Ich habe vielleicht ein bisschen verrückt gewirkt, aber ich hatte alles im Griff. Und ich habe all das echt genossen, obwohl es wirklich ein riesiger Berg Arbeit war.« Sie sah Ben an. »Danke, dass du da warst. Es hat Spaß gemacht, mit dir zusammen zu schuften.«

Ben zuckte mit den Schultern, Komplimente waren nicht sein Lieblingsthema, zumindest, wenn er derjenige war, der sie bekam. Dann legte er Felicia die Hand auf die Schulter.

»Keine Ursache. Dafür ist so ein Back-up ja da.« Er ließ seine Hand liegen, hielt Felicias Blick, die zu ihm aufschaute. Erst als Jule sich hinter ihnen räusperte, wurde er sich bewusst, dass sie nicht allein waren – und dass er noch nicht einmal ein Recht darauf hatte, Felicia so anzusehen. Verdammt. Er war echt dabei, sich zu verknallen. In diese wunderbar komplizierte Frau, hinter deren steifer Schale ein so anziehender, vielseitiger Kern steckte. Eine Frau, die ihn als Freund betrachtete und ihm dankbar war für seine Hilfe, die aber allein schon deshalb unerreichbar war, weil sie im Gegensatz zu ihm eine Beziehung führte. Ganz abgesehen davon, dass ihr mit dem Renovieren des Gerümpelraums, dem Catering und der Wiedereröffnung der *Küchennachhilfe* genug Dinge durch den Kopf gingen, um auch noch über ihn nachzudenken.

»Wie wäre es, wenn wir uns auf die Terrasse setzen und ein Bier trinken, bevor ich noch den Rest von meiner To-do-Liste erledige?«, schlug Felicia vor.

»Tolle Idee.« Lina öffnete den Kühlschrank und nahm vier Starnberger Hell aus einem Sixpack, der Ben gehörte. »Ich habe zwar heute Abend noch einen Babysitter-Job, um den ich mich persönlich kümmern muss, aber bis dahin sind es noch ein paar Stunden. Was ist mit dir, Jule?« Sie hielt der Freundin ein Bier hin, und Jule griff danach.

»Ich muss noch mal zu Lemberg, um nach dem Rechten zu schauen und sicherzustellen, dass alles ordentlich vorbereitet wurde und funktioniert, aber gegen eine Pause und ein Bierchen hätte ich nichts einzuwenden.«

»Ich sowieso nicht«, schloss sich Ben an. »Und da es mein Bier ist, das ihr trinkt, finde ich es ganz gut, dass ich auch noch eine Flasche davon abbekomme.«

Er half Felicia, den Blätterteig im Kühlschrank zu verstauen, und folgte Jule und Lina dann nach draußen, wo sie es sich bereits an Felicias kleinem Bistrotisch gemütlich gemacht hatten. Dabei musste er über Poldi und Elfriede steigen, die sich nebeneinander in der Sonne ausgestreckt hatten. Felicia hatte ihre Schürze abgelegt und das bunte Tuch von ihrem Kopf gezogen, was ihre wilden Locken in alle Richtungen springen ließ, als wären sie aus einem Gefängnis befreit worden.

Ben ließ sich neben seinem Hund auf die warmen Holzdielen fallen und lehnte seinen Rücken an die von der Sonne aufgeheizte Steinmauer. Poldi blinzelte kurz und hob seinen Kopf dann so weit an, dass er ihn auf Bens Oberschenkel ablegen konnte. Ben kraulte ihn zwischen den Ohren und hörte seinen Nachbarinnen bei ihrem Geplänkel zu.

»Beschreib doch mal das Bild, das bei dieser Veranstaltung morgen enthüllt werden soll«, bat Lina.

Jule verzog für einen Moment das Gesicht. »Du willst wissen, wie dieses Gemälde aussieht?« Sie schob sich eine Salzbrezel aus der kleinen Schale, die Felicia auf den Tisch gestellt hatte, in den Mund und kippte den restlichen Inhalt auf dem Tisch aus. »Mal sehen«, murmelte sie. »Der *Brezenregen* ist ein modernes Kunstwerk. Ungefähr so sieht es aus.« Sie arrangierte die Salzbrezeln, um das Bild nachzustellen, und klopfte Lina auf die Finger, als sie ein Stück des Kunstwerkes klaute. »Es wird sogar gemunkelt, dass auch echte Brezen als Materialien und Farben verwendet wurden«, behauptete sie und brachte damit alle zum Lachen.

13

Der Samstag begann vielversprechend. Die Sonne schien warm in Felicias Schlafzimmer, und der Duft des Fliederbaumes vor ihrem Fenster kitzelte sie in der Nase, als sie aufwachte. Selbst Elfriede kuschelte sich für einen Moment an ihre Seite, bevor sie sich maunzend auf Felicias Bauch stellte, um sie daran zu erinnern, dass sie kurz vor dem Verhungern war und Felicia ihren Pflichten als Katzenbesitzerin nachzukommen hatte.

Felicia stand auf, fütterte Elfriede und genoss die erste Tasse Kaffee des Tages in aller Ruhe auf der Terrasse hinter ihrer Wohnung. Dann legte sie für einen Moment die Hand auf den Bilderrahmen auf ihrer Kommode, das sie mit Leona zeigte, ganz so, als könne sie so den Geist und die Kraft ihrer Tante heraufbeschwören – und stürzte sich dann in das Chaos, das ein Tag mit einem so großen Cateringauftrag mit sich brachte.

Alles lief glatt. Fast schon beängstigend glatt. Mit Leona hatte Felicia schon viele Caterings gemacht, und noch nie hatte es so wenige Probleme gegeben. Die Bavesen waren nicht matschig, die Bayrischen Miniburger nicht verbrannt, und die Obazda-Cupcakes sahen aus wie gemalt.

Das Serviceteam war pünktlich erschienen und hatte Jules

strenge Musterung überstanden, und Olof sprang beim ersten Mal an. Felicia breitete sich in der Küche des Freiherrn aus, um auch noch die letzten Vorbereitungen zu treffen. Es war spannend, nebenbei zu beobachten, wie Jule dieses Event managte. Wie ein General im Hosenanzug. Die Haare zu einem klassischen Knoten hochgesteckt, ein unauffälliges Headset übergestülpt und einen wild entschlossenen Ausdruck in den Augen. Diese Gemälde-Präsentation würde dank Jule zu einem Ereignis werden, über das in der Starnberger High Society noch lange gesprochen werden würde.

Als ihre Freundin in die Küche gestürmt kam, grinste Felicia sie an. »Das war aber ein attraktiver Kerl, mit dem du da gerade geplaudert hast«, zog sie Jule auf. Der Mann, mit dem sie gesprochen hatte, war wirklich ziemlich gut aussehend gewesen: groß, in seinem perfekt sitzenden Anzug, blonden Haaren und dunklen Augen, deren Farbe Felicia von ihrem Posten an der Küchentür nicht hatte ausmachen können.

»Gibt es da nicht ein paar Dinge, um die du dich kümmern musst?«, gab Jule zurück. »Ich habe dich nicht dafür engagiert, den Gästen nachzuspionieren.«

Felicia lachte. »Die Servicekräfte sind dabei, den Champagner einzuschenken. Ich hatte also einen Moment Zeit. Und du lenkst ab, meine Liebe. Wer ist der Mann?«

Jule verdrehte die Augen und hielt ihr eine silberne Visitenkarte unter die Nase, auf der sie nur einen Namen erkennen konnte: Christian Thalbach. »Das war kein süßer Typ, mit dem ich geflirtet habe, das war ein potenzieller Kunde für meinen Concierge-Service. Ich würde mich nicht wundern, wenn er dir auch eine zusteckt, nachdem er deine Häppchen probiert hat.« Sie blickte durch die Schwingtür nach draußen. »Okay, da kommt Lemberg. Let the show begin.«

Felicia drehte sich gerade um, um den Servicekräften das Zeichen zu geben, die Champagnertabletts hinauszutragen, als sie eine weiß gekleidete Frau durch den Raum schweben sah. Enge weiße Hosen, eine weite, weich fallende weiße Tunika und weiße Peep-Toes. Die Holzperlenkette um ihren Hals und ihr Lippenstift hatten exakt den gleichen Farbton wie ihre Haare, die im Nacken zu einem eleganten Knoten geschlungen waren. Haare, die genauso rot waren wie ihre eigenen. Einen Moment starrte sie Margaretha Sommerfeldt entsetzt an, dann warf sie Jule einen Seitenblick zu. »Was macht meine Mutter hier?«, zischte sie.

»Ich habe keine Ahnung.« Jule blickte auf ihr Geheimniskrämer-Tablet. »Ah, verdammt«, sagte sie, während sie durch ihre Listen scrollte. »Rupert hat mir gesagt, dass er noch ein paar Nachzügler auf die Gästeliste setzt. Das waren dann wohl deine Mutter und ihre Freundinnen.« Sie warf einen Blick in Margaretha Sommerfeldts Richtung. Felicias Mutter war inzwischen von einer Traube Frauen umgeben. »Haben die alle das Gleiche an?«, fragte sie mit zusammengekniffenen Augen.

Felicia seufzte. »An der Farbe ihrer Lippenstifte kannst du sie ganz gut auseinanderhalten.«

In diesem Moment betrat Rupert Freiherr von Lemberg den Raum und nahm ein Bad in der Menge. Felicia hielt die Schwingtür auf, um noch ein paar Kellner mit den Champagnertabletts hinauszuschicken. »Ich muss weitermachen, Jule«, sagte sie, als sie die Tür wieder zupendeln ließ. »Ich muss die Tabletts mit den Häppchen vorbereiten.« Und sich vor ihrer Mutter verstecken.

Die Gäste lauschten Lembergs Rede und bewunderten den *Brezenregen* ausführlich, während in der Küche Hochbetrieb herrschte. Felicia schickte ein Tablett Bayerischer Tapas nach dem nächsten hinaus. Erst etwa eine Stunde später nahm der Sturm auf die Häppchen ein wenig ab. Felicia war gerade dabei, ein aufgewärmtes Blech Miniburger aus dem Ofen zu holen, als einer der Männer von der Security neben sie trat, denn natürlich gab es bei einem Event wie diesem einen Sicherheitsdienst. Lemberg verfügte immerhin über eine unschätzbar wertvolle Kunstsammlung, und in seinem Haus hielten sich jede Menge fremde Leute auf.

»Könnte ich Sie einen Augenblick sprechen, Frau Sommerfeldt? Wir haben da ein kleines Problem am Lieferanteneingang«, sagte der Security-Typ, der genau so aussah, wie sie sich jemanden aus dieser Branche vorstellte. Schwarzer Anzug, weißes Hemd, schwarze Krawatte. Kurz geschorene Haare und eines dieser Funkgeräte im Ohr, dessen Kabel unter dem Kragen seines Hemdes verschwand. Er war groß genug, dass Felicia zu ihm aufsehen musste, und seine Schultern fast so breit wie einer der Backöfen hinter ihm. Sie war sich sicher, dass er in der Innentasche seiner Anzugjacke eine verspiegelte Pilotenbrille verstaute, die er nicht mehr tragen konnte, weil es draußen schon zu dunkel war. Das Einzige, was nicht so recht zu seinem Geheimagenten-Aufzug passen wollte, war sein Namensschild, auf dem *Müller* zu lesen stand.

Felicia stellte das Backblech auf den Küchentresen und wischte sich die Hände an einem Geschirrtuch ab, das sie unter das Band ihrer Schürze geklemmt hatte. »Philipp«, bat sie einen der Kellner. »Kannst du hier mal bitte für mich übernehmen?« Dann wandte sie sich an Herrn Müller. »Ich hoffe, ich kann Ihnen behilflich sein. Was ist denn los?« Hoffentlich war niemand aus dem Serviceteam dabei erwischt worden, wie er Champagner geklaut hatte oder so was.

»Da ist ein Herr, der sagt, dass er zu Ihnen gehört. Können Sie uns behilflich sein, dieses Problem zu lösen?«

»Natürlich.« Felicia hatte keine Ahnung, von was für einem Mann er sprach. Hatte sich einer der Kellner verspätet? Sie hatte nicht bemerkt, dass jemand gefehlt hatte. Also folgte sie Herrn Müller – und schluckte, als sie aus dem Hintereingang des Anwesens trat und Martin hinter dem schmiedeeisernen Zaun stehen sah. In der hereinbrechenden Dunkelheit wirkte sein Gesichtsausdruck unzufrieden. Als sie an das Tor herantrat, erkannte sie, dass er vibrierte vor Ärger.

»Könnten Sie uns einen Moment allein lassen?«, bat Felicia Herrn Müller. Sie wartete, bis sich der Security-Mann diskret ein paar Meter zurückgezogen hatte, bevor sie zu Martin herumwirbelte und zischte: »Was machst du hier?«

»Ich wollte zu dir«, sagte Martin. Er steckte einen Arm durch das Gitter und legte ihn Felicia auf die Schulter. Was Herrn Müller bewog, ganz automatisch einen Schritt nach vorn zu treten.

Felicia warf einen Blick nach hinten. »Ist schon okay«, beruhigte sie ihn, bevor er auf die Idee kam, Martin sei eine Bedrohung und ihm Arme, Beine und vielleicht noch die Kniescheiben zertrümmerte. Dann wischte sie Martins

Hand von ihrer Schulter, verschränkte die Arme vor ihrer Schürze und sah ihn mit auffordernd hochgezogenen Augenbrauen an.

»Im *Beach Club* ist es öde. Und du bist hier«, sprach er seine zugegeben recht einfache Wahrheit aus. »Wir haben uns in den letzten Wochen kaum gesehen. Ich habe dich verdammt noch mal vermisst.«

Felicia fing den kleinen Hopser ein, zu dem ihr Herz ansetzte, als Martin seine Sehnsucht nach ihr erwähnte, und schluckte trocken. Er hatte bis vor zwei Tagen nicht einmal gemerkt, dass sie heute diesen Job hatte. Es ging also eher darum, auf der Party des Freiherrn aufzutauchen, als um sie. »Ich kann dich hier nicht reinschmuggeln«, flüsterte sie. »Was denkst du dir nur dabei?«

»Ich denke, dass du das deinem Freund schuldig bist.« Martin beugte sich so weit vor, dass seine Stirn fast die schmiedeeisernen Stäbe des Tors berührte. »Oder willst du, dass ich diesen Abend ganz allein verbringe? Ich bin extra wegen dir dieses Wochenende nach Starnberg gekommen und übernachte sogar in diesem furchtbaren Haus. Also komm schon.«

Felicia blickte zu Herrn Müller hinüber. Ihr war klar, dass Martin sie benutzte, um auf die Party zu gelangen. Er war nicht wegen ihr hier, sondern weil er den Abend mit seinem Chef und seinen Kollegen hatte verbringen wollen. Bis er gemerkt hatte, dass der Empfang von Lemberg ein noch größeres Prestige mit sich brachte. Sie wusste, dass es Martin wurmte, nicht eingeladen zu sein. Er hatte mit Sicherheit versucht, auf die Gästeliste zu kommen. »Wenn ich dich reinlasse, könnte mich das meinen Job kosten«, flüsterte sie.

Martin setzte sich durch. Er schaffte es, Felicia zu überzeugen, ihn auf die Veranstaltung zu schmuggeln. Genau genommen passte er ja zu der Gesellschaft, die da zusammengekommen war. Als er lange genug auf sie eingeredet hatte, siegte einmal mehr ihr schlechtes Gewissen. Das sie völlig zu Unrecht hatte. Das war ihr klar. Aber sie konnte nicht so einfach aus ihrer Haut. Vor allem nicht, wenn sie unter Druck stand und in ein paar Minuten die Bratwürstl für die Alpen-Dogs aus dem Ofen holen musste.

Sie drehte sich nach Herrn Müller um und gab ihm ein Zeichen, die Tür zu öffnen. »Er gehört zu mir«, erklärte sie in der Hoffnung, dass das nicht brühwarm an den Freiherrn herangetragen wurde und an ihrer Reputation kratzen würde.

»Danke, Süße«, sagte Martin mit einem breiten Grinsen im Gesicht, als Herr Müller mit unlesbarer Miene das Tor aufschloss und zur Seite trat. Martin küsste Felicia auf die Wange und sagte: »Wir sehen uns drinnen.« Im nächsten Moment verschwand er um die Hausecke, wahrscheinlich um den Vordereingang zu benutzen und nicht, wie sie, die Lieferantentür.

»Danke«, sagte Felicia zu Herrn Müller. »Wenn Sie oder Ihre Kollegen eine kleine Pause brauchen, schauen Sie gerne in der Küche vorbei. Ein paar Snacks bleiben sicher übrig.«

Er nickte auf Felicias Versuch, diese unangenehme Situation etwas erträglicher zu machen, nur mit unverändert ausdrucksloser Miene.

Da es nichts mehr zu sagen gab, kehrte Felicia in die Küche zurück – gerade rechtzeitig, weil der Ofen anfing zu piepsen. Sie konzentrierte sich auf ihre Arbeit, schob Martins Anwesenheit zur Seite. Aber sie wusste, dass es so nicht weitergehen konnte, und auch wenn sie Konfrontationen mied, war ihr klar, dass sie dieses Verhalten ansprechen musste. Am besten gleich, wenn sie nach Hause kamen. In so eine unmögliche Situation durfte er sie nicht noch einmal bringen.

»Licie?«

»Hmm.« Sie schaute von der Dekoration einer neuen Ladung Obazda-Cupcakes auf.

Jule stand vor ihr, das Geheimniskrämer-Laptop in der Hand, und funkelte sie mit zusammengekniffenen Augen an. »Da draußen treibt sich ein unmöglicher Typ rum, der nicht auf der Gästeliste steht, aber behauptet, mit dir hier zu sein. Kannst du mir das irgendwie erklären?«

»Mist!« Felicia spürte, wie ihr Gesicht zu brennen begann. »Was hat er angestellt?«

»Wer ist das?«, stellte Jule die Gegenfrage.

»Mein … Martin.« Felicia hasste es, wenn sie zu stammeln begann. »Mein Freund.«

»Das ist dein Freund?« Jule wies mit dem Tablet in Richtung Schwingtür. »Der Steuerberater? Hmm.« Sie stemmte ihre freie Hand in die Hüfte. »Für einen Steuerberater säuft er ganz schön viel, wenn du mich fragst. Und dafür, dass er dein Freund ist, äußert er sich ziemlich abfällig darüber, dass die Häppchen auf früheren Events des Freiherrn auch schon mal exklusiver gewesen sind.«

Felicia schloss die Augen, um das Brennen der Tränen hinter ihren Lidern zu stoppen. Martin war so ein – verdammter Idiot. Sie schluckte den Kloß herunter, der in ihrem Hals festsaß, und versuchte sich an einem wackligen Lächeln. »Soll ich mit ihm reden?«

»Denkst du denn, dass das etwas bringt? Ich will keine Szene. Es ist schlimm genug, wie er das Servicepersonal behandelt.« Jule beugte sich ein wenig vor, als wolle sie Felicia ein Geheimnis verraten. »Nicht einmal deine Mutter benimmt sich so überheblich. Und ihr – Pardon! – habe ich es echt zugetraut. Aber komm auf jeden Fall mit raus. Der Freiherr ist wie zu erwarten völlig hin und weg von deinem Catering, passend zum *Brezenregen*. Er möchte dich ein paar Leuten vorstellen, die besser über deine Kreationen gesprochen haben als dein Freund.«

Felicia wollte ihre Küche nicht verlassen. Auf keinen Fall. Da draußen war ihr Freund, der sich danebenbenahm. Und ihre Mutter, die nicht wusste, dass sie hinter dieser Schwingtür stand und die mit Sicherheit kein bisschen begeistert davon war, sie hier zu sehen. Andererseits war ihr sehr wohl bewusst, dass es genau das jetzt war, was sie brauchte, um die *Küchennachhilfe* in der Gegend wieder ins Gespräch zu bringen. Sie brauchte die Aufträge. Viel zu dringend, um sich vor ihrer Mutter und Martin zu verstecken. Felicia zog ihre Schürze aus, tauschte sie gegen die dunkelgrüne Kochjacke, auf deren linker Brust das Logo der Kochschule eingestickt war und die sie für genau diese Gelegenheiten dabeihatte. »Lass uns gehen«, sagte sie zu Jule.

Der Gang durch den Festsaal hatte etwas von einem Spießrutenlauf. Nicht, weil die Gäste ihr nicht wohlgesonnen gewesen wären. Ganz im Gegenteil, Felicia erhielt jede Menge anerkennende Blicke und hier und da einen Glückwunsch zu diesem gelungenen Catering. Aber sie konnte den Moment, in dem sich der Blick ihrer Mutter in ihren Rücken bohrte, ganz genau spüren. Er war genauso intensiv wie die Vehemenz, mit der Martin ihre Anwesenheit ignorierte. Als ob es ihm peinlich wäre, mit dem Personal in Verbindung gebracht zu werden. Ja, sie mussten definitiv reden, wenn sie nach Hause kamen. Oder vermutlich eher morgen früh, wenn er wieder nüchtern war.

Für den Moment musste sie solche Gedanken allerdings zur Seite schieben. Sie klebte sich einen positiven Ausdruck ins Gesicht, als sie sich dem Freiherrn näherten.

Ihr Auftraggeber erwartete sie mit einem strahlenden Lächeln. »Meine Herrschaften«, sagte er zu den Umstehenden, »da kommen sie, die beiden wichtigsten Damen dieses Abends. Frau Hansen, die diese Veranstaltung geplant hat, und Frau Sommerfeldt, die uns mit diesem ungewöhnlichen Catering verwöhnt hat.«

Sie wurden begrüßt, mit Fragen überhäuft, und Felicia tauschte, genau wie Jule, jede Menge Visitenkarten aus. Rein geschäftlich entwickelte sich dieser Abend zu einem großen Erfolg. Das war alles, was im Moment zählte. Da der eine oder andere Gast sie auf ihren Namen ansprach und wissen wollte, ob sie mit der Margaretha Sommerfeldt verwandt war, nickte sie lächelnd. Sollten die Leute doch denken, was sie wollten. So hätte Leona das zumindest zu ihr gesagt. Felicia blickte zu Jule hinüber, die lächelnd mit dem gut aussehenden Gast plauderte, mit dem sie bereits am Anfang des Empfangs zusammengestanden hatte. Jule und Lina würden ihr das Gleiche raten wie ihre Tante, dessen war sie sich sicher.

Wenn sie angesprochen wurde, blieb es natürlich nicht aus, dass das Thema auch an ihre Mutter herangetragen wurde. Es war also unvermeidlich, dass Margaretha schließlich mit einem in ihrem Gesicht festgetackerten Lächeln auf sie zukam, neben ihrer Wange einen Kuss in die Luft hauchte und laut verkündete: »Das war ein ganz …« Sie zögerte einen Moment zu lange, um ihre Worte aufrichtig klingen zu lassen. »… doch, wirklich ein ganz wunderbares Catering, Schätzchen.« So leise, dass es keiner der Umstehenden hören konnte, zischte sie: »Hast du den Verstand verloren?«

»Ich arbeite, Mutter«, gab Felicia ebenso leise zurück. Sie wäre gern einen Schritt nach hinten getreten, aber Margaretha hielt ihren Oberarm umklammert.

Ihre Mutter drehte den Kopf, als wolle sie sichergehen, dass sie niemand belauschte. Ihre weiß gekleideten Freundinnen standen zumindest weit genug entfernt, auch wenn sie die Köpfe zusammensteckten und tuschelten. Felicia konnte sich denken worüber. »Du arbeitest?«, flüsterte ihre Mutter wütend. »Ist es dein Job, mich zum Gespött der Leute zu machen? Du benimmst dich genauso lächerlich, wie Leona es immer getan hat. Ich sollte deinem Vater davon erzählen.«

Mit dem sie normalerweise kein Wort sprach, weil sie sich bei nichts unter diesem Himmel einig waren. Es sei denn, es ging um ihre Tochter und darum, wie sie ihrer Meinung nach auf ganzer Linie versagte. »Würdest du mich jetzt bitte loslassen, damit ich mich weiter darum bemühen kann, dich vor all diesen Leuten zu erniedrigen?«

Ihre Mutter ließ Felicias Arm nach einem kurzen Zögern tatsächlich los, kleisterte sich erneut das breite Lächeln ins Gesicht und ließ sie stehen.

Felicia musste sich nach diesem kleinen Zwischenfall ebenfalls bemühen, ihr Lächeln beizubehalten, als sie mit weiteren potenziellen Kunden Small Talk hielt. Erst als sie auf dem Rückweg in die Küche war, sah sie, dass ihre Mutter mit ihren Freundinnen zusammenstand. Und mit Martin.

»Darf ich euch diesen wundervollen jungen Mann vorstellen?«, hörte Felicia ihre Mutter sagen. »Er kann zaubern, wenn es um eure Steuer geht.« Weiter stellte sie ihn nicht vor, und die weißen Geister – wie Felicia die Freundinnen insgeheim getauft hatte – fielen mit Fragen über Martin her, wie sie ihr Geld am besten vor dem Fiskus retten konnten. Natürlich hatte ihre Mutter sich nicht die Mühe gemacht zu erwähnen, dass Martin ihr Freund war. Wobei sie selbst sich gar nicht mehr sicher war, ob sie nach diesem Abend noch eine Beziehung mit Martin führen wollte.

Ben tauchte vor Felicias innerem Auge auf. Mit ihm war alles so einfach und unkompliziert. Er kümmerte sich um ihren Garten. Und wenn er sah, dass sich das Geschirr in der Spüle stapelte, ließ er einfach Wasser einlaufen und wusch es ab. Felicia hatte noch nie einen Mann kennengelernt, der so unterstützend war. Und kein bisschen peinlich, wie ihr Freund, der wirklich viel zu viel getrunken hatte und sich aufplusterte wie ein eitler Steuer-Pfau.

»Na komm.« Jule legte Felicia die Hand auf die Schulter. »Lass uns in die Küche verschwinden.«

Ihr wurde bewusst, dass sie verloren zwischen all den fröhlichen Partygästen gestanden und ihre Mutter und ihren Freund angestarrt hatte. Sie folgte Jule durch die Schwingtür und atmete erleichtert aus, als sie sich wieder in dem Reich befand, in dem sie sich wohlfühlte.

Statt sich weiter über die Geschehnisse im Festsaal Gedanken zu machen, bereitete sie eine Platte mit Häppchen für Herrn Müller und seine Kollegen vor. Der Security-Mann nahm den Teller mit seinem unlesbaren Gesichtsausdruck entgegen, bedankte sich aber höflich und sagte, dass es gut geschmeckt habe, als er die Platte eine Viertelstunde später leer zurückbrachte.

Der Abend wurde lang, und Felicia war erschöpft, als sie ihr gesamtes Equipment endlich in Olof verstaut und die Küche des Freiherrn aufgeräumt hatte. Jule würde noch ein paar abschließende Details mit ihrem Auftraggeber besprechen und nachkommen. Martin war irgendwann verschwunden, also nahm sie an, er war bereits zur alten Schule vorgefahren.

Sie stellte Olof vor dem Haus ab und lief mit dem ersten Schwung der übrig gebliebenen Lebensmittel in die Küche. Auf dem Weg durch den Flur sah sie, dass die Tür zu ihrer Wohnung offen stand. Sie stellte die Sachen in der Küche ab und betrat dann leise ihr Apartment. Im Licht, das vom Flur hereinfiel, stolperte sie über Martins Anzughose und hob sie, wie auch das Hemd und das Jackett, die ein paar Meter weiter lagen, auf und hängte sie über die Sofalehne. Ihren Freund hörte sie schon, bevor sie ihn sehen konnte. Leise schob sie die Schlafzimmertür auf. Aber wahrscheinlich hätte sie eine Marschkapelle durch den Raum schicken können, und Martin wäre nicht aufgewacht. Er lag völlig ausgeknockt auf dem Rücken und schnarchte. Das Zimmer stank wie eine Schnapsbrennerei. Im hellen Mondlicht ging Felicia um das Bett herum und kippte das Fenster. Ihr Freund würde seinen nächsten Rausch sonst allein davon bekommen, dass er die von ihm ausgestoßene Luft wieder einatmete.

Auf dem Weg nach draußen, um den Rest aus ihrem Lieferwagen auszuladen, schnappte sie sich die drei Viertel volle Champagnerflasche, die Martin offenbar auf der Party hatte mitgehen lassen. Als sie aus ihrer Wohnung trat und die Tür hinter sich zuzog, zuckte sie mit einem kleinen Schreckenslaut zusammen, als plötzlich Ben vor ihr stand, die Arme voller Platten und Köstlichkeiten aus ihrem Wagen. »O Gott!«, wisperte sie und presste ihre Hand auf ihr wild schlagendes Herz. »Du hast mich zu Tode erschreckt.«

»Tut mir leid«, flüsterte er zurück und sprach etwas lauter, nachdem sie die Tür geschlossen hatte. »Ich dachte, ich helfe dir schnell beim Ausladen. Du bist sicher total erledigt.«

Felicia seufzte und trat sich die Schuhe von den Füßen. Vorsichtig bewegte sie ihre Zehen, die sich anfühlten wie abgestorben. »Das kannst du laut sagen. Für die Hilfe bin ich wirklich dankbar. Aber wieso bist du überhaupt noch wach?« Sie folgte ihm in die Küche, stellte die Champagnerflasche zur Seite und begann, die Lebensmittel zu verstauen.

»Lina hat mich zu einem Netflix-Marathon gezwungen. Ich weiß gar nicht, wie viele Folgen *House of Cards* ich mir ansehen musste.« Er zuckte mit den Schultern. »Dann war es sowieso schon so spät, dass es nicht mehr lange dauern konnte, bis du zurückkommen würdest, also habe ich einfach gewartet, um dich zu fragen, wie es gelaufen ist.«

»Das ist lieb, vielen Dank.« Felicia rieb sich über ihren verspannten Nacken. »Lass mich die Sachen wegräumen, dann erzähle ich es dir.«

»Okay. Dann hole ich solange den Rest rein.« Ben verschwand, und Felicia war dankbar, dass sie die Platten und Teller nicht selbst hereinschleppen musste.

Sie verpackte die Reste, füllte Plastikbehälter damit und verstaute alles im Kühlschrank. Als Ben die letzte Fuhre Geschirr hereinbrachte, hatte sie ein paar übrig gebliebene Häppchen auf einem Teller angerichtet und griff nach der Champagnerflasche. »Lass uns rausgehen. Ich brauche unbedingt ein wenig frische Luft.«

Ben nahm ihr Teller und Flasche ab und gab ihr mit dem Kinn das Zeichen vorauszugehen. Ohne viele Worte gingen sie zum See hinunter und setzten sich am Ufer ins Gras. Der fast volle Mond ließ die Wasseroberfläche silbern schimmern, und über ihnen funkelte das unendliche Sternenmeer.

Die sanften Wellen, die vor ihren Füßen ausrollten, hatten etwas Beruhigendes. Genau wie Bens ruhige Präsenz neben ihr. »Danke«, sagte Felicia und sah ihn von der Seite an. »Danke, dass du so ein guter Freund bist. Du bist immer im richtigen Moment da und packst mit an. Aber du kannst dir gar nicht vorstellen, wie sehr es mir bei diesem Auftrag geholfen hat, auf deine Unterstützung zählen zu können.«

»Was ist passiert?«, fragte er leise. Ihre melancholische Stimmung war offenbar nicht zu übersehen. »Mit diesem Catering musst du doch alle umgehauen haben.«

Felicia trank einen Schluck Champagner aus der Flasche und reichte sie dann Ben. »Die meisten haben mir tatsächlich Komplimente gemacht. Ich glaube, dass die *Küchennachhilfe* ein paar Folgeaufträge bekommen wird.« Sie überlegte einen Moment, ob sie Ben von Martin erzählen sollte. Davon, wie enttäuscht sie von ihrem Freund und seinem Verhalten war. Ben verstand sie einfach immer. Aber es fühlte sich nicht richtig an, ihre Beziehungsprobleme vor ihm auszubreiten. Also erwähnte sie nur das andere belastende Thema. »Aber meine Mutter war alles andere als begeistert, mich in der Kochuniform zu sehen.«

Ben trank ebenfalls und stellte die Flasche dann zwischen ihnen ins Gras. »Du hast ihr nicht erzählt, dass du das Catering übernehmen würdest?«

»Nein.« Sie seufzte. »Und daran bin ich ganz allein schuld. Ich hatte Angst, dass sie mir wieder Vorwürfe macht, mein Leben und alles, was ich noch an Geld habe, mit diesem sinnlosen Hobby zu verbringen. Als ich erfahren habe, dass sie in Südfrankreich ist, habe ich angenommen, sie bei diesem Empfang nicht zu sehen. Aber dann ist sie doch aufgetaucht.«

»Warum hat sie so ein Problem mit deinen Kochkünsten? Alle anderen lieben sie und können gar nicht genug von deinen Kreationen bekommen. Das ist ein bisschen wie mit der alten Schule. Du bist hier glücklich, aber ihr wäre es am liebsten, du würdest diesen wundervollen alten Kasten verkaufen oder abreißen lassen. Ich verstehe das nicht.«

Wie sollte Ben das auch verstehen? Er hatte eine wundervolle Familie, soweit sie das beurteilen konnte. Überhaupt kannte Felicia niemanden, der so eine verkorkste Verwandtschaft hatte wie sie. »Das ist eine lange Geschichte«, sagte sie.

Ben zuckte mit den Schultern. »Ich habe Zeit, falls du sie mir erzählen möchtest.«

Wollte sie das? Vielleicht würde es ihr guttun, sich einmal alles von der Seele zu reden. »Meine Großtante Lena war das schwarze Schaf der Familie. Sie ist wie meine

Mutter eine geborene Stangl. Genauso wohlhabend wie die Familie meines Vaters, die Sommerfeldts. Sie alle verkehrten in den richtigen«, sie betonte dieses Wort, »Kreisen der Gesellschaft. Partys. Empfänge. Und ein ganzer Haufen Leute, deren Lebensinhalt daraus bestand, voreinander damit zu prahlen, wie reich sie waren. Leona wurde, genau wie meine Mutter und auch ich, in diese Welt hineingeboren. Aber sie konnte mit den leeren Floskeln und langweiligen Unterhaltungen nie etwas anfangen. Sie hatte den Traum, Lehrerin zu werden. Als sie Georg kennenlernte, der ebenfalls Lehrer war, und sich Hals über Kopf in ihn verliebte, gab es für sie kein Zurück mehr. Sie bekamen Frederik und waren so glücklich.« Felicia blickte zum Sternenhimmel hinauf und schluckte. »Ich habe sie zu dieser Zeit nicht erlebt, aber immer wenn Leona von den Jahren als Lehrerin und ihrer Liebe zu Georg sprach, konnte man dieses Glück zwischen den Worten hören.«

»Die Geschichte hat kein Happy End, oder?«, fragte Ben leise, als Felicia nicht gleich weitersprach.

»Wie man es nimmt. Für die Liebe und die Familie gab es das nicht. Georg starb viel zu früh, und Frederik wurde genau davon angezogen, was Leona abgestoßen hatte: Geld und der schöne Schein. Dummerweise hat er kein Händchen für Finanzen und ist öfter pleite als flüssig. Georgs Tod brach meiner Großtante das Herz. Sie war am Boden zerstört, doch dann stürzte sie sich in ein neues Abenteuer: das Kochen. Sie begann, die ersten Volkshochschulkurse zu geben. Als das neue Schulzentrum gebaut wurde, zahlte sie Frederik sein Erbe aus und kaufte die alte Schule vom Rest ihres Vermögens, das sie all die Jahre nie angerührt hatte.

Aber so konnte sie die Erinnerungen und die Liebe, die noch immer in den Räumen hingen, für sich konservieren.«

»Das kann ich gut verstehen. Deiner Mutter war das wahrscheinlich ein Dorn im Auge«, kommentierte Ben die Entscheidung ihrer Großtante.

»Der ganzen Familie«, korrigierte Felicia. »Eine Lehrerin war schon peinlich gewesen. Aber Kochunterricht? Als sie dann noch begann, auf den Events zu catern, auf denen sich die High Society Starnbergs und Münchens traf, war das Maß voll. Wahrscheinlich hätte man sie einfach aus dem Stammbaum gestrichen und so getan, als hätte es sie nie gegeben. Mit etwas Geschick hätte man vermeiden können, mit ihr in Verbindung gebracht zu werden.« Aber Felicia hatte dafür gesorgt, dass das nie passiert war. Sie schenkte Ben ein schmales Lächeln. »Wahrscheinlich war es für meine Mutter wie ein Déjà-vu, mich heute auf dieser Veranstaltung zu sehen. Genau wie Leona zu ihrer Zeit. Meine Eltern hatten nicht damit rechnen können, dass ich mich nirgends so wohlfühlte wie in der alten Schule.«

»Nicht einmal bei deinen Eltern zuhause?«, bohrte Ben nach.

Felicia stieß ein trockenes Lachen aus. »Ganz besonders nicht zuhause. Meine Eltern haben im Gegensatz zu Leona und Georg aus den völlig falschen Gründen geheiratet. Prestige. Noch mehr Geld. Eine Hochzeit, die noch für Jahre in aller Munde blieb. Und für mich, die kleine Prinzessin. Aber sie passten kein bisschen zusammen und hatten – haben«, korrigierte sie sich, »zerstörerische Tendenzen, wenn es um ihre Beziehung geht. Als ich klein war, stritten sie und schrien sich bei jeder passenden Gelegenheit an. Nur nicht, wenn sie in der Öffentlichkeit waren. Dann spielten sie immer das glückliche Paar. Erst als ich schon im Teenageralter war, zog mein Vater endlich aus. Ich dachte, dass eine Trennung gut für beide wäre und sie jetzt immerhin noch eine Chance auf ihr Glück und die Liebe hatten, aber sie ließen sich nicht scheiden. Sie versuchten vielmehr, sich ständig gegenseitig auszuspielen, und benutzten mich als Spielball. Mein Vater lebt in München und bemüht sich, mich dazu zu bringen, ebenfalls in die Stadt zu ziehen. Denn das wäre ein Sieg über meine Mutter. Sie wiederum setzt alles daran, mich in Starnberg zu halten, mich aber mehr in ihren Kreisen zu etablieren. Was in dem aberwitzigen Wettkampf der beiden einen Punkt auf ihrer Seite bedeuten würde.«

Ben sah Felicia an. In seinem Blick las sie Verständnis. »Die alte Schule war dein sicherer Hafen«, sagte er leise. »Weit weg von dem Tauziehen, das deine Eltern veranstaltet haben, mit dir als Seil. Hier warst du sicher und konntest einfach du selbst sein. In diesem wunderschönen Pavillon. In der Schulküche. Schade, dass ich deine Großtante nicht mehr kennengelernt habe. Sie war eine beeindruckende Frau mit viel Mut und Kraft.«

Felicia schluckte. Wie immer hatte er ihre Situation auf den Punkt gebracht. Ben verstand, warum die alte Schule ihr so viel bedeutete. Warum sie sich hier sicher fühlte und dieses Haus auf keinen Fall verlieren wollte.

Ben nahm die Champagnerflasche und reichte sie Felicia. Als sie danach griff, legte er ihr die Hand auf die Schulter. »Wir können uns unsere Eltern nicht aussuchen. Deine Mutter ist, wie sie ist. Du wirst sie nicht ändern können«, sagte er, während Felicia noch einen Schluck nahm. »Du kannst entweder tun, was sie von dir will. Oder du lebst deinen Traum, kochst weiter, wie du es von Leona gelernt hast, dieses unglaubliche Essen, das die Leute glücklich macht, und bist stolz auf dich selbst.« Er drückte Felicias Schulter freundschaftlich und zog seine Hand dann wieder weg. »Wenn du mich fragst: An deiner Stelle würde ich zu Option Nummer zwei tendieren.«

Felicia ließ die Flasche langsam sinken. Sie konnte noch immer die Stelle spüren, an der seine Hand warm und schwer auf ihrem Pulli gelegen hatte. Ihr Herz klopfte eine Spur zu schnell. »Du machst das die ganze Zeit«, sagte sie leise.

»Was?« Ben runzelte die Stirn, weil er offenbar nicht verstand, was sie meinte.

»Das Richtige. Du sagst das Richtige. Du tust das Richtige. Ständig.« Ihn in ihrer Nähe zu haben fühlte sich immer gut an. Weil man sich auf ihn verlassen konnte. Weil sie ihm vertrauen konnte. Viel mehr, als es bei einfachen Freunden üblich gewesen wäre. »Machst du eigentlich nie was falsch?«

»Hallo?« Ben lachte leise und strich sich durch die Haare, als wäre ihm das Gespräch unangenehm. »Ich mache genauso viele Fehler wie jeder andere. Wie man an der Nichtexistenz meiner Karriere ja sehr gut erkennen kann. Die Frage ist nur, ob man aus seinen Fehlern etwas für die Zukunft lernt. So. Und bevor wir uns jetzt in Mitternachts-Philosophen verwandeln, gib mir das Blubberwasser.« Er nahm Felicia die Flasche ab und trank einen großen Schluck, was dazu führte, dass er sich an den Champagnerbläschen verschluckte und prustend und hustend nach Luft rang.

Felicia ließ sich lachend nach hinten fallen und blickte zu den Sternen hinauf. Ben hatte ihr nicht nur einen schönen Tag beschert – er hatte auch ihren Abend gerettet.

14

Am nächsten Morgen erwachte Ben früher, als es ein Sonntag verdient hatte. Selbst Poldi lag noch auf seinem Hundekissen und ignorierte den fröhlichen Vogelgesang vor den offenen Fenstern und die strahlende Sonne, die den Raum bereits aufwärmte, obwohl die kühle Seeluft noch zwischen den Wänden hing.

Ben drehte sich um und versuchte, noch einmal einzuschlafen. Keine Chance. Nachdem er sich zum dritten Mal von links nach rechts gedreht hatte, gab er auf, schwang die Füße aus dem Bett und zog eine Jeans über. Er ging ins Bad und lauschte dann auf die Geräusche im Haus. Alles war genauso still wie es an einem Sonntagmorgen, kurz nach sieben, sein sollte. Von Jule und Lina wusste er inzwischen, dass sie jede Möglichkeit auszuschlafen nutzten. Felicia war meistens ein wenig eher wach, aber nach dem anstrengenden Cateringservice am vergangenen Abend würde sicher auch sie noch eine Weile schlafen. Genau wie ihr Freund, den ein Taxi zwar ein paar Stunden vor ihr an der alten Schule abgesetzt hatte, dessen Torkeln nach aber davon auszugehen war, dass er sich noch eine Weile im alkoholbedingten Koma befinden würde.

Ben hingegen brauchte jetzt erst einmal einen Kaffee.

Und da ihn im Moment niemand stören würde, konnte er sich den auch in der Kochschule machen, während er seine Frühstücksflocken in eine Schüssel schüttete. Denn der Kaffee aus Felicias schickem, chromglänzendem Gerät schmeckte tausendmal besser als der, den seine altersschwache Maschine ausspuckte. Barfuß lief er ins Erdgeschoss und ging in die Küche. Während der Kaffeeautomat hochheizte, kippte er Müsli in eine Schale, schnippelte ein wenig von dem Obst, das er noch im Kühlschrank liegen hatte, hinein und goss Milch darüber. Dann drückte er die Knöpfe für die größte, schwärzeste Tasse Kaffee, die er finden konnte, und atmete das dunkle, volle Aroma ein, das sich in der Küche verteilte.

Den Blick durch das Fenster auf den Garten gerichtet, in dem sich die Fortschritte langsam deutlich zeigten, trank er seinen ersten Schluck und rührte mit der anderen Hand sein Müsli um. Als die Tür hinter ihm geöffnet wurde, musste Ben lächeln. Felicia hatte es also doch nicht länger als sonst geschafft zu schlafen. Auch wenn sie sicher völlig kaputt war von ihrem Job. Sie war viel zu sehr Gewohnheitsmensch, um einen Sonntagmorgen einfach so verstreichen zu lassen.

»Morgen«, sagte Ben, den Blick noch immer auf den Garten gerichtet. »Ich mach mir nur schnell Frühstück, dann sage ich den hinteren Hecken an der Grundstücksgrenze den Kampf an.« Er schob sich einen Löffel Müsli in den Mund und kaute. »Außerdem habe ich mir überlegt, am hinteren Zaun eine Brennnesseljauche anzusetzen. Das stinkt zwar tierisch, ist aber perfekter Biodünger. Stärkt gegen Krankheiten. Regt das Wachstum an«, zählte Ben auf. »So weit hinten stört die Jauche sicher niemanden. Aber ich wollte erst mit dir abklären, ob das okay ist.«

Normalerweise kam Felicia zu ihm, lehnte sich neben ihm an den Küchentresen und ließ ihren Automaten einen Cappuccino für sie zaubern. Heute nicht. Als sie auch nicht auf seine Idee mit der natürlichen Düngervariante reagierte, die gleichzeitig den Brennnesseln den Garaus machen würde, die sich ziemlich großzügig verbreitet hatten, drehte er sich zu ihr um. »Ähh …«, sagte er. »Hi.«

Der Typ, der vor ihm stand, war nicht Felicia. Und der Blick, den er ihm zuwarf, so feindselig, wie man nur kucken konnte, wenn man noch nicht ganz nüchtern in einem Türrahmen lehnte. »Was wird das hier?«, fragte der Kerl. »Und wer zum Henker bist du?«

»Ich bin Ben.« Er trank einen Schluck Kaffee und stellte die Tasse dann langsam auf den Tresen zurück, sicher, dass er Felicias Freund damit provozierte. »Ich wohne hier.«

Der Typ schnaubte und stieß sich vom Türrahmen ab. »Das wüsste ich aber«, knurrte er und kam zu Ben herüber. Er sah tatsächlich bemitleidenswert aus. Blutunterlaufene Augen in einem so blassen Gesicht, dass es fast grünlich schimmerte. Die dunklen Haare auf eine Art abstehend, die ganz sicher nicht mehr als stylish durchging.

Felicia hatte ihren Freund bei ihrer kleinen Siegesfeier am Seeufer vergangene Nacht nicht erwähnt. Sie hatte die Geschichte ihrer Großtante erzählt und davon gesprochen, wie empört ihre Mutter gewesen war. Und wie sehr sie das enttäuscht hatte. Kein Wort von Martin, dabei hatte Ben dabei zugesehen, wie er völlig besoffen aus einem Taxi gekrochen war, während Lina bei Netflix zwischen den Serien hin und her geschaltet hatte. Ben war sich sicher gewesen, dass es nicht nur zwischen Felicia und ihrer Mutter eine Auseinandersetzung gegeben hatte. Auch zwischen ihr und ihrem Freund war etwas vorgefallen. Aber wenn sie nicht darüber reden wollte, ging Ben das nichts an.

»Also, noch mal. Wer bist du?«

»Ben Lindner.« Sein Gegenüber war alles andere als sympathisch, und Ben fragte sich, was Felicia wohl an diesem Typen fand, der ihn in einer Mischung aus schlechter Laune und Herablassung ansah. Das ging ihn absolut nichts an, erinnerte er sich selbst. Er würde sich jedenfalls nicht auf dieses Niveau herablassen. »Du bist sicher Felicias Freund.« Er streckte dem Typen die Hand entgegen und zwang sich zu einem freundlichen Lächeln. »Schön, dich kennenzulernen.«

Felicias Freund ignorierte die ausgestreckte Hand und begann stattdessen, an dem Kaffeeautomaten herumzudrücken. »Ist es in diesem Haus üblich, dass irgendwelche Typen halb nackt herumlaufen?«, fragte er, ohne sich die Mühe zu machen, Ben anzusehen.

Ben ließ die Hand wieder sinken und griff nach seiner Tasse. Er lehnte sich mit der Hüfte gegen den Küchentresen und sah Martin dabei zu, wie er mit abgehackten Bewegungen an der Maschine herumdrückte. Es war der Knopf oben links. Aber Ben würde ihm das nicht verraten. Eine leichte Genugtuung machte sich in ihm breit, als ihm klar wurde, dass er, obwohl er erst ein paar Wochen hier lebte, besser mit dem Kaffeeautomaten klarkam als der Freund der Besitzerin. Wenn das nicht für sich sprach.

Ben dachte gerade darüber nach, ob sich die Mühe lohnte,

die Frage nach seinen fehlenden Klamotten zu beantworten, als die Küchentür erneut geöffnet wurde. Diesmal war es Felicia. Ihre Locken schienen ein Eigenleben zu führen, und auf ihrer Wange prangte ein Kissenabdruck. Am interessantesten war allerdings, dass sie sich eine der Decken, mit denen Lina die Sofas im Lehrerzimmer aufgehübscht hatte, umgehängt hatte wie einen Mantel. Entweder hatte sie den Überwurf heute Nacht aus dem ersten Stock in ihre Wohnung geschleppt – oder im Lehrerzimmer auf der Couch geschlafen.

Den Blicken nach, die Martin und sie austauschten und die Ben nicht ganz deuten konnte, war wahrscheinlich Letzteres der Fall gewesen. »Guten Morgen«, sagte Ben zu ihr.

Felicia ignorierte ihn und starrte weiter ihren Freund an. Ihre Wangen färbten sich eine Spur dunkler. »Was machst du hier?«, wollte sie wissen.

»In dieser Küche?« Er knallte die Tasse, die sich einfach nicht mit Kaffee füllen ließ, auf den Küchentresen, was Felicia leicht zusammenzucken ließ. »Mit dieser beschissenen Kaffeemaschine, aus der man keinen Kaffee bekommt? Mich würde viel mehr interessieren, wieso dieser halb nackte Typ hier rumrennt?«

»Das ist Ben«, klärte sie ihn auf und versuchte ihn im nächsten Moment offenbar zu beschwichtigen. »Er ist nur ein Mieter.«

Nur ein Mieter. Ben starrte Felicia an, doch sie wich seinem Blick noch immer aus, als sie langsam zum Küchentresen herüberkam. *Nur ein Mieter* war er nicht, wenn er ihren Garten für sie gestaltete. *Nur ein Mieter* war er auch nicht, wenn er ihr half, ihr Catering vorzubereiten oder danach aufzuräumen. Er war auch nicht *nur ein Mieter* gewesen, als er ihren Olof wieder zum Laufen gebracht oder ihr Mut zugesprochen hatte, wenn sie das brauchte. Bis gerade eben hatte er das Gefühl gehabt, dass Felicia und er Freunde waren. Aber gut zu wissen, wenn sie das anders sah.

»Und laufen deine Mieter üblicherweise so in deiner Küche herum?« Martin, die Tasse noch immer in der Hand, breitete die Arme in einer alles umfassenden Geste aus. »Ich dachte, dieses Küchending ist dein Heiligtum. Zumindest liegst du mir ständig damit in den Ohren.«

»Ähm…« Felicias Gesicht färbte sich noch ein wenig dunkler, so als wäre es ihr peinlich, Bens Anwesenheit zu erklären. »Das ist nur eine Ausnahme. Sein Kühlschrank ist kaputt.« Sie nahm ihrem Freund die Tasse ab und stellte sie unter die Maschine. Dann korrigierte sie alle Einstellungen, die Martin mit seiner wilden Herumdrückerei verändert hatte, und bediente schließlich die Taste, die den Raum abermals mit Kaffeeduft füllte.

»Vielleicht kannst du deinem Mieter dann ja sagen, dass er sich was anziehen soll. Niemand kann so einen Tarzanverschnitt am frühen Morgen gebrauchen«, ätzte Felicias Freund weiter.

Ben war sich sicher, dass Tarzan nie eine Jeans getragen hat. Ganz abgesehen davon, dass Felicia ihn, genau wie Jule und Lina, bereits ohne T-Shirt im Garten hatte arbeiten sehen, ohne dass auch nur eine von ihnen in Ohnmacht gefallen wäre. Er begriff aber, worum es hier ging. Felicias Freund war ganz offensichtlich ein Arschloch. Ein verdammt eifersüchtiges Arschloch. Ben hatte keine Ahnung, warum eine Frau wie sie mit einem Mann wie ihm zusammen war.

Aber das ging ihn auch nichts an. Er war ja schließlich *nur ein Mieter*. Und offenbar war die Luft zwischen den beiden sowieso dick. Es wurde höchste Zeit zu verschwinden, bevor er dem Typen sagte, was er von ihm hielt. Entgegen seiner sonstigen Art ließ er seine halb volle Kaffeetasse und das kaum angerührte Müsli einfach auf dem Küchentresen stehen. »Ich bin schon weg«, sagte er in Martins Richtung und fügte, an Felicia gerichtet, hinzu: »Ich schnorre mir mein Frühstück bei Sam.«

Ben hatte schon fast die Tür erreicht, als Martin hinter ihm fragte: »Wer ist Sam? Ist der Typ schwul?«

Ben biss für einen Moment die Zähne zusammen, dann drehte er sich noch einmal um. »Es geht dich zwar nicht das Geringste an, aber nein, ich bin nicht schwul.« Offenbar konnte er sich doch nicht ganz so beherrschen, wie er sich das wünschte, denn die nächsten Worte verließen seinen Mund ziemlich ungefiltert. »Und weißt du was? Du markierst den Platzhirsch hier ganz zu Recht. Ich finde nämlich, dass deine Freundin eine ziemlich tolle Frau ist. Sie hat es definitiv verdient, besser behandelt zu werden als von dir.« Ben wartete keine Reaktion ab, sondern öffnete die Tür und ließ sie krachend hinter sich zufallen. Wenn das Knallen von Türen doch nur ansatzweise so befriedigend wäre, wie man sich das immer vorstellte.

*

Felicia hatte es nicht geschafft, neben ihrem schnarchenden, nach Alkohol stinkenden Freund ins Bett zu klettern. Besonders, nachdem sie mit Ben am See gesessen und die klare, kühle Nachtluft eingeatmet hatte. Die sich mit dem Duft von Waschmittel, Baumwolle und frisch gemähtem Gras gemischt hatte, der immer an Ben zu hängen schien. Sie hatte sich dann also für die Couch im Lehrerzimmer entschieden. Eingewickelt in eine der Patchworkdecken, mit denen Lina das hässliche Achtzigerjahre-Muster verdeckt hatte, hatte sie auf die Geräusche gelauscht, die die alte Schule nachts machte. Sie war sich sicher gewesen, kein Auge zuzubekommen, nach all den Ereignissen, die sich an diesem Tag regelrecht überschlagen hatten. Das erfolgreiche Catering. Ihre Mutter, die sie wieder einmal nicht hatte zufriedenstellen können. Martin, der sich so furchtbar danebenbenommen hatte. Und dazwischen immer wieder Ben. Der einfach für sie da gewesen war. In dieser Gedankenachterbahn, die sich nicht stoppen ließ, war keine Ruhe zu finden. Doch schon Sekunden später hatte die Erschöpfung den Sieg über ihren Körper gewonnen, und sie war in einen tiefen, traumlosen Schlaf gefallen.

Wahrscheinlich hätte sie bis zum Mittag durchgeschlafen, wenn die nicht vorhandene Federung des Sofas sie nicht bereits am frühen Morgen so gequält hätte, dass sie nicht mehr wusste, wie sie liegen sollte. Als sie im Erdgeschoss das leise Klappern einer Tür hörte, entschied sie aufzustehen. Offenbar war Martin bereits wach. Und da sie sowieso heute ein Gespräch mit ihm führen musste, um zu verhindern, dass er sie mit seinem Verhalten noch einmal so bloßstellte, konnte sie das genauso gut auch jetzt machen. Martin war in der Küche. Der Kaffee war in der Küche. Und wenn sie die Aussprache, die sicher alles andere als angenehm werden würde, hinter sich hatte, würde sie sich einen entspannten, um nicht zu sagen faulen Sonntag gönnen.

Sie wickelte sich in die Patchworkdecke ein und tapste barfuß ins Erdgeschoss. Überrascht blieb sie vor der geschlossenen Tür zur *Küchennachhilfe* stehen, als sie dahinter Stimmen hörte. Das war Ben. Martin war also nicht allein, und er klang, wie Martin in letzter Zeit immer zu klingen schien: sauer und zornig.

»Mist«, murmelte Felicia, öffnete die Tür und schien sofort in eine Art Alphakampf zu geraten. Wobei nur Martin sich aufzuplustern schien. Ben hingegen lehnte am Küchentresen und ließ die Spitzen ihres Freundes an sich abprallen. An seiner nackten Haut, denn aus irgendeinem Grund hatte er vergessen, ein T-Shirt und Socken überzuziehen. Felicia hatte ihn zwar auch schon draußen im Garten mit freiem Oberkörper gesehen. Aber hier, in der Küche, wirkte das irgendwie … intim, nur in einer Jeans am Tresen zu stehen, mit Haaren, die noch völlig vom Schlaf verwuschelt waren, aber nicht so grotesk abstanden wie bei Martin.

Um Ben nicht anzustarren, konzentrierte sie sich auf ihren Freund. Martin hatte Kopfschmerzen, was einerseits völlig logisch war, nachdem er in der Nacht so über die Stränge geschlagen hatte, und andererseits an seinen wütenden, abgehackten Bewegungen zu erkennen war, mit denen er die Kaffeemaschine malträtierte. Sie kannte ihn lange genug, um zu wissen, dass er vermutlich gleich die Tasse gegen die Wand werfen würde, sollten sich seine Probleme – kein Kaffee und ein halb nackter Mann in ihrer Küche – nicht in Luft auflösen. Sie nahm ihm also schnell die Tasse ab, kochte ihm einen Kaffee und nannte Ben *nur einen Mieter.* Dabei war er so viel mehr als das. Ihn so zu nennen fühlte sich einfach falsch an. Sie sah, wie er die Kiefer zusammenpresste. Und ja, sie tat ihm völlig unrecht. Ben war nach seinem Einzug in die alte Schule in wenigen Tagen zu ihrem besten Freund mutiert. Aber hier ging es nicht darum, wie sie ihn sah, sondern dass Martin sich von ihm bedroht fühlte. Also war die erste Maßnahme, die Lage zu entschärfen. Wenn sich alle – okay, wenn sich Martin – ein bisschen beruhigt hatten, konnten sie auch wie Erwachsene miteinander reden.

Aber so weit ließ Ben es nicht kommen. Zum ersten Mal, seit sie sich kannten, ließ er sie einfach mit dem Chaos, in das sie geschlittert war, allein. Das hatte sie verdient, keine Frage. Aber seine letzten Worte machten das Ganze nicht besser. Nein, sie ließen Martin vor Wut schäumen. Sie selbst presste die Hand auf ihr klopfendes Herz. Ben fand, dass sie eine tolle Frau war und mehr verdient hatte, als ihr Freund ihr zu geben bereit war. Hatte sie nicht vergangene Nacht am See noch gesagt, dass Ben immer das Richtige sagte? Gerade hatte sie das Gefühl, dass er nichts Falscheres in den Raum hätte werfen können.

»Was bildet dieser Typ sich ein?«, fauchte Martin auch schon, kaum dass Ben die Worte ausgesprochen hatte, und zuckte zusammen, als Ben die Tür zuknallte. »Verdammtes Arschloch!«, fluchte er und rieb sich über die Schläfen.

Felicia unterdrückte den Seufzer, der ihr zwar auf den Lippen lag, aber im Moment auch nicht weiterhelfen würde. Sie zog eine Schublade an der Stelle auf, an der Ben gerade noch gestanden hatte, und holte den Erste-Hilfe-Kasten heraus. Dann drückte sie zwei Ibuprofen aus dem Blister und gab sie Martin. »Du solltest erst einmal duschen und was gegen deine Kopfschmerzen tun. Danach sollten wir reden.«

»Aber …«

»Bitte.« Wie konnte sich dieser Tag anfühlen, als wäre sie bereits sechzehn Stunden auf den Beinen, wo sie vor noch nicht einmal dreißig Minuten die Augen aufgeschlagen hatte? »Geh duschen. Du stinkst wie eine ganze Kneipe. Und danach will ich über das reden, was gestern Abend passiert ist«, sagte sie mit fester Stimme.

Dann drehte sie sich um, ohne einen weiteren Kommentar von Martin abzuwarten. Sie rannte aus dem Haus, um Ben wenigstens zu erklären, dass sie ihn nicht hatte beleidigen wollen und er eine wichtige Rolle in ihrem Leben spielte, viel mehr als *nur ein Mieter* war. Doch als sie die Haustür aufriss, sah sie nur noch die Staubwolke, die sein Pick-up hinterlassen hatte. »Mist.« Einen Moment blieb sie einfach stehen und atmete tief durch. Dann schloss sie die Haustür leise, es mussten ja nicht gleich alle Hausbewohner aus dem Schlaf gerissen werden, und kehrte in die Küche zurück, die Gott sei Dank inzwischen leer war. Dafür hörte sie das Rauschen der Dusche in ihrer Wohnung. Gut, wenigstens roch ihr Freund nicht mehr wie ein Penner, wenn sie miteinander reden würden.

Während sie eine Tasse Kaffee für sich durchlaufen ließ, räumte sie Bens Frühstücksreste weg und ging dann in den Garten in der Hoffnung, dass die Morgenluft ihren Verstand klärte und sie sich auf die Aussprache mit Martin vorbereiten konnte.

Die Sonne schien schon ziemlich warm und versprach einen wundervollen Spätfrühlingstag. Felicia legte die Patchworkdecke auf den Bistrotisch und ging in ihrem Schlafshirt barfuß in den Garten. Das taufeuchte Gras kitzelte an ihren Füßen. Sie entdeckte Elfriede, die durch das Gebüsch schlich, und lauschte eine Weile dem Gesang der Vögel, während sie ihren Kaffee trank.

Ihr ganzes Leben hatte sich verändert, seit sie beschlossen hatte, Wohnungen in der alten Schule zu vermieten. Sie war endlich aus der Lethargie erwacht, in der sie seit Leonas Tod gefangen gewesen war. Sie hatte begonnen, ihr Leben wieder in die Hand zu nehmen. Und natürlich hatte Ben recht. Es war egal, wie ihre Mutter zu Felicias Sache stand. Sie würde alles schlechtreden, egal welche Entscheidung ihre Tochter traf. Bislang hatte es nur eine Sache gegeben, von der ihre Eltern hellauf begeistert waren: Martin. Aber auch von ihm würde sie sich nicht mehr herumschubsen lassen, nur weil Margaretha und Konrad Sommerfeldt den perfekten Schwiegersohn in ihm sahen.

Als sie durch die Fenster sah, dass Martin die Küche wieder betreten hatte und sich abermals an der Kaffeemaschine zu schaffen machte, kehrte auch Felicia ins Haus zurück.

Er blickte auf, als er sie hereinkommen sah, und wirkte zumindest ein wenig zerknirscht. Inzwischen hatte er geduscht, seine Klamotten gewechselt, und offenbar wirkten die Kopfschmerztabletten, denn sein Blick hatte sich geklärt, und er verzog nicht bei jeder Bewegung das Gesicht vor Schmerzen. Martin hatte es sogar geschafft, den Kaffeeautomaten zu bedienen, und nahm gerade einen großen Schluck aus seiner Tasse. »Du willst vermutlich hören, dass es mir leidtut wegen gestern Abend.«

Felicia schluckte. Wenn sie sich stritten, was nun wirklich nicht oft vorkam, begann es immer auf diese Weise. Also erinnerte sie sich an das, was sie sich gerade vorgenommen hatte. »Nein«, sagte sie fest. »Ich will nicht nur hören, dass es dir leidtut. Ich will, dass du es auch wirklich bereust. Dein Verhalten gestern war eine Kränkung.«

»Hmm.« Martin rieb sich über sein unrasiertes Kinn. »Ich glaube, das war der Stress. In letzter Zeit hatte ich einfach zu viel zu tun. Da hat mich der Alkohol wahrscheinlich ein bisschen ausgeknockt.«

Nicht der Alkohol war schuld gewesen. »Du hast dich bereits unmöglich benommen, als du mich dazu genötigt hast, dich über den Lieferanteneingang in die Villa zu lassen.« Felicia baute sich vor Martin auf. »Ich versuche hier, mir ein Geschäft aufzubauen«, erinnerte sie ihn.

Martin zwinkerte ihr zu. »Ich bin dein Freund. Für mich kannst du schon mal über deinen Schatten springen. Und lass uns mal beide ganz ehrlich sein: Dein Job ist in München. Das hier«, er breitete die Arme in einer Geste aus, die die gesamte Küche einschloss, »hat mehr etwas von einem netten Hobby. Ohne deine Tante bekommst du das doch gar nicht hin. Du hast keine Zeit für so was. Früher oder später wird deine Arbeit in der Firma darunter leiden. Wenn du mich fragst, solltest du es so weit nicht kommen lassen. Solange du nicht zur Vernunft kommst und diesen alten Kasten verkaufst, solltest du darauf achten, dass du deine Raten bei der Bank auch zahlen kannst. Gefeuert zu werden ist da sicher wenig hilfreich. Deine Mutter sieht das übrigens genauso. Aber ich glaube, das weißt du schon.«

Felicia starrte Martin an. In ihren Ohren summte es. Was hatte er da eben gesagt, während er entspannt seinen Kaffee getrunken hatte? Das meinte er nicht ernst, oder? Sie schluckte und blickte an ihm vorbei aus dem Fenster. Doch, natürlich. Er hatte es genau so gemeint, wie er es gesagt hatte. Martin hielt nichts davon, die Dinge zu beschönigen und um den heißen Brei herumzureden. Aber das, was er sagte, zeigte ihr einmal mehr, dass er sie nicht ernst nahm. Genau wie ihre Mutter. Und dass sie sich das nicht mehr gefallen lassen wollte. »Martin, ich …«, begann sie, als sein Handy sie unterbrach.

Ihr Freund zog das Handy aus der Hosentasche und warf einen Blick auf das Display. »Entschuldige«, sagte er und klopfte sich mit dem Handy gegen das Kinn. »Da muss ich rangehen.« Ohne eine Antwort abzuwarten verließ er die Küche und trat in den Garten.

Durch das Küchenfenster konnte Felicia dabei zusehen, wie er auf ihrer kleinen Terrasse auf und ab lief und mit der freien Hand gestikulierte. Der Ausdruck in seinem Gesicht wurde von Minute zu Minute zufriedener. Als er das Gespräch schließlich beendete, grinste er breit. Mit beschwingten Schritten kehrte er in die Küche zurück, küsste Felicia flüchtig auf die Wange und ging weiter zur Tür. »Ich muss los«, sagte er über die Schulter. »Da hat sich was ergeben, um das ich mich jetzt sofort kümmern muss.«

»Was?« Felicia sah ihm fassungslos nach. »Wir müssen reden, Martin!«, erinnerte sie ihn daran, dass sie sich nicht länger so behandeln ließ.

»Ja, ich muss dir auch noch was erzählen.« Sein Grinsen wurde noch breiter. »Heute Abend um acht im *La Mama*«, schlug er vor.

Er wartete Felicias Antwort nicht ab. Die Tür fiel hinter ihm ins Schloss. Und im nächsten Moment fand sie sich allein in der Stille der Küche wieder. Nur ihr Herz klopfte. Viel zu laut. Erst das leise Fauchen des Kaffeeautomaten riss sie aus ihrer Erstarrung. Für einen Moment war sie dankbar, dass sonst niemand Zeuge von Martins arrogantem Abgang geworden war. Er glaubte also, er könne sie hinhalten? Dann sollte er das bis zu diesem Abend tun. Im *La Mama* würde sie ihm sagen, was sie davon hielt.

15

Ben war wütend. Wütend auf diesen arroganten Arsch Martin. Und noch viel wütender auf sich selbst. Was ging es ihn an, mit wem Felicia eine Beziehung führte? Sie konnte sich mit dem Teufel höchstpersönlich einlassen, und es wäre nicht sein Problem.

Er stützte sich auf den Stiel der Schaufel ab, mit der er Schotter auf seiner kleinen Baustelle verteilt hatte, und blickte auf den See hinaus. Wem machte er hier eigentlich etwas vor? Es war ihm nicht egal, mit wem sich Felicia einließ. Mit wem sie ihre Zeit verbrachte. Ganz einfach, weil er derjenige sein wollte, mit dem sie das tat. Sein Cousin hatte den Kopf geschüttelt, als er vorhin in der Gärtnerei gewesen war und sich die Baumaschinen und das Material ausgeliehen hatte, und ihm einen erneuten hoffnungslosen Anfall von Helfersyndrom diagnostiziert. Aber das war es nicht. Er wollte in Felicias Nähe sein, wollte sie unterstützen. Allerdings hauptsächlich, weil er sich in sie verknallt hatte. Wie ein pubertierender Teenager, der das unerreichbare Mädchen zwei Klassen über sich anhimmelte. Sie war tabu, aber das änderte nichts an seinen Gefühlen und der Tatsache, dass sie durch seine Träume geisterte. Die Frau, die nicht nur in einer nicht ganz einfachen Beziehung steckte, sondern auch mit einem Fingerschnippen dafür sorgen konnte, dass er wieder bei Sam einzog. Ben glaubte zwar nicht, dass Felicia ihn allein aufgrund der Tatsache, dass er in sie verschossen war, vor die Tür setzen würde. Allerdings neigte sie zu panikbedingten Überreaktionen. Und wer wusste schon, was sie dann tat?

Als hätte er sie mit seinen Gedanken heraufbeschworen, zog Felicia in genau diesem Moment die Hintertür ihrer Wohnung auf und trat auf die Terrasse. Sie blinzelte in die Sonne und beugte sich dann hinunter, um Poldi zu streicheln, der, kaum dass er sie erblickt hatte, seinen Posten unter dem Fliederbaum aufgegeben hatte und zu ihr herübergerannt kam.

Der Hund ließ seinen rot-gelb gestreiften Ball vor ihr auf den Boden fallen – eine unmissverständliche Aufforderung, mit ihm zu spielen. Felicia hob ihn auf und warf ihn in Richtung See, genauso wie Poldi es liebte. Ben, der noch nie zuvor gesehen hatte, wie Felicia etwas warf, biss sich auf die Innenseite seiner Wange, um nicht laut loszulachen. Felicia hatte so ziemlich den schlechtesten Wurfarm, den er jemals gesehen hatte. Poldi stürmte voller Begeisterung los, wurde nach zwei Metern schon langsamer und drehte sich zu Felicia um, als könne er nicht glauben, wie weit sie seinen Ball geworfen hatte. Ben war sich sicher, wenn Hunde zu einem fassungslosen Gesichtsausdruck fähig waren, dann lag er gerade um Poldis Schnauze herum. Dieser Ball hatte sich keine zehn Meter von seiner Werferin entfernt. Der Hund trabte zu seinem Spielzeug hinüber, nahm es in die Schnauze und trug es selbst zum Wasser und sprang hinein.

Felicia blieb, wo sie war, blickte aber statt auf Poldi zu

Ben hinüber. »Ist dir aufgefallen, dass in letzter Zeit keine Enten mehr vor unserem Strand herumschwimmen?«, rief sie ihm durch den Garten zu. Ganz so, als wolle sie seine Laune auf die Entfernung antesten.

Ben zuckte mit den Schultern. »Ich kann mir vorstellen, dass das Poldis Schuld ist, so wild, wie er immer im See herumtobt.«

Offenbar reichte Felicia diese Antwort, um die Lage zu sondieren. Sie straffte ihre Schultern und kam auf ihn zu. »Was machst du hier?«, fragte sie, als sie vor ihm stehen blieb. Mitten in dem Rosenpavillon, den er aus seinem Dornröschenschlaf befreit hatte.

»Den Boden verlegen.« Ben wies mit dem Kinn in Richtung des Haufens Feldsteine, der neben dem ausgeschachteten Fundament auf dem Rasen lag. »Ich glaube, das passt ganz gut. Der Holzboden, der hier ursprünglich mal drinlag, war völlig verrottet. Ich habe mir gedacht, dass Steine besser passen. Und auf jeden Fall langlebiger sind.«

Felicia betrachtete den Steinhaufen für einen Moment und senkte den Blick dann auf den Schotter, auf dem sie standen. »Was das betrifft«, begann sie, »ich weiß wirklich nicht, ob ich dir die Materialien und die Arbeitszeit in der nächsten Zeit werde bezahlen können. Ich habe wirklich kein gutes Gefühl dabei, wenn du das hier alles umsonst machst. Woher hast du zum Beispiel diese Steine? Und dieses Gerät?« Sie zeigte auf den Handstampfer.

»Keine Sorge.« Ben grinste. Er konnte verstehen, dass Felicia sich dabei nicht gut fühlte. Bei der Restaurierung eines so riesigen Gartens konnte locker eine sechsstellige Summe fällig werden. Zumindest wenn sie eine professionelle Gartenbaufirma damit beauftragen würde – solange Ben sich hier einfach nur austoben konnte, kostete sie das keinen Cent. »Ich weiß, wie ich an die Materialien herankomme. Die Steine habe ich von ein paar Bauern, die froh sind, die Dinger losgeworden zu sein. Auf den Feldern stören sie nämlich nur. Den Schotter und den Splitt hatte mein Cousin von anderen Baustellen übrig, und die Maschinen habe ich mir auch bei Sam ausgeliehen.« Einer der Gründe, warum er Arbeiten wie das Verdichten des Pavillon-Fundaments nur an einem Sonntag machen konnte, wenn die Ausrüstung nicht auf anderen Baustellen gebraucht wurde.

»Okay.« Felicia nickte, sah ihn aber noch immer nicht direkt an. »Versprich mir, vorher Bescheid zu geben, wenn du hier irgendetwas machen willst, das nicht umsonst ist. Ich möchte erst wissen, ob ich mir die Dinge leisten kann.« Sie griff in die Tasche ihres verwaschenen Hoodies. »Apropos«, sagte sie und hielt ihm ein paar Geldscheine entgegen. »Dein Lohn für deine Unterstützung in der *Küchennachhilfe*. Du hast mir viel Stress erspart.«

Ben starrte die Geldscheine an, die in Felicias Hand zwischen ihnen schwebten. Dann hob er den Blick und sah ihr ins Gesicht. »Ernsthaft? Du willst mir Geld dafür geben, dass ich dir geholfen habe?«

Ein unsicherer Ausdruck huschte durch Felicias Gesicht. Ihre Wangen färbten sich rosa. Aber sie hielt ihm das Geld weiter hin. »Alle Aushilfskräfte, die gestern gearbeitet haben, wurden bezahlt. Dir steht genau der gleiche Lohn zu wie allen anderen.«

Aber das war genau das, worum es ging. »Ich habe dir als Freund geholfen. Nicht, weil ich eine deiner Aushilfskräfte bin, oder einer deiner Mieter.« Wenn er ihr Geld annahm, stand er auf genau der gleichen Ebene wie die Kellner und Köche, die sie auf der Vernissage unterstützt hatten. Und genau dort wollte er nicht stehen. Nicht für Felicia.

»Ben.« Die Unsicherheit war aus ihrem Blick verschwunden und hatte einem störrischen Ausdruck Platz gemacht – den er noch nicht oft gesehen hatte, der Felicia aber verdammt gut stand. »Du drehst meinen Garten auf links. Du startest mein Auto. Und du hilfst mir in der Küche. Das alles, ohne auch nur einen Cent anzunehmen. Das geht nicht. Zumindest nicht, solange du kein Geld als Landschaftsarchitekt verdienst. Von irgendetwas musst du auch leben. Und mir ist das irgendwie unangenehm, weil es einfach viel zu viel ist, was du für mich tust.«

Womit sie nicht ganz unrecht hatte. Aber er würde kein Geld von der Frau nehmen, die er dafür bewunderte, wie sie für ihren Traum kämpfte. Trotzdem nahm er ihr die Geldscheine ab und schob sie in die Tasche seiner Arbeitshose. »Felicia, ich mache das doch nicht umsonst. Ich verwende diesen Garten für mein Portfolio, um mich irgendwann gegen meine Konkurrenz durchsetzen zu können. Und das hier wird richtig beeindruckend. Wir machen es so«, schlug er vor, »von dem Geld holen wir ein paar hübsche Pflanzen für den Garten oder deine Terrasse in der Gärtnerei meines Onkels.«

Felicia seufzte. »Du hast echt ein Problem, etwas anzunehmen.« Noch einmal straffte sie die Schultern. »Nimmst du wenigstens meine Entschuldigung an? Es tut mir wirklich leid, wie Martin dich behandelt hat.«

»Nein.« Abermals kochte Ärger in Ben hoch, ohne dass

er ihn stoppen konnte. »Dein Freund hat sich danebenbenommen, also sollte auch er sich dafür entschuldigen.« Er lächelte, um seine scharfen Worte ein wenig abzumildern. »Schließlich ist zwischen uns nichts. Lass uns die Sache abhaken, okay?«

»Okay.« Felicia nickte. Ihrem entschlossenen Blick konnte er ansehen, dass sie noch nicht klein beigeben würde. Für diesen Moment schien sie es allerdings dabei zu belassen, denn sie wies mit dem Daumen auf ihren Hoodie und die Jeans, die sie trug. »Ich habe mich in meine Gartenkluft geschmissen und bin wild entschlossen, dir zu helfen.« Sie legte den Kopf schief. »Um Kosten zu sparen«, versuchte sie, ihn ein wenig aufzuziehen.

»Das ist deine Gartenkluft?« Ben grinste. »Ich wette, sie hat den Garten noch nie gesehen.«

Wieder färbten sich Felicias Wangen rosa. »Das ist ab heute meine Gartenkluft«, korrigierte sie sich. »Ich will dir wenigstens helfen, wenn du hier schon alles auf links drehst. Das Ding da zum Beispiel …« Ben folgte ihrem Blick zum Handstampfer. »Darf ich das bedienen?«

Bens Grinsen wurde noch breiter, als er sich vorstellte, wie sie sich von dem Gerät durchschütteln ließ, während sie versuchte, den Schotter zu verdichten. »Nicht, solange du Turnschuhe trägst. Ich will nicht, dass du mit den Zehen unter die Maschine kommst.«

Sie drehte sich einmal um die eigene Achse und ließ den Garten auf sich wirken. »Na gut«, sagte sie. »Dann gib mir eine andere Aufgabe.«

»Wie wäre es mit den Hecken dort drüben?«, schlug Ben vor. »Du kannst die Akku-Schere benutzen.«

»Wirklich?« Felicias Augen begannen zu glänzen. »Das klingt cool. Ich übernehme die Hecke.«

*

Eine Hecke zu verschneiden war nicht mehr ganz so cool, wenn man die elektrische Heckenschere über eine Stunde schwang. Felicias Arme begannen wehzutun. Irgendwann spürte sie ihre Schultern nicht mehr, fühlte nur noch das schmerzhafte Vibrieren des Gerätes. Wie hielt Ben das nur aus? Er hantierte mit einem Gerät, das er Stampfer nannte. Das erbebte noch viel heftiger, während es den Schotter verdichtete, den er in das abgesteckte Loch, das er unter dem Rosenpavillon ausgehoben hatte, gefüllt hatte. Er hatte ihr erklärt, dass er auf diese Schicht Splitt auftragen würde, in dem er die Steine verlegen würde. Keine große Sache angeblich. Aber Felicia wusste, dass das keine Kleinigkeiten waren, die er in ihrem Garten leistete. Sie konnte nur hoffen, dass er wirklich umsonst an die Baumaterialien und Maschinen herangekommen war.

Nachdem Martin an diesem Morgen telefoniert hatte und dann verschwunden war, hatte Felicia sich als Erstes an die Abrechnung für das Catering gesetzt und bei dieser Gelegenheit erfreut festgestellt, dass zwei der Vernissage-Gäste sie angeschrieben hatten, um mit ihr über weitere Aufträge zu reden. Also hatte sie sich auf ihre Arbeit konzentriert, und doch war es ihr nicht entgangen, wie Ben zur alten Schule zurückgekehrt war. Sie hatte gesehen, wie er seinen Pick-up langsam rückwärts in den Garten gefahren und die Baumaterialien unter Poldis Aufsicht abgeladen hatte. Als sie das nächste Mal von ihrem Bildschirm aufgeblickt hatte, war Ben bereits dabei, das Loch im Pavillonboden zu füllen. Unermüdlich schippte er Steine von einem Haufen in das Sechseck, das er mit Metallheringen und Schnüren auf dem Boden abgesteckt hatte. Die Muskeln unter seinem Shirt hatten gearbeitet, und die Haare waren ihm ins Gesicht gefallen. Hin und wieder hatte er sie einfach mit dem Unterarm nach hinten geschoben, ohne die Schaufel loszulassen, und Felicia hatte fasziniert dabei zugesehen, wie sie ihm im nächsten Moment prompt abermals in die Stirn fielen. Erst als ihr bewusst wurde, dass sie ihn anstarrte, konzentrierte sie sich wieder auf ihre Abrechnung.

Als sie den Laptop schließlich zuklappte, beschloss sie, dass sie sich nicht nur bei Ben entschuldigen, sondern endlich auch einmal im Garten Hand anlegen würde. Die letzten Tage hatten sie innerlich aufgewühlt, im positiven wie im negativen Sinn. Sie hatte endlich wieder die Dinge tun können, die sie liebte, hatte Hilfe und Unterstützung ihrer neuen Freunde erfahren, sich aber auch mit Martin und ihrer Mutter auseinandersetzen müssen. Wenn sie den Weg der *Küchennachhilfe* weitergehen wollte – und das wollte sie unbedingt –, musste sie sich durchsetzen und sowohl ihrem Freund als auch ihrer Familie deutlich zeigen, dass sie sich nicht mehr herumschubsen ließ. Leona hatte die Gartenarbeit immer gutgetan. Sie hatte behauptet, dass ihr das beim Denken half. »So manche Entscheidung ist beim Unkrautharken in der Blumenrabatte gefallen«, hatte sie immer gesagt.

Nach einer Stunde mit der elektrischen Heckenschere hatte Felicia allerdings nicht mehr das Gefühl, noch denken zu können. Sie konzentrierte sich ausschließlich darauf, nicht mit dem schweren Gerät in der Hand zusammenzubrechen.

Erschrocken zuckte sie zusammen, als ihr jemand auf die Schulter tippte. Bevor sie ein Unglück anrichten konnte, hatte Ben bereits um sie herumgegriffen, ihr die Heckenschere abgenommen und sie ausgeschaltet.

»Was hast du gemacht?«, fragte er sie in dem Moment, in dem sie ihren Gehörschutz und die Plexiglasbrille abnahm.

»Was meinst du? Ich habe die Hecke geschnitten«, erklärte sie das Offensichtliche.

Ben ließ die Schere sinken. »Und bei der Gelegenheit versucht, den Rosenstrauch umzubringen?« Er untersuchte ein paar der Stellen, die sie abgesäbelt hatte.

»O, das.« Felicia trat neben ihn. »Diese Pflanze hat mich die ganze Zeit angegriffen und ihre Ranken in meinen Pulli gebohrt. Und in meine Haare«, ergänzte sie, als ihr bewusst wurde, dass sie aussah wie ein gerupftes Huhn. Bens Blick wanderte jedenfalls zu ihren Locken, und sein Mundwinkel hob sich zu einem halben Lächeln. »Hier führt doch ein Weg entlang«, verteidigte sie sich. »Also dachte ich, das kann man ruhig mal freischneiden.«

»Ruhig mal freischneiden.« Ben rieb sich über das Gesicht, aber sie konnte sehen, dass er sich bemühte, ein Lächeln zu verbergen. »Du hast alle Knospen auf dieser Seite abgeschnitten. Hübsch blühen wird es an dieser Stelle also erst mal nicht.«

»Er hat angegriffen«, verteidigte Felicia ihren Kahlschnitt. »Hinterrücks.«

»Hmm. Dann war das Selbstverteidigung, nehme ich an.«

Ben reichte ihr eine Flasche Wasser. »Wir hätten die langen Äste einfach zurückbinden können. Du hast nicht gerade einen grünen Daumen, oder?«

Felicia trank einen großen Schluck. »Nicht wirklich«, gab sie zu. »Ich wollte dir helfen, aber im Garten bin ich ziemlich nutzlos.« Sie blickte auf ihre Hände hinunter. »Zwei schwarze Daumen.«

»Wie schaffst du es, die Kräuter auf deiner Terrasse am Leben zu halten? Die sehen doch gar nicht schlecht aus für jemanden mit schwarzen Daumen.«

Felicia zog ihr Handy aus der Hosentasche und wedelte damit. »Mit einem ganz genauen Plan. Ich habe in meinen Kalender eingetragen, welche Pflanze wann wie viel Wasser und Dünger bekommt. Die Kräuter hat Leona noch gepflanzt. Sie stehen den Winter über in der Kochschule.« Sie blickte zu dem Mäuerchen hinüber, auf dem die bunten Töpfe aufgereiht standen. »Sie bedeuten mir wirklich viel«, sagte sie leise. »Und ich habe furchtbare Angst, dass eine der Pflanzen eingeht.« Sie waren neben der alten Schule und Elfriede das Einzige, das ihr von ihrer Tante geblieben war.

Ben zuckte mit den Schultern. »Mach dir keine Sorgen. Die Kräuter sehen im Vergleich zum Rest des Gartens ziemlich gut aus. Was du statt dieser wackeligen Nummer auf der Mauer allerdings wirklich gebrauchen könntest, ist ein Hochbeet.«

»Bloß nicht.« Felicia hob abwehrend die Hände. »Das reicht mir schon so, wie es ist.«

»Mit einem Bewässerungssystem«, fuhr Ben fort. »Das würde dir viel Arbeit ersparen und die Angst nehmen, mit deinem nicht vorhandenem Gärtnertalent eine der Pflanzen umzubringen.«

»Mit einem Bewässerungssystem.« Felicia konnte nicht anders, als ungläubig zu lachen. »Dann ist ja alles klar. Ein Hochbeet mit Bewässerungssystem kann ich mir auf keinen Fall leisten.«

»Hmm.« Ben kratzte sich am Kopf, einen nachdenklichen Ausdruck in den Augen.

»Ben?«, fragte sie und wartete, bis er sie ansah. »Wage es nicht, hinter meinem Haus ein Hochbeet für mich zu bauen. Verstanden? Ich kann das nicht bezahlen, und ich will nicht, dass du dafür Geld ausgibst«, bat sie ihn eindringlich.

»Wer weiß.« Ben lächelte wieder. »Vielleicht später irgendwann.« Er wies mit dem Daumen auf die Sträucher und Bäume hinter ihm. »Erst einmal müssen wir deinen Privatdschungel in den Griff bekommen.«

*

Nachdem Felicia ihm ihre übereifrige, Rosenknospen ermordende Hilfe angeboten hatte, hatten später auch noch Lina und Jule mit angepackt. Gemeinsam hatten sie es geschafft, die Steine im Pavillon zu verlegen, sodass er nur noch die Fugen mit Sand füllen musste. Ein Großteil der Hecken war geschnitten und das entfernte Laub zusammengerecht. Ein ordentlicher Fortschritt für einen Sonntagnachmittag, an dem man eigentlich gemütlich mit einer Tasse Kaffee am Steg in der Sonne sitzen und die Beine baumeln lassen sollte.

Ben hatte sauer sein wollen auf diesen dämlichen Martin, der Felicia offenbar nicht so zu schätzen wusste, wie sie es verdiente. Besonders als ihm klar geworden war, dass sie diesen Idioten nach dem Zwischenfall in der Kochschule am Morgen und ihrem gemeinsamen Garteneinsatz an diesem Abend tatsächlich noch einmal treffen wollte. Aber Ben schaffte es einfach nicht, an den Nachmittag zu denken, ohne grinsen zu müssen. Felicias schuldbewusster Blick, als ihr klar geworden war, dass sie die Rose gekillt hatte. Der allerdings nur für einen Moment angehalten hatte, bevor sie mit durchgedrückten Schultern und vorgerecktem Kinn der Pflanze die Schuld daran gegeben hatte.

Nachdem die Steine verlegt und die Fugen mit Sand gefüllt waren, hatte Ben die Geräte, die er sich von seinem Cousin geliehen hatte, in die Gärtnerei zurückgebracht und sich zu einem Bier überreden lassen, bei dem Sam ihn über Felicias Catering ausgequetscht hatte. Ben hatte sein Grinsen hinter der Bierflasche versteckt und darauf verzichtet, seinem Cousin davon zu erzählen, wie er bei den Vorbereitungen in der Küche geholfen hatte.

Als er zur alten Schule zurückkehrte, saß Jule auf den Treppenstufen vor dem Haus. »Eine Hand wäscht die andere«, sagte sie, als er die Wagentür hinter sich zuwarf und durch das Tor trat. »Ich habe dir geholfen, ein Schmuckstück aus diesem Pavillon zu machen. Jetzt brauche ich deine Hilfe.« Sie kraulte Poldi zwischen den Ohren und wartete, bis Ben vor ihr stehen blieb. »Ich brauche unbedingt noch ein Regal für meine Unterlagen, und im Keller stehen noch haufenweise von diesen schweren Metalldingern rum.«

»Jule.« Ben wartete, bis er sich ihrer Aufmerksamkeit sicher sein konnte. »›Eine Hand wäscht die andere‹ gibt es bei mir nicht. Wenn du meine Hilfe brauchst, dann sagst du es einfach. Wenn ich dir nicht helfen kann, werde ich versuchen, jemanden zu finden, der es kann.«

»So einfach ist das bei dir.« Jule seufzte. »Licie hat schon recht, wenn sie sagt, dass du eigentlich zu gut für diese Welt bist.«

Ben, der gerade die Haustür aufziehen wollte, hielt inne. »Das sagt sie über mich?« Das war genau das, was Sam ständig von ihm behauptete. Dass er den Helden spielte. Allerdings war er sich nicht sicher, ob er von Felicia auch so gesehen werden wollte. Helden waren schließlich die Typen, die man nur aus der Ferne bewunderte. Er seufzte und erinnerte sich selbst daran, dass Felicia in ihm sowieso nichts anderes sah als einen Mieter. Oder – mit viel Glück – einen guten Freund.

»Ups.« Jule grinste. Sie verschloss mit einem imaginären Schlüssel ihre Lippen und warf ihn dann über ihre Schulter, was wiederum Poldi dazu veranlasste, loszustürmen und enttäuscht zu ihnen zurückzutrotten, als er merkte, dass sie nicht wirklich spielen würden. »Ich mache von meinem Aussageverweigerungsrecht Gebrauch.«

»Du hast ein Aussageverweigerungsrecht?« Die Geplänkel mit Jule machten einfach immer Spaß.

»Logisch. Ich will hier schließlich wohnen bleiben. Also werde ich auf keinen Fall die Vermieterin verpfeifen. Ganz abgesehen davon, dass Frauen ihre Freundinnen grundsätzlich nicht hinhängen.«

»Leuchtet ein.« Ben zog die Tür auf und wartete, bis Jule sich von der Treppe erhoben hatte. »Na komm«, forderte er sie auf. »Lass uns in den Keller gehen und ein Regal für dich suchen.«

Ben ließ Jule den Vortritt und folgte ihr die Treppe hinunter. Inzwischen war er schon ein paarmal hier unten gewesen und fasziniert von den vollgestopften Räumen und dem Gerümpel, das überall herumlag. Er war sich sicher, dass sich hier noch das eine oder andere Schätzchen finden lassen würde. Im funzeligen Licht der schlichten Glühbirnen, die von der Decke hingen, tasteten sie sich zu einem der hinteren Räume vor, in dem Jule genau das Regal erspäht hatte, das sie haben wollte. In den schmalen Gängen hing ein etwas modriger Geruch, aber alles in allem schienen die Räume trocken zu sein und die hier gelagerten Sachen höchstens unter einer zentimeterdicken Staubschicht verschwunden, aber nicht verschimmelt zu sein.

»Das da ist es«, sagte Jule und leuchtete mit der Stirnlampe, die sie sonst trug, wenn sie spätabends noch joggen ging, in die hintere Ecke des Raumes.

»Alles klar.« Ben fand nicht, dass dieses Aktenregal anders aussah als die, die in Kellerabteilen gestanden hatten, an denen sie vorbeigegangen waren und an die man wesentlich leichter herangekommen wäre. Aber wenn Jule auf diesem Regal bestand, würde er es für sie aus der Ecke holen.

Er kletterte über ein paar Kartons und zwei beschädigte Schulbänke und kippte das Regal so, dass er es waagerecht über das Gerümpel heben konnte, wo Jule es ihm auf der anderen Seite abnahm. Sie hatte gerade danach gegriffen, als sie mit einem entsetzten Schrei losließ und auf einen der kaputten Tische sprang. Ben versuchte, das Gleichgewicht zu halten, was bei den schweren Verstrebungen, die ihm in die Hände schnitten, unmöglich war. Die Metallkonstruktion pendelte hin und her und riss einen Stapel Kartons um, aus denen sich eine Flut aus Kostümen in den Raum ergoss, die so aussahen, als ob sie von längst vergangenen Theateraufführungen stammten. Als Nächstes erwischte er eine alte Stehlampe, von der Ben sich überhaupt nicht vorstellen konnte, was die in einer Schule zu suchen hatte. Scheppernd krachte sie zu Boden, bevor er zu guter Letzt auch noch einen Ständer mit Kartenmaterial umstieß.

»Entschuldige!«, japste Jule. »Da war eine Maus.«

»Okay«, brachte Ben zwischen zusammengepressten Zähnen hervor. »Du dürftest laut genug gequietscht haben, um sie zu verjagen. Könntest du jetzt vielleicht wieder mit anpacken? Das Mistding wiegt eine Tonne.«

»In einer Sekunde.« Jule ließ sich Zeit, den Boden unter den Schulbänken mit ihrer Stirnlampe abzusuchen. Und dann den Rest des Raumes, während die Metallstreben langsam aber sicher die Blutzufuhr in Bens Händen abschnitten.

Als Jule überzeugt davon war, den Sprung vom Tisch wagen zu können, ohne mit einem erneuten Nagerangriff rechnen zu müssen, war Ben kurz davor, das verdammte Regal einfach fallen zu lassen. Doch Jule griff nach dem vorderen Ende, und er atmete erleichtert auf.

»Los, los!«, trieb Jule ihn an und zog ihn halb über das Gerümpel. Ihre Stirnlampe streifte die umgekippten Wandkarten. Eine von ihnen war ein Stück weit aufgeklappt, und Ben erhaschte einen Blick auf eine Rose und daneben eine schnörkelige Schrift auf vergilbtem Hintergrund. Was war das? »Warte mal«, sagte er neugierig, als der Lichtkegel bereits über die unverputzten Wände weiterhuschte.

»Auf keinen Fall!«, widersprach Jule und zog noch ein wenig fester. »Ich will hier raus.«

Ben blieb nichts anderes übrig, als ihr zu folgen. Gemeinsam schleppten sie das Regal in den ersten Stock und platzierten es in Jules Wohnung.

Als er endlich seine eigene Tür hinter sich schloss, lehnte er sich erschöpft dagegen. Er hatte sich jetzt wirklich ein zweites Feierabendbier verdient. »Mist«, brummte er, als ihm wieder einfiel, dass sein Kühlschrank hinüber war und sein Sixpack in der Kochschule stand. Mit einem Seufzer stieß er sich von der Tür ab und kehrte ins Erdgeschoss zurück. Heute Morgen hatte er an genau dieser Stelle gestanden und einen Kaffee getrunken, als Felicias Freund aufgetaucht war. Etwas, worüber er nicht nachdenken wollte. Lieber wollte er sich noch mal an seinen Schreibtisch setzen und nach weiteren Ausschreibungen suchen, bei denen er sich bewerben konnte. Er verließ die Küche, sein Bier in der Hand, und wollte die Kellertür schließen, die von ihrem Regaltransport noch offen stand. Die Klinke bereits in der Hand, hielt er inne. Diese Wandkarte, die er mit dem Regal abgeräumt hatte … die Rose und die altmodische Schrift, die er in der Dämmerung nicht hatte entziffern können … Statt in seine Wohnung zu gehen, kehrte er in den Keller zurück. Er wollte wissen, was es mit dieser Karte auf sich hatte.

In dem Raum, aus dem sie das Regal geholt hatten, schaltete er die Taschenlampe seines Handys ein und arbeitete sich zu den umgefallenen Karten vor. Er zog die heraus, die ihm zuvor aufgefallen war, und rollte sie auf den Schulbänken aus. *Viktorianische Blumensprache* stand da in verschnörkelten Lettern – und darunter die Bedeutung der Blumen, die im Europa des 18. Jahrhunderts eine ganz eigene Sprache hatten sprechen können. Seine Fingerspitzen glitten über die roten Blätter einer Rose, deren Symbolik niemand falsch deutete, und zogen dann die Form einer Gerberablüte nach, die für Freundschaft stand. Die Wandkarte war ein bisschen altmodisch, aber wunderschön. Und plötzlich hatte Ben eine Idee, wie er Felicia mit ihren beiden schwarzen Daumen die Welt der Pflanzen ein wenig näherbringen konnte.

16

Felicia fühlte sich gut, als sie mit der S-Bahn nach München fuhr. Beruflich war das Wochenende ein voller Erfolg gewesen, und auch die Arbeit im Garten hatte ihr gutgetan – und Spaß gemacht. Sicher, sie hatte der Rose Unrecht getan, aber Ben hatte nur gelacht, als sie das Kinn vorgeschoben und sich behauptet hatte. Wenn sie jetzt noch ihren Streit mit Martin beilegte, konnte sie voller Energie und Tatendrang in die neue Woche starten.

Sie hatte darüber nachgedacht, ihr Köfferchen zu packen, aber Martin hatte sie nur gebeten, ihn im *La Mama* zu treffen. Von Übernachten war keine Rede gewesen – und nach seinem Auftritt beim Freiherrn und in der alten Schule hatte sie darauf auch erst einmal keine Lust. Zufrieden musterte sie ihr Äußeres im Spiegel der großen Fenster, die zum Restaurant gehörten, bevor sie die Tür aufzog. Sie hatte ihre Haare geglättet und hochgesteckt. Der dunkelgrüne Pulli schmiegte sich so eng an ihren Körper wie der Bleistiftrock, den sie zu Stiefeletten gewählt hatte. Ein Look, von dem sie wusste, dass Martin total drauf abfuhr. Vielleicht war es lächerlich, sich für ihn so aufzubrezeln, aber es war nun mal Felicias Weg, ihm zu zeigen, wer ihm gegenübersaß. Eine ernst zu nehmende Frau, die ihm mal genug bedeutet hatte, um sie auf ein Date zu bitten und eine Beziehung mit ihr zu beginnen. In den letzten Wochen, genau genommen waren es bereits Monate, hatten sie sich beide nicht besonders viel Mühe gegeben. Felicia erst wegen ihrer Trauer, dann wegen ihrer Angst um die alte Schule und dann wegen ihres Neustarts. Martin war mit seinen Gedanken ebenfalls oft ganz weit weg gewesen, ohne dass sie dahintergekommen wäre, was ihn beschäftigte.

Der Duft nach Knoblauch, geröstetem Brot und Basilikum empfing Felicia, als sie die Tür zum Restaurant aufstieß. Das *La Mama* hatte Widerstand geleistet, gegen alle modernen Must-haves eines Restaurants. Gegen futuristisches Kochen mit zehn Gängen, die aus winzigen Portionen bestanden. Gegen sämtliche Einrichtungstrends der vergangen Jahrzehnte. Hier gab es keine Tische aus gebürsteter Weißeiche oder Molekularküche. Wer ins *La Mama* kam, wollte von einer großen Portion hausgemachter Nudeln satt werden. Und das in einem Ambiente, dass sich seit den Achtzigerjahren kaum geändert hatte. Rot-weiß karierte Tischdecken, auf denen in einer bauchigen Flasche voller Wachstropfen eine Kerze steckte, darüber eine Lampe mit einem korbgeflochtenen Schirm. Die Wände mit so dunklem Holz verkleidet, dass es fast schon wieder cool wirkte.

Der Kellner war ein schlecht gelaunter Italiener, der nur dann charmant wurde, wenn eine Dame das Lokal betrat und er gerade zum Flirten aufgelegt war. Als Felicia die Tür hinter sich zufallen ließ, blickte er nur kurz von der Zeitung auf, die er am Tresen las, sprang dann aber immerhin auf, um ihr die Jacke mit einem »Buona sera, bella signora« abzunehmen. »Möchten Sie einen Tisch, oder kann ich Ihnen erst einmal ein Glas Wein an der Bar servieren?«

»Vielen Dank.« Sie hatte Martin an einem der hinteren Tische entdeckt. »Meine Verabredung wartet bereits.«

Der missmutige Ausdruck kehrte in seinen Blick zurück. »Prego, signora«, brummte er und wandte sich mit einem knappen Nicken wieder seiner Zeitung zu.

Martin erhob sich, als Felicia an den Tisch trat, und küsste sie auf die Wange. »Ich habe schon einen Wein bestellt«, sagte er, als sie sich setzten. Martin war wieder ganz der Alte. Für den Bruchteil einer Sekunde lag Felicia die Erwiderung auf der Zunge, dass sie vielleicht etwas anderes hätte trinken wollen. Aber darüber zu streiten war müßig, schließlich hatte Martin einen exklusiven Weingeschmack. Und sie war hier, um über die Dinge zu sprechen, die auf dem Empfang und an diesem Morgen in ihrer Küche passiert waren.

Er schenkte ihr ein, und Felicia hob ihr Glas zum Toast. »Schön, dass wir es heute noch geschafft haben, uns zu treffen«, sagte sie. Der dunkelrote Wein schimmerte im Licht der Kerze.

Martin stieß mit ihr an. Doch was eigentlich ein romantischer Moment hätte sein müssen, verursachte einen Knoten in Felicias Magen, als ihr Freund weder den Toast noch ihren Blick erwiderte. Vielleicht hatte er noch immer Kopfschmerzen von seinem kleinen Saufgelage gestern Abend. Als er schließlich von der karierten Tischdecke aufsah, war sein Blick allerdings klar. Sie konnte sogar die Begeisterung ausmachen, die durch seinen Körper rotierte – die aber offenbar nichts mit ihrem Treffen beim Italiener zu tun hatte.

»Was ist los?«, fragte Felicia und nippte an ihrem Wein, um ihre Nerven zu beruhigen.

Martin wartete, bis sie einen weiteren Schluck trank, und sagte dann: »Ich trenne mich von dir.«

Felicia verschluckte sich und bekam einen Hustenanfall. »Was?«, krächzte sie und musste erneut husten. Das Wort hing zwischen ihnen, bis der Kellner an ihren Tisch trat und fragte, ob sie bestellen wollten. Felicia hob die Hand und schüttelte den Kopf. Noch immer schlecht gelaunt, aber immerhin diskret, zog er sich zurück, während Martin sich mit verschränkten Armen gegen die Holztäfelung hinter seinem Platz lehnte. Felicia beugte sich vor. »Hast du mich ernsthaft nach München kommen lassen, um mir in einem Restaurant zu sagen, dass du unsere Beziehung beenden willst?« Sie klang leise, noch immer nicht ganz sicher, ob sie ihn nicht vielleicht falsch verstanden hatte.

»Eine bessere Möglichkeit ist mir nicht eingefallen«, gab er zu. »Ich hatte keine Lust auf eine Szene, also hielt ich das für eine gute Idee.«

»Du hattest Angst, ich würde dir eine Szene machen?« Mit einem ungläubigen Lachen ließ sich Felicia auf ihrem Stuhl zurücksinken. Wenn er das von ihr glaubte, kannte Martin sie kein bisschen, oder? Sie, die es hasste, im Mittelpunkt der Aufmerksamkeit zu stehen, würde sich ganz sicher nicht zu einer Szene hinreißen lassen. »Ich verstehe dich nicht, Martin. Gestern hast du dich an diesem Herrn Müller und den anderen Securitys vorbeigeschlichen, indem du erklärt hast, dass ich deine Freundin bin. Heute Morgen in der Küche hast du dich Ben gegenüber völlig danebenbenommen. Weil ich deine Freundin bin«, betonte sie die letzten Worte.

»Genau das ist es.« Martin wies mit seinem Glas in der Hand auf sie, bevor er einen Schluck trank. »Ich muss mich durch die Hintertür auf eine Party schleichen, um überhaupt Zeit mit dir verbringen zu können. Und morgens stehen halb nackte Typen in deiner heiligen Küche. So führe ich keine Beziehungen.«

»Natürlich nicht«, gab Felicia bitter zurück und griff nach der Weinflasche, um ihr Glas großzügig zu füllen. »Du führst nur Beziehungen, in denen sich alles um dich dreht.« In dem Moment, in dem Felicia es aussprach, wusste sie, dass das die Wahrheit war.

Allerdings eine Wahrheit, die nicht dazu geeignet war, ihre Beziehung zu Martin zu retten, wie sie an der Art erkannte, mit der er wütend die Augen zusammenkniff. »Ich muss nicht im Mittelpunkt stehen«, gab er zurück. »Ich bin ein hart arbeitender Mann, der nicht viel von seiner Freundin erwartet. Aber du hast ja überhaupt keine Zeit mehr für mich. Bei dir geht es doch nur noch um diesen alten Kasten und wie du Geld dafür auftreiben kannst, um ihn so lange zu behalten, bis das Dach über deinem Kopf zusammenfällt, anstatt endlich Vernunft anzunehmen.«

Die alte Leier. Felicia leerte ihren Wein mit einem großen Schluck zur Hälfte. »Okay«, sagte sie und stellte das Glas langsam auf den Tisch zurück. »Wir müssen über einige Dinge reden. Das wollte ich ja bereits heute Morgen. Also lass uns das jetzt tun. Offenbar haben wir …«

»Verstehst du es nicht? Es ist vorbei. Nein, wir wollen noch nicht bestellen«, fuhr Martin im nächsten Moment den Kellner an, der es abermals gewagt hatte, sich ihrem Tisch zu nähern.

»Nein, Martin. Ehrlich gesagt verstehe ich es nicht. Haben wir denn keine Chance verdient, an unseren Problemen zu arbeiten?«, fragte Felicia leise. Sie lehnte sich ein Stück vor, um ihrer Bitte Nachdruck zu verleihen. »Lass uns doch überlegen, was wir anders machen können.«

Martin zuckte mit den Schultern. »Dafür dürfte keine Zeit mehr bleiben.«

Felicia verstand nicht ganz. Verständnislos sah sie Martin an.

Als sie nichts sagte, seufzte ihr Freund – Ex-Freund –, stützte seine verschränkten Arme auf der Tischplatte ab und beugte sich ebenfalls ein wenig vor. »Es ist zu spät, weil ich ein fantastisches Jobangebot aus Frankfurt am Main bekommen habe, das ich auf keinen Fall ausschlagen werde.«

Jobangebot? Die Gedanken fuhren in Felicias Kopf Karussell. Der Anruf am Morgen. Natürlich, das musste damit zu tun gehabt haben. »Wann hast du dich in Frankfurt beworben?«

Wieder dieses Schulterzucken. »Vor einer Weile. Das hat sich bei einer Geschäftsreise einfach so ergeben.«

Er hatte ihr nichts davon erzählt, dass er sich ein halbes Land entfernt für einen Job beworben hatte. Er hatte sie nicht gefragt, ob sie ihn begleiten wollte. Auch wenn das für sie unmöglich wäre, hätte sie zumindest die Frage nach einer zweijährigen Beziehung erwartet. Und was war mit einer Fernbeziehung? Das war sicher auch keine optimale Lösung, aber darüber reden mussten sie doch zumindest. Doch statt das alles anzusprechen, bekam sie nicht mehr heraus als: »Ich dachte, du wolltest Partner in der Kanzlei werden. Davon reden doch alle.«

»Tja.« Martin schenkte ihr ein süffisantes Grinsen. »Davon reden wohl alle. Aber ganz ehrlich, die hätten mich schon vor zwei Jahren zum Partner machen können – und sollen. Das haben sie jetzt davon. In zwei Wochen bin ich weg. Da können die sich auf den Kopf stellen oder mir sonst was anbieten. Keine Chance, dass ich meine Meinung noch mal ändere.«

Felicia sagte nichts. Einen Moment saß sie einfach nur da und starrte den Mann an, der ihr im Moment so fremd war, dass ihr der Gedanke kam, ihn vielleicht niemals wirklich gekannt zu haben. Wie gerne wäre sie in diesem Moment genauso wie er, oder wenigstens mutig wie Jule, die es sich bestimmt nicht gefallen lassen würde, so abserviert zu werden. Ihre Hand verkrampfte sich um den Stiel ihres Weinglases. Wie gerne wäre sie der Typ Frau, der plötzlich doch eine Szene machte und ihm den Wein ins Gesicht schüttete. Aber so war sie nun einmal nicht. Langsam löste sie ihre Finger vom Glas. Sie wusste nicht, ob sie sich jemals so verraten gefühlt hatte. Ihr war allerdings bewusst, dass Martin sich keine Gedanken darüber machen würde, selbst wenn sie ihm das sagte. Also blieb nichts übrig, als einfach zu gehen. Langsam erhob sie sich und griff nach ihrer Handtasche. »Um das richtigzustellen«, konnte sie sich trotz allem nicht verkneifen, »du wirst mir nicht das Ende unserer Beziehung in die Schuhe schieben, weil ich angeblich nicht genug Zeit für dich hatte. Du bist einfach nur ein egoistischer Mistkerl.«

*

Ben war fasziniert. Die viktorianische Blumensprache – das WhatsApp des 18. Jahrhunderts, als es noch keine Emojis gegeben hatte, um Gefühle, Wünsche, Bitten oder Beschwerden mitzuteilen. Ein ausgeklügeltes, cleveres System, besonders unter Liebenden. Aber auch dann, wenn man seinem Gegenüber mitteilen wollte, dass er sich vergeblich bemühte. Oder ein Zeichen der Freundschaft setzen wollte. Man sagte die Dinge einfach durch die Blume.

Ben befreite die Wandkarte vom Staub, der sich in den Jahrzehnten, die sie unbeachtet im Keller gelegen hatte, darauf angesammelt hatte, und schleppte einen Kartenständer ins Lehrerzimmer, wo er sein Fundstück neben der großen Weltkarte platzierte. Felicia mochte zwei schwarze Daumen haben, aber mit dieser Blumensymbolik konnte er vielleicht trotzdem ihr Interesse für Pflanzen wecken.

Er sollte es nicht übertreiben. Vermutlich war es sogar eine ziemlich dämliche Idee, Felicia auf diese Art auf die Pelle zu rücken. Sie hatte erzählt, dass sie die Nacht nicht in München verbringen würde. Also hatte er sich vermutlich einmal zu oft vorgestellt, wie sie am Morgen einen Strauß Blumen vor ihrer Tür finden würde. Blumen, die ihr hoffentlich ein Lächeln aufs Gesicht zauberten.

Bevor er es sich anders überlegen konnte, sprang er in seinen Pick-up und fuhr noch einmal zur Gärtnerei. Er besaß seit Jahren einen Schlüssel, mit dem er sich jetzt selbst ins Kühlhaus ließ und Gerbera in verschiedenen Größen und Farben aus ihren Eimern zog. Er machte ein Foto seiner Beute, das er seiner Tante für die Abrechnung schicken wollte, und kehrte zur alten Schule zurück. Da er über keine eigene Vase verfügte, füllte er in der Kochschule ein

Weißbierglas mit Wasser und stellte die Gerbera hinein. In Felicias Wohnung brannte kein Licht, also war sie wahrscheinlich noch nicht von ihrer Verabredung mit Martin zurückgekehrt. Er überlegte, ihr die Blumen vor die Tür zu stellen, aber dort hatten Jule oder Lina bereits die Post abgelegt, die sie aus dem Briefkasten gezogen hatten.

Ben entschied sich dafür, die Blumen auf ihrem kleinen Bistrotisch auf die Terrasse zu stellen. Zum einen würde ihnen die kühle Nachtluft gut bekommen, zum anderen würde Felicia sicher lächeln, wenn sie am Morgen mit ihrer ersten Tasse Kaffee nach draußen ging und den fröhlichen Strauß entdeckte. Er klemmte den Notizzettel unter das Glas, auf den er »Blumen, Pflanzen, grüner Daumen: Lektion 1« geschrieben hatte, und beschloss, es sich in seinem Sitzsack bequem zu machen und noch ein bisschen durch Netflix zu zappen.

Ben schreckte hoch und blinzelte Poldi an, der ihn anatmete. Aus drei Zentimeter Entfernung. »Ist gut, Großer.« Er schob den Hundekopf ein Stück zur Seite und richtete sich in seinem Sitzsack auf. »Ich glaube, ich bin eingepennt.«

Poldi betrachtete ihn für einen Moment mit schräg gelegtem Kopf, dann drehte er sich um und lief zur Tür, wo er stehen blieb und Ben einen weiteren, auffordernden Blick über die Schulter zuwarf.

»Seit wann brauchst du mich denn für deine letzte Runde?«, brummte Ben und rappelte sich auf. Sein Hund benahm sich in der alten Schule schon lange, als wäre er hier der Boss – zumindest solange Elfriede nicht in der Nähe war. Denn sie war unbestritten die Königin dieses Anwesens.

Ben war müde genug, sich einfach so wie er war in sein Bett fallen zu lassen. Aber wenn Poldi ihm seinen Welpenblick zuwarf, den er einfach beibehalten hatte, als er den Kinderpfoten entwachsen war, weil er so gut zog… zumindest bei Ben konnte er sich dann sicher sein, dass er ihn damit herumbekam. »Na gut. Lass uns noch eine Runde drehen«, ließ Ben sich von dem Blick breitschlagen, schob die Füße in ein Paar Crocs und folgte Poldi die Treppe hinunter.

Entgegen seinen üblichen Gepflogenheiten steuerte Poldi nicht direkt den See an, sondern hielt auf den Rosenpavillon am Ende des Grundstücks zu. Nicht ohne sich mehrmals umzudrehen, als wolle er sichergehen, dass Ben ihm auch folgte. Der Mond schien hell genug, um auf die Taschenlampen-App an seinem Handy verzichten zu können. Er folgte den überwucherten Natursteinplatten. Rechts von ihm gluckten kleine Wellen gegen den Strand, und das Bootshaus thronte dunkel auf der silbernen Wasseroberfläche. Die Geräusche der Nacht klangen geheimnisvoll. Hier ein Rascheln im Unterholz. Dort der Ruf eines Vogels. Ben atmete die kühle, feuchte Luft ein, die er im Frühling so liebte. Schwere, dunkle Erde und Wasser. Verwirbelt mit dem Duft des Flieders und den ersten Pfingstrosen. Moos und Tannen. Tief sog er den Geruch ein und war Poldi dankbar, dass er ihn noch einmal aus dem Haus gelockt hatte. Er wollte seinem Hund gerade zurufen, dass es für diesen Abend reichte, als er es hörte. Erst ganz leise. Als er ein paar Schritte weiter auf den Rosenpavillon zugegangen war, wurde es deutlicher. Ein Schluchzen. Hier draußen saß eine Frau und weinte.

Ben beschleunigte seine Schritte. Wenn hier jemand

weinte, dann kamen nur drei Frauen infrage. Und alle drei lagen ihm am Herzen. Als er den Pavillon erreichte, erkannte er, dass es Felicia war, die auf einer der schmalen Bänke saß, die sich am Rand entlangzogen. Die Arme um Poldis Hals geschlungen, der vor ihr auf dem frisch verlegten Steinboden saß. »Licie?«, fragte Ben und blieb am Rand des Pavillons stehen.

Ihre Antwort war ein unterdrückter Seufzer. Einen Moment blieb sie, wie sie war, das Gesicht in Poldis Fell gepresst, dann richtete sie sich auf und wischte sich mit einem Schniefen über das Gesicht. »Hat man denn nirgends mehr seine Ruhe?«, murmelte sie.

Ben zog den rechten Mundwinkel zu einem halben Lächeln hinauf, das sie in der Dunkelheit wahrscheinlich gar nicht erkennen konnte. »Nicht mit Nachbarn, wie du sie hast.« Er zögerte, doch dann trat er in den Pavillon und setzte sich neben sie. »Was ist passiert?«, fragte er.

Felicia schüttelte nur den Kopf und wandte den Blick ab, um auf den See hinauszuschauen, aber Ben konnte zwei und zwei zusammenzählen. Sie trug den engen, knielangen Rock und den schmalen Pulli, in denen sie vor ein paar Stunden das Haus verlassen hatte, um sich mit ihrem Freund zu treffen. Die Haare, die sie geglättet und hochgesteckt hatte, hatten sich aus dem Knoten gelöst, was sie irgendwie noch verletzlicher aussehen ließ. Selbst wenn sie nichts sagte, war sich Ben sicher, dass der Idiot es verbockt hatte. Einmal mehr. Und zumindest schlimm genug, um Felicia zum Weinen zu bringen.

Als ein weiteres Schluchzen aus ihr herausbrach, konnte Ben nicht anders. Er zog sie in seine Arme und strich beruhigend über ihren Rücken. »Ist gut«, flüsterte er in ihre Haare. »Ich hab dich.«

Für den Bruchteil einer Sekunde versteifte sich Felicia, dann ließ sie sich in die Umarmung fallen und begann, in sein Shirt zu weinen. Ben tröstete sie, hielt sie und versuchte, nicht daran zu denken, was hier gerade geschah. Er saß mit der Frau, für die er zu schwärmen begonnen hatte, an einem der romantischsten Flecken, die der Starnberger See zu bieten hatte, und beruhigte sie, während sie sich die Augen wegen ihres Freundes aus dem Kopf heulte. Ihr Duft vernebelte seine Sinne, ihr Körper schmiegte sich an seinen, und Ben kniff die Augen zusammen, um auszublenden, wie sehr er sich von Felicia angezogen fühlte. Selbst jetzt, wo das alles andere als angebracht war. *Finde den Fehler*, wisperte seine innere Stimme. Ben musste nicht danach suchen. Er war sich der Absurdität dieser Situation bewusst. Sam würde lachend zusammenbrechen, wenn er wüsste, in was für eine Lage sich sein Cousin schon wieder manövriert hatte.

Als Felicias Schluchzer leiser wurden und Ben das Gefühl hatte, dass das Zittern ihres Körpers eher damit zu tun hatte, dass sie langsam begann auszukühlen, ließ er seine Hände zu ihren Schultern gleiten und schob sie so weit zurück, dass er ihr ins Gesicht sehen konnte. »Wir sollten sehen, dass du ins Bett kommst«, schlug er vor. »Poldi und ich bringen dich ins Haus.«

Felicia nickte, sagte aber immer noch nichts. Ben zog sie von ihrem Platz, legte ihr den Arm um die Schultern, und langsam, angeführt von Poldi, liefen sie zur alten Schule zurück.

»Ich weiß zwar nicht, was passiert ist«, sprach Ben das Offensichtliche aus. »Aber ich finde, du solltest morgen einfach mal einen Tag zuhause bleiben.«

»Ich kann nicht einfach …«, begann Felicia. Ihre Stimme klang rau.

»Doch. Du kannst«, widersprach Ben. »Und du musst. Dir geht es nicht gut, und es ist schon verdammt spät. Nimm dir den Tag morgen, erhol dich ein bisschen. Und falls es jemanden geben sollte, dem du mit hocherhobenem Kopf gegenübertreten musst, dann tu es strahlend und ausgeruht. Übermorgen.«

Felicia seufzte. »Ben, ich …«

»Denk einfach drüber nach, okay?«

Da Felicia nicht darauf antwortete, legten sie den Rest des Weges schweigend zurück. In ihrer Wohnung hielt Felicia direkt auf das Schlafzimmer zu und rollte sich auf dem Bett zusammen, wo Elfriede es sich schon gemütlich gemacht hatte.

Ben zögerte einen Moment. Er hatte nicht das Gefühl, etwas in ihrem Schlafzimmer verloren zu haben. Aber Felicia hatte so viel geweint, dass sie total dehydriert sein musste. Er sah sich in ihrem Wohnzimmer um und entdeckte Wassergläser in einem Büfettschrank. Auf eine Küche hatte sie hier drin offenbar verzichtet, weil sie ein Kochparadies direkt vor der Tür hatte. Ben schnappte sich ein Glas, hielt es im Bad unter den Wasserhahn und kehrte ins Schlafzimmer zurück. Felicia hatte die Augen geschlossen. Nicht sicher, ob sie schon eingeschlafen war oder einfach nur nicht mit ihm reden wollte, stellte er das Glas auf das Tischchen neben ihrem Bett, schaltete die Nachttischlampe ein und das

Deckenlicht aus. »Gute Nacht«, flüsterte er. »Und vergiss nicht, morgen einfach auszuschlafen.«

Er zog die Tür hinter sich zu und durchquerte das Wohnzimmer. Bevor Felicia sich in den Pavillon zurückgezogen hatte, hatte sie ihre Handtasche einfach neben die Wohnungstür gestellt. Daneben lag die Post auf dem Boden, die vorhin noch auf ihrer Fußmatte gelegen hatte. Ein Umschlag war aufgerissen und der Inhalt zerknüllt in den Papierkorb geworfen. Ben hängte die Handtasche an einen der verschnörkelten Haken an der Garderobe und legte die Post auf das Tischchen darunter. Als er die Hand schon auf der Türklinke hatte, drehte er sich noch einmal um und fischte das zerknüllte Papier aus dem Papierkorb. Er war neugierig, denn offenbar hatte der Inhalt dieses Briefes dazu beigetragen, dass Felicia alles hatte stehen und liegen lassen und in den Garten hinausgerannt war. Es waren Eintrittskarten, stellte er fest, als er das Papier glatt gezogen hatte. Tickets für den *Kocherlball* in München, eines der Ereignisse in der Stadt, das mehr von Einheimischen als Touristen frequentiert wurde. Ob Felicia die wirklich hatte wegwerfen wollen? Nachdenklich blickte er zu ihrer geschlossenen Schlafzimmertür hinüber. Dann schob er die Karten in die Gesäßtasche seiner Jeans und verließ Felicias Wohnung. Falls sie diesen impulsiven Schritt irgendwann bereuen sollte, konnte er sie ihr zurückgeben, bevor sie im Papiercontainer landeten.

17

Felicia erwachte im Morgengrauen mit einem Gefühl, als hätte sie ein paar Drinks zu viel gehabt. Sie lag in dem warmgelben Kegel aus Licht, in den die Nachttischlampe ihr Bett hüllte. Neben der Lampe stand ein großes Glas Wasser. Felicia griff danach, trank es gierig halb leer und ließ sich in die Kissen zurückfallen.

Ihr wurde bewusst, dass sie die Kleider trug, in denen sie am Abend zuvor das Haus verlassen hatte, um Martin zu treffen. Elfriede hatte sich an ihre Seite geschmiegt, ausnahmsweise einmal, ohne ihr morgendliches Theater aufzuführen und nach ihrem Fressen zu verlangen. Ganz so, als spüre sie, dass Felicia sich nicht besonders gut fühlte.

Langsam kehrten die Ereignisse der vergangenen Nacht zurück. Der demütigende Moment, als Martin ihre Beziehung beendet hatte. Weil er den nächsten Schritt in seinem Leben ging, ohne überhaupt nur daran zu denken, dass sie existierte. Während sie sich Gedanken darüber gemacht hatte, wie sie kitten konnte, was in letzter Zeit zwischen ihnen nicht so rund gelaufen war.

Und dann hatte sie sich in Bens Umarmung ausgeheult. Nicht weniger demütigend. Wobei Ben grundsätzlich kein Problem damit zu haben schien, für andere da zu sein. Ben war es auch gewesen, der sie schließlich ins Bett gebracht hatte. Mit der Weisung, sich für heute krankzumelden. Was Felicia natürlich nicht tun würde. Vielleicht würde sie einfach später anfangen. Oder ganz von zuhause arbeiten. Und vielleicht war das auch der richtige Weg, Martin wenigstens für einen Tag aus dem Weg zu gehen und sich nicht den neugierigen Blicken und dem Getuschel stellen zu müssen, das ganz automatisch folgen würde, wenn Martin die Bombe seines Weggangs in der Firma platzen ließ. Wahrscheinlich war allen klar, dass er der Grund war, wenn sie heute nicht hocherhobenen Hauptes in ihrem Büro auftauchte. Aber im Moment hatte sie nicht die Energie, sich darüber Gedanken zu machen. Sie schloss die Augen und dämmerte schon im nächsten Moment wieder ein.

Ein leises Klopfen weckte sie. Und diesmal nahm Elfriede die Störung zum Anlass, Felicia daran zu erinnern, dass die Raubtierfütterung längst überfällig war. Die Vorderpfoten auf ihrem Brustkorb vollführte sie ihren Weck-Stepptanz, der irgendwie den gleichen Rhythmus zu haben schien wie das Klopfen an der Tür.

Vorsichtig schob sie Katze und Bettdecke zur Seite und stand auf. Sie trug noch immer die Klamotten, in denen sie zu ihrem Treffen mit Martin gefahren war. Es wurde höchste Zeit, ihr Leben wieder in die Hand zu nehmen. Aber das war gar nicht so einfach, wenn man das Gefühl hatte, keine Energie mehr übrig zu haben. Und wenn derjenige, der sie in diesem jämmerlichen Zustand aufgegabelt hatte, jetzt wahrscheinlich vor ihrer Tür stand, um zu sehen, ob sie ihr Leben wieder im Griff hatte.

»Jule«, sagte sie überrascht, als sie die Wohnungstür öffnete und nicht Ben davorstand.

»Ich weiß, enttäuschend.« Jule lächelte. Nicht ihr breites Grinsen, sondern auf eine mitfühlende Art, die Felicia sagte, dass ihre Freundin Bescheid wusste. »Aber ich habe die hier für dich.« Sie hielt Felicia ein Paar Kühlpads entgegen. »Wie wäre es, wenn du die für eine Weile auf deine Augen presst?« Sie legte den Kopf schief und betrachtete Felicia von oben bis unten. »Und vielleicht wäre eine Dusche nicht schlecht. Du siehst ein bisschen so aus wie etwas, das Elfriede ins Haus geschleppt hat.« Jule machte eine kurze Pause, und ihr Grinsen nahm wieder diesen herausfordernden, frechen Ausdruck an. »Danach wartet ein Frühstück auf dich, das Lina gerade für dich zubereitet. Und deine beiden Freundinnen, denen du dein Herz ausschütten kannst. Auf der Terrasse? Das Wetter ist traumhaft, und ich will ein Auge auf diesen süßen Stand-Up-Paddler werfen, der fast jeden Morgen an unserem Strand vorbeipaddelt.«

»Äh …« Felicias Gehirn arbeitete noch nicht gut genug, um Jules Wortschwall etwas entgegenzuhalten.

»Lass dir einfach Zeit. Wir warten draußen. Und vergiss nicht, wir sind die mit dem Kaffee.«

»Müsst ihr denn nicht arbeiten?«, fragte Felicia das Erste, was ihr einfiel. Jule sah in ihren Laufshorts und den Sportschuhen so aus, als wäre sie joggen gewesen – ohne zu schwitzen – und hätte alle Zeit der Welt.

»Nope. Ich habe erst heute Mittag Termine. Und Lina hat schon die erste Fuhre Kinder in der Stadt verteilt und jetzt ebenfalls ein wenig Luft.«

Felicia rieb sich über das Gesicht, das langsam zu brennen begann. »Das war Ben, oder? Hat er euch gesagt, dass ihr euch um mich kümmern müsst?«

»Nein, Licie, das darfst du nicht einmal denken.« Lina tauchte hinter Jule auf und reichte Felicia einen Kaffeebecher. »Ben hat uns nur eine Nachricht geschrieben, dass es dir nicht so gut geht. Was wir damit anfangen, war unsere Sache. Aber da du unsere Freundin bist, lag es auf der Hand, dass wir nach dir sehen.«

Felicia schluckte. »Danke«, murmelte sie.

»Du brauchst dich nicht bedanken«, sagte Jule. »Du musst einfach nur unter die Dusche springen, diesen Kaffee trinken und die Kühlpads auf die Augen legen. Dann wirst du dich gleich besser fühlen. Danach ein Frühstück mit uns, und die Welt wird sich noch ein Stück weiter einrenken.«

Jules großspurige Ankündigung brachte Felicia zum Lachen. »Okay, versprochen. Ich dusche, und dann komme ich raus.«

Sie duschte nicht nur, sie schrieb ihrem Chef eine Nachricht und teilte ihm mit, dass sie von zuhause arbeiten würde. Ihren Job konnte sie allerdings auch noch später erledigen. Erst einmal musste sie dafür sorgen, dass ihr Leben aus seiner Schieflage geriet. In ihrem Garten saßen zwei wundervolle Frauen, die ihr dabei helfen wollten.

Als sie eine halbe Stunde später auf ihre Terrasse trat, fühlte sie sich tatsächlich schon allein deshalb besser, weil zumindest ein Teil des Nebels, in dem ihr Gehirn gefangen war, mit dem Wasserstrudel im Abfluss der Dusche verschwunden war. Der Kaffee hatte ihre Gedanken zusätzlich geklärt. Und ihre vom Weinen geschwollenen Augen zu kühlen war sowieso eine der größten Wohltaten überhaupt.

Als Felicia auf die Terrasse trat, hielt sie überrascht inne. Lina hatte ihren kleinen Bistrotisch liebevoll gedeckt. Omeletts, Orangensaft, Kaffee und auf Felicias Platz zusätzlich ein Zupfkuchen-Joghurt. In der Tischmitte hatte sie einen Strauß bunter Gerbera in ein Weißbierglas gestellt, der ganz automatisch dafür sorgte, dass sich die Stimmung hob. Felicia wurde plötzlich klar, dass sie seit ein paar übrig gebliebener Häppchen am Vortag nichts mehr gegessen hatte. Ihr Magen zog sich hungrig zusammen. »Das sieht wundervoll aus, Lina«, sagte sie, als die Freundin sie in eine feste Umarmung zog. »Und ich bin absolut am Verhungern.«

»Dann los. Setz dich und lass uns anfangen«, forderte Lina sie auf.

»Wo ist Jule abgeblieben?«, fragte Felicia und nahm Platz.

»Sie wollte noch einen Blick auf diesen Typen werfen, der jeden Tag hier vorbeipaddelt.« Lina zwinkerte ihr zu. »Er sieht wirklich gut aus und trägt immer nur Board-Shorts.«

Felicia nickte. Sexy Männern nachzuschauen war das Letzte, wonach ihr im Moment der Sinn stand. Sexy Männer interessierten sie gerade kein bisschen. *Männer* interessierten sie nicht.

»Lass es dir schmecken«, lenkte Lina ihre Aufmerksamkeit wieder auf die Omeletts.

Sie nahmen die ersten Bissen, und Felicias gereizter Magen beruhigte sich etwas. »Das schmeckt fantastisch«, sagte sie.

Lina lehnte sich auf ihrem Stuhl zurück und lächelte breit. »Wenn so ein Lob von dir kommt, wachse ich gleich ein paar Zentimeter.« Sie seufzte. »Ich koche wirklich gern, und zuhause war ich oft dran, das Essen für meine Geschwister zuzubereiten. Aber seit ich deine Sachen gekostet habe, bin ich ein bisschen nervös, wenn du etwas von mir probierst.« Sie legte die Hand auf ihr Herz. »Du bist die tollste Köchin, die ich kenne.«

»O, das ist…« Felicia wusste nicht, was sie sagen sollte. Ihre Mitbewohner lobten sie ständig wegen irgendetwas. Wegen der Dinge, an denen ihre Familie immer etwas auszusetzen gehabt hatte. Genau wie Martin.

»Da bin ich!« Jule tauchte wie aus dem Nichts neben ihnen auf und ließ sich auf den Stuhl links von Felicia fallen. »Ich bin am Verhungern!« Sie griff nach dem Omelett, schnitt ein großes Stück ab und schob es sich zwischen die Lippen. Sie kaute und wies dann mit ihrer Gabel auf Felicia. »Dieser Steg zu deinem Bootshaus ist eine echte Katastrophe. Es ist schon fast ein Wunder, dass Poldi da noch nicht eingebrochen ist.« Sie schnitt noch ein Stück Omelett ab. »Ich könnte das reparieren«, bot sie an und schob sich den nächsten Bissen in den Mund. »Hab erst neulich ein YouTube-Tutorial zu dem Thema gesehen.«

»Das klingt, als wüsstest du, was du tust«, sagte Felicia. Das Angebot rührte sie, aber langsam wuchsen ihr die Dinge über den Kopf, die ihre Mieter für sie taten.

»Wir könnten das ja zusammen machen«, schlug Lina vor, als hätte sie Felicias Gedanken gelesen. »So wie im Gerümpelraum. Das macht doch sicher Spaß. Bei schönem Wetter, am Wochenende. Vielleicht können wir sogar in den See springen, wenn wir fertig sind.«

»In den See können wir nur springen, wenn wir kein Problem damit haben, uns alles abzufrieren«, hielt Jule dagegen. »Aber der Rest klingt super.« Sie schaufelte weiter das Omelett in sich hinein.

Felicia legte ihr Besteck zur Seite und sah zwischen ihren beiden Freundinnen hin und her. »Wisst ihr, wie froh ich bin, euch kennengelernt zu haben?«, platzte es plötzlich aus ihr heraus. »Seit ihr hier wohnt, sind so viele fantastische Dinge passiert.« Leona wäre sicher mehr als begeistert von dem Leben, das in das alte Schulhaus zurückgekehrt war.

Lina lehnte sich zu Felicia herüber und legte ihr für einen Moment den Arm um die Schultern. »Aber gestern ist irgendetwas nicht so Fantastisches passiert, oder? Wenn du darüber reden möchtest: Wir sind für dich da.«

Wollte sie das? Darüber reden? Eingestehen, dass sie gescheitert war? Mit ihrer Beziehung und dem Versuch, in den Augen ihrer Eltern einmal etwas richtig zu machen. »Martin hat mich verlassen«, sprach sie es aus. Doch statt panisch zu werden, weil sie das Ende ihrer Beziehung Wirklichkeit hatte werden lassen, indem sie es laut aussprach, musste sie lachen. Lachen! Weil ihre Freundinnen so empört auf die Nachricht reagierten.

»Was?« Lina richtete sich kerzengerade auf. »Wie kann er dich denn nur verlassen? Weiß er nicht, was er an dir hat?«

Jule gab im gleichen Moment ein entrüstetes Schnauben von sich. »Ich habe ihn ja kennengelernt.« Sie verdrehte die Augen. »Wenn du mich fragst, bist du ohne den besser dran.«

Das Lachen verebbte so schnell wieder, wie es gekommen war, als Lina ihre Hand in einer tröstlichen Geste drückte. »Willst du uns erzählen, was passiert ist?«, fragte sie.

Felicia schwieg einen Moment. Sie wusste nicht, ob Jule und Lina ihre Gefühle verstehen würden. Aber sie wollte darüber reden, wurde ihr klar. »Martin hat eine Stelle in Frankfurt angenommen. Dabei wusste ich nicht einmal, dass er sich beworben hat. Er hat überhaupt nicht darüber nachgedacht, dass ich auch noch da bin, wenn er ein halbes Land entfernt leben wird. Für ihn war offenbar von Anfang an klar, dass es mich von dem Moment an für ihn nicht mehr geben wird, in dem er diesen Karrieresprung geschafft hat.« Das klang nach einer verdammt beschissenen Beziehung, wenn sie es laut aussprach.

»Ach Süße, das tut mir leid«, sagte Lina.

»So ein dämliches Arschloch.« Jule.

Felicia schluckte. Sie öffnete den Mund, um Martin in Schutz zu nehmen. Doch dann wurde ihr bewusst, dass ihre Freundinnen recht hatten. Martin hatte sich wie ein Arschloch verhalten. Eines musste sie allerdings zugeben: »Vielleicht war er gar nicht der Einzige, der diese Beziehung aus den falschen Gründen geführt hat.« Auch wenn sie es viel zu lange verdrängt hatte, war sie nicht ganz so unschuldig an diesem unschönen Ende, wie ihre Freundinnen glaubten. »Martin war eigentlich nie der richtige Mann für mich. Aber ich wusste, dass meine Eltern ihn fantastisch finden würden.« Felicia schlug die Hände vor das Gesicht und schüttelte den Kopf. »Ich klinge wie ein berechnendes Miststück. Aber ich wollte wirklich, dass es funktioniert. Nicht nur, weil meine Mutter und mein Vater dann endlich mal nichts an mir auszusetzen hätten, sondern weil ich finde, dass man eine Beziehung nicht einfach in den Wind schießen sollte, wenn es nicht ganz so läuft, wie man sich das vorstellt.«

»Klingt nobel und idealistisch«, sagte Jule. »Manchmal rauben dir diese Typen allerdings viel zu viel wertvolle Lebenszeit. Dann haben sie es schlicht nicht länger verdient,

Teil deines Lebens zu sein. Dann solltest du sie einfach – zack…«, sie schnippte mit den Fingern, »aus deiner Umlaufbahn kicken.«

»Du hast recht«, stimmte Felicia ihr zu. »Ich habe zu lange an etwas festgehalten, das gar nicht da war. Dabei hätte ich ihn schon längst ziehen lassen müssen.«

Lina goss ihnen Kaffee nach. »Ich finde trotzdem, dass er sich wie ein Mistkerl benommen hat. Dabei kann ich dich verstehen. Du wolltest Anerkennung von deinen Eltern – und wir haben deine Mutter kennengelernt. Ich kann mir nicht vorstellen, wie es gewesen sein muss, mit ihr aufzuwachsen und nie ihren Ansprüchen zu genügen. Was ich aber weiß, ist, dass hier«, sie tippte auf Felicias Brustkorb, »ein riesengroßes Herz schlägt. Du hättest keine Beziehung mit Martin angefangen, wenn er dir nicht auch etwas bedeutet hätte. Vielleicht war es nicht die ganz große Liebe, die euch verbunden hat. Aber sein Egoismus bricht dir trotzdem das Herz.«

Auf ihre Weise hatten Lina und Jule gleichermaßen recht. Und trotzdem schämte sich Felicia, dass sie es so weit hatte kommen lassen und die Augen vor Martins Fehlern einfach verschlossen hatte. Denn Anzeichen für diesen Moment am vergangenen Abend hatte es gegeben, auch wenn sie sie nicht hatte wahrhaben wollen. Nicht, dass ihr Freund einfach die Stadt verließ, ohne überhaupt zu erwähnen, dass er diese Pläne verfolgte. Felicia hatte eher befürchtet, dass er irgendwann eine andere Frau kennenlernen würde. Eine, die ihre Karriere mit dem gleichen Ehrgeiz verfolgte wie er. Je größer diese Angst geworden war, desto mehr hatte sie versucht, an ihrer Beziehung zu arbeiten und Martin zu halten. Ein Teufelskreis. Und all das nur, weil ihre Mutter fand, dass Martin ein brillanter Steuerberater mit fantastischen Kontakten und allein deshalb ein guter Fang war. Ihrem Vater wiederum hatte an Martin am besten gefallen, dass er in München lebte und Felicia die Stadt auf diese Weise schmackhaft machen konnte. Jetzt hatte sie einmal mehr beide enttäuscht.

»Deine Eltern werden akzeptieren müssen, dass es hier um deine Beziehung geht und nicht darum, was sie gerne hätten. Beim nächsten Kerl suchst du dir einfach jemanden, der deinen Ansprüchen gerecht wird und nicht denen deiner Familie«, schlug Jule vor.

»Deine Eltern werden vielleicht nicht glücklich sein über eure Trennung.« Lina drückte ihre Hand. »Aber wenn du ehrlich zu dir selbst bist: Sind sie sonst glücklich mit dem, was du tust?«

Nein, das waren sie nicht. Felicia schüttelte den Kopf. Das Gespräch mit den Freundinnen hatte ihr trotz allem geholfen, die Dinge klarer zu sehen. Die Gefühle in Worte zu fassen half manchmal. Es zeigte ihr, dass Martins Art, ihre Beziehung zu beenden, zwar im Herzen wehtat – er hatte es aber nicht gebrochen. Es fühlte sich eher so an, als hätte ihr Stolz ein paar ordentliche Dellen abbekommen. »Danke, dass ihr heute Morgen für mich da gewesen seid. Es hat gutgetan, mit euch zu reden. Und zu frühstücken.« Sie lächelte Lina an. »Das ist alles so schön angerichtet gewesen. Und die Blumen«, sie strich mit den Fingerspitzen über die bunten Blütenblätter der Gerbera, »heben einfach die Laune.« Felicia sah von dem Strauß auf, als ihre Freundinnen nicht antworteten, und erwischte sie gerade noch, wie sie einen Blick austauschten. »Was ist?«, fragte sie.

»Die Blumen sind nicht von uns«, antwortete Jule.

Lina nickte zustimmend. »Die standen schon hier. Ich habe unser Frühstück nur darum herum drapiert.«

»Aber wer…?« hatte sie dann hingestellt, wollte Felicia fragen. Aber dafür kam nur eine Person infrage. »Ben.«

»Der Einzige, der an einem Sonntagabend überhaupt an so was rankommt«, bestätigte Jule.

»Die stehen schon seit gestern hier?« Felicia blickte zwischen den Freundinnen hin und her. Sie waren nicht dazu gedacht, sie aufzumuntern. Ben hatte sie schon hier platziert, als er noch gar nichts davon wissen konnte, dass Martin sie verlassen würde. Aber… warum?

»Dieser Zettel hat unter dem Glas geklemmt.« Jule zupfte an einem von Bens typischen Post-its, den Felicia gar nicht bemerkt hatte, weil ihr Teller ihn verdeckt hatte. »Blumen, Pflanzen, grüner Daumen: Lektion 1«, las sie halblaut. Felicia blickte ihre Freundinnen an. »Was meint er damit?« Abgesehen davon, dass er sie gutmütig mit ihren nicht vorhandenen Gärtner-Fähigkeiten aufzog und offenbar daran arbeiten wollte, das zu ändern.

»Jule hat die Blumen jedenfalls gestern Abend schon gesehen«, erzählte Lina. »Ich gehe davon aus, dass sie in direktem Bezug zu der neuen Wandkarte stehen, die – ebenfalls seit gestern Abend – im Lehrerzimmer hängt.«

»Was für eine Karte?«

»Du solltest es dir ansehen«, schlug Lina vor.

»Und wir kommen mit.« Jule erhob sich mit ihrer Kaffeetasse in der Hand.

Neugierig folgte Felicia ihr. Lina bildete das Schlusslicht ihres kleinen Trosses die Treppe hinauf. Im Lehrerzimmer blieb Felicia vor der Karte stehen, die links neben der Weltkarte hing. »Was ist das?«, fragte sie und betrachtete die gemalten Blüten und die Bedeutungen, die in verschnörkelter Schrift danebengeschrieben waren.

»Das ist die viktorianische Blumensprache.« Jule zückte ihr Geheimniskrämer-Tablet, das sie auf dem Tisch hatte liegen lassen, und wischte über das Display. »Diese Form der Kommunikation kam im viktorianischen England zu Beginn des 18. Jahrhunderts auf. Bei diesem System kam jeder einzelnen Blüte eine bestimmte Bedeutung zu, die sich nicht nur an der Pflanzenart orientierte, sondern auch an der Farbe und der Art, wie sie getragen wurde.« Jule blickte auf und grinste, als wollte sie den nächsten Worten eine größere Bedeutung beimessen, bevor sie weiterlas. »Junge Liebende konnten zu jener Zeit nicht deutlich aussprechen, was sie dachten. Weder Zu- noch Abneigung durften sie in Worten ausdrücken, weshalb die Blumen zu einem zentralen Mittel der nonverbalen Kommunikation wurden.«

Liebende? Felicia spürte, wie ihr Gesicht zu brennen begann. Ben hatte ihr Blumen hingestellt und diese Karte aufgehängt. Aber das bedeutete nicht, dass zwischen ihnen irgendetwas lief. Ganz im Gegenteil …

»Lies noch das mit dem Zeichensystem vor«, bat Lina, die neben Felicia stand und die Karte mit andächtig schräg gelegtem Kopf betrachtete. Offenbar hatten sich die Freundinnen schon mit dieser Blumensprache beschäftigt, bevor sie Felicia davon erzählt hatten.

»Okay.« Jule scrollte noch ein wenig hin und her. »Es hat sich damals ein umfangreiches Zeichensystem entwickelt«, las sie weiter. »Zunächst wurden nur Sträuße mit einer einzelnen Blumenart überreicht. Später erschufen Liebende komplizierte Mischungen, um Feinheiten auszudrücken. Dabei hatte jede Blume, ihre Farbe und die Anzahl im Strauß, sogar das Alter der Blüte, jedes Kraut und jede Schleife eine Bedeutung«, zitierte sie. »Ich glaube, Ben hat diese Karte gestern Abend im Keller entdeckt, als er mir geholfen hat, ein Regal hochzubringen.«

»Das ist so romantisch.« Lina seufzte.

Felicias Herz begann, schneller zu schlagen. Ben hatte doch nicht wirklich versucht, ihr auf diese Art eine Liebeserklärung zu machen? Als er die Blumen auf ihren Tisch gestellt hatte, waren Martin und sie noch ein Paar gewesen. Und der Strauß von einem Mann, der ihr überhaupt keine Blumen schicken sollte. Sie trat näher an die Karte heran und suchte nach der Bedeutung der Blumen.

»Hier.« Lina tippte mit dem Finger ans untere Ende der Karte. »Da sind die Gerbera.«

Felicia trat noch einen Schritt näher an die Karte, um die winzige Schrift entziffern zu können. *Freundschaft* stand da, und sie atmete erleichtert auf. Es ging um Freundschaft. *Durch dich wird alles schöner*. Ihr Herzschlag beschleunigte sich wieder. *Weil die Gerbera dort wächst, wo es sonnig und schön ist*.

»Eins ist sicher: Unser sexy Privatgärtner hat dir vielleicht die Blumen rausgesucht, die für Freundschaft sprechen, aber das ist so ziemlich das Romantischste überhaupt«, sagte Jule neben ihr. »Ich werde diese Idee auf jeden Fall klauen und in mein Portfolio aufnehmen. In meiner Branche gibt es jede Menge Männer, die bei ihren Frauen etwas gutzumachen haben. Und das ist doch mal eine abgefahrene Art, jemandem mitzuteilen, was man für ihn empfindet.«

»Ja, abgefahren«, murmelte Felicia, den Blick noch immer auf die Karte gerichtet, die Hand auf ihren kribbelnden Magen gedrückt. »Wirklich abgefahren.«

*

Ben half auf einer Baustelle aus. Ein Job, den Sam ihm kurzfristig besorgt hatte. Einer aus dem Landschaftsgärtner-Team hatte es geschafft, sich trotz der Stahlkappen in seinen Schuhen einen Spaten so in den Fuß zu rammen, dass er für ein paar Wochen ausfiel. Eine sehr ungünstige Konstellation, da die Firma beginnen musste, das Pflaster vor einer Zeile Reihenhäuser zu verlegen. Eine Arbeit, für die viele Hände gebraucht wurden, die im Akkord erfolgte und für die Ben dankbar war. Nicht nur, weil sie ein wenig Geld in seine Kassen spülte, sondern weil er dabei seinen Kopf abschalten und Felicia wenigstens für ein paar Stunden aussperren konnte. Er hatte Jule und Lina am Morgen Nachrichten geschickt, in der Hoffnung, dass sie sich um Felicia kümmerten. Was auch immer mit diesem Martin vorgefallen war…

»Hey, Lindner! Hör auf zu träumen«, erinnerte der Vorarbeiter ihn daran, dass er hier nicht alleine in Felicias Garten vor sich hin werkelte, sondern zu einer Crew gehörte.

Ben nickte, konzentrierte sich auf die Arbeit und ignorierte das Vibrieren seines Handys in der Hosentasche. Trotzdem schaffte er es nicht ganz, die Geschehnisse des vergangenen Abends aus seinen Gedanken zu vertreiben. Was war zwischen Felicia und ihrem Freund vorgefallen? Und würde sie die Blumen richtig verstehen? Er wollte nicht, dass sie dachte, dass er… Der viktorianische Blumenkalender war eine selten dämliche Idee gewesen. Die Wandkarte hatte ihn total begeistert, aber er war auf jeden Fall über das Ziel hinausgeschossen.

In seiner Mittagspause las Ben die Nachrichten, die Lina und Jule ihm geschickt hatten, und sah seine Befürchtungen bestätigt. Sie fanden seine Blumenaktion *romantisch* und *echt süß*. Der Hinweis, dass es sich bei Gerbera um die Blume handelte, die Freundschaft symbolisierte, schien untergegangen zu sein. Was er mit der zweiten Information anfangen sollte, die sie ihm mitgeteilt hatten, wusste er nicht: Felicia und dieser Lackaffe aus München waren kein Paar mehr. Eigentlich müsste er jubeln … oder sich zumindest still und leise in sich hinein freuen. Doch Felicia litt vermutlich furchtbar. Zumindest hatte sie das vergangene Nacht getan. Es war völlig egal, ob sie mit ihrem Freund zusammen war oder ihrer Beziehung nachweinte. Für sie war und blieb Ben ein Freund und Mieter, der versuchte, den Blumenkavalier zu spielen.

Mit einem innerlichen Seufzen machte er sich daran, den Rest des Arbeitstages herumzubekommen. Er schlug das Feierabendbier der Crew aus und holte Poldi ab, der seiner Tante in der Gärtnerei Gesellschaft geleistet hatte. Tessa winkte ab, als er die Gerbera bezahlen wollte, die er am Abend aus dem Kühlhaus geholt hatte, versuchte aber aus ihm herauszubekommen, für wen die Blumen gedacht gewesen waren. Ben zog es allerdings vor, nicht noch jemanden in seine wenig durchdachte Aktion einzuweihen.

Ben hielt Poldi die Beifahrertür auf und lenkte den Pick-up vom Hof, sobald er selbst hinter das Lenkrad geklettert war. Eigentlich hatte er vorgehabt, auf direktem Weg nach

Hause zu fahren, aber er hatte in der letzten Woche mehrmals versucht, Ignaz Kirschner zu erreichen, der die Parkanlage seiner Villa neu gestalten lassen wollte und der sich nicht mehr gemeldet hatte, seitdem die Einreichungsfrist für die Entwürfe abgelaufen war. Sam hatte behauptet, Kirschners Tochter und den Sohn von Bernhard Lemberger, einem der Landschaftsarchitekten, der ebenfalls scharf auf den Auftrag war, zusammen gesehen zu haben. Wenn Kirschner ihn also hinhielt, wollte er es lieber jetzt wissen, statt sich noch länger Hoffnung zu machen.

Als er die gewundene Straße zu Kirschners Anwesen hinauffuhr, zog sich Bens Magen unangenehm zusammen. Als ob sein Unterbewusstsein bereits wusste, was er im nächsten Moment schwarz auf weiß lesen konnte. Neben dem Schild der Baufirma, die die Villa umgebaut hatten, war das Banner von *Lemberger Landschaftsarchitektur* an den schmiedeeisernen Zaun gebunden. *Wir machen Ihre Träume wahr* stand unter dem Firmenlogo. Die Gerüchte, die Sam ihm erzählt hatte, stimmten dann offenbar, und es hatte Lemberger nicht geschadet, dass sein Sohn mit der Tochter seines Kunden angebandelt hatte. Aber dass Kirschner nicht einmal den Arsch in der Hose hatte, das Projekt abzusagen …

»Damit bleibt nur noch das Dach in München«, sagte Ben zu Poldi und legte dem Hund die Hand auf den Rücken. »Langsam schwimmen uns wirklich alle Felle davon.«

Poldi drehte sich so, dass er Ben über die Hand lecken konnte, und gab dann ein aufmunterndes Bellen von sich, bevor er ihn mit schief gelegtem Kopf betrachtete, was immer ein wenig albern aussah. »Du hast recht.« Ben strich ihm noch einmal über den Rücken. »Wir haben uns noch nie unterkriegen lassen. Irgendwas anderes wird sich schon auftun.« Er startete den Wagen wieder und drehte auf der Einfahrt. »Lass uns nach Hause fahren und schauen, ob noch irgendwo etwas ausgeschrieben wurde.«

Als er Poldi kurze Zeit später an der alten Schule aus dem Wagen ließ, rannte sein Hund sofort um die Hausecke herum in Richtung Garten – oder auf Felicias Terrasse.

Das Wetter war perfekt, um sich draußen aufzuhalten. Er würde Poldi folgen und nachsehen, ob Felicia an ihrem kleinen Bistrotisch saß. Wenn nicht, würde er sie in Ruhe lassen. Falls doch, bekam er eine Chance, ihr zu erklären, wie die Sache mit der Blumensprache wirklich gemeint war. Nicht dass sie am Ende noch dachte …

»Hey«, sagte sie, als Ben um die Hausecke bog. Sie trug Leggins und einen gemütlichen Hoodie. Die Haare hatte sie auf ihrem Kopf zu einem Knoten zusammengebunden und die Füße auf dem gegenüberliegenden Stuhl abgelegt. Auf ihren Oberschenkeln balancierte sie ihren Laptop, und auf dem Tisch lagen ein paar Akten. Felicia war also nicht zur Arbeit gegangen, hatte es sich aber nicht nehmen lassen, trotzdem ihren Job zu erledigen.

»Hi«, sagte Ben und sah ihr forschend ins Gesicht. Die dunklen Schatten unter ihren Augen waren noch zu erkennen, aber um Felicias Lippen lag ein leichtes Lächeln. »Wie geht es dir?«

»Gut. Danke. Jule und Lina haben mich mit einem schönen Frühstück aufgemuntert.« Felicia senkte den Blick für einen Moment auf ihren Laptop, dann sah sie ihn wieder an. »Danke für die Blumen, Ben. Sie sind wirklich schön. Wir haben sie auf der Karte im Lehrerzimmer nachgelesen. Eine schöne Idee.«

Ben konnte die Röte sehen, die langsam an ihrem Hals nach oben kroch. Es wurde höchste Zeit, sie von dem Gedanken zu befreien, er hätte ein Interesse an ihr, das über Kumpels und Nachbarn hinausging. Wenn sie wüsste, wie er wirklich für sie empfand, würde sie ihm wahrscheinlich die Wohnung kündigen. »Hör mal.« Er rieb sich über den Nacken. Wie fing man so ein Gespräch am besten an? »Lina und Jule haben dir sicher all den romantischen Kram erzählt, der mit der viktorianischen Blumensprache zusammenhängt. Aber es geht dabei nicht nur um geheime Botschaften Liebender und so was. Es geht auch um Freundschaft. Und genau dafür steht die Gerbera.« Ben verschränkte die Arme vor der Brust. »Ich hatte gehofft, dass dir das gefällt und vielleicht ein wenig hilft, dein Interesse für das Gärtnern zu wecken. Und für das, was in deinem Garten wächst.«

Felicia verzog das Gesicht. »Du meinst, damit ich keine Rosen mehr töte?«

»Zum Beispiel.« Ben grinste. »Wie ich sehe, arbeitest du noch. Dann lasse ich dich mal in Ruhe. Bis später.« Er drehte sich um und hatte die Hausecke schon fast erreicht, als er sich noch einmal umwandte. »Dieser Martin – er hat dich wirklich nicht verdient«, brach es aus ihm heraus. »Wer abhaut, ohne zu bemerken, was für eine tolle Frau du bist, ist ein riesiger Idiot.«

Felicia sagte nichts. Sie starrte Ben einfach nur an. Ihr Blick verhakte sich, ließ eine Spannung zwischen ihnen aufsteigen, die fast schon greifbar war. Doch dann senkte Felicia den Kopf und unterbrach den Blickkontakt.

Ein Moment, den Ben nutzte, um um die Hausecke zu verschwinden. Er lehnte sich an das altersschwache Rosenspalier mit der kläglichen Pflanze, die sich daran hochhangelte. Was hatte er da gerade gesagt? Und seit wann schaffte er es nicht mehr, seine Gedanken für sich zu behalten?

18

Der Moment war merkwürdig gewesen. Bens Blick, der ihren festhielt. Seine Worte, die wie ein Stromschlag durch ihren Körper schossen. Die Ernsthaftigkeit, mit der er ihr gesagt hatte, dass Martin ein Idiot war und eine tolle Frau wie sie gar nicht verdient hatte.

Sie hatte keine Chance bekommen, darüber nachzudenken, denn Jule und Lina waren der Meinung gewesen, dass »verlassen zu werden« eines Mädelsabends mit allem Drum und Dran bedurfte. Felicia hatte keine Ahnung, was das bedeutete, und kannte solche Abende nur aus den romantischen Filmen, die sonntagabends liefen.

In der Wirklichkeit lief das offenbar ganz genauso ab. Ihre Freundinnen hatten alle männlichen Wesen aus dem Lehrerzimmer verbannt, was ihnen einen zutiefst beleidigten Blick von Poldi eingebracht hatte. Vor der Wand hatten sie eine an den Rändern schon etwas brüchige Leinwand aufgestellt, und der Beamer brummte bereits im Hintergrund. Jule hatte Drinks gemischt, die einem die Tränen in die Augen trieben, und Lina schien sämtliche *Ben & Jerry's*-Sorten aufgekauft zu haben, die sie auf dem Tisch platzierte. Felicia hatte die Wahl zwischen einer Liebesschnulze, die ihr vermutlich noch mehr Tränen in die Augen getrieben hätte, und knallharter Action. Felicia entschied sich für einen Ryan-Reynolds-Thriller, der Lina, Jule und sie unisono an den gleichen Stellen seufzen ließ.

Als Felicia schließlich in ihr Bett kroch und die Augen schloss, huschte ein trauriges Lächeln über ihr Gesicht. Den ganzen Tag über hatte sie Martin nicht vermisst. Sie hatte sich keine Gedanken darüber gemacht, was er getan hatte, seit er seine Bombe hatte platzen lassen. Es war, wie sie Jule und Lina gesagt hatte: Martin und sie waren nicht mehr besonders verliebt und glücklich miteinander gewesen, und auch wenn sie zu Beginn ihrer Beziehung Schmetterlinge im Bauch gehabt hatte: Martin und sie waren nicht für die Ewigkeit bestimmt gewesen. Irgendwo auf ihrem gemeinsamen Weg hatten sie die Liebe verloren. Alles, was an diesem Tag noch geschmerzt hatte, waren ihr verletzter Stolz und Martins kaltes, egoistisches Verhalten am Ende gewesen.

Ihre neuen Freunde hatten ihr gezeigt, dass sie auf eine Beziehung wie diese verzichten konnte. Sie brauchte Martin nicht, um glücklich zu sein. Lina hatte es mit einem ihrer berühmt-berüchtigten Filmzitate aus *Er steht einfach nicht auf dich* auf den Punkt gebracht: »Wenn ein Kerl dich so behandelt, dass du ihm scheißegal bist, dann bist du ihm scheißegal. Ohne Ausnahme.«

Genau genommen hatte das Ende ihrer Beziehung einen der ersten glücklichen Momente seit dem Tod ihrer Tante überschattet. Ein wundervolles Wochenende mit einem erstklassigen Catering und neuen Aufträgen. Einem neuen Boden im Rosenpavillon. Zeit, die sie mit ihren neuen Freunden verbracht hatte. Ihr Leben hatte wieder Fahrt aufgenommen, und sie würde sich von jetzt an nicht mehr ausbremsen lassen.

Die Mai Tais, die Jule gemixt hatte, hatten dafür gesorgt, dass sie traumlos geschlafen hatte. Beim Aufwachen fühlte sich Felicia einem Wiedersehen mit Martin, dem Getuschel und den hämischen Blicken der Kollegen gewachsen.

Sorgfältig bereitete sie sich auf den Arbeitstag vor, glättete ihre Haare und entschied sich für das steingraue Kostüm, das sie am liebsten trug. Ein dezentes Make-up rundete ihr Erscheinungsbild ab. Zufrieden mit der Professionalität, die sie ausstrahlte, machte sie sich auf den Weg zur Arbeit – und stellte fest, dass sie die Situation völlig falsch eingeschätzt hatte. Etwas, was ihr in letzter Zeit ziemlich oft zu passieren schien.

Sobald die Türen des Bürogebäudes ihrer Firma auseinanderglitten, sprang Mimi hinter ihrem Empfangstresen auf, rannte auf sie zu und zog sie in eine feste Umarmung. »So ein Mistkerl«, flüsterte sie. »Wirklich. Er hatte dich gar nicht verdient.«

»Äh …« Felicia hatte Mühe, sich aus Mimis mitfühlender Umklammerung zu lösen. »Danke.« Dann hatte Martins Weggang also schon die Runde gemacht. Aber anders als erwartet, schlug ihr eine Welle aus Sympathie entgegen. Mimi war sowieso auf ihrer Seite, auch wenn das bei ihr dann darin ausartete, eine völlig verrückte Wohnungsanzeige in die Zeitung zu setzen. Aber auch andere Kollegen schenkten ihr mitfühlende Blicke, schlugen ihr im Vorbeigehen tröstend auf die Schulter oder raunten ihr zu, dass Martin ein Idiot sei.

Die Unterstützung ihrer Kollegen half ihr, den Tag zu überstehen. Ihren Ex-Freund bekam sie gar nicht zu Gesicht. Felicia hatte sich zwar ein paar Vermeidungsstrategien überlegt, aber die waren gar nicht notwendig gewesen. Zum einen, weil Martin praktisch in seinem Büro gefangen war, um all seine Kunden noch abzuwickeln und ihre Steuerakten an andere Kollegen zu übergeben. Zum anderen war »der Goldjunge«, als der er in ihrer Firma immer gesehen worden war, von seinem Sockel gefallen. Ihre Chefs hatten so lange darauf hingearbeitet, ihn zum Partner zu machen, und kurz vor dem Ziel haute er ab, weil er glaubte, dass das Gras auf der anderen Seite des Zaunes grüner war. Vielleicht war es das ja sogar. Wer wusste das schon? Ihr half es jedenfalls, diesen Tag herumzubekommen.

Bei ihrer Heimkehr erwarteten ihre Freundinnen sie bereits, um zu hören, wie der Tag gelaufen war. Lina hatte vom Vater eines der Kinder, die sie betreute, einen riesigen Blumenstrauß bekommen. Also setzten sie sich ins Lehrerzimmer und begannen, dem Blütenmonstrum mit der viktorianischen Blumensprache eine Bedeutung beizumessen. Was unmöglich war, weil sämtliche verwendeten Pflanzen einander widersprachen. Auf jeden Fall sorgte der Strauß für einen sehr lustigen Abend.

Die Einzigen, die Felicia an diesem Abend nicht zu Gesicht bekam, waren Ben und Poldi. Zu ihrer Überraschung enttäuschte es sie, dass sie Ben nicht zeigen konnte, wie sehr sie ihr Leben an diesem Tag wieder in den Griff bekommen hatte.

Aber wem machte sie etwas vor? Sie musste sich in erster Linie selbst zeigen, dass es vorwärtsging. Felicia wusste nicht, ob sie sich mit Arbeit eindeckte, um nicht an Martin denken zu müssen, oder ob sie sich plötzlich auf eine ganz besondere Weise frei fühlte. Auf jeden Fall sprudelte sie geradezu über vor Energie.

Sie überarbeitete endlich ihre Homepage und setzte die neuen Kochkurse online, die innerhalb kürzester Zeit fast komplett ausgebucht waren. Lina mietete den Gerümpelraum (niemand in der alten Schule schaffte es, dieses jetzt wunderschöne Zimmer, das den Dinnerbereich der Kochschule spiegelte, anders zu nennen) für einen Kindergeburtstag. Die Eltern des fünfjährigen Geburtstagskindes hatten zwar bereits ein Catering organisiert, aber Kleinvieh machte auch Mist. Also nahm Felicia die Miete für den Raum gern. Ganz abgesehen davon, dass die Kinder in ihrem noch immer verwunschenen Garten die Zeit ihres Lebens hatten, mit Poldi herumtobten und so gut Verstecken spielten, dass sie ein Kind eine halbe Stunde lang suchen mussten. Es verließ die Hecke, mit der es verschmolzen war, erst, als Lina laut ankündigte, dass jetzt der Geburtstagskuchen angeschnitten werden würde.

Jule schleppte eine Gruppe Geschäftsmänner zu einem Whiskey-Tasting ins Rektorenzimmer und buchte das Event gleich zweimal nach, weil es so gut ankam, und für den Sonntagvormittag erhielt Felicia eine Cateringanfrage für einen Brunch.

Nur Ben entwickelte sich langsam aber sicher zu einem Phantom. So viel Zeit Felicia nach seinem Einzug in die alte Schule mit ihm verbracht hatte, so rar machte er sich in den nächsten Tagen.

*

Ben sammelte zwei leere Joghurtbecher aus der Rabatte vor dem Tafel-Laden und warf sie zu den leeren Energydrinks, Colaflaschen und Kronkorken in seinen Müllbeutel. Bevor er anfangen konnte, diese Rabatte auf Vordermann zu bringen, musste er erst einmal dafür sorgen, dass all das verschwand, was hier nichts verloren hatte. Die Pflege des schmalen Blumenstreifens war eines seiner sozialen Projekte. Ein Job, der ein hübsches, buntes Blumenkissen zurücklassen würde, wenn er hier fertig war, aber kein Geld in seine Kassen spülte.

In dieser Woche hatte er die Neugestaltung des Gartens einer alten Dame übernommen, die aber selbst am besten wusste, was sie wollte und brauchte. Dazu kamen ein paar Kleinprojekte, wie zum Beispiel die Installation eines Wasserspiels in einem Garten. Ein Projekt, das die Gartenbesitzer durchaus an eine Landschaftsgartenbau-Firma hätten übergeben können. Ben war dankbar darüber, dass er diesen Job ergattert hatte. Ein junges Paar wollte das Dach ihres Einfamilienhauses begrünen, was wenigstens ein Auftrag war, der seiner Spezialisierung entsprach.

Von dem Münchner Großprojekt hatte er noch immer nichts gehört. Und da er sich die Woche über auch von Felicia ferngehalten hatte, war verdammt viel Zeit übrig geblieben, seine Landschaftsarchitektur-Zeitschriften durchzublättern. Er hatte bereits angefangen, seine Ausgaben von *Garten und Landschaft* und *Topos* nach dem Erscheinungsdatum zu sortieren.

Unter den wachsamen Blicken eines älteren Nachbarn, der bei jedem Arbeitsgang fragte, was Ben da gerade tat, brachte er das Blumenbeet vor dem Tafel-Laden in Ordnung, was ihm ein wohlwollendes Nicken seines Überwachers einbrachte.

»Na wenigstens er ist zufrieden«, brummte Ben, als er den Müllbeutel neben seine Werkzeugkiste auf die Ladefläche des Pick-ups warf und die Fahrertür öffnete. Poldi hatte bereits seinen »Wann fahren wir endlich los?«-Blick aufgesetzt, aber Ben prüfte wie immer erst einmal sein Handy auf neue Nachrichten. Er scrollte durch die WhatsApp in seiner Familiengruppe, löschte eine SMS von seiner Bank und rief dann sein E-Mail-Konto auf, löschte noch ein paar Spams – und stockte. Untereinander standen zwei Mails: Eine, auf die er inzwischen seit Ewigkeiten wartete. Und ein Absender, von dem er seit Ewigkeiten nichts gehört hatte.

Ben warf seinem Hund einen Seitenblick zu. »Eine Nachricht von Hubi«, sagte er. Hubertus Holzinger, sein alter Vorarbeiter bei *Green Dreams*, die Firma, für die er auf der ganzen Welt gearbeitet hatte. »Und die Start-up-Typen aus München haben sich gemeldet. Welche Mail soll ich zuerst lesen?«

Poldi legte den Kopf schief, wie immer, wenn Ben mit ihm redete, und bellte einmal.

»Okay, dann zuerst die Start-up-Jungs.« Ben atmete tief durch und öffnete die Mail von *No Limits*. Sein Herz setzte einen Schlag aus – und raste dann mit doppelter Geschwindigkeit weiter. »Poldi!« Er stieß die geballte Faust in die Luft. »Wir sind in der Endrunde!« Ben überflog den Rest der Mail und öffnete dann die zweite, die von seinem alten Kollegen. Hubi hatte ihm nur geschrieben, dass er sich bei Gelegenheit mal bei ihm melden sollte. Er hätte vielleicht Arbeit für ihn. Noch vor ein paar Wochen hätte Ben ihn sofort angerufen. Und wäre wahrscheinlich sogar in seinen alten Job zurückgekehrt, um seine Rechnungen zahlen zu können. Doch jetzt … er war unter den letzten fünf Landschaftsarchitekten bei *No Limits*. Seine Chancen auf sein erstes großes Projekt waren gestiegen. Aber seine größten Konkurrenten waren ebenfalls von der Partie. Morgen würde er noch einmal nach München fahren und seine Ideen pitchen. Und vielleicht … Er wählte die Nummer seines Cousins. »Lust auf ein Bier?«, fragte er, als Sam abhob.

Ben hatte noch Zeit, nach Hause zu fahren, zu duschen, die Klamotten zu wechseln und Poldi bei Lina zu lassen, bevor er sich mit Sam im *Bootshaus* traf, einer ihrer Lieblingskneipen, in der früher Fischerboote überwintert hatten und die vor ein paar Jahren von ihrem Kumpel Lorenz in eine Bar verwandelt worden war. Von außen sah es im ersten Moment genauso aus wie die anderen Bootsschuppen, mit denen es in einer Reihe an der Uferpromenade lag. Selbst wenn man die Kneipe betrat, konnte man unter der Decke noch immer die Flaschenzüge erkennen, mit denen die Boote über dem Wasser gelagert wurden. In drei dieser Vorrichtungen hingen nach wie vor Holzboote, inzwischen aber eher aus dekorativen Zwecken. Denn zu Wasser gelassen werden konnten sie in diesem Bootshaus nicht mehr. Der Teil des Bodens, der in den benachbarten Hütten fehlte, um besseren Zugang zum See zu haben, war in Lorenz' Kneipe mit einem spektakulären Glasboden ausgefüllt worden, sodass man an den Bartischen über dem Wasser sitzen konnte. Ein Clou, der zu der rückwärtigen Glaswand passte, die die großen Tore zum Wasser hin ersetzt hatte. Beeindruckender ließ sich in einer

Kneipe kein Sonnenuntergang über den Alpen genießen. Die Einheimischen mochten die Bar genauso wie die Urlauber, die sich in Starnberg tummelten.

Im Moment waren nur einige Tische besetzt, und ein paar Gäste hatten es sich auf dem Steg gemütlich gemacht, der an die Bar anschloss. Dort war zwar nicht genug Platz, um Tische und Stühle aufzustellen, aber die Sitzkissen, die überall auf den Holzplanken verteilt waren, würden in ein paar Wochen heiß umkämpft sein, wenn man warme Sommerabende mit den Füßen im Wasser baumelnd ausklingen ließ und seinen Cocktail unter dem Sternenhimmel genießen würde.

Sam saß am Tresen, hinter dem keine verspiegelten oder chromglänzenden Regale die Spirituosen und Gläser präsentierten, sondern alte Büfettschränke, die allesamt bereits ein Leben gehabt hatten, bevor sie hier gelandet waren. In Verbindung mit dem indirekten Licht, das sowohl hinter diesen Schränken als auch aus den unter der Decke hängenden Booten strahlte, wirkte dieser Raum fast mystisch.

Ben setzte sich zu Sam, der ihm das Starnberger hinschob, das er bereits für ihn bestellt hatte. »Auf dein Wohl, Cousin«, sagte er und stieß mit ihm an. »Wusstest du, dass Marie hier aushilft?«

»Lorenz' Schwester?« Ben blickte sich um, bis er die zierliche, blonde Frau entdeckte, die gerade ein paar Gläser von einem Tisch abräumte. Sie nickte Ben zu und bedachte Sam, der sich ebenfalls umgedreht hatte, mit einem mörderischen Blick, bevor sie für die Gäste wieder ein freundliches Lächeln aufsetzte. »Was ist das nur mit euch beiden?«, murmelte Ben.

»Ich glaube, sie ist sauer, weil sie es im Leben einfach nicht besonders weit gebracht hat. Wenn man bedenkt, wie hoch sie hinauswollte«, erklärte Sam.

Ben war zwar eher der Meinung, dass es einfach daran lag, dass sein Cousin und die ehemalige Frontfrau der *Scheißwürste* sich einfach schon immer wegen jeder Kleinigkeit in die Haare bekommen hatten. Sam hatte ihre Träume, von der Musik leben zu können, nie ganz ernst genommen, was zu ständigen Streitereien zwischen den beiden geführt hatte. »Soweit ich weiß, hat Marie eine Musikschule. Die läuft doch bestimmt ganz gut, oder?«

»Pff. Und warum sollte sie dann in der Bar ihres Bruders Tische abräumen?« Sam trank noch einen Schluck Bier. »Ich sag's dir: Heutzutage lernen alle online, wie man ein Instrument spielt. Mit YouTube-Videos. Genau wie Jule alles, was kaputtgeht, repariert, nachdem sie sich so ein Tutorial reingezogen hat.« Er stützte seinen Unterarm auf den Tresen und sah Ben an. »Aber du warst derjenige, der ein Bier trinken gehen wollte. Also erzähl schon: Was gibt es Neues?«

Ben trank einen großen Schluck Bier und zog sein Handy aus der Tasche. Er mochte Marie, auch wenn er sie schon lange nicht mehr gesehen hatte, und hätte sie gern gefragt, wie es ihr ging, statt auf die Interpretationen seines Cousins zu hören. Aber solange er mit Sam hier saß, würde Marie sicher einen großen Bogen um sie machen. Also rief er stattdessen die Mail von *No Limits* auf und hielt sie Sam hin. Sein Cousin überflog die Nachricht nicht nur, wie Ben es im ersten Moment getan hatte. Er las die Mail langsam und ausführlich, was Ben schier in den Wahnsinn trieb. Ungeduldig trommelte er mit den Fingern ein kleines Schlagzeugsolo auf den Tresen und trank noch einen großen Schluck Bier.

Schließlich blickte Sam auf und schob das Handy wieder über den Tresen. »Glückwunsch! Das klingt fantastisch.« Er hob die Hand zur Ghettofaust, und Ben stieß seine dagegen.

»Danke. Ich kann es kaum glauben.« Ben schüttelte den Kopf. »Das ist eine echte Chance. Auch wenn Schlederer und Lemberger es ebenfalls in die letzte Runde geschafft haben.«

»Befürchtest du, dass sie dir auch diesen Auftrag wegschnappen?« Sam nickte dem Barkeeper zu, der einen Teller Nachos mit Käsesoße zwischen sie schob. »Ich glaube, in diesem Fall musst du dir keine Sorgen machen.«

Ben griff nach einem Nacho und zog es durch den Dip. »Wenn sie sich genauso ins Zeug legen wie bei Kirschner und Bergmoser, habe ich vermutlich keine Chance.«

»Die Typen aus München sind ein ganz anderer Schlag als die grauen Eminenzen, die sich hier draußen gegenseitig die Aufträge zuschieben. *No Limits* ist eine coole, junge Firma.« Er wies mit dem Bier in der Hand auf Ben. »Du hast eine coole, junge Firma.«

»Mit der ich noch nichts vorweisen kann«, hielt Ben dagegen.

»Außer einem beeindruckenden Lebenslauf und einem spektakulären Entwurf für den Dachgarten des Start-ups. Ich bin mir sicher, dein Ansatz ist genau das, was diese Jungs wollen. Oder hast du noch irgendein Ass im Ärmel?«

»Weder ein Ass noch das Geld für eines«, erwiderte Ben.

»Dann musst du drauf vertrauen, dass die Typen gute Arbeit erkennen. Und das werden sie.« Sam schlug ihm auf die Schulter. »Du musst nur an dich glauben.«

Ben drehte das Lederarmband an seinem linken Handgelenk, das ihn daran erinnerte, dass man sich selbst vertrauen und an sich glauben musste. »Ich bin zumindest unter den letzten fünf. Die Chancen stehen eins zu vier, den Job zu bekommen.«

»Darauf stoßen wir an. Und dann will ich wissen, was für Neuigkeiten es von dir und der schönen Vermieterin gibt.«

Ben, der gerade von seinem Bier getrunken hatte, verschluckte sich und stellte hustend die Flasche auf den Tresen. »Was?«, keuchte er zwischen zwei weiteren Hustenanfällen.

»Das dürfte Antwort genug sein.« Sam stützte den Ellenbogen auf den Tresen und legte den Kopf in seine Handfläche, während er Ben mit seinem Blick fixierte. »Die Lage ist also unverändert? Du träumst von ihr, seit du in die alte Schule gezogen bist, und sie …«

Ben räusperte sich und trank einen Schluck Bier, bevor er antwortete. Sam war für ihn wie ein Bruder. Er würde ihn nicht anlügen. »Ihr Freund hat sich von Felicia getrennt«, platzte er mit den Neuigkeiten heraus.

»Wow.« Sam blinzelte. »Ist das jetzt gut oder schlecht?«

»Wenn du mich fragst, ist es das Beste, das Felicia passieren konnte. Nach allem, was ich bei Jule und Lina zwischen den Zeilen herausgehört habe, war dieses Arschloch nur mit ihr zusammen, weil er jemanden gebraucht hat, der um ihn kreist, als sei er die Sonne – für die hält er sich nämlich.«

Sam nickte. »So wie du ihn nach eurem kleinen Treffen in der Küche beschrieben hast, kann ich mir das in etwa vorstellen. Bleibt nur die Frage, ob Felicia noch eine Weile um ihn kreisen wollte, oder froh ist, dass die Sonne implodiert ist.«

»Ich weiß es nicht«, gestand Ben. Er hatte überhaupt keine Ahnung, wie Felicia wirklich über ihre Trennung dachte. Sie war über zwei Jahre mit diesem Martin zusammen gewesen. Als er sie am Sonntagabend im Rosenpavillon gefunden hatte, hatte sie sich gerade die Seele aus dem Leib geweint. In Jules und Linas Gegenwart hatte er sie allerdings oft lachen sehen. Aus der Ferne.

»Warum?« Sam zog die Augenbrauen hoch. »Hat sie aufgehört, mit dir zu reden? Ihr habt doch in den letzten Wochen zusammengeklebt wie Pech und Schwefel.«

Ben zögerte einen Moment. »Ich weiß auch nicht …«, gestand er dann leise. »Irgendwie hatte ich das Gefühl, dass ich ihr ein bisschen Raum geben muss, nach der Sache mit ihrem Freund. Nicht dass sie denkt, ich hätte nur auf diesen Moment gewartet, um sie anzugraben. Das wäre doch irgendwie …«, er wedelte auf der Suche nach dem richtigen Wort mit dem Nacho in seiner Hand, »… unsensibel?«

»Unsensibel? Meine Fresse!« Sam, der gerade einen Schluck Bier hatte trinken wollen, hielt auf halbem Weg inne. »Du hast doch schon vom ersten Moment an ein Auge auf sie geworfen. Wie lange willst du denn warten, bis sie vielleicht über ihre alte Beziehung hinweg ist? Oder auch nicht? Was glaubst du denn, woran du das erkennen wirst?« Er ließ seinen Arm langsam sinken und stellte sein Bier wieder ab, bevor er sich zu Ben lehnte. »Du wirst morgen früh Folgendes machen: Du passt sie ab, wenn sie zur Arbeit will. Dann bietest du ihr an, sie mit nach München zu nehmen.

Und wenn sie erst einmal in deinem Wagen sitzt, wirst du ja sehen, ob sie Zeit braucht oder nicht.«

Ben schnaubte. Er kannte Felicia gut genug, um zu wissen, dass man sie nicht überrumpeln durfte. »Woher hast du denn dein Wissen über Frauen? Liest du immer noch heimlich Dr. Sommer?«

Sam lächelte selbstgefällig und zeigte mit dem Finger auf Ben. »Du kannst heute über mich lachen. Solange du sie morgen mit nach München nimmst.«

Ben verdrehte die Augen. »Das werde ich ganz sicher nicht. Schon allein deshalb, weil sie mit ihren schicken Hosenanzügen gar nicht auf meinem Beifahrersitz sitzen kann, der übersät ist von Poldis schlammigen Pfotenabdrücken.«

»Sieht so aus, als würdest du heute noch dein Auto putzen.« Sam grinste herausfordernd.

»Ganz sicher nicht.«

Sam ignorierte seinen Einspruch und drehte den Kopf, um Marie mit den Augen zu folgen, als sie zwei Weißbier an einen Tisch weiter hinten brachte. »Würde mich wirklich interessieren, wie sie es verkraftet hat, bei dieser Castingshow rauszufliegen«, kehrte er zu seinem aktuellen Lieblingsthema zurück.

Ben unterdrückte ein Seufzen. »Marie ist nicht rausgeflogen. Sie ist Fünfte geworden, wenn ich mich richtig erinnere. Ich würde sagen, das ist eine ganz schöne Leistung.«

»Wärst du damit zufrieden, Fünfter zu werden, wenn du deinen Entwurf bei *No Limits* vorstellst?« Sam zog die Augenbrauen nach oben, und Ben sparte sich eine Antwort.

*

Felicia trat in einen weiteren strahlenden Spätfrühlingsmorgen, als sie sich am nächsten Tag auf den Weg zur Arbeit machte. Gerade als sie ihre Aktentasche in den Gepäckträger-Korb ihres Fahrrades stellte, hörte sie Ben ihren Namen rufen. Sie drehte sich um, und da stand er. Gegen die Fahrerkabine seines Pick-ups gelehnt. In Jeans, aber mit Hemd und Jackett. Die Füße in Chucks, lässig überkreuzt. Und sie hätte schwören können, dass er einen Kamm durch die wilden Wellen auf seinem Kopf gezogen hatte. »Guten Morgen.« Sie ging zu ihm hinüber. Das erste Mal seit Tagen, dass sie beide allein aufeinandertrafen und sie nicht das Gefühl hatte, Ben ginge ihr aus dem Weg. »Was hast du vor?«

Ben löste sich von seinem Wagen. »Ich habe dir doch von diesem Start-up aus München erzählt, das sein Dach begrünen will. Ich bin in der Endrunde und muss mein Projekt heute noch mal persönlich vorstellen.«

»Das freut mich für dich. Ich drück dir die Daumen.« Es fühlte sich merkwürdig an, so voreinander zu stehen, wie zwei Fremde, die nicht richtig wussten, wie sie miteinander umgehen sollten. Dabei war bis zu dem Moment, in dem Martin sich von ihr getrennt hatte, alles okay gewesen zwischen ihnen. Jule hatte behauptet, dass Ben sich rarmachte, weil es ihm im Nachhinein ein bisschen peinlich war, dass er ihr die Gerbera geschenkt und ihr die viktorianische Blumensprache gezeigt hatte, weil die eigentlich zur Kommunikation zwischen Liebenden diente. Felicia sah das nicht wie ihre Freundin. Ben hatte ihr doch erklärt, dass er ihr auf diese Weise helfen wollte, ihren Garten besser zu verstehen. Er hatte keine falschen Zeichen gesendet. Er war einfach nur ein Freund, der es nicht lassen konnte, allen und jedem zu helfen. Auch wenn Felicias Magen aufgeregt kribbelte, wenn sie an ihn dachte. Und sie vermisste ihn, seit er sich zurückgezogen hatte.

»Danke. Ähm …« Ben rieb sich mit der Hand über den Nacken. »Ich dachte, du willst vielleicht mitfahren. Ich muss ja sowieso nach München.« Er wies mit dem Daumen über seine Schulter. »Poldi hat den Beifahrersitz geputzt, und ich habe Kaffee.«

»O, das ist …« Felicia überlegte einen Moment. Vielleicht war das ihre Möglichkeit herauszufinden, warum Ben sich in den letzten Tagen so merkwürdig verhalten hatte. »Du hast Kaffee?«

»Frisch und heiß.«

»Okay.« Sie holte ihre Aktentasche und zog die Beifahrertür auf. »Wie gut stehen deine Chancen, den Auftrag zu bekommen?«, fragte sie, während sie in die Fahrerkabine kletterte.

»Ich habe noch vier Konkurrenten«, sagte Ben. Er wartete, bis sie sich angeschnallt hatte, dann reichte er ihr einen der Thermobecher, die er in der Mittelkonsole deponiert hatte, und startete den Motor.

Er lenkte den Pick-up auf die Münchner Straße und reihte sich in die Schlange der Berufspendler ein. Ein paar Minuten schwiegen sie. Das Radio dudelte leise einen Rocksong, den Felicia nicht kannte, der Ben allerdings dazu veranlasste, das Lenkrad als Schlagzeug zu missbrauchen.

»Wie geht es dir?«, fragte Ben mit einem Seitenblick in ihre Richtung genau in dem Moment, in dem das Schweigen zwischen ihnen begann, unangenehm zu werden.

»Gut.« Felicia nippte an ihrem Kaffee. »Wirklich. Mir geht es sehr gut.«

»Das freut mich.« Ben schenkte ihr ein kleines Lächeln.

Wieder begann sich das Schweigen zwischen ihnen auszubreiten. Felicia schluckte. Sie konnte einfach hier sitzen, ihren Kaffee trinken und darauf warten, dass sie München erreichten. Aber sie wollte wissen, warum Ben sie geschnitten hatte. Jule würde ihn geradeheraus fragen. Lina würde vermutlich ein wenig vorsichtiger versuchen, eine Antwort von ihm zu bekommen. Aber fragen würde sie auch. »Warum bist du mir letzte Woche aus dem Weg gegangen?«, fragte sie und biss sich auf die Unterlippe, kaum dass sie die Worte laut ausgesprochen hatte.

»Was?« Ben löste für einen Moment den Blick von der Straße und sah sie an. »Ich bin dir doch nicht aus dem Weg gegangen.«

Felicia zog die Augenbrauen hoch, womit sie Ben einen Seufzer entlockte.

»Ich wollte dich einfach ein wenig in Ruhe lassen nach deiner Trennung. Du weißt schon, damit du deine Wunden lecken kannst und so was. Ich dachte mir, dass du sicher nicht im Garten herumgraben wolltest oder noch eine Lektion über Pflanzen brauchst.«

»Ich hätte gern ein bisschen im Garten herumgegraben«, gab Felicia zu, dass sie Spaß daran gehabt hatte, etwas gegen den Urwald hinter dem Haus zu tun, zumindest solange sie zusammen mit Ben gearbeitet hätte. »Und ich hätte mich gern bedankt. Dafür, dass ich mich bei dir ausheulen durfte. Als du dich plötzlich so rargemacht hast, habe ich befürchtet, dass mein Geheule dich abgeschreckt hat.«

»Nein!« Ben griff nach ihrer Hand, die sie auf der Armlehne zwischen ihnen abgelegt hatte, und drückte sie freundschaftlich. »Ich war froh, dass ich da war und dich trösten konnte. Ich wusste nur nicht, was notwendig ist, damit du über diese Trennung hinwegkommst.«

Felicia schwieg einen Moment und wartete Bens Spurwechsel ab. »Am liebsten würde ich sagen: Du bist notwendig gewesen«, erwiderte sie dann leise. Wie erwartet fuhr Bens Kopf abermals zu ihr herum, bevor er sich wieder auf den Verkehr konzentrierte. »Aber um ehrlich zu sein«, fuhr sie fort, »ist deine Freundschaft nur ein Teil des Ganzen gewesen. Ich habe dich vermisst in den letzten Tagen. Aber ich will die Wahrheit sagen: Ganz so furchtbar, wie es sich im ersten Moment angefühlt hat, war die Trennung von Martin nicht. Ich habe mich selbst und das, was unsere Beziehung ausgemacht hat, gründlich analysiert. Und ich habe mit Jule und Lina darüber geredet und bin zu dem Schluss gekommen, dass Martin und ich beide aus den falschen Gründen aneinander festgehalten haben. Es hatte nichts mit Liebe zu tun. Jedenfalls am Ende nicht mehr.« Sie zuckte mit den Schultern. »Bei Martin mag es Bequemlichkeit gewesen sein oder etwas anderes, worüber ich gar nicht nachdenken möchte. Bei mir war es das Gefühl, meinen Eltern endlich einmal etwas recht gemacht zu haben. Sie waren ganz verrückt nach meinem Freund, und ich wollte einfach nicht hören, wie ich sie ein weiteres Mal enttäuschen würde, wenn das zwischen uns in die Brüche ging.«

»Und jetzt bist du das nicht mehr?«, fragte Ben. Sie hatten den Autobahnzubringer erreicht, und er drückte das Gas durch.

»Nein.« Felicia lehnte sich im Beifahrersitz zurück, der zwar, wie von Ben behauptet, sauber war, aber trotzdem noch ein bisschen nach Poldi roch. Ein Geruch, den sie inzwischen genauso mochte wie die Stunden, die sie mit Ben verbrachte. Ganz gleich, ob in ihrem Garten oder in der Kochschule. »Ich weiß, ich werde meine Eltern nie zufriedenstellen, wenn ich meine Träume weiter verfolge. Es wird sicher Rückfälle geben. Momente, in denen ich mir wünsche, mehr Anerkennung von ihnen zu bekommen. Aber ich werde lernen müssen, mein Feedback von den Menschen zu holen, die sich ernsthaft für meine Träume interessieren. Und zu diesen Menschen gehörst du, Ben«, ergänzte sie nach einem kurzen Zögern. »Du warst der Erste, der mir den Spiegel vorgehalten und mich aufgefordert hat, für mich einzustehen und meine Ziele zu verfolgen.« Sie nippte an ihrem Kaffee und grinste ihn dann breit an. »Und verdammt: Das fühlt sich gut an!«

Ben lachte. »Das sind ganz schön viele Lorbeeren. Aber ich glaube, das ist ganz allein dein Verdienst. Ich freue mich, dass es wieder besser läuft.«

»Und ich freue mich, dass du eine Runde weiter bist in dem Rennen um die Ausschreibung in München.« Bens linke Hand lag auf dem Lenkrad, und Felicia sah, wie er mit der rechten über das Lederband strich, das sich um sein Handgelenk schlang. Eine Geste, die sie bei ihm nur beobachtet hatte, wenn er nervös war. »Bis du aufgeregt?«, fragte sie.

»Hmm.« Ben ließ das Band an seinem Handgelenk in Ruhe und trank ebenfalls einen Schluck Kaffee. »Unter den letzten fünf zu sein ist ein ziemlicher Erfolg. Aber Schlederer und Lemberger sind auch in der Endrunde. Die beiden Typen, die sich die anderen Projekte geschnappt haben, für die ich einen Entwurf eingereicht hatte«, erklärte er, als Felicia ihn verständnislos ansah.

»Die beiden, die ein bisschen nachgeholfen haben, um an die Aufträge zu kommen?«, fragte sie nach.

»Das wissen wir nicht mit Sicherheit«, korrigierte Ben. »Aber der Verdacht liegt nahe.«

»Und das macht dir Sorgen.« Keine Frage, eine Feststellung. Felicia setzte sich so, dass sie ihn ansehen konnte, ohne den Kopf drehen zu müssen. Sie betrachtete seine verwuschelten Haare, die ihren Moment mit dem Kamm schon wieder als ferne Erinnerung zu betrachten schienen, besonders, da Ben in den letzten Minuten ein paarmal mit den Händen hindurchgefahren war. Sein Jackett sah aus, als versuche er, mit den großen Fischen in dem Haifischbecken, in dem er schwamm, mitzuhalten. Aber seine Jeans, der man ansah, wie oft und gern er sie trug und wie wohl er sich darin fühlte, und die Chucks sprachen ihre ganz eigene Sprache. Das war der wirkliche Ben. Das war der Mann, den diese Start-up-Typen kennenlernen sollten. »Weißt du, Ben, wenn du mich fragst, solltest du einfach du selbst sein. Authentizität ist doch das A und O bei so einer Präsentation. Die Jungs sollten von dir begeistert sein, weil du einen fantastischen Vorschlag eingereicht hast, für Nachhaltigkeit stehst und Erfahrungen auf der ganzen Welt gesammelt hast. Sie sollten sich an dich nicht als den Typen erinnern, der die ganze Zeit nervös am Kragen seines Jacketts herumgefummelt hat.«

Mit einem Seufzen ließ Ben die Hand sinken und begann

wieder, an seinem Armband herumzuspielen. »Und wie genau mache ich das?«, fragte er.

»Geh ohne die Jacke hin«, schlug Felicia vor. »Krempel die Ärmel deines Hemdes hoch. Und«, sie grinste ihn an, »versuch auf keinen Fall, diese Haare zu bändigen.«

Damit hatte Felicia ihm zumindest genug zu denken gegeben, um für einen Moment aufzuhören, an seinem Armband herumzuspielen. Er dachte darüber nach. »Ich muss gestehen, dass ich keine Ahnung habe, was *No Limits* für eine Kleiderordnung haben. Ich bemühe mich nur, seriös zu wirken und als professionell wahrgenommen zu werden.«

»Dann lass deine Projekte für dich sprechen«, beharrte Felicia. »Aber egal, wie du es machst, ich drücke dir die Daumen für die Präsentation. Du kannst diese Ausfahrt hier nehmen«, wies sie ihm im nächsten Moment den Weg zu ihrem Büro.

Als hätten sie einen unausgesprochenen Pakt geschlossen, ließen sie die beiden schweren Themen dieses Morgens – Felicias Trennung und Bens Pitch – fallen und plauderten miteinander, wie sie es in den vergangenen Wochen getan hatten. Scherzten über den Münchner Verkehr. Erzählten sich, welche Biergärten sie am besten fanden und welche Ecke des Englischen Gartens ihr Geheimtipp war.

Viel zu schnell lenkte Ben seinen Pick-up in die Straße, in der ihr Bürogebäude lag. Mit seinen Roststellen und den Schlammspritzern auf den Kotflügeln fiel der Wagen zwischen all den glänzenden BMWs, Teslas und Mercedes-Limousinen am Straßenrand auf wie ein bunter Hund. Als Ben vor ihrem Bürogebäude hielt, waren es nicht nur ein paar neugierige Kollegen, die den Blick hoben. »Mist«, murmelte

Felicia. Sie hatte Martin die ganze Woche nicht zu Gesicht bekommen. Doch genau in diesem Moment bog er um die Straßenecke und blieb wie angewurzelt stehen, als er Bens Pick-up entdeckte.

»Ist alles okay?«, fragte Ben. Er hatte Martin ebenfalls entdeckt und fixierte ihn durch die Windschutzscheibe. »Er wird dir doch jetzt keine Schwierigkeiten machen oder so was?«

»Nein.« Felicia reckte ihr Kinn. »Weil ich es so weit gar nicht kommen lassen werde.« Sie spürte nichts, wenn sie ihren Ex-Freund ansah, der noch immer wie zur Salzsäule erstarrt auf dem Gehweg stand und die Leute dazu zwang, um ihn herumzugehen. »Danke, dass du mich mitgenommen hast. Ich drücke den ganzen Tag die Daumen. Schick eine Nachricht, wenn du weißt, wie deine Präsentation gelaufen ist.« Sie legte die Hand auf den Türgriff. Dann folgte sie ihrem Instinkt, drehte sich noch einmal zu Ben um und küsste ihn auf die Wange. »Toi, toi, toi«, flüsterte sie und sprang aus dem Wagen, bevor Ben darauf reagieren konnte.

Sie fühlte sich so leicht und beschwingt, als ihre bequemen Pumps auf dem Asphalt der Straße aufkamen. Ohne Martin zu beachten winkte sie Ben noch einmal zu, der sie ziemlich verdutzt ansah, und steuerte ihr Bürogebäude an.

Aus dem Augenwinkel bemerkte sie, wie Martin sich ebenfalls wieder in Bewegung setzte und mit großen Schritten aufholte, bis er ihr den Weg abschneiden und vor ihr stehen bleiben konnte. »Ist das dein Ernst?«, zischte er, als sie ihn erreichte.

»Guten Morgen«, sagte Felicia höflich und ging einfach um ihn herum.

»Felicia!« Seine Stimme wurde etwas lauter, und einige Passanten hoben die Köpfe. Martin holte zu ihr auf. »Was soll das? Denkst du, du kannst mich eifersüchtig machen, indem du dich von diesem Gärtner hier absetzen lässt?«

Felicia trat durch die Schiebetüren in das kühle Foyer des Gebäudes. Sie hatte nicht die Absicht gehabt, Martin eifersüchtig zu machen. Allerdings hatte sie auch nicht damit gerechnet, dass er regelrecht vor Eifersucht vibrieren würde und sich aufplusterte wie ein eitler Gockel.

Das war etwas, das Martin vermutlich noch nicht oft passiert war, dachte sie, als sie ihn einfach stehen ließ, Mimi zunickte und den Weg zu ihrem Büro einschlug. Eine verdammt gute Art, in den Tag zu starten.

19

Ben wartete, bis Felicia durch die Tür ihres Bürogebäudes verschwunden war. Ihren vor Wut schäumenden Ex-Freund auf den Fersen, den sie einfach ignoriert hatte. Er konnte sich ein Grinsen nicht verkneifen. Diese neue, taffe Felicia gefiel ihm. Die Frau, die ihre Meinung sagte. Die es auch ihm nicht hatte durchgehen lassen, dass er sich eine Woche lang zurückgezogen hatte. Ben fuhr mit den Fingerspitzen über seine Wange, wo ihre Lippen ihn berührt hatten. Sie hatte ihn geküsst. Harmlos. Wie man es unter Freunden tat. Aber überraschend genug, ihn für einen Moment aus dem Konzept zu bringen. Er hatte das Gefühl, dass das Fahrerhaus noch immer von ihrem Duft erfüllt war.

Aber jetzt war nicht der richtige Moment, sich mit Felicia zu beschäftigen. Er musste sich auf seine Präsentation konzentrieren, also reihte er sich wieder in den Strom der Pendler ein, überquerte die Hackerbrücke und suchte sich einen Parkplatz. *No Limits* gehörte eines der großen neuen Bürogebäude, die sich an den Bahngleisen entlangzogen. Bis zu seinem Termin blieb ihm noch eine Stunde, also suchte Ben sich ein kleines Café und ging seine Präsentation in Gedanken noch einmal durch.

Eine knappe Stunde später wurde Ben im obersten Stockwerk eines der größeren Bürogebäude in einen riesigen, offenen Arbeitsbereich geführt. Er war voller wild durcheinanderwuselnder Menschen, sodass Ben sich im ersten Moment gar nicht vorstellen konnte, dass es sich hier um ein effizient arbeitendes, supererfolgreiches Jungunternehmen handelte, dessen Erfolg so durch die Decke geschossen war, dass sich alle großen Konzerne die Finger nach ihnen geleckt und sie aufzukaufen versucht hatten. Von Zuckerberg bis Musk wollte jeder bei *No Limits* mitmischen. Er hatte sich im Vorfeld über seine Kunden schlaugemacht, aber nicht wirklich begriffen, was für eine innovative Technik, die irgendetwas mit Satelliten zu tun hatte, sie auf den Weg gebracht hatten. Was er begriffen hatte, war, dass *No Limits* das gesamte Gebäude gekauft und sich in den oberen beiden Stockwerken einquartiert hatte. Auf der Etage unter Ben lagen die Computerlabore, in denen bereits an der nächsten innovativen Lösung gearbeitet wurde. Der Rest passierte in dem Gewusel vor ihm. So unkonventionell die Vorgehensweise des Start-ups war, so ausgefallen war auch das Auftreten der Mitarbeiter.

Die Assistentin/Rezeptionistin (so ganz war Ben ihre Position nicht klar geworden) trug High Tops zu aufgekrempelten Jeans, einen Hoodie mit dem Logo von *No Limits* und einen leuchtend pinkfarbenen Side Cut. Sie führte Ben zu einer Art gläsernem Kubus, der als einziger Teil vom Rest des Raumes abgetrennt schien und offenbar als Konferenzraum diente. Die beiden Typen, die in dem Aquarium mit Blick über die Gleisanlagen auf ihn warteten, sahen nicht viel anders aus als seine Begleiterin. Sie hatten ebenfalls Hoodies mit dem Firmenlogo an. Dazu trug der eine knielange Boardshorts, Flipflops und einen Man-Bun. Der andere hatte raspelkurze Haare und genau wie Ben Jeans und Chucks an.

Als Ben bewusst wurde, dass das die beiden Gründer waren, die das Dach ihres Bürogebäudes begrünen lassen wollten, schickte er ein kleines Dankgebet in Richtung Felicia, die inzwischen in ihrem Büro auf der anderen Seite der Gleise sicher längst in ihre Arbeit vertieft war. Er hatte sein Jackett ausgezogen und im Pick-up gelassen. Dann hatte er sich wieder dafür entschieden, doch die förmlichere Variante zu wählen, und hatte die Jacke geholt, nur um sie dann auf halbem Weg zu seinem Termin wieder zurückzubringen und die Ärmel seines Hemdes hochzukrempeln – weil er so am meisten er selbst war. Wenn er sich wohlfühlte, würde er auch sein Projekt gut verkaufen können. Ganz zu schweigen davon, dass dieses lässige Aufeinandertreffen von vornherein eine angenehme Basis schuf.

»Ich bin Basti«, stellte sich der Man-Bun vor, als die Assistentin die Tür des Aquariums hinter ihm schloss, »und das ist mein Partner Alex.«

»Angenehm. Ben Lindner.«

»Schön, dich kennenzulernen«, ging Alex sofort zum Du über. »Nimm Platz. Willst du was trinken?«

Ben ließ den Blick über die Getränkeauswahl gleiten und musste sich ein Grinsen verkneifen. Was Schlederer und Lemberger wohl dazu gesagt hatten, unter anderem ein Red Bull angeboten bekommen zu haben? »Ich nehme gerne eine Cola.«

Alex öffnete eine Flasche, reichte sie ihm, nahm sich selbst auch eine und warf Basti einen Schokoriegel zu. »Wir sind eher von der unorthodoxen Sorte«, sagte er, als er sich Ben gegenübersetzte und sein linkes Bein über das rechte Knie legte. »Das kommt vielleicht nicht bei jedem so gut an.« Er grinste, und Ben sah seinen Verdacht bestätigt, dass seine Konkurrenten mit diesem Arbeitsstil ein wenig überfordert gewesen sein könnten. »Aber das ist die Zukunft. Ich meine, Mark und ein paar andere Typen machen es ganz genauso, oder?«

»Zuckerberg?« Ben wurde bewusst, dass er die beiden Jungunternehmer anstarrte.

Basti grinste. »Klar. Oder kennst du noch einen?«

Ben trank einen Schluck Cola. Er kannte jede Menge Marks, aber keinen, der in dieser Liga spielte.

»Okay.« Alex zog die Aufmerksamkeit wieder auf sich. »Kommen wir zum Grund dieses Treffens.« Er schob ein paar Unterlagen auf dem Konferenztisch zurück. »Dein Entwurf gefällt uns, aber dazu später mehr. Erst einmal interessierst du uns. Dein Lebenslauf ist ziemlich beeindruckend. Du bist schon ganz schön in der Welt rumgekommen.«

»Könnte man so sagen.« Ben erzählte von seinem Job für *Green Dreams*, der ihn schon in die exotischsten Länder geführt hatte.

Alex und Basti nickten anerkennend. »Wie sieht es im Moment mit deiner Auftragslage aus?«, wollte Basti wissen und bohrte damit unwissentlich in Bens Wunde.

»Ich habe gerade mein Studium abgeschlossen und mich selbstständig gemacht. Deshalb habe ich erst einmal verschiedene Jobs übernommen. Aber meine Spezialisierung liegt ganz klar auf Dach- und Gebäudebegrünung, weil das in der Zukunft die einzige Möglichkeit sein wird, das Stadtklima positiv zu beeinflussen. Nachhaltige Dachbepflanzung, clevere Energiegewinnung und Wasserrückhalt – das ist sowohl für das Gebäude selbst gut als auch für sein Umfeld.«

Alex biss von seinem Schokoriegel ab. »Das wird eine Mammutaufgabe für die Zukunft, finde ich«, sagte er mit vollem Mund. »Wir können die Augen nicht mehr davor verschließen, dass wir an unserem ökologischen Grab schaufeln. *No Limits* geht einen nachhaltigen Weg.« Er wedelte mit dem Schokoriegel in der Hand zwischen seinem Partner und sich hin und her. »Wir sind klimaneutral. Das war uns von Anfang an wichtig. Und wir können mit unserer Technik verhindern, dass noch mehr Weltraumschrott in die Umlaufbahn geschossen wird und so ein Scheiß. Wir wissen deinen Ansatz also zu schätzen. Wie steht es mit sozialem Engagement?«

Ben rieb über sein Lederarmband, das ihn an sein erstes Hilfsprojekt erinnerte. Er lehnte sich zurück und atmete aus. Die Jungs grillten ihn nicht. Sie hatten klare Vorstellungen und suchten nach jemandem, der ähnlich tickte wie sie. Wenn er ganz viel Glück hatte, war er dieser Jemand. »In meiner Zeit für *Green Dreams* habe ich oft bei sozialen Projekten mitgearbeitet. Es war schwer, das Dach eines Luxushotels zu begrünen, wenn man in der Ferne die Blechhütten einer Favela ausmachen konnte. Bei meinem ersten Projekt war es eher eine spontane Aktion, als wir einem der einheimischen Bauarbeiter unseres Teams nach Feierabend geholfen haben, ein Haus für seine Schwester und ihre Familie zu bauen. Von da an wurde es zum Selbstläufer. Ein paar Leute aus meiner Crew haben bei jedem neuen Projekt etwas gefunden, wo wir helfen konnten. Das lief aber nicht über Hilfsorganisationen, sondern in der Regel über Mitglieder unseres Teams, die wussten, wo wir schnell und effizient ansetzen konnten, also haben wir es getan. In Starnberg halte ich die Rabatte vor dem Tafel-Laden in Schuss, kümmere mich um einen Kindergarten und helfe einer Freundin, ihren Garten wieder auf Vordermann zu bringen«, zählte er auf.

»Klingt cool.« Basti sah seinen Partner an. »Das Konzept gefällt mir. Vielleicht sollten wir auch mal prüfen, ob wir auf dieser persönlichen Ebene was erreichen können.«

»Wir könnten alle Mitarbeiter auffordern, uns einen Brennpunkt zu nennen, an dem ihrer Meinung nach Hilfe nötig ist, und dann schauen, welches Projekt wir angehen. Aber zurück zu dir, Ben.« Alex öffnete die Bewerbungsmappe mit den Computerausdrucken von Bens Vorstellung von ihrem Dach. »Kannst du uns dazu ein bisschen was erklären? Warum hast du welchen Bereich wie gestaltet? Und wie steht es mit der Nachhaltigkeit der Baumaterialien? Du weißt schon«, er wedelte mit der Hand in der Luft, »dieses ganze Zeug.«

Die Sonne stand an einem strahlend blauen Himmel. Nicht ein Wölkchen war jenseits der Aquarium-Wände zu sehen. Ben hatte eine Idee, wie er seine Vorstellung am besten verdeutlichen konnte. Er lehnte sich vor und sah die beiden Jungunternehmer an. »Wie wäre es, wenn wir einfach auf das Dach gehen und ich euch direkt vor Ort zeige, was ich mir vorstelle. Und wie.«

Bastis Augen leuchteten auf. »Schnapp dir noch 'ne Cola, Mann. Und dann nichts wie rauf auf den Kasten.«

Eine Stunde später stand Ben alleine auf dem Dach des Bürogebäudes. Basti und Alex hatten sich zu einem weiteren Termin verabschiedet. Ben hingegen war hier oben stehen geblieben und versuchte zu verstehen, was gerade passiert war. Langsam wandelte sich der Schock in Freude. In echte, reine Freude. Pures Glück, das er am liebsten über die Bahngleise hinausgeschrien hätte, die von hier aus in die Welt führten. *No Limits* hatte seine Vision ihres begrünten Daches gewählt. Alex hatte ihn und seine Präsentation authentisch genannt. Bei Basti hatte er mit seinen Erfahrungen der Gebäudebegrünung in aller Welt Punkte gesammelt. Und beide Jungunternehmer waren der Meinung, dass sein grüner, nachhaltiger Ansatz perfekt zu ihrer Firmenpolitik passte.

Er hatte den Job. Er. Hatte. Den. Job. In Gedanken noch immer ungläubig bei dem Moment, in dem sie den Deal mit einem Handschlag besiegelt hatten, zog er sein Handy aus der Tasche und wählte ganz automatisch Felicias Nummer. Für einen Moment dachte er an Sam, seinen Onkel Jo und Tante Tessa, an seine Eltern, die genauso brennend auf den Ausgang der Präsentation warteten – er würde sie gleich als Nächstes anrufen. Aber Felicia sollte die Erste sein, die die Neuigkeiten erfuhr.

»Wie ist es gelaufen?«, fragte sie statt einer Begrüßung. Ben hatte fast den Eindruck, sie klang genauso aufgeregt, wie er sich fühlte.

»Ich hab den Job!«, sagte er und grinste dabei so breit, dass sie es wahrscheinlich durch ihr Handy hören konnte. »*No Limits* meldet sich am Montag, und dann unterschreiben wir die Verträge.«

Ihr begeistertes Quietschen zeigte, dass sie sich genauso freute wie er. »Das müssen wir feiern«, schlug sie vor.

Ja, Ben wollte das feiern. Er hatte im Vorfeld nicht viel darüber nachgedacht, weil er sich gar nicht erst erlaubt hatte, von diesem Erfolg zu träumen. Aber jetzt gab es Grund zu feiern. Während Felicia mit Feiern wahrscheinlich meinte, dass sie in der Kochschule irgendeine Leckerei zubereitete und sie mit ihren Freunden auf seinen Erfolg anstießen, hatte er plötzlich etwas ganz anderes im Sinn. Er wollte nicht, dass sie für ihn kochte. Und er wollte den Zuschlag – nur für eine Weile – ganz mit ihr allein genießen. Er könnte sie in ein nettes, kleines Restaurant in München einladen. Oder … Sein Blick glitt über die Bahngleise und blieb an der Brücke hängen, die seinen Standort mit dem Stadtviertel verband, in dem Felicia arbeitete. Das Baudenkmal aus den sechs markant geschwungenen Bogenträgern war tagsüber eine historische Eisenkonstruktion. Abends änderte sich ihre Bedeutung allerdings. Ben hatte eine Idee. »Wann hast du Feierabend?«, fragte er.

Felicia seufzte. »Ich komme heute leider nicht so bald aus dem Büro. Die ganze Woche über bin ich ein bisschen hinterhergehinkt. Das muss ich heute noch aufholen«, erklärte sie. »Vor halb acht mache ich bestimmt nicht Schluss. Aber fangt doch mit der Party einfach schon mal ohne mich an.«

»Kommt gar nicht infrage.« Bens Idee ließ das Grinsen in seinem Gesicht noch ein wenig breiter werden. »Triff mich nach Feierabend an der Hackerbrücke.«

»Aber …«

»Bis dann. Ich muss jetzt auflegen, Licie, um die frohe Botschaft weiterzuverbreiten«, unterbrach Ben sie, bevor sie widersprechen konnte. Mit seinen Freunden konnten sie auch später noch feiern. Seinen Triumph wollte er erst einmal mit Felicia allein genießen.

*

Felicia ließ das Handy sinken. Ihr Herz klopfte. Vor Freude für Ben. Er hatte es geschafft. Den nächsten Meilenstein auf seinem Weg erreicht. Normalerweise ließ sie sich während ihrer Arbeit nicht von Privatangelegenheiten ablenken. Aber für Ben war heute ein großer Tag gewesen. Also hatte sie immer wieder auf das Display ihres Handys geschielt, das sie direkt neben ihre Tastatur gelegt hatte.

Auch für sie war heute ein großer Tag. Sie war stolz auf sich und darauf, wie sie Martin einfach hatte stehen lassen. Ihr war klar, dass ihr Ex-Freund nicht eifersüchtig war, weil sie ihm trotz seines Jobwechsels so viel bedeutete und er sich nur schwer von ihr hatte trennen können. Ihn wurmte, dass er ihr möglicherweise nicht so wichtig gewesen war, wie er das angenommen hatte. Dass er nicht noch immer das Zentrum ihrer Welt war und sie nicht traurig und verloren durch die Gegend lief, weil er sie verlassen hatte. Aber all das spielte jetzt keine Rolle mehr. Martin spielte keine Rolle mehr. Genau wie der Anruf ihres Vaters, der sich nur bei ihr meldete, wenn er glaubte, mal wieder ein gutes Argument gefunden zu haben, warum sie nach München ziehen sollte. Weg aus dem Bannkreis ihrer Mutter und vor allem weg von der alten Schule. Offenbar hatte auch er Wind von ihrer Trennung bekommen und bestand darauf, sie an diesem Abend zum Essen auszuführen. Sie hatte seine Einladung mit der Begründung, bereits verabredet zu sein, abgelehnt. Seine skeptische Frage, mit wem sie sich denn verabredete, ignorierte sie einfach. Sie konnte es ihm fast nicht verübeln, denn viele Freundschaften hatte sie in den vergangenen Jahren nicht geschlossen. Aber so wie sie sich nicht mehr von ihrer Mutter unter Druck setzen lassen würde, würde sie aufhören, sich von ihrem Vater manipulieren zu lassen.

Im Moment war ihr nur Bens Freude wichtig. Er hatte sich so glücklich und erleichtert angehört. Und er hatte eine Party verdient. Wenn sie sich an der Hackerbrücke treffen würden und sie nicht die S-Bahn nach Hause nehmen musste, konnte sie ihn auf der Fahrt nach Starnberg schon mal über die Details der Präsentation ausfragen. Sie war so neugierig auf das, was die Leute des Start-ups zu seinen Ideen gesagt hatten.

Aber erst einmal galt es eine Party zu organisieren. Felicia rief die Gruppe auf, die Jule neulich für Lina, Felicia und sich eingerichtet hatte, *die Schulmädchen*, und schrieb, dass Ben den Auftrag von *No Limits* bekommen hatte und dieser Erfolg eine Party verdiente, falls sie für den Abend noch nichts geplant hatten.

Von Jule kam umgehend ein Daumen-hoch zurück, während Lina das Emoji mit den Sternen in den Augen schickte und dazuschrieb: *Perfekt! Ich besorge Pizza.* Jule übernahm die Verantwortung für die alkoholischen Getränke, weil sie gerade dabei war, einen neuen Gin zu testen, den sie ihren Kunden vorschlagen wollte. Felicia hatte bereits begonnen, eine Liste zu schreiben, was alles besorgt und erledigt werden musste. Doch dann legte sie den Stift beiseite und atmete tief durch. Sie würde heute lange arbeiten müssen, und Lina und Jule hatten alles im Griff. Es fiel ihr nicht leicht, die Kontrolle komplett aus der Hand zu geben, aber wem sollte sie vertrauen, wenn nicht ihren Freundinnen? Sie zerknüllte ihren Notizzettel und warf ihn in den Papierkorb, machte sich wieder an ihre Arbeit und genoss die stille Vorfreude auf den Abend, den sie nach seiner Abwesenheit in den letzten Tagen endlich wieder einmal mit Ben verbringen konnte.

Kurz vor halb acht abends verließ Felicia ihr Büro und ging den kurzen Fußweg zur Hackerbrücke. Der Abend war mild und wolkenlos, weshalb ein ganzer Haufen Leute genau wie sie auf die Brücke zusteuerten. Felicia hatte dieses Phänomen schon oft bemerkt, vor allem, wenn sie länger gearbeitet hatte. Die Querverstrebungen der Brücke wurden als Aussichtspunkt benutzt. Die Leute kletterten auf die Eisenträger, die gut zwei Meter über dem Boden schwebten, und sahen von hier aus der Sonne dabei zu, wie sie hinter der breiten Schneise, die die Bahngleise zwischen die Häuserschluchten geschlagen hatten, unterging.

Felicia drängelte sich zwischen den Menschen hindurch, die die Brücke bereits bevölkerten. Vorbei an Fahrrädern, die an die Pfeiler gelehnt waren. Stieg über Sport- und Schultaschen, die ihre Besitzer einfach hatten fallen lassen, bevor sie auf die Brücke hinaufgeklettert waren, um lachend mit einem Bier anzustoßen. Sie waren wahrscheinlich direkt von späten Schulstunden oder ihrem Fußballtraining hierhergekommen. Genau wie der Besitzer eines hellgrauen Koffers, der sich vermutlich auf seinem Weg von der S-Bahn nach Hause noch einen kleinen Zwischenstopp gönnte.

Sie fand Ben auf der Mitte der Brücke. Er lehnte mit verschränkten Füßen, die Hände in die Taschen seiner Jeans eingehakt, lässig am Geländer und sah ihr entgegen. Sein Hemd und das Jackett waren einem T-Shirt gewichen, ansonsten sah Ben genauso aus wie am Morgen, als er sie vor ihrem Büro abgesetzt hatte. Nur die Anspannung, die da noch durch seinen Körper rotiert war, war einem breiten Grinsen gewichen.

»Hey.« Er stieß sich vom Geländer ab, als Felicia ihn erreichte.

»Hallo.« Felicia umarmte ihn. »Herzlichen Glückwunsch! Ich freue mich so für dich.«

»Danke.« Ben schob seine Arme um ihre Mitte und hielt sie noch einen Moment länger an sich gedrückt, bevor er sie wieder losließ. »Ich hoffe, du bist bereit, auf diesen Erfolg anzustoßen.«

»So was von!« Felicia spürte wieder dieses Kribbeln, das in ihrem Bauch vibrierte. Diesem mutwilligen Funkeln in seinem Blick und dem jungenhaften Lächeln konnte sie einfach nichts entgegensetzen. Umso mehr freute sie sich, dass sie Ben später mit einer Party in der alten Schule überraschen konnte. »Los geht's!« Sie drehte sich in Richtung der Bürogebäude am gegenüberliegenden Brückenende und wollte loslaufen.

Doch Ben griff nach ihrer Hand und hielt sie fest. »Hiergeblieben«, sagte er und zog sie zu sich zurück. »Ich möchte jetzt mit dir anstoßen.«

»Jetzt?«, wiederholte Felicia.

Ben nickte. »Jetzt und hier.«

»Wo hier?« Felicia verstand nicht ganz, was er meinte. Mitten auf der Brücke? Zwischen all den Leuten?

»Da oben.« Er nickte in Richtung der Querverstrebung über ihnen.

Felicia folgte ihm mit dem Blick, bis sie an einem der Eisenträger hängen blieb, auf dem eine Flasche Weißwein und zwei Gläser auf einem Geschirrtuch standen. Sowohl die Gläser als auch das Tuch sahen verdächtig danach aus, als ob sie aus ihrer Kochschule stammten. »Das ist nicht dein Ernst!« Sie fuhr zu Ben herum. »Ich kraxele nicht dort hoch.«

Ben grinste und begann, an dem Stahlträger hinaufzuklettern. »Das ist wirklich Pech«, sagte er, als er oben ankam und, auf der schmalen Verstrebung balancierend, zwischen die Flasche und die Gläser griff. Mit einem Joghurt, der ganz eindeutig nach Russischer Zupfkuchen aussah, richtete er sich wieder auf. »Dann wirst du wohl den Sonnenuntergang als auch deinen Lieblingssnack verpassen.«

»Komm runter, Ben!« Das sah wirklich gefährlich aus, selbst wenn um sie herum alle ganz entspannt mit ihren Bierflaschen und Alcopops auf den Streben herumlümmelten.

»Auf keinen Fall«, rief Ben herunter. Stattdessen setzte er einen gespielt lasziven Blick auf und begann ganz langsam, den Deckel von ihrem Joghurt zu ziehen.

Felicia musste lachen. »Verdammt noch mal«, murmelte sie. »Wenn ich mir den Hals breche, wirst du das büßen«, rief sie dann etwas lauter zu Ben hinauf und begann, an dem Träger nach oben zu klettern.

Ben wartete auf sie, half ihr auf dem letzten halben Meter und hielt ihre Hand, bis sie sich rittlings auf der Verstrebung niedergelassen hatte. Erst dann balancierte er über das

Picknick, das er vorbereitet hatte, setzte sich ihr gegenüber und reichte ihr den Joghurt und einen Löffel. »Schön, dass du dich überwunden hast, hier raufzukommen. Ich verspreche dir, dass du es nicht bereuen wirst.«

Felicia nahm einen Löffel Joghurt. »Der Hunger hat mich hier hochgetrieben. Ich will noch gar nicht darüber nachdenken, wie ich hier wieder runterkomme. O verdammt!«, fiel ihr plötzlich die Party wieder ein. Für einen Augenblick hatte Bens verrückte Idee dafür gesorgt, dass sie ihre Freunde vergessen hatte, die in der alten Schule mit Pizza und Drinks auf sie warteten. »Ben, wir müssen nach Hause!«

Er lachte. »Wegen der Überraschungsparty?«

»Wieso weißt du davon?«

Ben zuckte die Schultern. »Als du gesagt hast, das müssten wir feiern, habe ich das einfach angenommen und den anderen Bescheid gegeben, dass sie schon mal ohne uns anfangen sollen. Wir kommen nach, sobald die Sonne untergegangen ist.«

»Auf alles vorbereitet«, kommentierte Felicia seine Organisation und löffelte weiter ihren Joghurt. »Und du warst zuhause und bist extra noch mal hergekommen«, ergänzte sie mit Blick auf die Gläser und den Wein.

»Jep.« Ben schenkte ihnen ein und reichte Felicia ein Glas, als sie den leeren Joghurtbecher zur Seite stellte. »Ich wollte mit dir auf meinen Erfolg anstoßen. Einfach weil es sich richtig anfühlt«, ergänzte er auf Felicias fragenden Blick hin. »Und auch wenn es üblich ist, sich mit einem Radler oder Alcopop hier hinzusetzen, ist mir klar, dass ich dich niemals hier hochbekommen hätte, um ein Bier aus der Flasche zu trinken. Also habe ich unsere eigene Version des Hackerbrücken-Sonnenuntergangs geschaffen.« Er ließ sein Glas gegen Felicias klingen.

Aus einer Bluetooth-Box, irgendwo links von ihnen, klang ein leiser Deep-House-Sound. Aus dem Stimmengemurmel der Menge und den Autos, die hinter ihnen über die Brücke fuhren, klang ein lautes, wildes Frauenlachen heraus. Felicia nippte an dem kühlen Weißwein, der verdammt lecker war. Und eine absolute Wohltat nach einem langen Arbeitstag wie diesem. Sie atmete tief durch und lehnte sich mit dem Rücken gegen den Eisenpfeiler hinter sich. »Vielleicht war diese Idee gar nicht so schlecht«, gab sie zu. »Ich gehe jeden Tag über diese Brücke, aber ich bin noch nie auf die Idee gekommen, mir von hier oben den Sonnenuntergang anzusehen.«

Ben schob eine Schale mit Weintrauben und Käsecrackern in ihre Richtung. »Umso mehr freut es mich, dass du es heute ausprobierst.«

Felicia nahm sich einen Cracker, biss ab und trank einen weiteren Schluck Wein. »Ich bin für dich hier hochgeklettert. Als Belohnung habe ich mir zu meinem Glas Wein die Geschichte deiner Präsentation verdient. Erzähl, wie es gelaufen ist.«

Ben berichtete von seinem Treffen mit Alex und Basti, und Felicia konnte sich bildlich vorstellen, wie Ben die beiden Geschäftsmänner mit seiner Begeisterung mitgerissen hatte.

»Ein grünes Konzept wie meines war genau das, was sie gesucht haben«, erzählte er und schenkte Felicia Wein nach.

Die Sonne war tiefer über die Bahngleise gesunken. Die rotgoldenen Strahlen wirkten wie ein Weichzeichner, der

Ben, die Brücke und sogar die Züge, die unter ihnen hindurchrauschten, in sanfte Pastelltöne hüllte. Die Unterhaltungen um sie herum waren leiser geworden. Die meisten Leute, die es sich wie sie auf den Querstreben gemütlich gemacht hatten, genossen das Naturschauspiel vor ihnen.

Ben wirkte nachdenklich, als er für einen Moment in das Farbspektakel vor sich sah. Als ein ICE unter der Brücke hindurchfuhr, wirkte es, als würde er mitten in den Sonnenuntergang rasen. »Wohin würdest du fahren, wenn du einfach in einen Zug einsteigen könntest?«

Felicia lachte leise und beugte sich vor. »Ich würde nirgends hinfahren wollen«, sagte sie. Die alte Schule war schon immer ihr Zuhause gewesen. Ihr Fixpunkt. Und jetzt, mit Ben, Jule und Felicia, mehr denn je. Sie hatte dort neue Hoffnung geschöpft, zu sich selbst zurückgefunden und die Kochschule wieder eröffnet. Nein, für sie gab es keinen Ort, an dem sie lieber wäre. War es für Ben ähnlich, jetzt, da er den Job bei *No Limits* bekommen hatte? Oder zog es ihn noch immer in die Welt hinaus, von der er schon so viel gesehen hatte. »Und du?«, stellte sie die Gegenfrage.

Ben hielt Felicias Blick fest und zögerte einen Moment. Dann beugte er sich vor, bis Felicia und ihn nur noch Zentimeter trennten. »Im Moment«, flüsterte er und legte seine Hand an ihre Wange, »möchte ich nirgends anders sein als genau hier.«

Sie hätte die Zeit gehabt, sich zurückzulehnen. Ben auszuweichen. Aber die Schmetterlinge in ihrem Bauch waren durchgedreht, als sich ihr Atem mit seinem vermischte. Als er mit seinen Lippen zart über ihre strich. Für einen Moment hielt er inne, lehnte sich ein paar Zentimeter zurück, um Felicia in die Augen sehen zu können. Es schien, als könne er die Sehnsucht in ihrem Blick lesen, denn langsam, unendlich langsam senkte er seine Lippen wieder auf ihre. Und während die Sonne die Gleise berührte und die Häuserschlucht mit goldenem Licht flutete, verschmolzen Felicia und Ben in einem zarten Kuss. Einem Kuss, der so viel versprach. Und sich in diesem warmen, goldenen Licht in den romantischsten Moment in Felicias Leben verwandelte. Ihr ganzer Körper begann zu kribbeln, und ihr wurde ein wenig schwindelig. Was nicht an der Höhe lag, in der sie sich befand, sondern an den Emotionen, die Ben in ihr auslöste. Sie fuhr mit den Händen durch seine Haare und zog ihn noch näher an sich heran. Und in diesem Moment wünschte sie sich, dass dieser Kuss nie enden würde.

20

Der Kuss hallte in Ben nach, als Felicia und er sich voneinander lösten. Er strich ihr eine ihrer sorgfältig geglätteten Haarsträhnen hinter das Ohr. Betrachtete seine sonnengebräunte Hand auf ihrer hellen Haut, über die sich ein zarter rosafarbener Schimmer zog.

Felicia hob die Lider und lächelte ihn an. Ben ließ seine Hand noch einen Moment an ihrer Wange liegen, erwiderte das Lächeln und strich mit dem Daumen über ihren Wangenknochen. Dann griff er nach ihrer Hand und verschränkte seine Finger mit ihren. Still sahen sie der Sonne beim Sinken zu, genossen die Nähe des anderen. Das änderte sich auch nicht, als sie schließlich von der Brücke kletterten und Hand in Hand zu seinem Wagen gingen. Leise Musik aus dem Autoradio begleitete ihre Heimfahrt. Ben hätte ewig so weiterfahren können. Felicia, die sich in seinen Beifahrersitz kuschelte, ihre Finger miteinander verwoben. Doch so lange es im Berufsverkehr dauerte, die Strecke von München nach Starnberg zurückzulegen, so schnell verging die Fahrt um diese Uhrzeit.

Als Ben den Motor vor der alten Schule ausschaltete, saßen sie für einen Moment im dunklen Kokon des Führerhauses seines Pick-ups und sahen sich an. Ben konnte

Felicias Gedanken nicht lesen, aber er war sich sicher, dass sie in diesem Moment genau wie er zögerte. Die Party, zu der sie erwartet wurden, würde diesen besonderen Abend, den sie zusammen erlebt hatten, beenden. Aber sie konnten nicht ewig hier sitzen bleiben, sich nicht vor der Realität verstecken. Also beugte Ben sich vor, strich mit den Lippen über ihre Wange und flüsterte: »Lass uns gehen. Die Meute wartet sicher schon auf uns.« Als er sich zurücklehnte, sah er, dass Felicia bei seiner Berührung die Augen geschlossen hatte. Er konnte nicht widerstehen und küsste sie noch einmal zart auf die Lippen. Doch bevor sie sich erneut in einem Kuss verloren, zog er sich zurück und öffnete die Fahrertür.

Er ging um den Wagen herum, öffnete dann die Beifahrertür und griff abermals nach Felicias Hand, als sie ausstieg. Seite an Seite gingen sie bis zur Hausecke, hinter der sie ein flackerndes Lagerfeuer erwartete, das Jule und Lina am See aufgeschichtet hatten. Sie hatten Picknickdecken ausgebreitet und Fackeln an der Uferlinie in den Boden gesteckt. Auf dem wackligen Steg hatte eine von ihnen – Ben tippte auf Lina – Windlichter verteilt.

Die Nacht war auch nach dem Sonnenuntergang mild geblieben. Der schwere Duft der Pfingstrosen lag in der feuchten, warmen Luft. Ben war sich sicher, dass es entweder noch in der Nacht oder am nächsten Tag ordentlich gewittern würde. Aber erst einmal würde das Wetter halten.

Die Musik war voll aufgedreht, und Jule, Lina und Sam, der ihm geschrieben hatte, dass er auch in der alten Schule vorbeischauen würde, tanzten am Strand. Poldi und Elfriede lagen nebeneinander auf einer der Decken und sahen ihnen gelangweilt bei ihren Verrenkungen zu.

»Hey! Da ist der Ehrengast der ersten Beachparty dieses Jahres!«, rief Lina, als sie sie entdeckte, und winkte ihnen zu. »Herzlichen Glückwunsch, Ben!« Die drei versuchten sich an einer La-Ola-Welle, die etwas schief ausfiel, weil sie vielleicht schon ein bisschen zu viel des Gin Tonics intus hatten, der auf einem Tablett auf einer der Picknick-Decken stand.

Jule stürmte auf sie zu, und Ben spürte, wie Felicia ihre Hand aus seiner löste, bevor die Freundin sie erreichte und sich bei ihnen unterhakte, um sie zu ihrer improvisierten Bar zu ziehen. »Jetzt bekommt ihr einen Drink, damit wir auf dich anstoßen können, Ben, und dann bestellen wir endlich die Pizza. Wir sind am Verhungern. Wo habt ihr nur so lange gesteckt?«

Ben warf Felicia einen Seitenblick zu und sah im Flackern der Flammen, wie sich ihre Wangen dunkel färbten. Ihr stiller Moment war definitiv vorbei. Ben war sich nicht sicher, wie sie über den Moment auf der Brücke dachte. Vorhin, und auch gerade noch in seinem Wagen, hatte es sich perfekt angefühlt. Was vielleicht daran gelegen hatte, dass sie ganz allein gewesen waren. An einem Ort, an dem sie nicht über das Vor- oder Nachher nachdenken mussten. Ein Ort, an dem sie einfach nur sie selbst gewesen waren. Für eine viel zu kurze Zeit. Jetzt wich Felicia seinem Blick aus, so als hätte sie Angst, dass man in ihren Augen lesen könne, was zwischen ihnen geschehen war. Sie brauchte ganz sicher noch Zeit. Ben konnte die Geduld aufbringen, die nötig war, bis Felicia die Geschehnisse in ihrem Kopf sortiert hatte und bereit für etwas Neues war. Denn eines war sicher: Er wollte sie noch einmal küssen. Wieder und wieder. Aber bis dahin ließ er ihr den Freiraum, den sie brauchte.

Er nahm den Gin Tonic, den sein Cousin ihm reichte.

»Glückwunsch.« Sam schlug ihm mit einem schiefen Grinsen auf die Schulter. »Wichtig ist, dass man immer einen Grund zu feiern hat«, sagte er und prostete in die Runde. »Wenn das bei euch immer so ist, ziehe ich in der alten Schule ein, falls ich jemals zuhause ausziehen sollte.«

»Pff.« Ben grinste. »Solange deine Mutter deine Wäsche macht, wirst du vermutlich nie ausziehen.«

Sam legte den Kopf schief. »Jetzt wo du es sagst: stimmt.«

Sie tanzten. Sie lachten. Und sosehr Ben es genoss, diesen Erfolg mit seinen Freunden zu feiern, schaffte er es nicht, seinen Blick von Felicia zu lösen. Wenn sie sich unbeobachtet fühlte, blickte sie zu ihm herüber. Manchmal ertappte Ben sie dabei, und ihre Blicke verhakten sich für einen Moment – bis irgendjemand tanzend zwischen sie sprang oder Felicia schließlich zur Seite blickte. Auch wenn die anderen sicher nichts davon bemerkten, zwischen Felicia und ihm summte Energie. Unaufhörlich. Mit einer Intensität, dass Ben das Gefühl hatte, sie würde Funken schlagen, wenn Felicia und er sich berührten.

*

Als Felicia in dieser Nacht ins Bett fiel, tanzten nicht nur die Schmetterlinge in ihrem Bauch, ihr gesamter Körper kribbelte. Sie starrte an die dunkle Decke und ließ den Tag Revue passieren. Die Momente mit Ben auf der Brücke schwebten noch immer so lebendig vor ihrem inneren Auge, dass sie fast vergessen hatte, wie der Morgen begonnen hatte; nämlich damit, dass sie Martin Paroli geboten hatte. Aber diese

Erinnerung verblasste geradezu im Vergleich zu der Gänsehaut, die Bens Berührungen und der Kuss auf ihrer Haut hatten erblühen lassen. Ihr Herz schien ein Schlagzeugsolo nach dem anderen hinzulegen, so wie Ben unbewusst auf jeder Oberfläche herumtrommelte. Überhaupt: Ben. Sie wurde nicht schlau aus ihm. So innig und zärtlich ihr Moment (wie sie es insgeheim nannte) gewesen war, so still und doch voller Versprechen ihre Rückfahrt zur alten Schule gewesen war, hatte er Abstand zwischen sie gebracht, kaum dass sie ihre Freunde am Lagerfeuer getroffen hatten.

Sie war sich trotz allem der Blicke bewusst gewesen, die Ben ihr zugeworfen hatte, wenn er glaubte, sie bemerke es nicht. Blicke, die die Schmetterlinge in ihrem Bauch in Applaus ausbrechen ließen. Er war ein wundervoller Mann. Aber sollte sie sich wirklich so kurz nach ihrer desaströsen Beziehung mit Martin in die Gefühle stürzen, die Ben in ihr auslöste? Und wollte Ben das überhaupt?

Felicia drehte sich auf die Seite und blickte durch den Spalt zwischen ihren Vorhängen in die Nacht hinaus. Sie hatte sich viel zu lange selbst betrogen und musste erst einmal lernen, sich wieder zu vertrauen. Und Bens Signale waren so … widersprüchlich. Wie konnte er sie so küssen und sich dann den Rest des Abends auf der gegenüberliegenden Seite der Party aufhalten? Sie zog das Kissen unter ihrem Kopf hervor und presste es auf ihr Gesicht, um den unterdrückten Schrei zu dämpfen, der in ihrer Kehle nach oben stieg. Vielleicht wussten Jule oder Lina Rat und konnten ihr sagen, wie sie mit Ben umgehen sollte.

Mit einem müden Seufzer schob sie sich das Kissen wieder unter den Kopf und schloss die Augen. Bens Lachen begleitete sie in ihre Träume und blieb die Nacht über bei ihr.

Der Regen, der die schwülwarme Luft ein wenig hätte abkühlen können, blieb in der Nacht aus. Am Morgen hingen die dunklen Wolken tief und schwer über der alten Schule.

Felicia hatte für den Sonntag das Catering für einen Brunch angenommen und begann schon am Samstagmorgen mit den Vorbereitungen. Durch die Fenster konnte sie Ben im Garten herumwühlen sehen. Er hatte die Paletten mit den Pflanzen, die er von dem Geld, das sie ihm für seine Hilfe beim letzten Catering gezahlt hatte, aus der Gärtnerei geholt hatte, hinter das Haus gebracht. Jetzt begann er, am Saum der Bäume entlang, ein Beet auszugraben, das er bepflanzen wollte. Er hatte an diesem Morgen nicht in der Küche vorbeigeschaut oder hatte sich sein Frühstück schon gemacht, bevor Felicia aufgestanden war. Vielleicht ging er ihr auch heute noch aus dem Weg. Bereute er den Moment auf der Brücke bereits? Sie bemühte sich, nicht andauernd an den vergangenen Tag zu denken und sich auf ihre Arbeit zu konzentrieren. Das wurde allerdings mit den steigenden Temperaturen und der zunehmenden Luftfeuchtigkeit immer schwieriger, weil Ben sein T-Shirt ausgezogen hatte und mit freiem Oberkörper weiterarbeitete.

Möglicherweise schaute Felicia ihm ein bisschen zu lange bei der Arbeit zu. Als die Küchentür hinter ihr geöffnet wurde, zuckte sie ertappt zusammen.

»Was gibt es denn zu sehen?«, fragte Jule und lehnte sich über ihre Schulter, um ebenfalls einen Blick aus dem Fens-

ter zu werfen, während Felicia die Hitze in die Wangen stieg.
»Ah«, kommentierte Jule den Anblick, den Ben bot. »Mit dieser Aussicht kann man den Tag gut beginnen.«

Felicia sagte nichts und konzentrierte sich wieder auf ihre Brunchvorbereitungen.

»Ich komme, um Kaffee zu schnorren«, erklärte Jule, nachdem sie Ben noch ein wenig mit schräg gelegtem Kopf beim Umgraben zugesehen hatte. »Mir sind die Kapseln ausgegangen.«

»Bedien dich«, sagte Felicia. Sie dachte einen Moment darüber nach, der Freundin von dem Kuss zu erzählen, als Jule sich einen Cappuccino an ihrem Automaten zubereitete.

»Was ist das eigentlich zwischen euch?«, wollte Jule wissen, bevor Felicia sich Gedanken darüber machen konnte, wie sie ihre Frage am besten stellte.

»Was meinst du?« Felicia blickte von ihrer Teigschüssel auf und erhaschte Jules Blick, der abermals zu Bens Rücken gewandert war.

»Dich und Ben meine ich«, sagte sie und sah Felicia mit hochgezogenen Augenbrauen an. »Ihr zwei produziert genug Energie, um die alte Schule für zwei Jahre zu beleuchten, wenn ihr euch auch nur fünf Meter entfernt voneinander aufhaltet.«

Das Brennen in Felicias Wangen nahm noch ein wenig zu. Sie hielt den Kopf gesenkt und knetete ihren Teig. »Ich weiß nicht, wovon du redest.« Sah man so deutlich, dass sie sich für Ben interessierte?

Jule nippte an ihrem Kaffee. »Ich rede davon, dass Ben die Augen nicht von dir lassen kann, wenn du nicht hinsiehst. Und wenn er nicht hinsieht, starrst du ihn an. Ihr solltet dieser Anziehung einfach mal nachgeben, bevor ihr mit eurer überschüssigen Energie eine Kernschmelze verursacht.«

»Du meinst …«, Felicia schluckte, »ich soll …« Sie sprach den Satz nicht zu Ende.

»Einer von euch sollte auf jeden Fall. Und wenn Ben das nicht ist, bleibst nur du, Süße.« Jule warf einen Blick auf ihr Handy, das vibrierte, und gab einen Seufzer von sich. »Entschuldige, Licie. Lass uns später weitersprechen, ja? Mein Bruder hat schon wieder irgendwas angestellt. Ich muss meine Mutter anrufen.« Mit diesen Worten und einem gut gemeinten Rat, der Felicia völlig ratlos zurückließ, verschwand die Freundin.

Felicia blieb nichts weiter übrig, als sich Jules Worte wieder und wieder durch den Kopf gehen zu lassen und verstohlene Blicke aus dem Fenster zu werfen.

Als sie mit ihren Brunchvorbereitungen fertig war, hatte sie einen Entschluss gefasst. Jules Worte standen gegen Bens widersprüchliches Verhalten. Sie würde ihn einfach auf die Probe stellen und sehen, ob er sie immer noch wie eine Freundin behandelte, oder vielleicht …

Eine Erfrischung verdiente Ben sowieso. Zudem war es an der Zeit, dass sich Felicia selbst wieder ein bisschen in die Gartenarbeit einbrachte, auch wenn Ben ihr keine weiteren Lektionen für den grünen Daumen hatte zukommen lassen. Vielleicht richtete sie dieses Mal ja nicht so viel Schaden an. Sie bereitete einen großen Krug von *Leonas Zauberwasser* zu, wie sie es immer genannt hatten, und kühlte ihn mit ein paar großen Eiswürfeln, während sie ihre Küchenkluft gegen Shorts, Turnschuhe und ein Top tauschte. Den Krug und ein

Glas auf einem Tablett verließ sie die alte Schule durch die Hintertür und ging zu Ben in den Garten.

Er schaute auf, als er sie kommen sah, und blickte ihr lächelnd entgegen, was dafür sorgte, dass sich ihr Puls ganz automatisch ein wenig beschleunigte.

»Ich bringe eine kleine Erfrischung und Pflanzhilfe«, sagte Felicia, als sie ihn erreichte.

»Genau zum richtigen Zeitpunkt. Beides. Was zum Abkühlen kann ich auf jeden Fall gebrauchen«, erwiderte er und trank das erste Glas, das sie ihm einschenkte, in ein paar großen Schlucken leer. »Und eine Pflanzhilfe kommt mir auch gelegen. Da muss ich mich schon nicht so weit bücken«, neckte er sie, als er ihr das Glas hinhielt, damit Felicia noch einmal nachschenken konnte.

Wie ein guter Kumpel, dachte Felicia. Sie schluckte trocken. Vielleicht hatte Jule doch nicht recht. Vielleicht war es nur ein Moment gewesen, in dem Ben und sie sich hatten hinreißen lassen. Ein Moment, der nicht genug Bedeutung hatte, um sich in den Alltag zu retten. Vielleicht … *Hör auf*, dir den Kopf zu zerbrechen. Mit Ben befreundet zu sein war doch besser, als ihn gar nicht in ihrer Nähe zu haben. Sie atmete tief durch und versuchte, ihn mit den Augen einer Freundin zu sehen. »Alter Chauvie«, sagte sie und lächelte, als Ben auch das zweite Glas zur Hälfte leerte. Zwischen ihnen war es immer leicht gewesen. Sie zogen sich gegenseitig auf, reizten sich. Als ob sie schon seit Ewigkeiten Kumpel wären. Und das würde sie auch weiterhin haben, selbst wenn Ben nicht so fühlte wie sie. »Ich hoffe, du gibst mir in diesem Garten noch eine zweite Chance.« Sie blickte auf die Pflanzpaletten, von denen einige leer waren. Weil Ben sie zum Teil schon eingegraben hatte oder zumindest so auf den vorbereiteten Beeten ausgelegt hatte, dass bereits klar war, was wo eingepflanzt werden sollte.

»Die Chance bekommst du auf jeden Fall.« Ben leerte das Glas und stellte es neben den Krug auf das Tablett. »Diesmal fragst du mich einfach, bevor du irgendwelche Pflanzen tötest, dann kriegen wir das schon hin. Was ist das für ein Getränk?«, wollte er mit Blick auf den Krug wissen.

Felicia lächelte und legte den Zeigefinger an die Lippen. »Das ist *Leonas Zauberwasser*. Ich darf dir nicht verraten, was da drin ist, aber ich mache dir jederzeit gerne einen Krug davon.«

»Das schmeckt fantastisch. Du könntest am Tor einen Zauberwasserstand aufbauen. Die Leute würden dir den Drink aus den Händen reißen, und du könntest wahrscheinlich allein damit den Kauf der alten Schule finanzieren.«

Felicia lachte. »Du bist verdammt gut im Übertreiben. Ich freue mich, dass dir die Limonade schmeckt. Aber jetzt lass uns weitermachen, bevor uns der Regen einen Strich durch die Rechnung macht.« Sie zog die Gartenhandschuhe, die sie sich inzwischen zugelegt hatte, aus der Gesäßtasche ihrer Shorts und klopfte sich damit motiviert in die offene Handfläche.

»Okay. Dann komm mal mit. Du kannst die Beete harken, die es schon gibt, und das Unkraut entfernen, das hier und da ein wenig überhandnimmt.«

*

Ben war an diesem Vormittag weit gekommen. Er hatte drei Rabatten vorbereitet, die mit günstigen Stauden aus der

Gärtnerei bepflanzt werden konnten. Die Setzlinge machten nicht viel her. Was einer der Gründe war, warum sie sich zu Ladenhütern entwickelt hatten und für einen Spottpreis über den Ladentisch gegangen waren. Er hatte sie mit einer Mischung aus dem Geld, das Felicia ihm für seine Hilfe gegeben hatte, und seinem Familienrabatt erworben. Mit ein bisschen Pflege und viel Liebe würde Ben es schaffen, sie zu großen, kräftigen Pflanzen heranwachsen zu lassen. Eine wunderschöne Ergänzung zu den alten Bäumen mit ihren tief hängenden Ästen.

Felicia hatte ihn aus seinen Gedanken gerissen. Das Umgraben und Pflanzen hatte für ihn fast etwas Meditatives. Er konnte sich auf seinen Spaten und die Stauden konzentrieren und alle anderen Gedanken, die ihm durch den Kopf gingen, zur Seite schieben.

Bis auf Felicia. Sie ließ sich nicht aus seinen Gedanken verbannen. Das ungläubige Funkeln in ihren Augen, als er sie aufgefordert hatte, auf die Brücke zu klettern. Der goldene Schimmer, den die untergehende Sonne auf ihre Haare und ihr Gesicht gemalt hatte. Der Kuss, der ihn aus der Bahn geworfen hatte. So ließ es sich am besten beschreiben. Tatsächlich dachte er an fast nichts anderes mehr als daran, sie überall zu berühren, seine Lippen nicht nur auf ihre zu pressen, sondern auf jeden Zentimeter ihres Körpers. Er stellte sich ihre sanften Seufzer vor. Ihr Lächeln.

»Man kann sich auch selbst foltern«, murmelte er und schüttelte über sich selbst den Kopf, als er die Erde um einen Garten-Salbei festdrückte. Er hatte das Richtige getan. Auf der Party nach ihrer kleinen, privaten Feier. Er hatte sich von Felicia ferngehalten, auch wenn die Hitze des Lagerfeuers nicht gerade dazu beigetragen hatte, seine Gedanken abzukühlen. Dafür hätte es schon einen Sprung in den See gebraucht. Sie hatte sich gerade erst getrennt, und Ben wollte sie auf keinen Fall überrumpeln, nur weil er völlig verrückt nach ihr war. Er musste ihr Zeit und Raum lassen. Felicia war diejenige, die den ersten Schritt machen musste – wenn sie so weit war. Er konnte nur hoffen, dass sie sich nicht so viel Zeit ließ, dass er in ihrer Nähe den Verstand verlor.

Viel fehlte nicht mehr, wurde ihm klar, als Felicia mit ihrer Erfrischung auftauchte und ihm anbot zu helfen. Von dem Moment an hatte die Gartenarbeit jeden meditativen Charakter verloren. Ihre Anwesenheit lenkte ihn noch mehr ab. Fast wünschte er sich, sich nur mit seinen Fantasien von Felicia auseinandersetzen zu müssen statt mit dem nachdenklichen Blick, bei dem sie auf ihre Unterlippe biss, wenn sie entschied, eine Pflanze aus dem Beet zu reißen oder sie stehen zu lassen. Die hellblauen Shorts, die an ihren Schenkeln hinaufrutschten, wenn sie sich hinunterbeugte. Die Erd- und Grasflecken an ihren nackten Knien.

Wenigstens trugen Felicias immer noch nicht vorhandene Gärtner-Fähigkeiten zu seiner Erheiterung bei. Sie hatte bereits eine Pflanze aus dem Beet gezogen, von der sie nicht viel hielt.

»Das ist Eisenkraut. Das brauchen wir noch«, hatte er gesagt, ihr die Staude aus der Hand genommen und wieder eingesetzt.

»Die sah aber wirklich nicht hübsch aus«, verteidigte Felicia sich mit Blick auf die kleinen Blätter. »Das hätte durchaus Unkraut sein können.«

»Ja, weil Eisenkraut erst schön wird, wenn es im Juli

so richtig aufblüht. Bis dahin ist sie einfach ein wenig unscheinbar, um zum Beispiel den Pfingstrosen nebendran nicht die Show zu stehlen.«

Felicia hatte daraufhin beschlossen, nichts, was ihr komisch vorkam, herauszureißen, ohne Ben zu fragen. Zum Glück für die Sonnenbraut, die ihrem Aktionismus sonst auch zum Opfer gefallen wäre. »Ist das noch eine Pflanze, oder kann das weg«, wurde zum geflügelten Satz dieses Nachmittags.

Vielleicht hatte Felicia ihre Hilfe nur angeboten, weil sie glaubte, ihm das schuldig zu sein, wenn er schon in ihrem Garten werkelte. Aber sie war mit Feuereifer bei der Sache und hatte auf jeden Fall Spaß daran, in der Erde herumzuwühlen.

Ben zog sein T-Shirt wieder über, nachdem er die letzte Pflanze eingesetzt und seine Werkzeuge zusammengeräumt hatte. Er blickte nach oben, als der Wind begann, in den Baumwipfeln zu rascheln. Die Wolken hingen bedrohlich tief über ihnen, aber der Wind schaffte keine Abkühlung, sondern wirbelte die feuchte Luft um sie herum nur auf wie ein Quirl warmes Wasser. »Wahrscheinlich wird es gleich regnen. Wir sollten die frisch gesetzten Stauden abdecken, damit sie nicht gleich weggeschwemmt werden«, sagte er und begann, eine der Planen, die er bereitgelegt hatte, in Richtung der Beete zu ziehen.

Felicia griff nach dem anderen Ende und half ihm, die Pflanzen abzudecken. Als sie die Folie über das erste Beet zogen, zerplatzten erste schwere Tropfen auf dem schwarzen Plastik. Als sie bei der letzten angekommen waren, schüttete es bereits wie aus Eimern. Ben lachte, als Felicia schützend ihre Hände über den Kopf hielt und sich in Richtung Haus umwandte.

»Komm!«, rief sie und wollte losrennen.

Doch Ben erwischte ihren Arm und hielt sie fest. »Wo willst du denn hin?«, fragte er und schwenkte sie einmal um sich herum. »Hier ist es doch im Moment wunderschön.«

»Es regnet!«

»Ja.« Ben hob den Kopf und ließ die großen, warmen Tropfen auf sein Gesicht fallen. »Lass uns tanzen.« Er schwenkte Felicia noch einmal herum.

*

Während Felicia sich noch unter den Regentropfen wegzuducken versuchte, zog Ben sein Handy aus der Hosentasche und tippte darauf herum. Im nächsten Moment erklang eine eindringliche Gitarrenmelodie, und eine raue Männerstimme begann zu singen. So leise, dass sie es über das Prasseln des Regens und die einsame Gitarre fast nicht hören konnte. Ben schob das Handy zurück in seine Gesäßtasche und zog Felicia dann an sich. Sie lehnte sich an ihn, spürte sein nasses T-Shirt unter ihren Fingern und die warmen Regentropfen, die auf ihrer Haut zerplatzten.

Ben liebte das. Offensichtlich. Er schien jeden Tropfen zu genießen und summte den Song leise mit, was seinen Brustkorb vibrieren ließ.

Felicia konnte das an ihrem Körper spüren, so nahe waren sie sich. Ohne Vorwarnung wirbelte er sie von sich weg und zog sie wieder zu sich heran. Abstand und Nähe. Sie hatte das Gefühl, als ob der Regen alle Barrieren wegspülte. Sie nahm alles um sich herum viel schärfer wahr. Bens Herzschlag unter ihren Fingern, als ihre Hand nach ihrer Drehung auf seinem Brustkorb landete. Das Rauschen des Wassers, das sie zusammen mit dem Song wie in einen Kokon einspann. Die Tropfen, die auf ihre plötzlich übersensible Haut trafen. Der Duft der frischen, nassen Erde unter ihnen. Und diese Hitze, die noch immer zwischen ihnen rotierte, obwohl der Regen sie doch längst abgekühlt haben müsste. »Ich glaube, ich liebe es, im Regen zu tanzen«, wisperte Felicia. Zumindest mit Ben.

Ihre Worte sorgten dafür, dass Ben sie noch ein wenig näher an sich zog und seine Lippen in ihre Halsbeuge presste. Langsam bewegte er sich weiter im Takt zur Musik, und Felicias Herzschlag setzte einen Moment aus. Das hier fühlte sich so gut an. So … perfekt. Bens Lippen auf ihrer Haut. Danach sehnte sie sich, seit er sie geküsst hatte. Seine Hände, die auf ihrem Rücken lagen und sie so nah an ihn gepresst hielten, dass kein Regentropfen mehr zwischen sie passte.

Felicia schlang ihm die Arme um den Hals, und Ben löste seine Lippen aus ihrer Halsbeuge, glitt an ihrem Hals entlang und hob den Kopf dann weit genug, um Felicia ins Gesicht sehen zu können. Er würde sie gleich küssen. Felicia schluckte trocken und schloss die Augen. Die Schmetterlinge in ihrem Bauch setzten zu einem Trommelsolo an. Regentropfen fielen auf ihr Gesicht, mischten sich mit Bens warmem Atem, als er sich über sie beugte. Seine Lippen glitten federleicht über ihre. So zart, dass sie die Berührung mehr ahnte als spürte. Sie wollte mehr davon. Mehr von Ben. Einen richtigen Kuss. Also presste sie ihre Lippen …

»Felicia!«

Felicia zuckte zusammen und fuhr herum. Die Hände auf Bens Schultern gelegt, um nicht das Gleichgewicht zu verlieren. Seine Arme noch immer um ihre Mitte geschlungen, sah sie ihrer Mutter entgegen, die, halb verborgen unter einem riesigen Regenschirm mit einem Designerlogo, durch das hohe Gras auf sie zugestakst kam. »Mist«, murmelte sie. Der erste Gedanke, der ihr einfiel. Sie warf Ben einen flüchtigen Blick zu.

Ben wartete, bis sie festen Stand hatte, und zog dann langsam seine Hand weg. Bis ihre Mutter sie erreichte, hatte er einen Meter Abstand zwischen sich und Felicia gebracht. Ein Abstand, der den Regen, der immer noch in Strömen fiel, plötzlich wie kalte Nadeln auf ihre Haut prasseln ließ. »Ben, ich …«, begann sie, nicht sicher, was sie sagen sollte.

Doch er schüttelte nur den Kopf, als ihre Mutter abermals ein scharfes »Felicia! Was zur Hölle treibst du hier?« verlauten ließ und Ben mit zusammengekniffenen Lippen von oben bis unten musterte.

»Ben?«, fragte Felicia leise.

»Ich glaube, diese Diskussion führt ihr lieber ohne mich.« Er legte Felicia für einen Moment den Arm auf die Schulter und wandte sich dann ab, um seine Werkzeuge einzusammeln und in seine Schubkarre zu laden. Von dem innigen Moment, den sie gerade eben noch geteilt hatten, war nichts mehr übrig.

»Tut mir leid«, flüsterte Felicia seinem Rücken zu. Denn er hatte sich bereits von ihr abgewandt.

Doch ihre Mutter verlangte ihre Aufmerksamkeit. »Was um alles in der Welt soll das werden?«, zischte sie.

»Ich habe Blumen gepflanzt«, sagte Felicia und fühlte sich wie Baby aus *Dirty Dancing*, als sie sagte, dass sie eine Melone getragen hatte. Lina wäre sicherlich begeistert über ihre Abwandlung des Filmklassikers. »Darf ich dir meinen Mieter Ben Lindner vorstellen? Er kümmert sich um den Garten. Ben – meine Mutter, Margaretha Sommerfeldt.«

Ihre Mutter ignorierte die Vorstellung. Ihr Blick fiel auf Felicias verschmierte Hände und die Abdrücke, die sie auf Bens T-Shirt hinterlassen hatte, und Felicia spürte, wie ihre Wangen schon wieder zu brennen begannen. »Das sah nicht aus, als hättest du Pflanzen eingegraben«, brachte sie ihre Beobachtungen auf den Punkt.

Ärger über den abwertenden Blick, den ihre Mutter Ben nachschickte, und ihr missbilligendes Getue kochte in Felicia hoch. Sie hatte sich schon so oft über ihre Eltern geärgert, aber sie widersprach ihnen normalerweise nicht. Ben hatte diese Respektlosigkeit allerdings nicht verdient. Ihre Mutter hatte es nicht einmal für nötig erachtet, ihn zu grüßen. »Du hast schon richtig gesehen. Erst habe ich gepflanzt«, sagte sie und straffte die Schultern. »Und dann habe ich einen Regentanz aufgeführt, damit die Blumen schön wachsen.«

Ihre Mutter starrte sie an, öffnete den Mund und schloss ihn dann wieder.

Augenblicklich holte das schlechte Gewissen Felicia ein. Sie konnte sich nicht erinnern, ihrer Mutter gegenüber jemals so vorlaut gewesen zu sein. »Entschuldige bitte. Das war nicht so gemeint«, sagte sie. »Wir haben uns einfach nur so gefreut, dass wir mit dem Garten vorangekommen sind, dass wir ein bisschen im Regen getanzt haben.« Das stimmte zwar nicht ganz, aber Felicia hatte nicht den Eindruck, dass ihre Mutter mit der Wahrheit – und Felicias Gefühlen für Ben – im Moment wirklich gut umgehen konnte. Allerdings war ihre Mutter hier. Einen Weg, den sie sich – besonders bei diesem Wetter – eher sparte. Es sei denn, der Grund ihres Besuches war wichtig. Ihr Magen zog sich zusammen, weil Dinge, die ihre Mutter als wichtig empfand, normalerweise etwas mit Felicias Lebensweise oder der alten Schule zu tun hatten. Besonders, nachdem gestern schon ihr Vater versucht hatte, sich mit ihr zu treffen. »Was kann ich für dich tun, Mutter?«, fragte sie und wischte ihre schmutzigen Hände an ihren Shorts ab.

»Wie wäre es, wenn wir das im Haus besprechen? Im Trockenen. Und ohne Zuhörer«, ergänzte sie, obwohl Ben längst um die Hausecke verschwunden war.

»Bitte.« Felicia machte eine Handbewegung in Richtung ihrer Wohnung und folgte ihrer Mutter dann zum Hintereingang des Hauses. Sie schüttelte ihren Schirm aus und stellte ihn neben der Tür ab, bevor sie die Wohnung betrat.

Wie immer warf ihre Mutter einen missbilligenden Blick in die Ecken, bis sie sich endlich elegant auf das Sofa sinken ließ. Felicia warf dem Bild von ihrer Tante und sich auf dem Sideboard einen Blick zu und bemühte sich, nicht die Augen zu verdrehen. Dann wusch sie sich schnell die Hände und nahm, nass wie sie war, neben ihrer Mutter auf der Couch Platz. »Kann ich dir etwas anbieten?«, fragte sie.

Ihre Mutter schüttelte den Kopf, und Felicia wartete ab, bis sie die Beine einmal andersherum überschlagen hatte und sich mit ernstem Gesicht vorbeugte. »Ich habe gehört, dass Martin sich von dir getrennt hat. Zwei unterschiedliche Leute haben mir davon erzählt. Ich finde es unmöglich, dass ich das nicht von dir erfahre, sondern von wildfremden Menschen darauf angesprochen werde.«

Felicias Mutter, die Dramaqueen. Nun musste sie sich wirklich zusammenreißen, um nicht die Augen zu verdrehen. Wildfremde Menschen hatten sie mit Sicherheit nicht darauf angesprochen.

Doch bevor Felicia etwas erwidern konnte, setzte ihre Mutter die Tirade fort. »Wie um Himmels willen hast du es geschafft, einen so wunderbaren Mann zu vertreiben?«

Einen Moment lang herrschte Stille zwischen ihnen. Nur das Ticken der alten Wanduhr war zu hören. Und das Rauschen des Regens. Dann atmete Felicia tief ein. Und wieder aus. »Erstens«, begann sie, ihrer Mutter reinen Wein einzuschenken, »war Martin kein wunderbarer Mann. Und zweitens hatte diese Trennung überhaupt nichts mit mir zu tun, sondern damit, dass er für einen neuen Job nach Frankfurt geht.« Felicia sprang auf und begann, hin und her zu laufen. »Möchtest du wirklich nichts trinken?«, fragte sie ihre Mutter noch einmal und redete, als diese den Kopf schüttelte, weiter: »Martins Abfuhr war nicht gerade schmeichelhaft, aber es war die richtige Wahl. Für uns beide. Martin und ich wären niemals glücklich geworden, wenn wir zusammengeblieben wären.«

Felicias Mutter gab ein lang gezogenes »Tss« von sich. »Du hättest dich einfach ein bisschen mehr bemühen und nicht all deine Energie in dieses verdammte Haus stecken sollen. Ein Mann, der so beschäftigt ist wie Martin, braucht eine Frau, die sich um seine Bedürfnisse kümmert.« Ihre Mutter hob den Zeigefinger. »Das heißt aber nicht, dass du das nicht immer noch versuchen kannst.«

Felicia hatte ihre Wanderung durch den Raum unterbrochen und starrte ihre Mutter fassungslos an. »Meinst du das wirklich ernst?«, fragte sie und rieb sich dann über das Gesicht. »Du meinst das ernst«, beantwortete sie sich die Frage selbst. »Darf ich dich daran erinnern, dass du aus Prinzip nichts tust, was meinem Vater passt? Dass ihr seit fünfzehn Jahren getrennt lebt und euch, statt euch endlich scheiden zu lassen, gegenseitig das Leben zur Hölle macht? Ist es das, was du mir für meine Zukunft wünschst?« Felicia zeigte mit dem Daumen auf sich. »Denn genau so würde die Beziehung mit Martin enden. Selbst wenn ich hier alles aufgeben und ihm nach Frankfurt folgen würde. Selbst wenn er das überhaupt wollte. Er hat die Beziehung beendet, weil ich ihm gar nicht genug bedeute, um mich überhaupt zu fragen, ob ich das möchte. Und ich muss zugeben, dass ich inzwischen verstanden habe, dass ich ihn auch nicht liebe.«

»Weil du jetzt lieber mit dem Gärtner herumturtelst?«, fauchte ihre Mutter.

»Landschaftsarchitekt«, korrigierte Felicia ganz automatisch. »Ich turtele nicht mit ihm herum. Wir sind Freunde, und ich habe ihm geholfen, den Garten wieder auf Vordermann zu bringen, weil er sich dieses Dschungels hinter dem Haus angenommen hat, ohne auch nur einen Cent dafür zu verlangen. Genau darum geht es nämlich bei Freundschaft.«

Ihre Mutter gab wieder einen abfälligen Ton von sich. »Erzähl mir doch keine Geschichten«, wies sie Felicia zurecht. »Ich habe euch zusammen gesehen. Mir ist schon beim letzten Mal aufgefallen, wie er dich ansieht.«

Felicia mochte die Art, wie Ben sie ansah. Wenn er dachte, sie merkte es nicht. Kurz bevor er sie küsste. Aber das würde sie ihrer Mutter sicher nicht verraten. »Du kannst denken, was du willst, Mutter. Hier geht es nicht um Ben, sondern um Martin und mich. Ich habe viel zu lange die Augen verschlossen. Vor seinem Egoismus und seiner Selbstsucht. Ich habe gar kein Bedürfnis, das Ganze noch weiter zu forcieren. Ich möchte mich nicht mehr aufreiben, um ihn zurückzugewinnen. Was so oder so nicht passieren wird. Mehr gibt es dazu nicht zu sagen.«

»Wenn das so ist.« Ihre Mutter erhob sich mit derselben Eleganz von der Couch, mit der sie sich darauf niedergelassen hatte. »Ich habe dich gewarnt. Wenn du sehenden Auges in dein Unglück rennen möchtest, kann ich dir nicht helfen.« Sie ließ den Blick noch einmal durch den Raum schweifen und schüttelte leicht den Kopf. »Dir ist wirklich nicht zu helfen, Felicia. Ich weiß nicht, von wem du das hast. Von mir jedenfalls nicht.«

Felicia hoffte, dass sie die meisten ihrer Charakterzüge von ihrer Tante hatte. Sie sah ihrer Mutter nach, die mit einem kühlen Kopfnicken an ihr vorbeistolzierte und die Wohnung verließ. Es machte sie unsagbar traurig, dass ihre Eltern es nicht schafften, sie wie ein gleichwertiges Familienmitglied zu behandeln und ihr Leben und ihre Träume zu akzeptieren. Ganz abgesehen davon, stolz auf das zu sein, was ihre einzige Tochter erreicht hatte.

Elfriede saß auf der Fensterbank und starrte ihrer Mutter aus zusammengekniffenen Augen nach. Felicia ging zu ihr hinüber und streichelte sie. »Ich weiß«, flüsterte sie der Katze zu. »Sie ist unmöglich, und ich würde sie selbst am liebsten mit so einem Blick ansehen. Danke, dass du das für mich übernimmst.«

21

Felicia hatte heiß geduscht und war in ihren Pyjama geschlüpft. Nach dem Abgang ihrer Mutter war Kälte in ihr hochgekrochen. Kälte, die nichts mit dem Regen und ihrer völlig durchweichten Kleidung zu tun gehabt hatte, sondern von innen kam. Eine Kälte, gegen die sie nichts unternehmen konnte. Sie föhnte sich die Haare, zog dicke Socken an und kuschelte sich im Schein ihrer Nachttischlampe ins Bett.

Obwohl es noch gar nicht spät war, herrschte bereits eine Dunkelheit, die dem noch immer strömenden Regen und den grauen Wolken geschuldet war.

Elfriede rollte sich neben ihren Beinen zusammen. Felicia strich über ihren Rücken und griff dann nach ihrem Handy, als ihre Gedanken zu Ben zurückwanderten. Zu dem Tanz im Regen. Ihre Körper, so eng aneinandergeschmiegt. Der Kuss, der so zart gewesen war wie ein Lufthauch. Der melancholische Song. Felicia konnte sich nur an ein paar Bruchstücke des Textes erinnern, weil sie sich auf die Melodie konzentriert hatte. Und auf Ben. Aber jetzt gab sie diese Textfetzen in die Suchmaschine ein und klickte den Song an, der ihr angezeigt wurde. *Society* von Eddie Vedder. Felicia drückte auf Play. Als die ersten Gitarrentöne erklangen, schloss sie die Augen und ließ sich in die Kissen zurücksinken. Sie sah Ben vor sich, wie er in den Regen lachte. Wie er sie an sich zog, mit diesem intensiven Blick in den Augen. Aber sie lauschte auch auf den Text und … fand sich in den Zeilen selbst wieder. Hatte Ben diesen Song bewusst ausgewählt, um ihr zu sagen, dass es Zeit wurde, ihrem alten Leben den Rücken zu kehren? Aus den gesellschaftlichen Zwängen auszusteigen, die ihre Mutter symbolisierte?

Ihr Herz begann heftig zu schlagen. Genau das hatte sie heute getan. Sie hatte zum ersten Mal ernsthaft ihrer Mutter die Stirn geboten. Felicia wusste noch nicht, ob sich das am Ende als guter oder schlechter Schritt herausstellen sollte oder sie es vielleicht bereuen würde, aber sie hatte es getan. Sie hatte die Initiative für ihr Leben ergriffen. Nachdem Ben diesen Song für sie gespielt hatte.

Als die letzten Töne verklangen, drückte sie noch einmal auf Play und hörte sich das Lied ein zweites Mal an. Sie musste Ben unbedingt sagen, wie dankbar sie ihm war. Sie musste ihm zeigen, was er ihr bedeutete. Als das Lied diesmal endete, sprang sie aus dem Bett, schlüpfte in ihre Hausschuhe und lief ins Obergeschoss. Im Haus war es still. Eingehüllt vom Rauschen des Regens ging Felicia auf Bens Wohnung zu.

Vor dem Lehrerzimmer wurden ihre Schritte langsamer. Die Tür stand halb offen, und irgendjemand hatte die Lavalampen auf der Fensterbank eingeschaltet. In ihrem schummrigen Licht sah Felicia die Wandkarte mit dem viktorianischen Blumenalphabet schimmern. Sie erinnerte sich an die Gerbera, die Ben ihr geschenkt hatte, und die Bedeutung des Alphabets, Dinge auszusprechen, ohne Worte benutzen zu müssen. Sie könnte …

Bevor sie es sich anders überlegen konnte, betrat Felicia das Lehrerzimmer und schaltete das Licht ein. Dann begann sie die Karte nach der richtigen Blumenart abzusuchen. Was passte zu dem, was sie für Ben fühlte? Was sie ihm sagen wollte? Mit dem Zeigefinger fuhr sie die brüchige Leinwand entlang, las Bedeutung um Bedeutung. Betrachtete Pflanze um Pflanze. »Mein Gott, sind das viele Eigenschaften«, murmelte sie vor sich hin. Wie hatten die Leute zur viktorianischen Zeit das gemacht? Hatten die Gewächshäuser gehabt, in denen alles wuchs, was man so brauchte, um seinem Gegenüber reinen Wein einzuschenken? Ihr Finger stoppte bei den Ranunkeln. Was zur Hölle waren Ranunkeln? Es gab gefüllte, die »Zweifle nicht an der Aufrichtigkeit meines Herzens« bedeuteten. Und die einfachen, die sagten: »In deiner Nähe bin ich unaussprechlich glücklich«. Das war es, oder? So fühlte sich Felicia, wenn sie mit Ben zusammen war. Wenn er sie auf einer Brücke im romantischen Sonnenuntergang küsste, genauso wie wenn sie in ihrem Garten in der Erde buddelten.

Felicia hatte keine Ahnung, wie so eine Ranunkel aussah. Also googelte sie die Pflanze auf ihrem Handy und betrachtete die zarten Blüten einen Moment. Sie war sich nicht sicher, ob sie im Garten irgendetwas in der Art gesehen hatte. Aber egal, sie würde im Dunkeln und im Regen nicht anfangen, danach zu suchen. Stattdessen zog sie das Bild der Blume so groß, dass sie das gesamte Display füllte, und verließ das Lehrerzimmer. Dann klopfte sie an Bens Tür und wartete mit pochendem Herzen.

Es dauerte einen Moment, bis er öffnete. »Felicia«, sagte er, und seine Stimme klang rau. Er trug nur eine verwaschene Jogginghose. Sein Oberkörper war nackt. So hatte er zwar auch im Garten gearbeitet, aber das hier war anders. Viel intimer.

Felicia schluckte. Statt etwas zu sagen, hielt sie Ben ihr Handy entgegen.

Er betrachtete das Display, und sie hatte das Gefühl, dass eine Ewigkeit verging, bis er den Blick hob und Felicia in die Augen sah. »Die Ranunkel hat es gerade in die Top Ten meiner Lieblingsblumen geschafft«, sagte er leise und trat einen Schritt zur Seite, um Felicia in die Wohnung zu lassen. Einen Moment, den Poldi nutzte, um auf den Flur zu schleichen, wahrscheinlich um Elfriede einen Besuch abzustatten. Felicia trat über die Schwelle, und Ben schloss die Tür hinter ihr. Im Raum brannte nur die Nachttischlampe neben seinem Bett. Aus einem Lautsprecher erklang leise Musik, die an Folk oder Country erinnerte.

Felicia sah Ben an, nicht sicher, was sie als Nächstes tun sollte. Er nahm ihr das Handy ab und legte es in das Regal neben der Tür, ohne den Blick von ihr abzuwenden. Dann hob er seine Hände an ihre Wangen, schob ihr mit einer sanften Bewegung die Locken hinter das Ohr und rahmte ihr Gesicht ein. Langsam näherte er sich ihr und verharrte nur Millimeter vor ihrem Gesicht. Als ließe er Felicia die Wahl. Als könne sie entscheiden, wie weit sie gehen wollte.

Felicia war sich sicher, noch nie so genau gewusst zu haben, was sie wollte: Ben. Jetzt. Sie überwand die Millimeter, die sie trennten, und ließ sich in einen atemberaubenden Kuss fallen.

Felicias Hände glitten über Bens nackten Oberkörper. Sie verschränkte sie hinter seinem Nacken und zog ihn noch enger an sich. Ben schob seine Hände um ihre Taille und unter das Oberteil ihres Pyjamas. Sie glitten an ihrem Rücken nach oben, strichen sanft über ihre erhitzte Haut, während sich Ben langsam in Richtung Bett bewegte.

Felicias Kniekehlen stießen gegen die Matratze. Sie ließ sich nach hinten fallen und zog Ben mit sich. Er kam halb auf ihr zum Liegen und stützte sich ab, um sie nicht zu erdrücken. Es fühlte sich fantastisch an, seinen Körper so nahe an ihrem zu spüren. Die Muskeln seiner Schultern und seines Oberkörpers mit den Fingerspitzen nachzufahren. Sie küssten sich. Wieder und wieder. Erst zärtlich und dann immer leidenschaftlicher. Ben tastete nach den Knöpfen ihres Pyjama-Oberteils und begann, es mit ungeduldigen Bewegungen aufzuknöpfen. Raue Fingerspitzen strichen über jeden Zentimeter Haut, den er freilegte, gefolgt von seinen Lippen, die er erst über ihren Hals und dann über ihr Dekolleté gleiten ließ.

Felicia schloss die Augen und genoss die Liebkosungen. Sie sprachen nicht. Nur das leise Seufzen, das Ben in ihr aufsteigen ließ, und sein rauer Atem waren zu hören. Sie zogen sich gegenseitig die letzten Kleidungsstücke aus und begannen, einander zu erforschen, ließen die Hände und die Lippen über den Körper des anderen gleiten.

Ben ließ Leidenschaft in Felicia aufflammen, aber er gab ihrem Drängen nicht nach. Sanft und langsam verführte er sie. Abermals verschmolzen ihre Lippen in einem langen, zärtlichen Kuss, bevor Ben ihren Hals liebkoste, seine Lippen über ihren schnell dahinfliegenden Puls gleiten ließ, diese ganz besondere Stelle unter ihrem Ohr küsste, die ihr einen Seufzer entlockte und eine Gänsehaut auf ihrem gesamten Körper erblühen ließ. Er strich mit den Lippen über ihr Schlüsselbein, ihr Dekolleté. Reizte ihre Brustspitzen erst mit den Daumen, bevor er sie mit dem Mund liebkoste und Felicia dazu brachte, die Augen zu schließen und ihm ihren Körper entgegenzubiegen.

Rastlos strichen ihre Hände über seinen Körper, fuhren die Muskelstränge an seinem Brustkorb und Bauch nach, glitten über seinen Rücken bis zu seinem Po. Jeder Millimeter ihres Körpers, der über Bens Haut rieb, kribbelte, als wäre er elektrisch aufgeladen.

Ihre Berührungen wurden drängender, und auch Ben schien nicht länger warten zu können. Er löste sich lange genug von Felicia, um ein Kondom aus der Nachttischschublade zu nehmen und den Schutz überzuziehen. Dann war er wieder bei ihr, verschränkte seine Finger mit ihren und küsste sie auf diese ganz besondere Ben-Art, leidenschaftlich und zärtlich zugleich, die ihre Zellen vibrieren ließ.

Sie kam ihm entgegen, als er in sie glitt, und ihr Seufzen mischte sich mit seinem rauen Stöhnen. Ben küsste jeden Zentimeter ihrer Haut, den er erreichen konnte, und begann langsam, sich zu bewegen. Es war, als hätten ihre Körper nur darauf gewartet, endlich ihren gemeinsamen Rhythmus zu finden. Das Verlangen, das durch Felicias Körper floss, wurde heißer und heißer. Ließ sie unaufhaltsam auf ihren Höhepunkt zurasen. Mit wild klopfendem Herzen ließ sie sich in den Moment fallen und spürte, wie Ben ihr folgte.

*

Ben stützte sich für einen Moment auf den Unterarmen ab, dann drehte er sich auf die Seite und zog Felicia mit sich. Sein Herz schlug schnell und hart gegen seine Rippen. Sein Atem klang noch immer rau. Das hier war … ihm fehlten die Worte. Er lehnte seine Stirn gegen Felicias und wartete, bis sich sein Herzschlag langsam normalisierte.

Still lagen sie da, noch immer eng umschlungen. Ben wurde bewusst, dass sie kein Wort gesprochen hatten, seit Felicia über seine Schwelle getreten war. Nur der Regen klopfte an die Scheiben, und die leise Musik, die aus seinem Lautsprecher in der Ecke klang, füllte den Raum. Wie von selbst klopften seine Fingerspitzen den Rhythmus des Songs auf Felicias Rücken mit.

Sie hatte es sich bequem gemacht, ihren Kopf an seine Schulter gebettet. Für einen Moment blieb sie liegen, ließ sein kleines Trommelsolo zu, doch dann begann ihr Körper zu beben. Ben hielt inne, nicht sicher, ob sie gerade anfing zu weinen. Sie hatte den Kopf von ihm abgewandt, und ihre Schultern zitterten heftig. »Licie?«, flüsterte er. »Was ist los?«

Das Beben nahm zu. Und im nächsten Moment prustete Felicia los. »Entschuldige, entschuldige«, brachte sie heraus, konnte aber nicht aufhören zu kichern.

Ben legte ihr die Arme um die Schultern und die Taille und hielt sie fest. Presste zarte Küsse auf ihren Scheitel und wartete, bis sich ihr Heiterkeitsausbruch ein wenig beruhigte. »Ich mag deine Fröhlichkeit«, sagte er leise. »Auch wenn ich mir als Mann nicht ganz sicher bin, ob das ein gutes Zeichen ist, wenn du zu lachen anfängst, direkt nachdem du mit mir geschlafen hast.«

»Es ist«, wieder dieses Kichern, »das beste Zeichen überhaupt.« Felicia atmete tief durch und beruhigte sich langsam wieder. Sie hob den Kopf, stützte ihn auf ihre Hände, die sie übereinander auf seinen Brustkorb gelegt hatte, und sah ihn mit einem Blick an, der von Augenblick zu Augenblick ernster wurde. »Ich musste lachen. Weil ich so unglaublich glücklich bin«, sagte sie leise. »Du machst mich so glücklich, Ben. Mit allem, was du für mich tust. Nicht nur mit dem, was wir gerade getan haben.«

»Dann bin ich ja beruhigt«, gab Ben zurück und strich Felicia die wilden roten Locken hinter das Ohr, die sie wie eine Amazone aussehen ließen. Eine nackte Amazone. Die – zumindest für den Moment – ganz allein ihm gehörte. »Mich macht es auch glücklich, mit dir zusammen zu sein.«

Sie hob ihre Hand und fuhr mit dem Zeigefinger seine Lippen nach. Ben ließ sie einen Moment gewähren, bis er ihn mit den Zähnen einfing und sanft in ihre Fingerkuppe biss, was Felicia schon wieder zum Lachen brachte.

»Wir mussten nichts sagen.« Felicia ließ ihren Finger jetzt an seinem Hals hinunter und über sein Schlüsselbein gleiten. »Wir haben uns einfach ohne Worte verstanden.«

»Hmm.« Ben drehte sich mit ihr in den Armen um, sodass sie wieder unter ihm lag, und presste einen Kuss auf die Stelle, hinter der ihr Herz schlug. »Das stimmt. Wir haben keine Worte gebraucht«, murmelte er gegen ihre Haut. »Dabei habe ich allerdings vergessen, dir zu sagen, wie wunderschön du bist.« Er hob den Blick, während er sich an ihrem Körper nach unten küsste. Durch das Tal zwischen ihren Brüsten, über ihren Bauch, immer weiter … »Lass uns das Ganze wiederholen«, schlug er vor und grinste, bevor er mit den Lippen über ihren Bauchnabel glitt. »Und diesmal erzählst du mir, wie ich dich noch glücklicher machen kann.«

*

Felicia erwachte im Morgengrauen. Für einen Moment wusste sie nicht, wo sie sich befand. Dann trafen sie die Erinnerungen an die vergangene Nacht mit voller Wucht. In Multicolor. Sie spürte Bens Brust an ihrem Rücken. Sein steter Atem strich über ihre Schulter, und seine Hand lag schwer und warm auf ihrer Hüfte. Felicia schloss die Augen für einen Moment und genoss das Gefühl der Geborgenheit, das Ben in ihr auslöste. Sie würde sich gleich davonschleichen müssen, um den Catering-Auftrag für den Brunch fertig vorzubereiten und auszuliefern, auch wenn sie am liebsten einfach so liegen geblieben wäre, um, in Bens Umarmung geschmiegt, noch einmal einzuschlafen. Eine andere Möglichkeit wäre es, sich umzudrehen und Ben zu wecken, sich noch einmal in seine Küsse fallen zu lassen und seine Nähe zu genießen. Doch das wäre verdammt unfair. Die vergangenen Nächte waren kurz gewesen, und er hatte den ganzen Samstag für sie im Garten gearbeitet. Er sollte die Chance haben, wenigstens am Sonntag richtig auszuschlafen. Also schlich sie sich mit der aufgehenden Sonne aus seiner Wohnung.

*

Ben driftete langsam aus seinen Träumen in die Realität. Noch bevor er die Augen öffnete, wusste er, dass er allein war. Einen Augenblick blinzelte er in die Sonne, die hell ins Zimmer schien, und überlegte, ob er die Stunden mit Felicia nur geträumt hatte. Doch er konnte ihren Kopfabdruck noch auf dem Kissen erkennen. Ihr Duft hing noch im Raum. Aber die Laken waren kalt, als er darüberstrich.

Er erinnerte sich daran, dass sie heute einen Cateringauftrag hatte. Wahrscheinlich war sie deshalb in aller Frühe aus seinem Bett geklettert, ohne dass er auch nur irgendetwas davon mitbekommen hatte. Er griff nach seinem Handy auf dem Nachttisch und warf einen Blick auf die Uhr. Halb elf. Ben hatte keine Ahnung, wann er zum letzten Mal so lange geschlafen hatte. Die vergangenen Tage hatten ihren Tribut gefordert. Und besonders die letzte Nacht mit Felicia war kurz gewesen.

Ben scrollte durch die Nachrichten. Ein wenig Enttäuschung machte sich in ihm breit, als er sah, dass Felicia ihm nicht geschrieben hatte. Es wäre schön gewesen, nach ihrer gemeinsamen Nacht etwas von ihr zu hören, das ihm half einzuschätzen, wie sie zu dem stand, was zwischen ihnen passiert war. Er wusste nicht wirklich, was sie von ihm wollte. Aber sie war zu ihm gekommen. Mit der Botschaft einer Ranunkel, die ihm sagte, dass Felicia in seiner Gegenwart einfach glücklich war. Genau wie er in ihrer. Sie machte auf Ben nicht den Eindruck, sich von einer Beziehung in die nächste zu stürzen. Vielleicht wollte sie sich mit Ben nur ablenken. Vielleicht würden sie es ab jetzt ein wenig langsamer angehen lassen. Egal, was Felicia dachte, er würde nehmen, was sie ihm zu geben bereit war.

Ben scrollte weiter durch die Nachrichten und fand eine von Hubertus, der ihn noch einmal bat, sich bei ihm zu melden. Er hatte keine Ahnung, was sein ehemaliger Vorabeiter bei *Green Dreams* von ihm wollte. Aber er würde das Gespräch noch ein wenig aufschieben müssen, denn in diesem Moment ploppte eine Nachricht seines Cousins auf. Sam fragte, ob sie eine Runde mit dem Boot drehen sollten, bevor sie bei Tante Tessa zum Sonntagsessen erwartet wurden.

Ben tippte eine WhatsApp an Hubertus, dass er sich im Laufe der nächsten Woche melden würde, und teilte seinem Cousin mit, dass Poldi und er in einer halben Stunde bereit für eine Spritztour waren. Dann sprang er aus dem Bett und ging ins Bad. Nach einer Dusche und einem Kaffee, in T-Shirt, Board-Shorts, Flip-Flops und mit Sonnenbrille fühlte er sich bereit für einen Bootsausflug. Die Sonne hatte das Kommando am Himmel wieder übernommen. Das Gras war noch nass, aber es versprach ein warmer Frühsommertag zu werden. Poldi hatte offenbar schon gefrühstückt und faulenzte mit Elfriede auf der Terrasse hinter Felicias Wohnung. Auf dem Weg zum Bootssteg folgte der Hund ihm zu den frisch angelegten Beeten, die den Regen offenbar gut überstanden hatten. Ben zog die Schutzfolien zur Seite, damit die Pflanzen die Sonne genießen konnten. Als er Sams Boot erkannte, balancierte er den Steg entlang, an dessen Ende Poldi schon mit begeistert wedelndem Schwanz seinem nächsten Abenteuer entgegensah.

Sie verbrachten einen herrlich entspannten Tag auf dem See, grillten im Garten von Bens Onkel und Tante und genossen diesen gemütlichen Sonntag. Ben konnte sich allerdings nicht dagegen wehren, dass seine Gedanken immer wieder zu Felicia wanderten. Er fragte sich, was sie wohl gerade machte, wie das Catering gelaufen war. Und er stellte sich vor, wie es wäre, wenn sie an seiner Seite am Tisch seiner Familie saß, und bemerkte überrascht, dass sie gut hierherpassen würde.

Die Frotzeleien seines Cousins über sein Grinsen, das so breit sei wie das der Katze, die den Sahnetopf gefunden hatte, ignorierte er geflissentlich. Auch wenn Sam ihm so nahestand wie ein Bruder, wollte er das, was Felicia und ihn verband, zumindest noch für eine Weile für sich behalten. Auf dem Weg nach Hause holte er eine rote Rose aus dem Kühlhaus der Gärtnerei. Eine Blume, die in der viktorianischen Blumensprache sagte, dass Ben verrückt nach Felicia war.

In Felicias Wohnung brannte Licht, als Ben nach Hause kam. Poldi trollte sich auf sein Hundekissen, während Ben aus seinen Bootsklamotten in Jeans und ein frisches T-Shirt schlüpfte, sich durch die zerzausten Haare fuhr und mit der Rose in der Hand an Felicias Tür klopfte.

Sie öffnete so schnell, als ob sie bereits auf ihn gewartet hätte. Bevor Ben etwas sagen konnte, zog sie ihn in die Wohnung und presste ihre Lippen auf seine.

22

Am Montagmorgen erwachte Ben, bevor sich Felicia aus dem Bett stehlen konnte. Er genoss es, sie in seinen Armen zu halten, als sie, an ihn geschmiegt, erwachte. Als sie es endlich aus dem Bett schafften, blieb ihnen gerade noch Zeit für eine gemeinsame Tasse Kaffee am Bistrotisch hinter dem Haus, bevor jeder in seinen Alltag startete.

Ben hatte an diesem Tag geplant, auf der Baustelle der alten Dame vorbeizuschauen, die ihren Garten komplett umgestalten lassen wollte. Da dort alles nach Plan lief, konnte Ben gegen Mittag zufrieden zu dem Eigenheim weiterfahren, dessen Dach begrünt werden sollte. Hier war ein Arbeiter ausgefallen, sodass er mit Hand anlegte und bei der Gestaltung des Daches half. Als sein Handy klingelte und die Nummer von *No Limits* angezeigt wurde, wischte er sich mit einem Bandana den Schweiß von der Stirn und nahm den Anruf an.

»Hey, Mann. Hier sind Basti und Alex. Du bist auf Lautsprecher.«

So wie es klang, waren die beiden im Auto unterwegs. Ben nahm an, dass sie sich wegen der Unterzeichnung der Verträge meldeten, wie sie es ihm vergangene Woche versprochen hatten. »Was kann ich für euch tun?«, stellte er die rhetorische Frage.

»Wir würden dich gern treffen, um die Verträge zu unterschreiben«, sagte Basti prompt.

»Kein Problem«, sagte Ben und schob seine Arbeitshandschuhe in die Gesäßtasche seiner Jeans. »Sagt mir einfach, wann ich bei euch vorbeikommen soll. Ich kann das jederzeit einrichten.«

»Ehrlich gesagt würden wir gern sofort unterschreiben«, ließ Alex ihn wissen.

Ben blickte auf die Uhr auf seinem Handydisplay. »Ich könnte in etwa einer Stunde bei euch sein«, schlug er vor.

»Nicht nötig.« Basti lachte. »Wir sind schon bei dir.«

»Bei … mir?« Ben wurde heiß. »Was meinst du damit? Bei mir?«

»In deinem Büro. Wir sind schon fast da«, sagte Alex. »Wir wollen sehen, wie du arbeitest. Das machen wir bei allen unseren Partnern so.«

Scheiße! Ben legte den Kopf in den Nacken und rieb sich mit der freien Hand über das Gesicht. Es war nicht unüblich, sich im Büro des Architekten zu treffen. Nur dass das bei ihm gleichzeitig auch das Wohn- und Schlafzimmer war. »Ich kann wirklich jederzeit zu euch in die Firma kommen«, versuchte Ben es noch einmal.

»Nicht nötig. Wir sind schon da«, wiederholte Basti. »Coole Hütte. Grenzt dieses Haus direkt an den See?«

»Ja.« Ben atmete langsam aus, um sein rasendes Herz zu beruhigen. »Geht gerne in den Garten und seht euch ein bisschen um. Ich bin in zehn Minuten da.« Vielleicht konnte er sich von den beiden unbeobachtet in seine Wohnung schleichen und noch ein bisschen aufräumen, bevor er sie in sein »Büro« bat. Er beendete das Gespräch, verabschiedete sich von dem Bautrupp und wartete, bis Poldi in den Pick-up gesprungen war, und klemmte sich dann hinter das Steuer. Bevor er losfuhr, schickte er ein S.O.S. in die WhatsApp-Gruppe, die er mit seinen Nachbarinnen hatte. *Kann mich irgendjemand unterstützen? Die Jungs von* No Limits *stehen vor der alten Schule und wollen die Verträge unterschreiben. Muss sie irgendwie von dem Chaos in meiner Wohnung ablenken.*

Sorry, schrieb Jule umgehend zurück. *Bin bei einem Termin. Soll ich jemanden zur Unterstützung organisieren?*

Lina schickte einen unglücklichen Smiley und schrieb, dass sie bei ihrer Familie in Weilheim war und es nicht rechtzeitig nach Starnberg zurückschaffen würde.

Bin auf dem Heimweg. Helfe dir, sobald ich da bin. Felicia.

Ben atmete erleichtert aus und startete den Wagen. *Kannst du dein Zauberwasser brauen oder so was? Irgendwas, was sie beeindruckt und davon ablenkt, dass ich in meinem Büro wohne?*

Kein Problem. Bis gleich. Sie schickte ihm ein winkendes Emoji. Kein Herz oder so etwas Albernes. Er hatte allerdings gerade das dringende Bedürfnis, ihr genau damit zu antworten, so groß war der Stein, der ihm vom Herzen fiel. Noch hatte er die Verträge nicht unterschrieben. Wenn *No Limits* seine Art, in einem Raum zu wohnen, zu schlafen und zu arbeiten, für unprofessionell hielt, konnte es passieren, dass er seinen Namen niemals auf die Papiere setzte.

Ben hatte kein Glück, als er den Pick-up vor der alten Schule parkte. Alex entdeckte ihn, bevor er sich in seine Wohnung schleichen konnte. »Verdammt, Alter. Das ist ein ziemlich cooles Haus. Was ist hier alles drin?«

Ben nickte ihm zur Begrüßung zu. »Im Erdgeschoss ist eine Kochschule. Und oben wohnen und arbeiten ich und noch zwei weitere Mieterinnen«, erzählte er, während Alex am Haus hinaufblickte.

Basti tauchte hinter der Hausecke auf. »Wie cool ist das denn? Hier kann man sogar Whiskey-Tastings machen. Im ehemaligen Rektorenzimmer.« Er wedelte mit seinem Handy. »Hab ich gerade auf der Homepage der Kochschule gesehen.«

»Also los.« Alex schlug sich mit dem Umschlag, in dem Ben die Verträge vermutete, gegen die Oberschenkel. »Lass uns in dein Büro gehen.«

Ben schluckte, betete, dass das gut gehen würde, und führte die beiden Unternehmer in sein Leben. Er zögerte den Moment ein wenig hinaus, indem er auf dem Weg nach oben ein wenig über die alte Schule erzählte und die beiden sogar einen Blick in das Rektorenzimmer werfen ließ. Im Lehrerzimmer bewunderten sie auf der großen Weltkarte, wo Ben schon überall gearbeitet hatte. Aber schließlich fiel ihm nichts anderes mehr ein, als seine Wohnungstür zu öffnen. »Entschuldigt bitte«, murmelte Ben. »Es ist gerade nicht besonders aufgeräumt.« Er betrat den Raum vor Alex und Basti und versuchte, die Aufmerksamkeit der beiden auf seine Arbeitsecke zu lenken, während er mit dem Fuß eine Jeans, die auf dem Boden lag, unter das Bett schob und die Bettdecke seines nicht gemachten Bettes gerade zog.

Alex musterte interessiert das Modell von Bens Masterarbeit. Basti drehte sich allerdings genau in dem Moment zu ihm um, als Ben versuchte, die Board-Shorts, Flip-Flops und Sonnenbrille vom Vortag unter sein Kopfkissen zu stopfen. Er grinste breit. »Das erinnert mich verdammt noch mal an unsere Studentenzeit.« Er nickte auf den Sitzsack in der Ecke. »Ich hatte genauso einen. In Gelb. Etwas anderes hat nicht in mein Wohnheimzimmer gepasst.«

Nun wandte sich auch Alex um. »Genau deswegen besuchen wir die Unternehmer, mit denen wir arbeiten, in ihren Büros. Um zu sehen, wie sie ihr Umfeld gestalten. Wie viel Energie sie in ihre Arbeit und wie viel in den Schnick-Schnack drum herum stecken.«

Ben nickte. Er war sich sicher, dass niemand, mit dem sie sonst zusammenarbeiteten, seinen Job mit einem ungemachten Bett im Rücken erledigte. »Ich habe noch keine Bürofläche gefunden, die ich hätte anmieten können.« Ganz zu schweigen davon, sie bezahlen zu können.

Basti zuckte mit den Schultern. »Ich glaube, dass du das von hier aus alles ganz cool managst.«

Bens Handy vibrierte in seiner Hosentasche. Er zog es weit genug heraus, um das Daumen-hoch-Emoji sehen zu können, das Felicia ihm geschickt hatte. »Wie wäre es, wenn wir noch mal in den Garten gehen und etwas trinken?« Er lotste die Unternehmer zurück hinter das Haus, wo Felicia auf dem Bistrotisch ein Tablett mit einer Karaffe ihres Zauberwassers und drei Gläsern abgestellt hatte. Von ihr selbst, Elfriede oder Poldi war nichts zu sehen. Ben schenkte ihnen ein und hob sein Glas zum Toast. »Danke, dass ihr euch auf den Weg nach Starnberg gemacht habt, um mit mir über die Verträge zu sprechen.«

»Wie gesagt, so ein Besuch ist sehr aufschlussreich. Verdammt, was ist das für ein Zeug?«, wollte Alex wissen, nachdem er einen Schluck getrunken hatte. »Das schmeckt super!«

»Zauberwasser.« Ben konnte sich ein Grinsen nicht verkneifen. »Meine Freundin Felicia, der die Kochschule gehört, braut das, verrät aber leider nicht das Rezept.«

»Damit könnte sie einen Stand auf dem Viktualienmarkt aufmachen und wäre innerhalb kürzester Zeit reich.«

»Meine Worte«, sagte Ben.

»Also gut, Ben.« Basti trank noch einen Schluck und stellte sein Glas dann zur Seite. »Jetzt haben wir dich lange genug auf die Folter gespannt, und es ist definitiv nicht angenehm, fremde Typen durch sein Privatleben trampeln zu lassen, nur weil man seinen Arbeitsplatz noch nicht vom Rest trennen kann.« Er nahm Alex den Umschlag ab, zog ein paar Papiere heraus und legte sie auf den Bistrotisch. »Wir mögen dich, deinen Entwurf und deine gechillte Art. Du prahlst nicht mit deinen Erfolgen, aber du hast viel Erfahrung. Du bist unser Mann. Der Besuch hier hat unsere Meinung nur noch gefestigt.« Er zog einen Kugelschreiber aus seiner Tasche. »Lass uns zu den Verträgen kommen.«

*

Felicia hing in der Kochschule am Fenster und fieberte mit. Offenbar mochten sie das Zauberwasser, das sie Ben und seinen Geschäftspartnern rausgestellt hatte, auch wenn sie die Worte der Männer nicht verstehen konnte. Als einer der beiden die Unterlagen auf den Bistrotisch legte und einen Stift zückte, schlug Felicias Herz einen kleinen Salto.

Als sich die Gründer von *No Limits* eine halbe Stunde später mit Handschlag von Ben verabschiedeten, hielt sie es fast nicht mehr aus. Sie wartete, bis sie um die Hausecke verschwunden waren, bevor sie die Tür aufriss, nach draußen rannte und Ben um den Hals fiel. »Glückwunsch!«, flüsterte sie und presste ihre Lippen auf seine.

So starteten Ben und sie in die neue Woche. Eine Woche, in der nicht viel Zeit zum Nachdenken blieb. Am Freitag stand Felicia ihr eigener großer Termin bevor: das Kreditgespräch mit der Bank, um ihren Cousin Frederik auszahlen zu können, der sie mit einigen weiteren Nachrichten daran erinnert hatte, was sie ihm seiner Meinung nach schuldig war. Bis dahin gab es jede Menge Arbeit. Felicia musste die Unterlagen vorbereiten, die sie bei ihrem Termin vorlegen wollte. Dazu kamen zwei Kochkurse, die sie abhielt, und natürlich ihr Job in München. Aber sie verbrachte jede Nacht mit Ben.

Jule und Lina fingen an, ihnen Blicke unter hochgezogenen Augenbrauen zuzuwerfen, aber Ben schwieg sich aus, also wich auch Felicia den Fragen ihrer Freundinnen aus. Denn abgesehen davon, dass sie die Finger nicht voneinander lassen konnten, war sich Felicia nicht sicher, was das zwischen ihnen genau war. Sie hatten Blumen sprechen lassen. Aber sie sprachen nicht darüber, wie ernst Ben es meinte. Außerhalb ihrer vier Wände konnte man nicht auf die Idee kommen, dass sie zusammen waren. Sie gingen nicht aus, sie traten nirgends als Paar auf. Aber Felicia musste sich eingestehen, dass sie dazu auch wirklich keine Zeit hatten … aber wenn sie die Zeit hätten? Gegen die Zweifel, die in ihr rumorten, war sie machtlos. Was nach ihrem unschönen Ende mit Martin wahrscheinlich auch kein Wunder war. Aber Ben kam jede Nacht zu ihr und schaffte es, diese Zweifel zu zerstreuen.

Am Tag ihres Banktermins erwachte Felicia mit wild pochendem Herzen. Sie hatte sich für diesen Tag Urlaub genommen, und bis zum Termin bei ihrer Hausbank hatte sie noch jede Menge Zeit. Trotzdem wusste sie, dass sie nicht wieder einschlafen konnte, so viel wie an diesem Termin hing.

»Sch«, murmelte Ben schlaftrunken und zog sie an sich. Er presste seine Lippen in ihre Halsbeuge und hielt sie fest, bis sich Felicias Puls wieder ein wenig beruhigte. »Du rockst das«, flüsterte er. Seine Hand malte beruhigende Kreise über ihren Rücken.

»Ich hoffe es so sehr«, erwiderte Felicia. Wenn sie Frederik ausbezahlt hatte, würde sie endlich in die Zukunft schauen können. Sie kuschelte sich noch ein wenig fester in Bens Umarmung. Am vergangenen Abend wäre sie ihre Präsentation gern noch einmal mit Jule und Lina durchgegangen, aber die beiden waren wie vom Erdboden verschluckt gewesen und hatten auch nicht auf ihre Nachrichten reagiert. Obwohl das nicht gerade typisch für die beiden war, hatte Felicia nicht viel Zeit gehabt, sich darüber den Kopf zu zerbrechen. Ben war bereit gewesen, sich ihren Vortrag zweimal hintereinander anzuhören, und hatte sie dann mit einem Glas Rotwein auf die Terrasse entführt, wo sie den Abend ausklingen ließen, ohne viel zu reden.

»Wir sollten aufstehen«, murmelte Ben. »Kaffee?«

»Hmm.« Felicia blieb noch einen Moment mit geschlossenen Augen liegen. »Okay. Kaffee.« Sie strampelte die Bettdecke zur Seite und setzte sich auf. Ben sprang aus dem Bett und warf ihr eines seiner T-Shirts zu, weil er inzwischen wusste, dass sie es liebte, sie nach dem Aufstehen überzuziehen.

»Komm mit«, sagte er und zog sie hinter sich her zur Kochschule.

Felicia lachte. »Du kannst es ja gar nicht erwarten, an dein Koffein zu kommen.«

Ben drehte sich zu ihr um, zog sie für einen schnellen Kuss zu sich heran und öffnete dann die Tür.

»Toi, toi, toi!«, riefen Lina und Jule ihr entgegen. Sie standen vor dem Küchentresen und hielten ein Tablett mit einem etwas windschiefen Naked Cake.

»Das ist ein Unabhängigkeitskuchen«, erklärte Lina. »Den haben wir gestern Abend für dich gebacken.«

»Er soll dir für den Banktermin so richtig Glück bringen«, ergänzte Jule.

»Wow!« Felicia presste sich die Hand auf ihr klopfendes Herz. Deshalb waren ihre Freundinnen am vergangenen Abend also nicht zu erreichen gewesen. »Danke! Das ist vermutlich der wundervollste Kuchen, den ich jemals bekommen habe. Habt ihr noch Zeit? Wir sollten alle ein Stück essen. Zusammen. Auf der Terrasse. Denn das hier ist ja schließlich auch euer Zuhause. Wir können das Glück also alle zusammen gut gebrauchen.«

Sie schnitten den Kuchen gemeinsam an, machten es sich mit ihren Tellern und Kaffee hinter dem Haus gemütlich, und Felicia wurde einmal mehr bewusst, wie wertvoll das war, was sie mit ihren Mietern gefunden hatte. Freundschaft. Und mehr, dachte sie mit einem Blick in Bens Richtung, der gerade Poldi und Elfriede ein wenig von seiner Sahne abgab. All das, weil Mimi eine echt verrückte Anzeige im *Starnberger Merkur* geschaltet hatte. Wie sehr diese drei ihr Leben verändert hatten, ihr Haus und ihren Garten, hätte sie sich vor einem Monat noch gar nicht vorstellen können. Sie schob die Gedanken zur Seite, als Jule begann, eine letzte flammende Motivationsrede zu halten, die sie zum Lachen brachte, weil sie dabei wild und völlig übertrieben gestikulierte.

Als sie später mit den Worten ihrer Freunde im Ohr, dem Gefühl ihrer Umarmungen und dem Geschmack von Bens letztem Kuss in Olof stieg, um zu ihrem Termin zu fahren, war sie so optimistisch wie schon lange nicht mehr. Selbst ihr alter Lieferwagen sprang auf der Stelle an, ohne auch nur einmal zu stottern.

Herr Haberkorn, der Bankmitarbeiter, der für ihre Finanzen zuständig war, hatte ihr bereits bei ihrem ersten Gespräch ein positives Signal gegeben, falls sie es schaffte, ihr Grundeinkommen aufzustocken. Er studierte die Unterlagen, die sie mitgebracht hatte, im Anschluss an ihre Präsentation trotzdem ausführlich. Sehr ausführlich. Felicia kam es vor, als lese er jedes Wort zweimal, überprüfe jede Tabelle und Statistik doppelt, nur um dann noch einmal von vorn zu beginnen. Er machte sich Notizen, die sie nicht entziffern konnte, und behielt eine so ausdruckslose Miene bei, dass ihr das Herz bis zum Hals schlug.

Erst als er den Blick von ihrer Akte hob, setzte er ein Lächeln auf. »Die Zahlen, über die wir vor einem Monat gesprochen haben, waren andere als die, die Sie mir jetzt vorlegen.« Er klopfte mit seinem Kugelschreiber auf die Unterlagen. »Bei Ihnen hat sich viel bewegt in den letzten Wochen.« Mit einer bedächtigen Bewegung lehnte er sich zurück. »Das gefällt mir außerordentlich gut.«

»Ja, ich habe die Kochschule wieder eröffnet und mehrere Cateringaufträge bekommen. Dazu die Miete, und wie Sie an der Planung sehen können, bin ich zumindest den Sommer über mit Kochkursen und Catering-Aufträgen ausgebucht. Dabei ist eher der Winter die Zeit, in der die Leute solche Angebote wahrnehmen. Ich gehe also davon aus, dass sich das Interesse an der Kochschule nicht legen wird«, sagte sie mit dem Selbstbewusstsein, zu dem Ben sie bei diesem Satz gedrängt hatte.

»Ich verstehe.« Haberkorn lächelte erneut. »Wir reden hier von einer ziemlich hohen Summe. Ich muss Ihnen gestehen, dass Sie das Geld auch mit den Mieteinnahmen allein bekommen hätten. Eine bessere Sicherheit als das Haus können Sie sich gar nicht wünschen. Aber jetzt, mit diesen zusätzlichen Einnahmen, sieht das Ganze sogar noch besser aus. Ich freue mich, Ihnen mitteilen zu können, dass wir Ihren Kredit bewilligen.«

Felicia wurde schwindelig vor Erleichterung. Sie presste die Hand auf ihren Magen. »Danke. Ich danke Ihnen wirklich vielmals, Herr Haberkorn.« Ihre Hände zitterten vor Aufregung, als sie den Zettel mit der Kontonummer ihres Cousins aus der Tasche zog, so aufgeregt war sie. »Könnten Sie den Betrag bitte auf dieses Konto überweisen?«

*

Ben sah Felicia hinterher, als sie mit Olof davonfuhr. Er drückte ihr von ganzem Herzen die Daumen. Banken waren unberechenbar, aber ihr zuständiger Mitarbeiter hatte ihr schon ein Zeichen gegeben, dass er den Kredit bewilligen würde, als die Kochschule und ihr Catering noch nicht wieder angelaufen waren. Also würde das heute sicher klargehen.

Bis sie zurückkehrte, wollte er die Überraschung in der Küche anbringen, die Jule, Lina und er für sie vorbereitet hatten. Aber erst einmal musste er mit Hubertus sprechen. Sein alter Mentor und er hatten sich die Woche über ein paarmal verpasst. Als Ben jetzt sein Handy aus der Hosentasche zog und die Nummer wählte, meldete sich der Vorarbeiter seiner alten Firma bereits nach dem zweiten Klingeln. »Hallo Hubi«, sagte Ben.

»Junge!«, dröhnte Hubertus' Stimme durch den Hörer. »Das wurde verdammt noch mal Zeit, dass wir uns erreichen. Das ist ja wie mit den Königskindern«, brummte er.

Ben lachte. »Ja, das war wirklich nicht einfach. Aber jetzt haben wir es ja hinbekommen. Wie geht es dir?«, fragte er. »Was gibt es Neues?«

»Wie es einem alten Bären wie mir schon geht. Meine Laune sinkt von Jahr zu Jahr. Aber ansonsten wirft Typen wie mich ja so schnell nichts aus der Bahn. Unkraut vergeht nicht und so weiter. Erzähl mir lieber, wie es dir geht. Hast du dein Studium inzwischen abgeschlossen?«

Ben erzählte ihm von seinem Master, den kleinen Projekten, mit denen er seine eigene Firma gestartet hatte, und dem ersten großen Auftrag, den er von *No Limits* bekommen hatte.

»Das klingt gut«, brummte Hubertus. »Könnte sein, dass ich da noch was Größeres für dich an Land ziehen kann.«

Ben schwieg einen Moment. Wenn sein alter Projektleiter glaubte, ihn wieder in das Team von *Green Dreams* holen zu können, würde er ihn enttäuschen müssen.

Doch bevor er etwas in die Richtung sagen konnte, sprach Hubertus schon weiter. »*Green Dreams* haben ihren Biss verloren«, sagte er. »Die Jungs sind einfach nicht mehr das, was sie mal waren. In diesem Jahr sind bereits zwei ihrer Projekte abgelehnt worden, weil sie nicht innovativ genug waren. Und ich habe ein bisschen an meinem eigenen Stuhl gesägt«, er lachte dröhnend, »und den Auftraggebern von dir erzählt. Ich habe dem Manager einer großen Hotelkette in Skandinavien gerade vorgeschlagen, dich ins Boot zu nehmen. Beim Thema Dach- und Gebäudebegrünung bist du einfach unschlagbar.«

»Ich soll als Alternative für *Green Dreams* dienen?« Ben war einen Moment sprachlos. »Für eine ganze Hotelkette?« Sein Puls beschleunigte sich. Allein der Gedanke an eine solche Möglichkeit versprach so viel.

Ben konnte praktisch hören, wie Hubi die Schultern zuckte. Eine Geste, die typisch für ihn war, wenn er etwas herunterspielen wollte. »*Suites Deluxe*. Ich habe ihnen einfach gezeigt, was du früher so für Ideen hattest, und sie waren begeistert. Sie setzen sich in den nächsten Tagen mit dir in Verbindung, weil sie dich einen Vorschlag erstellen lassen wollen.«

»Für ein Großprojekt?« Bens Hals wurde trocken. *Suites Deluxe* war eine der exklusivsten Hotelketten. Mit Häusern auf allen bewohnten Kontinenten. Jeder Menge Geld. Und unendlich großem Prestige.

»Wenn es gut läuft für Projekte auf der ganzen Welt«, korrigierte Hubertus. »Wenn du mich fragst, ist das eine Chance, die man nicht ausschlagen darf.«

»Das klingt fast schon unwirklich«, sagte Ben. »Und es

stellt mich auf jeden Fall vor logistische Probleme. Im Moment besteht meine Firma schließlich nur aus mir.«

Hubertus ließ sein knurriges Lachen hören. »Ich habe es dir schon gesagt, bevor du damals gekündigt hast, um studieren zu gehen. Wenn du deinen Abschluss hast und dein eigenes Ding machst, bin ich mit von der Partie, wenn du das willst.«

Wann fiel einem eine solche Chance einfach in den Schoß? So überwältigend das Ganze war und sosehr er sich genau so eine Chance noch vor ein paar Wochen herbeigesehnt hatte, hinterließ sie jetzt ein hohles Echo in seinem Bauch. Er hatte immer die Welt erobern wollen mit seinen Entwürfen. Und jetzt dachte er darüber nach, in Starnberg zu bleiben. In der alten Schule zu leben und zu arbeiten. Jeden Morgen mit Felicia in seinen Armen aufzuwachen. »Lass uns schauen, ob den Leuten von *Suites Deluxe* meine Entwürfe überhaupt gefallen«, blieb er vage.

»Du wirst das Projekt lieben«, versprach Hubertus. »Glaub mir. Das wird ein ganz großes Ding. Lass uns telefonieren, sobald du von den Hotel-Leuten gehört hast, okay?« Hubertus verabschiedete sich, und Ben ließ langsam sein Handy sinken. Wie beschissen konnte sein Timing eigentlich sein?

Er holte seine Werkzeugkiste und schleppte eine Leiter in die Küche. Erst einmal würde er Felicias Überraschung aufhängen, dann konnte er sich Gedanken darüber machen, wie er seine alten Träume mit den Visionen seiner Zukunft unter einen Hut bringen konnte.

*

Felicia schickte ein Daumen-hoch-Emoji und einen breit grinsenden Smiley in die Gruppe der alten Schule, kaum dass sie das Bankgebäude verlassen hatte. Sie befreite Olof aus dem Parkhaus und fuhr wieder nach Hause, während die Glückwünsche ihrer Freunde mit einem Pling nach dem anderen bei ihr eintrudelten.

Warten in der Kochschule auf dich, las sie, als sie ihren Volvo schließlich in der Garage abgestellt hatte. Sie beeilte sich, ins Haus zu kommen, und wurde von einem Chor von Hochrufen empfangen, die sich mit dem Knallen eines Champagnerkorkens mischten, als sie die Tür zur *Küchennachhilfe* öffnete. Lina und Jule bliesen ihr pink glitzernde Luftschlangen entgegen, während Ben den Champagner ausschenkte. Gerührt legte Felicia die Hand auf ihr Herz und blieb dann mit dem Blick an dem großen Bild kleben, das über dem Durchgang zum Essbereich der Kochschule hing. Sie schluckte trocken und trat näher. Die große Leinwand war eine Kopie des Fotos von Leona und ihr, wie sie lachend am Küchentresen standen. Das Original stand auf dem Sideboard in ihrer Wohnung. Das Bild war allerdings nicht nur eine Vergrößerung, sondern bestand aus unzähligen winzigen Fotos, die zu einem großen Mosaik zusammengesetzt waren. Fotos von der alten Schule. Von ihren neuen Freunden. Ihr selbst. Bilder, die Leona und sie gemeinsam zeigten oder ihre Tante allein. Auf diese Leinwand konnte sie ewig blicken und würde immer wieder etwas Neues entdecken. »Wow.« Sie blinzelte die Tränen weg, die ihr vor Ergriffenheit in die Augen stiegen. Erst der Glücksbringerkuchen heute Morgen und jetzt diese Überraschung. »Das ist wundervoll.« Sie drehte sich zu ihren Freunden um. »Wie habt ihr das gemacht?«

Ben reichte die Champagnergläser herum, und Jule zwinkerte ihr zu. »Ein bisschen haben wir herumgeschnüffelt«, gab sie zu.

»Aber wirklich nur ein winziges bisschen«, warf Lina ein. »Deine Fotoalben lagen im Regal in deinem Wohnzimmer immerhin ganz obenauf. Wir haben einfach abfotografiert, was wir schön fanden, und noch die Bilder in die Mischung geworfen, die sich in den vergangenen Wochen in unserer Hausgemeinschaft angesammelt haben.«

»Das ist eine so schöne Überraschung.« Felicia stieß mit ihren Freunden an. »Danke dafür.«

»Wir haben Leona nicht kennengelernt.« Jule legte Felicia den Arm um die Schultern. »Aber wir dachten, sie ist ein wichtiger Teil der *Küchennachhilfe*. Sie sollte bei dir sein, wenn du hier herumzauberst.«

»Das sollte sie wirklich.« Felicia nippte an ihrem Glas und atmete aus. Sie war so unglaublich erleichtert. Die Ereignisse der vergangenen Wochen hatten sich regelrecht überschlagen, aber sie war jetzt bereit, den nächsten Schritt in ihre Zukunft zu machen. Sie spürte Bens Hand, die sich um ihre Taille schob. Lina umarmte sie stürmisch. Mit diesen Menschen an ihrer Seite konnte einfach nichts schiefgehen.

23

Zwei Tage später griff Ben nach seinem Handy, das auf dem Nachttisch lag, als ein leises Pling eine E-Mail ankündigte. Es war früh am Morgen, und er hielt Felicia in seinem Arm, die, an ihn geschmiegt, noch tief und fest schlief. Sein Puls beschleunigte sich, als er den Absender erkannte. *Suites Deluxe* – die Hotelkette, deren Kontaktaufnahme Hubi angekündigt hatte. Ben öffnete die Mail und las die Anforderungen für die Einreichung eines Entwurfes und den Hinweis, dass ihm weltweit Projekte angeboten werden könnten, wenn sein Vorschlag für die erste Dachbegrünung sie von den Socken haute.

Sein Herz klopfte so laut und schnell, dass er befürchtete, Felicia könnte aufwachen, einfach nur, weil sie ihren Kopf an diese Stelle seiner Brust gebettet hatte. Eine Chance wie diese bekam man nur einmal im Leben. Besonders, wenn auch noch Hubis Rückhalt und Fürsprache im Spiel waren. Ben konnte so eine Möglichkeit auf keinen Fall ausschlagen. *Er wollte sie nicht ausschlagen*, korrigierte er sich im Stillen. Er zog Felicia noch ein wenig enger an sich, atmete ihren Duft ein und presste seine Lippen auf ihre Schläfe. Natürlich wollte er den Erfolg, den ihm dieser Auftrag bringen konnte, wirklich. Andererseits war er im Moment unglaublich glücklich. In der alten Schule. Mit Felicia an seiner Seite. Wahrscheinlich würde er es auch hier schaffen. Mit *No Limits* hatte er bereits einen Schritt in die richtige Richtung gemacht. Es könnte auch ohne die Hotels klappen. Aber seinen großen Traum aufgeben? Seine Visionen nicht erfüllen? Er könnte nebenbei jede Menge Gutes tun, wenn er wie bei den früheren Projekten ein paar Leute fand, die bereit waren, in ihrer Freizeit dort mit anzupacken, wo Hilfe nötig und das Geld knapp war.

Felicia regte sich in seinen Armen und presste ihre Lippen auf seinen Brustkorb. »Guten Morgen«, murmelte sie gegen seine Haut.

»Guten Morgen.« Ben überlegte, ihr von dem Angebot zu erzählen. Doch dann legte er sein Handy einfach zur Seite und küsste sie, als sie den Kopf hob. Er wusste noch nicht einmal, ob die Hotelkette seine Entwürfe überhaupt gut genug fand und er den Auftrag bekam. Wenn es so weit war, konnte er sich immer noch Gedanken darum machen, wie er all die Details unter einen Hut bekam, die ein solcher Auftrag mit sich brachte.

*

In der Nacht von Samstag auf Sonntag träumte Felicia von Ben. Wie sie durch den Garten tanzten. Sich abwechselnd im warmen Regen oder orangeroten Sonnenuntergang drehten. Als jemand versuchte, sie zu wecken, drehte sie sich zur Seite und zog sich die Decke über den Kopf. »Geh weg«, murmelte sie und versuchte, in ihren Traum zurückzukehren.

»Komm schon. Wach auf.«

Felicia hatte das Gefühl, dass Ben auf ihrer Bettkante saß und gleichzeitig mit ihr im Garten war, als er die Bettdecke wegzog und sie sanft in den Nacken küsste. »Lass mich«, brummte sie. »Ich tanze im Regen.«

Ein leises Lachen klang durch den wattegefütterten Halbschlaf, der ihren Traum von der Wirklichkeit trennte. »Du kannst gleich richtig tanzen. Ohne Regen«, lockte sie die tiefe, warme Stimme.

Will ich aber nicht, dachte Felicia und gab einen Laut von sich, der die Nervensäge vertreiben sollte, die an ihrem Schlaf rüttelte.

Stattdessen wurde ihr die Bettdecke noch ein Stück weiter weggezogen, und der Duft frisch gebrühten Kaffees flutete ihre Nervenzellen. Blinzelnd öffnete Felicia ein Auge. Sie erkannte den Kaffeebecher und dahinter Ben, der das Aroma mit der Hand in ihre Richtung wedelte. All das befand sich innerhalb des Lichtkreises ihrer Nachttischlampe – außerhalb davon herrschte Dunkelheit. »Was ist passiert?«, nuschelte sie, weil ihr Gehirn noch immer nicht richtig arbeitete – und versuchte, in ihren Traum zurückzukehren. Zum Aufstehen war es jedenfalls noch viel zu früh.

»Ich habe eine Überraschung für dich«, sagte Ben, der einfach hartnäckig blieb.

»Will ich nicht«, murmelte sie. »Ich will nur den Kaffee«, ergänzte sie, als ihr klar wurde, dass Ben sie nicht weiterschlafen lassen würde. Sie griff nach der Tasse, doch Ben zog sie aus ihrer Reichweite.

Felicia öffnete die Augen ein Stück weiter und bemerkte die Lederhose, die Ben trug. Die Gürtelschnalle war mit einem stilisierten Hirsch verziert. Sie blinzelte und fokussierte ihren Blick. Über einem weißen Hemd mit Stehkragen trug Ben eine hellblaue Trachtenweste mit braun abgesteppten Nähten. »Gehst du auf eine Hochzeit oder so was?«, Felicia überlegte, ob Ben irgendetwas in diese Richtung erwähnt hatte, konnte sich aber an nichts erinnern. Also schloss sie wieder die Augen und wollte sich in die Kissen zurückfallen lassen.

»Nein.« Ben wedelte ihr wieder das Kaffeearoma unter die Nase. »Ich gehe auf den *Kocherlball*. Mit dir.«

»Was?« Diesmal richtete sich Felicia auf und nahm die Tasse, die Ben ihr hinhielt. Vorsichtig trank sie einen Schluck und hoffte, dass das Koffein seine Wirkung schnell entfaltete. »Wovon redest du?«

»Heute findet der *Kocherlball* statt, und du hast deine Tickets in den Müll geworfen.« Ben zuckte mit den Schultern, eroberte den Kaffeebecher für einen großen Schluck und gab ihn Felicia zurück. »Ich finde, so ein Event sollten wir uns nicht entgehen lassen.« Mit den Lippen strich er über ihre Wange. »Ich möchte mit dir in den Sonnenaufgang tanzen, Licie.«

Felicias Herz zog sich zusammen – weil Martin ihr versprochen hatte, sie auf den Ball zu begleiten. Und dann überschlug es sich vor Aufregung – weil Ben mit ihr dorthin gehen wollte. »Du hast meine Karten aufgehoben?«, fragte sie ungläubig und betrachtete die zerknitterten Tickets, die er aus der Tasche seiner Lederhose zog. Seit sie eine Teenagerin gewesen war, war sie jedes Jahr mit ihrer Tante zum *Kocherlball* gegangen – der Tanzveranstaltung, die seit dem 19. Jahrhundert als Treffpunkt der Hausangestellten galt, die sich nur in den frühen Morgenstunden zum Tanzen verabreden konnten, bevor sie den Dienst bei ihren Herrschaften antreten mussten. Inzwischen war der *Kocherlball* eine der beliebtesten Volkstanzveranstaltungen, die es in München gab – und die nicht nur als Touristenattraktion durchging. Was vermutlich auch daran lag, dass die um diese Uhrzeit noch lange nicht wach waren. Heutzutage war der Ball natürlich nicht mehr den Köchen, Mägden und Zofen vorbehalten. Die Uhrzeit, zu der man sich am Chinesischen Turm im Englischen Garten traf, war aber die gleiche unchristliche geblieben.

»Du hast die Karten weggeworfen«, sagte Ben. »Aber ich habe mir gedacht, dass du deine Meinung vielleicht noch änderst. Wir brauchen die ja nicht und können auch so hingehen«, er hielt sie hoch, »ist doch aber ganz nett, einen Tisch zu haben. Auf dem Ball war ich schon, aber noch nie mit einem echten Sitzplatz im Biergarten.«

»Die Reservierung hat Leona noch gemacht, bevor sie gestorben ist. Sie hat uns immer Sitzplätze organisiert«, erzählte Felicia ihm leise. »Wir waren jedes Jahr da, und ich habe es so geliebt. Ich wusste nicht…« Sie schluckte an dem Kloß vorbei, der in ihrem Hals festsaß. »…ob ich es schaffe, ohne sie hinzugehen. Martin hat mir versprochen, mich zu begleiten. Aber dann kamen die Tickets genau an dem Tag, an dem zwischen uns alles aus und vorbei war, und ich wusste nicht…« Sie schüttelte den Kopf. »Nein, ich wäre wirklich nicht alleine hingegangen. Dafür hängen zu viele Erinnerungen an diesem Ball.«

»Du bist nicht mehr allein«, erinnerte Ben sie mit einem Lächeln. »Wir können hingehen, die schönen Erinnerungen wieder aufleben lassen, die du an deine Tante hast. Und ein paar neue hinzufügen.« Er zwinkerte Felicia zu. »Ich bin jedenfalls bereit, mit dir das Tanzbein zu schwingen.«

Du bist nicht mehr allein. Felicias Herz schlug schnell und hart gegen ihre Rippen. Ben und sie hatten nicht darüber gesprochen, was das zwischen ihnen war. Aber seine Worte ließen sich so interpretieren, dass ihm die Sache ernst war. So ernst wie ihr. Er wollte mit ihr auf den Ball gehen. Was ihre Beziehung irgendwie … offiziell machte – ohne, dass sie es in Worte fassen mussten.

Felicia beugte sich vor, um den Kaffee auf den Nachttisch zu stellen und Ben zu küssen. »Ich kann es kaum erwarten, das Tanzbein mit dir zu schwingen«, benutzte sie seine Worte.

»Dann nichts wie los. Bevor die Sonne ohne uns aufgeht.« Ben erhob sich von der Bettkante und zog sie mit sich.

Felicia duschte in Rekordzeit, fasste ihre Haare zu einer Flechtfrisur zusammen und schlüpfte in ihr blaues Dirndl, das fantastisch zu Bens Tracht passen würde. Sie genoss Bens Blick, als sie aus dem Bad trat und sich einmal um die eigene Achse drehte. Irgendjemand hatte mal gesagt, dass ein Dirndl das Kleidungsstück war, das jeder Frau stand.

Ben schien jedenfalls zu gefallen, was er sah. »Du siehst umwerfend aus«, sagte er und zog sie zu einem schnellen Kuss an sich.

Es war nicht angenehm gewesen, morgens um vier aus dem Bett geworfen zu werden. Aber die Musik spielte pünktlich um sechs Uhr auf, und auch wenn Felicia sich beim Anziehen wirklich beeilt hatte, mussten sie erst einen Parkplatz finden und sich dann durch die Gästeschar drängeln, die nicht nur Tracht trug, sondern auch in den historischen Gewändern der Kocherl und Zimmermadl unterwegs waren. Genau wie Kutscher und Gärtner. Erlaubt war alles, was gefiel. Wahrscheinlich hatte der Ball auch deshalb so eine magische Anziehungskraft.

Ben hielt ihre Hand, als er sich durch die Leute schob, bis sie ihren Platz gefunden hatten: eine Biertischgarnitur, an der bereits vier ältere Paare saßen und lachend mit ihren Maßkrügen anstießen. Sie hatten den Tisch traditionell mit einem großen silbernen Kerzenleuchter auf einer Spitzentischdecke geschmückt. Daneben hatten sie ein wunderschönes Blumengesteck platziert, und ehe Felicia sichs versah, hatten sie nicht nur ihre Tischnachbarn begrüßt, sondern Ben hatte bereits eine Unterhaltung über die Pflanzen in der hübschen Deko angefangen.

Felicia hatte das Gefühl, aus ihrem nächtlichen Traum gerissen worden zu sein, nur um in einen noch viel traumhafteren Morgen zu tanzen. Die Sonne erhob sich über dem Englischen Garten in einen Himmel, der sich von dunkelblauem Samt zu einem leuchtenden Azur wandelte. Sie aß eine Breze und trank Prosecco, der ihr auf der Stelle zu Kopf stieg. Ben entschied sich für Weißwurst und Weißbier und überredete sie anschließend zu einer Ausgezog'nen, die sie sich teilten. Felicia hatte schon seit einer Ewigkeit keinen dieser in Fett gebackenen Krapfen mehr gegessen und beschloss, noch während sie sich von Ben füttern ließ, für Jule und Lina bald mal ein zünftiges Frühstück zu machen.

Der Vormittag flog nur so dahin, während die Blaskapelle im Chinesischen Turm spielte. Sie lachten. Tanzten. Plauderten mit den Herrschaften an ihrem Biertisch. Aber was auch immer sie taten, Ben ließ ihre Hand nur los, wenn er unbedingt musste. Was ein wundervolles, warmes Gefühl in Felicia aufsteigen ließ. Er kaufte ihr ein großes Lebkuchenherz, auf dem *Spatzl* stand. Das Geschenk veranlasste ihre vermutlich um die achtzig Jahre alte Sitznachbarin zu sagen, dass Ben und sie ein wundervolles Paar abgaben. Womit sie Felicias Wangen glühen ließ. Vor Glück. Vor Aufregung. Ben und sie. Das fühlte sich so richtig an. Das hatte sich vom ersten Moment an richtig angefühlt. Die Frau neben ihr erinnerte sie an Leona. Ob ihre Tante Ben gemocht hätte? Wahrscheinlich hätte er Leonas Herz im Sturm erobert. Nicht nur, weil er mit einem sehr gesunden Appetit gesegnet war, sondern weil er Felicia ein wahrer Freund war.

»Warum diese Denkerfalte?«, fragte Ben und strich ihr mit dem Zeigefinger über die kleine Furche, die sich zwischen ihren Brauen gebildet hatte, bevor er einen zarten Kuss auf diese Stelle drückte.

»Nichts.« Felicia lächelte ihn an. »Mir wird nur gerade klar, wie glücklich ich bin.«

»Ich bin glücklicher«, flüsterte er, drückte ihr einen herzhaften Kuss auf und zog sie hoch. »Komm mit. Sie tanzen die Française.«

»Was? Aber ich kann keine …«

Ben ignorierte ihren Protest und fädelte sich mit ihr in die Reihen der Tanzwütigen ein. Genau in dem Moment, in dem die ersten schwungvollen Töne der *Fledermaus Quadrille* von Johann Strauß Sohn erklangen. Die Münchner Française war der Höhepunkt des *Kocherlballs*, und die Leute um sie herum beherrschten die Choreografie perfekt. Ben und sie – kein bisschen. Aber, verdammt, sah dieser

Mann gut dabei aus! Mit den aufgekrempelten Hemdsärmeln unter der Weste und den Chucks, die mit ihren aufgedruckten Hirschgeweihen aus einer klassischen Tracht ein ziemlich cooles Outfit machten. Er machte noch einen falschen Schritt, mit dem er nicht nur sie, sondern auch alle um sie herum Tanzenden behinderte, und Felicia kamen die Tränen, so sehr musste sie lachen. Schließlich zog sie Ben zur Seite, um diejenigen, für die dieser Tanz eine ernsthafte Angelegenheit war, nicht weiter zu stören.

Sie schmiegte sich in seine Arme. Spürte das Vibrieren der Musik auf ihrer Haut. Das schnelle Klopfen von Bens Herz unter ihren Händen, die sie auf seinen Brustkorb gelegt hatte. Langsam senkte er den Kopf. Endlos langsam. Und Felicia kam ihm entgegen. Zu einem Kuss, in dem alles lag, was sie fühlte. Einem Kuss, der Ben zeigte, dass das hier für sie kein Spiel war. Sie hatte sich verliebt. Ohne es zu merken. Aber mit ganzem Herzen. Und so besitzergreifend, wie Ben ihren Kuss erwiderte, empfand er genau das Gleiche für sie.

»Sucht euch ein Zimmer, Leute«, rief jemand gut gelaunt neben ihnen. »Der Ball wurde schon mal aus ›Mangel an Sittlichkeit‹ verboten.«

Lachend löste sich Ben von ihr. »Da hat er recht. ›Mangel an Sittlichkeit‹ wollen wir uns nicht unterstellen lassen. Lass uns noch ein wenig tanzen. Dann könnten wir uns doch noch mal so einen Krapfen teilen.«

Felicia lächelte Ben an. Er sprach nicht aus, was zwischen ihnen war. Sie erwähnte es nicht. Aber sie konnte es fühlen. Genau wie er.

*

Ben genoss jede Sekunde dieses Morgens. Felicia war so unglaublich glücklich. Sie so zu erleben war das Größte für ihn. Besonders nach den letzten Tagen, in denen er oft bis spät am Abend an seinen Entwürfen für die Hotelkette gesessen und wenig Zeit für sie gehabt hatte. Meist war er erst zu ihr ins Bett gekrochen, wenn sie schon schlief oder gerade dabei war, ins Land der Träume zu gleiten. Wie selbstverständlich hatte sie sich in seine Umarmung geschmiegt und war eingeschlafen. Eine Routine, die ihm verdammt gut gefiel.

Trotzdem hatte er sich Gedanken gemacht, ob es eine gute Idee war, ihr die *Kocherlball*-Tickets unter die Nase zu halten, wenn völlig klar war, dass sie mit ihrem Ex-Freund auf den Ball hatte gehen wollen. Aber wer nichts riskierte … Felicia tanzte gern mit ihm. Sie genoss Bens Überraschungen. Und warum nicht alte Erinnerungen mit neuen überdecken?

Zu Beginn ihrer Rückfahrt nach Starnberg war Felicia genau wie er völlig aufgekratzt gewesen. Sie hatten gelacht und herumgealbert. Doch je näher sie der alten Schule kamen, desto stiller wurden sie. Ein Seitenblick bestätigte Bens Vermutung. Felicia musste sich bemühen, die Augen offen zu halten. Und ihn hatte die Müdigkeit auch am Wickel. Morgens um vier aus dem Bett zu kriechen hinterließ seine Spuren. Aber auch dafür gab es Lösungen.

Er parkte den Pick-up vor dem Haus, ging um die Motorhaube herum und öffnete Felicia die Beifahrertür. Hand in Hand stiegen sie die Treppe hinauf und betraten den kühlen Flur. Ben zog sie zu ihrer Wohnung. »Wir sollten uns ein bisschen ausruhen«, schlug er vor, kaum dass er die Tür hinter ihnen zugeschoben hatte.

Felicia gähnte. »Gute Idee«, murmelte sie.

Ben ließ sich auf die Couch fallen und zog seine Chucks aus. Felicia setzte sich neben ihn, streifte ihre Ballerinas von den Füßen – und gab einen protestierenden Laut von sich, als er sich einfach ausstreckte und sie ebenfalls in der Horizontale landete. Halb auf, halb neben ihm. Ihren Kopf auf seinen Brustkorb gebettet. So konnte man einen Sonntagnachmittag durchaus verbringen. Ben schloss die Augen und lauschte auf Felicias Atem. Seinen Arm fest um ihren Rücken geschlungen, um sie so nah wie möglich bei sich zu halten.

»Danke für diesen wundervollen Tag«, hörte er Felicia wispern.

Noch bevor er ihr antworten konnte, war er eingeschlafen.

Warme Hände strichen über seinen Körper. Lippen glitten über seine Haut. Liebkosten ihn. Er hörte den tiefen Seufzer, den er ausstieß, nicht sicher, ob er träumte oder bereits dabei war aufzuwachen. Nur ganz langsam fand er in die Wirklichkeit zurück, wurde sich bewusst, dass er nicht träumte.

Langsam öffnete er die Augen und konnte ein leises Stöhnen nicht unterdrücken, als Felicia den nächsten Knopf seines Hemdes öffnete und die Haut, die sie freilegte, küsste. Sie trug ihre wilden Locken noch in der Flechtfrisur, zu der sie sie am Morgen zusammengebunden hatte, die aber bereits begann, sich aufzulösen. Sie hob den Blick, als sie ihre Lippen abermals über seinen Bauch gleiten ließ, der sich unter der Liebkosung zusammenzog.

Sie zog sein Hemd aus der Lederhose und öffnete den letzten Knopf. Während sie sich am Saum der Hose entlangküsste, schälte sich Ben aus Hemd und Weste. Ihre Finger nestelten am Verschluss seiner Hose, öffneten sie und schoben sie an seinen Schenkeln hinunter. Dann umfasste sie ihn, und das Verlangen, das sowieso schon durch seinen Körper schoss, seit er zu sich gekommen war, steigerte sich ins Unermessliche. Er schloss die Augen und legte den Kopf zurück. Genoss die Liebkosungen ihrer Hand, während sie sich langsam wieder an seinem Oberkörper hinaufküsste.

Ihre Lippen trafen sich in einem leidenschaftlichen Kuss, und Ben schaffte es, sich auf der Couch so zu drehen, dass sie unter ihm lag und er mit den Händen ihren Körper erkunden konnte. Er ließ seine Finger an ihrem Dirndl hinuntergleiten, bis er sie unter den Saum schieben und an ihrem Bein wieder nach oben fahren konnte. Seine Lippen liebkosten ihren Hals, glitten über ihr Dekolleté. Felicias Körper war perfekt, aber dieses Dirndl ließ sie noch verführerischer aussehen. Ben zog die Hand wieder unter ihrem Rock hervor und löste die Schleife ihrer Schürze. Er schaffte es, sie ihr auszuziehen und hinter sich zu werfen. Dann zog er den Reißverschluss des Kleides herunter, verhakte ihn aber mit der Bluse, die sie darunter trug. Er gab einen frustrierten Laut von sich.

Felicia presste ihm einen sanften Kuss auf den Mundwinkel und löste sich aus seiner Umarmung. Bevor Ben sie daran hindern konnte, hatte sie sich von der Couch erhoben und zog die Tracht aus. Der Anblick der spitzenverzierten Dirndlbluse, die unter ihren Brüsten endete, und des zarten Spitzenslips, den einzigen Kleidungsstücken, die sie noch trug, ließ Ben schlucken. Diese Frau raubte ihm den Atem. Er streifte seine Hosen und die Socken ab und zog Felicia zwischen seine gespreizten Schenkel. Seine Lippen glitten über die zarte Haut ihres Bauches, während seine Hände an ihrem Körper entlangstrichen. Von den Knöcheln über ihre Waden. Ihre Oberschenkel und den Po. Entlang an ihrer schmalen Taille, die ihre Kurven manchmal wie die eines dieser sexy Pin-up-Girls aus den Fünfzigerjahren wirken ließ, bis zu ihrer Brust. Mit ungeduldigen Fingern löste er die wenigen Knöpfe der Dirndlbluse und streifte sie ihr ab. Felicia schloss die Augen, als er mit den Fingerspitzen über ihre Haut strich, ihre Brüste liebkoste.

Dann beugte sie sich zu einem langen, trägen Kuss zu ihm herunter, strich mit ihren Händen durch seine Haare, über seine Schultern, ließ sie über seinen Rücken und seine Brust gleiten. Als sie sich wieder aufrichtete, hob sie die Hände hinter den Kopf, um die Nadeln aus den Resten ihrer Flechtfrisur zu ziehen. Ihre Haare fielen ihr in wilden Wellen über die Schultern, und Ben verschlug es einmal mehr den Atem. Abermals zog er sie zu sich heran, presste die Lippen auf ihren Bauch und zog ihr Höschen herunter. Endlich waren sie beide nackt. Er wollte Felicia wieder auf die Couch ziehen, doch sie entzog sich seiner Hand.

*

Verlangen zirkulierte durch Felicias Körper wie ein Strudel. Sie war an Ben geschmiegt aufgewacht und hatte nicht widerstehen können, ihn zu berühren. Ihn zu streicheln und zu küssen. Sie hatte die Kontrolle übernommen, als sie ihn aus dem Schlaf geholt hatte. Langsamer und zärtlicher als er an diesem Morgen sie. Und sie wollte die Kontrolle behalten. Statt sich von ihm auf die Couch herunterziehen zu lassen, schob sie ihn an den Schultern zurück, bis sein Rücken gegen die Lehne gepresst war, und folgte ihm. Sie rahmte sein Gesicht ein und küsste ihn, während sie sich langsam auf ihn senkte.

Sie sprachen nicht, sahen sich nur tief in die Augen, als Felicia begann, sich zu bewegen. Ihre Körper kannten ihren gemeinsamen Rhythmus längst. Ihre Hände wussten, wie sie die Leidenschaft steigern konnten. Ihre Lippen glitten über seine, um ihr stolperndes Herz daran zu hindern, die Worte heraussprudeln zu lassen, die sich an diesem Morgen in ihr festgesetzt hatten. Sie rauschten ihrem Höhepunkt entgegen, und als sie ihn gemeinsam erreichten, biss sich Felicia auf die Unterlippe, um die drei Worte nicht laut auszusprechen, die sie hütete wie einen Schatz. *Ich liebe dich.* Sie presste ihr Gesicht in seine Halsbeuge, spürte seine starken Arme, die sich um ihren Rücken schlossen, als wolle er sie nie wieder gehen lassen, und wartete darauf, dass sich ihr Herzschlag beruhigte.

24

Der Sonntag klang ruhig aus. Die nächste Woche wurde dafür umso hektischer. Ben bekam Felicia kaum zu Gesicht. Neben ihrem Job in München gab sie zwei ausgebuchte Kochkurse und veranstaltete am Freitagabend ein Event, dass sich *Küchenkonzert* nannte. Sie hatte dort ihre Gäste mit einem Vier-Gänge-Menü bekocht, anschließend hatten die *Seewölfe* – eine regional ziemlich bekannte Coverband – ihre Instrumente in der Küche aufgebaut. Die Gäste waren mit ihren Getränken von ihrem Platz an der Dinnertafel in die Kochschule hinübergegangen und hatten eine Küchenparty gefeiert. Das Beste daran war gewesen, dass sogar ein Reporter des *Starnberger Merkur* unter den Gästen gewesen war, der anschließend über den Abend berichtete, was Felicia noch mehr Aufträge bringen würde.

Parallel dazu hatte *Suites Deluxe* Ben erstes Interesse an seinen Entwürfen signalisiert. Seit Donnerstagnachmittag war es dann sicher: Sie wollten ihn als Experten für Dachbegrünung. Für all ihre Häuser. Weltweit. Scheiße, verdammte! Er war ausgeflippt! Alle seine Probleme lösten sich mit diesem Angebot in Luft auf. Er verdiente Geld, konnte seine Studentendarlehen zurückzahlen. Und das alles, während er machte, was er liebte. Von der Reputation, die er sich ganz nebenbei aufbauen würde, ganz zu schweigen. Weil er mit Poldi in der alten Schule allein gewesen war, hatte der Hund für ein Freudentänzchen herhalten müssen.

Doch kaum hatte sich die erste Aufregung gelegt und sich sein Herzschlag ein wenig beruhigt, hatte er sich wieder an seinen Schreibtisch gesetzt, Hubi angerufen und begonnen, an den Details herumzutüfteln. Er wollte Felicia von diesem Wahnsinnserfolg erzählen. Aber als WhatsApp würde das Ganze falsch rüberkommen. Schließlich wusste sie nichts von dieser Präsentation. Er wollte es ihr persönlich sagen. Mit ihr feiern. Und ihr versichern, dass sie sich keine Sorgen machen musste. Ben war sich darüber im Klaren, dass dieses Jobangebot ihre Beziehung auf die Probe stellen konnte. Das zwischen ihnen war verdammt schnell gegangen, wenn man bedachte, dass sie vor ein paar Wochen noch in einer anderen Beziehung gesteckt hatte, die nicht gut ausgegangen war. Ben wollte es langsam angehen lassen, wollte ihr Zeit geben, sich an ihn als Mann in ihrem Leben zu gewöhnen. Aber jetzt würde er das Ganze ein bisschen beschleunigen müssen. Es war nicht nur notwendig, dass er sich überlegte, wie er diese Projekte anging. Er musste Felicia auch endlich sagen, was er für sie empfand.

Wenn es nach ihm gegangen wäre, hätte er ihr schon am Donnerstagabend bei einem Glas Wein von seiner großen Chance erzählt. Doch Felicia hatte Überstunden gemacht, um am Freitag eher Feierabend machen zu können. Dann hatte sie sich um die Einkäufe und Vorbereitungen für das *Küchenkonzert* gekümmert. Und als sie endlich in sein Bett gekrochen war, in dem er mit klopfendem Herzen auf sie wartete, hatte sie auf sein »Ich muss dir was erzählen« mit einem »Hmm« geantwortet und war eingeschlafen.

Da Felicia am Freitag auch keine Zeit hatte, blieb Ben mehr Luft, nach einer Lösung zu suchen, mit der alle glücklich wären. Kompromisse gab es schließlich immer, und er war fest entschlossen, seinen Traumjob und seine Liebe zu Felicia unter einen Hut zu bekommen.

Der Freitag zog sich in die Länge. Bis die letzten Gäste verabschiedet waren, die Band abgebaut hatte und die Küche wieder blitzte, war längst Samstag. Ben beschloss, Felicia ausschlafen zu lassen und sie dann zu einem Frühstück auf ihre Terrasse zu locken.

Sie trug noch ihr Schlafshirt, als sie sich mit vom Schlaf zerzausten Haaren, schweren Lidern und einem herzhaften Gähnen in die Tür zum Garten lehnte. Die Sonne ließ ihre kupferfarbenen Haare aufleuchten.

Ben erhob sich und küsste sie, schob ihr mit der Hand die Haare hinter die Schulter und presste sein Gesicht in ihre Halsbeuge, um ihren warmen Duft einzuatmen. »Ich habe Frühstück gemacht«, murmelte er gegen ihre Haut.

»Das klingt fantastisch.« Sie seufzte und neigte ihren Kopf ein wenig. Ihre Aufforderung, seine Lippen an ihrem Hals entlanggleiten zu lassen. »Wenn du auch noch einen Kaffee dazu hast …«

Ben küsste diesen speziellen Punkt unter ihrem Ohr, der sie immer ein bisschen erschauern ließ, und löste sich von ihr. »Schon bereit«, sagte er und zog Felicia einen der Stühle am Bistrotisch heraus. Während sie sich setzte, schenkte er Kaffee aus der Thermoskanne ein.

Sie nippte an ihrer Tasse und stieß noch ein Seufzen aus.

»Schöner kann man einen Tag nicht beginnen«, sagte sie und ließ ihren Blick über den Garten bis zum Strand gleiten.

Ben musste ihr Recht geben. Ein perfekter Sommermorgen mit der perfekten Frau neben sich. Vor sich der Garten, den er aus einem Pflanzendschungel in eine parkähnliche Oase verwandelt hatte. Und rechts von ihnen der See, dessen glatte Oberfläche im Sonnenlicht nur so funkelte. In der leichten Sommerbrise wirbelte der Duft unzähliger Blüten, gemischt mit dem Aroma des kühlen, klaren Wassers um sie herum. Bienen summten. Eine dicke Hummel torkelte neben ihnen durch das Gras, und über ihnen flog ein Schmetterling in Zickzacklinien über den knallblauen Himmel. Elfriede döste auf dem warmen Mäuerchen, und Poldi, der schon ein Morgenbad genossen hatte, kam zu ihnen herübergetrabt. Mehr brauchte man wirklich nicht zum Glücklichsein. Er schob Felicia ihre Müslischale hin. Wenn er ein Frühstück vorbereitete, war das definitiv nicht so luxuriös wie das, was Felicia ihm jetzt vorsetzen würde. Aber er hatte immerhin eigenhändig Obst klein geschnitten und unter die Haferflocken und Nüsse gemischt.

»Danke.« Felicia stellte ihren Kaffee zur Seite und griff nach der Schüssel. Sie warf Ben einen Seitenblick zu. »Entschuldige, dass ich so wenig Zeit hatte in den letzten Tagen.«

»Kein Problem. Ich hatte auch viel zu tun. Umso mehr freue ich mich, dass dieses ruhige Wochenende vor uns liegt. Ich kann noch gar nicht glauben, dass wir keine Termine haben.« Ben legte den Arm um Felicias Schulter.

»Ja, nicht wahr?« Sie lehnte ihren Kopf an seine Schulter. »Vielleicht können wir heute Abend unten am Steg ein kleines Lagerfeuer machen«, schlug sie vor. »Frag doch Sam, ob er Lust hat vorbeizuschauen. Dann könntet ihr ganz männlich den Grill anwerfen.«

»Das klingt nach einem super Plan.« Jetzt war der Zeitpunkt, Felicia in sein Vorhaben einzuweihen. Ben holte tief Luft. »Felicia, ich wollte dir noch was erzählen. Ich …«

»Stopp!«

Ben zuckte genau wie Felicia zusammen, als Jule um die Hausecke geschossen kam, wild mit ihrem Geheimniskrämer-Tablet wedelnd. »Egal wie eure Pläne für die nächsten Tage aussehen – ihr müsst alles auf Eis legen! Alles!«, wiederholte sie, bevor sie mit dem Tablet auf Felicia und Ben zeigte und dann auf Lina, die aus dem Haus kam, im Pyjama und einem Kissenabdruck auf der Wange.

»Wo brennt es denn?«, brummte Lina und griff nach Felicias Tasse, um einen großen Schluck zu nehmen. »Deine Nachricht hat sich angehört, als stehe das Haus in Flammen.«

»Ich brauche euch alle. Jeden Einzelnen. Und die alte Schule. Nächsten Samstag steigt hier eine riesige Hochzeit«, verkündete Jule.

»Ach?« Felicia beugte sich vor. »Tatsächlich?«

Jule hob die freie Hand. »Ich weiß, ich weiß, das ist ein winziges bisschen kurzfristig. Deshalb brauche ich auch Mann und Maus. Nein, keine Hunde«, ergänzte sie, als Poldi sich aufrappelte und sein feuchtes Fell auf Jules Hosenanzug verteilte, weil er seine Flanke an ihrem Bein rieb, tätschelte ihm aber den Kopf, bevor sie sich wieder auf ihre Freunde konzentrierte. »Sam kann auch helfen, falls er Zeit hat. Die Blumenarrangements für die Feier kommen sowieso von deiner Tante, Ben.«

»Verrätst du uns jetzt auch, warum wir innerhalb einer Woche eine Hochzeit organisieren sollen?«, fragte er, statt auf Jules Kommentar einzugehen.

»Die Abendschein-Hochzeit.« Jule ließ sich auf einen Bistrostuhl fallen, griff nach Felicias Tasse, die Lina gerade wieder abgestellt hatte, und trank ebenfalls einen großen Schluck.

Was wiederum Felicia veranlasste, die Tasse mit dem Rest Kaffee an sich zu nehmen und gegen ihre Brust zu drücken, um sie vor weiterem Mundraub zu schützen. »Muss uns das etwas sagen? Ich kenne nur das Bankhaus Abendschein.«

»Ha!« Jule schnippte mit dem Finger und zeigte auf Felicia. »Ganz genau. Um den Sohn des Bankiers geht es: Theodor Abendschein und seine zukünftige Frau Mareile. Sie haben einen Hochzeits-Super-GAU. Die Planung ging komplett in die Hose.«

»Seit wann bist du auch noch Hochzeitsplanerin?«, wollte Lina wissen und gähnte noch einmal herzhaft.

»Ich bin keine Hochzeitsplanerin, sondern diejenige, die diese Hochzeit – mit eurer Hilfe wohlgemerkt – retten wird. Und das, meine Lieben, wird uns in den Himmel der Eventplanung befördern. Das kommt der alten Schule zugute. Und deinem Nanny-Service, Lina, ganz genauso. Und mir natürlich auch. Ben, du profitierst davon, weil alle deinen Garten lieben werden und ich persönlich dafür Sorge trage, dass kein Bild in den sozialen Medien landet, unter dem nicht dein Hashtag auftaucht.« Jule klopfte auf ihr Geheimniskrämer-Tablet. »Ich habe schon eine Hashtag-Liste angelegt.«

»Natürlich hast du das«, murmelte Lina. »Ich brauche

mehr Kaffee, bevor du uns erzählst, wieso wir eine Hochzeit retten.« Sie verschwand im Haus und kehrte mit einer Tasse für Jule und sich zurück, goss allen aus der Thermoskanne ein und setzte sich wieder.

Jule, die eigentlich keinen Tropfen Kaffee mehr trinken sollte, so aufgedreht wie sie auf ihrem Platz hin und her rutschte, nahm noch einen großen Schluck. »Die Abendscheins haben die Roseninsel für die Hochzeit gebucht. Niemand kann jetzt noch nachvollziehen, wie das passiert ist, aber«, sie machte eine dramatische Pause, »der Hochzeitstermin wurde doppelt vergeben.« Sie zuckte mit den Schultern. »Ich gehe davon aus, dass die Abendscheins alles versucht haben, um als Sieger im Kampf um das Casino auf der Roseninsel hervorzugehen. Offensichtlich haben sie verloren. Der Hochzeitsplaner ist seinen Job übrigens auch los. Und hier komme ich ins Spiel. Irgendjemand hat *Die gute Fee am See* empfohlen, um den schönsten Tag im Leben des Bankierssohnes zu retten. Also werde ich diese Hochzeit zu einem Event machen, von dem noch lange gesprochen werden wird. Von München bis Starnberg.«

Ben kratzte sich am Kopf. »Ich bin kein Experte auf dem Gebiet. Aber ist eine Woche nicht ein wenig kurz, um das Event hinzulegen, von dem noch lange gesprochen werden wird?« Er hob beschwichtigend die Hände, als Jule ihm einen Blick aus zusammengekniffenen Augen zuwarf. »Wenn das jemand schafft, dann du. Keine Frage. Aber eine Woche …«

»Deshalb müssen wir zusammenhalten.« Jule stand auf und begann, auf und ab zu laufen. »Das ist unsere große Chance. Sie wird uns alle weiterbringen. Und wir haben schon oft genug bewiesen, dass wir gemeinsam unschlagbar sind.«

»Ein bisschen wie die Musketiere«, stimmte Lina ihr zu. »Nur ohne scharfe Waffen.«

Jule wirbelte herum, ein Grinsen im Gesicht, das Ben ein bisschen an einen Haifisch erinnerte. »Wir sind die Waffen«, korrigierte sie die Freundin. »Ich hatte bis jetzt wenig Zeit, das Ganze im Detail zu durchdenken, aber ich habe in deinem Kalender nachgesehen, Felicia. Du hast am nächsten Samstag keine Termine in der Kochschule, die Location steht also zur Verfügung. Das, was die alte Schule in diesem Fall zu etwas ganz Besonderem macht, ist der Rosenpavillon. Ich habe bei Abendschein damit gepunktet, dass da die gleichen alten Sorten wachsen wie auf der Roseninsel. Der Garten ist inzwischen außerdem ein absoluter Traum, Ben. Das wird großartig.«

Felicia hob die Hand, um Jule zu unterbrechen. »Du hast gesagt, dass du dir schon ein paar Gedanken gemacht hast. Kannst du uns also mehr darüber sagen, was dieser Bankier erwartet? Ein Catering zum Beispiel gibt es doch bestimmt längst.«

Mit einem listigen Lächeln ließ sich Jule wieder auf ihren Stuhl fallen. »Ein paar Wermutstropfen gab es in dieser Sache natürlich. Ich habe allerdings so viel wie möglich rausgeschlagen. Wir wollen schließlich nicht nur eine Ausweichörtlichkeit sein – wir wollen ein Stück vom Kuchen abhaben.« Sie grinste breit. »Im wahrsten Sinne des Wortes. Also habe ich ein Päckchen für die Abendscheins geschnürt.« Sie wischte über die Oberfläche ihres Tablets, das noch die schwarze Hülle seines letzten offiziellen Einsatzes – wahrscheinlich bei Abendschein – trug. »Wie gesagt: Ein Catering gibt es. Ich habe aber vereinbart, dass die Caterer einen Obolus für die Nutzung der *Küchennachhilfe* zahlen. Zusätzlich habe ich einen Empfang am Vorabend ausgehandelt, bei der die Familien von Braut und Bräutigam hier schon mal zusammenkommen. Das war nicht geplant, aber wir ziehen das ein bisschen amerikanisch auf in einer Art Hochzeitsprobe. Dazu werden nur die Familien und engsten Freunde geladen. Wir reden also von etwa dreißig Personen. Häppchen und Champagner. Felicia, du hast völlig freie Hand. Dazu kommt ein abendlicher Spaziergang durch den Garten für die Damen. Lina, hier kommst du ins Spiel. Wir müssten alles mit Lichterketten, Windlichtern und allem, was dir sonst noch einfällt, in eine Art Zauberwald verwandeln. Mit Champagner und Cocktailstation. Das organisiere ich. Lorenz aus dem *Bootshaus* hat mir schon signalisiert, dass er das einrichten könnte. Die Herren bekommen während dieses Spaziergangs für die Ladies eine Whiskeyprobe im Rektorenzimmer. Und die Damen natürlich auch, wenn sie wollen.« Jule scrollte auf ihrem Tablet weiter. »Für die Hochzeit selbst wird der Pavillon mit noch mehr Rosen aufgehübscht. Aber das habe ich schon mit deiner Tante besprochen, Ben. Sie kümmert sich ja sowieso um den Blumenschmuck. Lina, ich habe auch eine Kinderbetreuung angeboten.« Jule blickte auf. »Was das betrifft, ist das Brautpaar noch unentschieden. Falls keine benötigt wird, setze ich dich einfach an anderer Stelle ein. Ich habe Abendschein Bilder von der alten Schule, dem Pavillon und dem Blick über den See gezeigt. Ich kann euch nur sagen: Er war völlig aus dem Häuschen. Genau wie das Brautpaar.« Sie holte tief Luft und nannte die Summe, die sie dem Bankier für ihr kurzfristiges Einspringen in Rechnung stellen würde.

Ben, der gerade einen Schluck Kaffee trank, verschluckte sich. »Was?«, krächzte er. »Ist das dein Ernst?«

Jule zuckte mit den Schultern. »Wie du gesagt hast: Da kommt verdammt viel Arbeit auf uns zu. Und die machen wir nicht umsonst. Ganz abgesehen von der Publicity, die das Ganze mit sich bringt, ist das ein vernünftiges Angebot. Lina, wie hieß noch mal dieser Spruch der Musketiere?«

»Einer für alle. Alle für einen«, antwortete Lina wie aus der Pistole geschossen. »An dieser Stelle würde ich aber eher Jerry Maguire aus *Spiel des Lebens* zitieren«, sie stieß in einer Siegerpose die Faust in die Luft. »Führ mich zum Schotter!«

Jule grinste von einem Ohr zum anderen. »Vertraut mir. Ich führe euch so richtig zum Schotter!«

Ben sah Felicia an, die bereits anfing, mit Jule über die Häppchen und den Ablauf der Hochzeitsfeier zu diskutieren. Mit vor Aufregung geröteten Wangen. Voller Begeisterung. Er konnte das Potenzial, das in dieser Veranstaltung steckte, ebenfalls erkennen. Aber mit ihrer Ankündigung hatte Jule dafür gesorgt, dass sich in den nächsten Tagen alles nur noch um diese Hochzeit drehen würde. Weder würde sich Felicia die Zeit nehmen, noch wären ihre Gedanken frei genug für ein Gespräch über ihre gemeinsame Zukunft und seine Jobperspektiven.

Die Hochzeit fand in einer Woche statt. Was war schon eine Woche, gemessen an der Zeit, die vor ihnen lag? Er würde einfach abwarten, bis sich der Trubel um die Familie Abendschein wieder gelegt hatte. Je mehr er darüber nachdachte, desto besser kam ihm die Idee vor. Nach dieser Märchenhochzeit wäre Felicia sicher in superromantischer Stimmung, wenn er ihr sagte, was er für sie empfand. Und dann würde sie das Projekt, das er für die Hotelkette umsetzen würde, auch nicht so hart treffen. Ein fantastischer Plan. Mit sich selbst zufrieden konzentrierte er sich wieder auf Jule und fragte, ob er Stift und Papier brauchte, um sich zu notieren, was in der nächsten Woche alles in seinen Aufgabenbereich fallen würde. Brauchte er nicht, wurde ihm erklärt. Er würde seine To-do-Liste wie alle anderen per Mail bekommen.

Ben drückte Felicias Hand und legte ihre verbundenen Finger dann auf seinem Oberschenkel ab. Aufmerksam hörte er Jule zu und bemühte sich, ein Grinsen zu unterdrücken. Wenn seine Nachbarin zum Militär gegangen wäre, hätte sie es locker zum Vier-Sterne-General gebracht.

*

Jule war ein Genie. Und verfügte über ein unglaubliches Netzwerk. Wenn ein paar Stuhlhussen zu wenig geliefert worden waren? Ein Anruf, und Jule hatte welche besorgt. Felicias Trüffellieferung blieb aus? Ein Fingerschnippen von Jule und ein neuer Lieferant war aufgetan. Die Freundin setzte ihr Talent an allen Ecken und Enden ein, nicht ohne ständig zu betonen, dass man sie in die Irrenanstalt sperren sollte, falls sie sich jemals wieder überreden lasse, eine Hochzeit zu organisieren.

Sie planten die Häppchen, überlegten es sich anders, verwarfen die Änderungen und begannen von vorn. Als sie sich endlich einig waren, hatte Felicia eine Mammutaufgabe vor sich – auf die sie sich wahnsinnig freute. Sie begann mit den Vorbereitungen und konzentrierte sich ganz auf das, was in ihrer Küche geschehen sollte, während sich die restlichen Bewohner der alten Schule zusammen mit Sam und ein paar der Abiturienten, die Jule für kleine Jobs engagierte, das Grundstück vornahmen. Der Garten wurde mit Lichterketten, Feenlichtern und indirekter Beleuchtung in eine Art Zauberwald verwandelt. Angesichts der Tatsache, dass die Hochzeitsgäste auf dem gesamten Grundstück herumspazieren würden, hatten Ben und Sam beschlossen, den Steg zu reparieren. Was sowieso überfällig gewesen war. Nicht auszudenken, wenn jemand aus der Hochzeitsgesellschaft durch das morsche Holz brechen würde.

Den Strand hatte Jule in eine Art Beachclub verwandelt. Loungemöbel, eine Bar, die von Lorenz Wolfstetter, dem Besitzer des *Bootshauses*, betrieben werden würde. Dazu Fackeln und Salsa-Rhythmen.

Eine richtige Tanzfläche für diejenigen, die nicht am See tanzen wollten, würde es erst am Hochzeitstag im Gerümpelraum geben. Den DJ hatte das Brautpaar bereits engagiert. Sobald das Hochzeitsessen, für das Felicia ihre Küche einem fremden Caterer überlassen musste, vorbei war, würden sie die Dinnertafeln abbauen, damit getanzt werden konnte, bis die Hochzeitsgesellschaft in den VIP-Bereich eines Münchner Clubs weiterziehen und den Abend dort ausklingen lassen würde. Die Party endete also zumindest nicht zu spät. Trotz allem ein straffes Programm, aber machbar – fand zumindest Jule. Felicia war, genau wie der Rest der Bewohner der alten Schule, bereit, ihr das einfach zu glauben.

Die Generalprobe – der Empfang am Vorabend der Hochzeit – verlief reibungslos. Die Gäste waren überwältigt von der Schönheit des Gartens, den Häppchen und dem Beachparty-Flair am See.

Jule stieß ihre Faust der Reihe nach gegen die ihrer Freunde und zog sie dann, eine Explosion simulierend, zurück. »Das ist fantastisch gelaufen und ein gutes Omen für morgen. Ich will keinen Druck aufbauen, aber ich habe die Gästeliste gesehen. Da sind ein paar echt große Nummern dabei. Unter anderem dieser Christian Thalbach, der darüber nachdenkt, künftig meinen Concierge-Service zu nutzen. Wenn wir uns also von unserer besten Seite zeigen …«

»Keine Sorge.« Lina legte der Freundin den Arm um die Schultern. »Wenn dieser Thalbach sieht, was du hier auf die Beine gestellt hast, wird er dich vom Fleck weg engagieren.«

Nachdem ihr Hochzeitsgeneral, wie sie Jule inzwischen nannten, sie für die Nacht entlassen hatte, fielen Felicia und Ben völlig erledigt in ihr Bett. Sie hatten seit dem *Kocherlball* jede Nacht miteinander verbracht. Noch vor ein paar Tagen hatte sie das Gefühl gehabt, dass Ben ihr etwas sagen wollte. Doch als nichts kam, glaubte sie, sich getäuscht zu haben. Manchmal erwischte sie ihn, wie er mit abwesendem Blick in die Ferne starrte. Doch dann drehte er sich um, lächelte sie an und zog sie für einen Kuss zu sich heran, bevor er sich den nächsten Auftrag bei Jule abholte.

Jetzt lagen sie aneinandergeschmiegt im Bett, Bens beruhigender Herzschlag unter ihrer Wange. Sie fühlte sich so sicher mit ihm. So geborgen. Das waren ihre letzten Gedanken, bevor sie in einen tiefen, traumlosen Schlaf fiel.

Übermüdet, aber enthusiastisch quälten sie sich am

nächsten Morgen aus den Federn. Das Brautpaar hatte sie am Abend gebeten, die Lichter im Zauberwald nicht abzunehmen, weil sie vom Garten ganz begeistert gewesen waren und davon ausgingen, dass ihre Gäste das genauso toll finden würden. Außerdem planten sie, in der einbrechenden Dunkelheit noch ein paar Fotos, umgeben von den funkelnden Lichtern, zu machen.

»Ein Arbeitsschritt weniger«, sagte Ben und gähnte. Er hielt Lina seine Kaffeetasse hin, damit sie ihm nachschenken konnte.

Jule hatte sie zu einer letzten Strategiebesprechung zusammengetrommelt und ging noch einmal jeden einzelnen Punkt mit ihnen durch. »Lina, das mit der Kinderbetreuung steht so weit, oder?«, fragte sie.

»Klar. Ich gehe mit den Kleinen in die Bibliothek. Erst dachte ich daran, ihre Gesichter zu bemalen, aber ich glaube, das wird nicht besonders gut ankommen, wenn sie ihre Eltern oder sogar das Brautpaar umarmen und die Schminke überall hinschmieren. Wir werden einfach zusammen ein paar schöne Geschichten lesen. Die Mädchen können aus Draht eine Krone basteln und die Jungs ein Schwert aus Pappmaschee oder irgendwelche Märchenwesen wie Drachen, Feen und Einhörner.«

»Klingt perfekt.« Jule tippte etwas in ihr Tablet. »Ben, für dich und Sam gilt in erster Linie, den Pavillon noch mit den Rosengirlanden zu verzieren, die nachher aus der Gärtnerei geliefert werden, und die Stühle aufzustellen. Wenn die Hochzeit läuft, seid ihr Springer. Schaut einfach, wo ihr gebraucht werdet, räumt leere Gläser ab. So was eben.« Sie nickte in Bens Richtung und sah dann Felicia an.

»Ich weiß, ich kümmere mich um die Getränke. Kein Gast wird Durst leiden. Die Kellner werden immer mit Tabletts voller Champagner unterwegs sein, und ich sorge dafür, dass es an der Bar keinen Stau gibt«, wiederholte sie die Anweisung, die die Freundin ihr bereits zweimal gegeben hatte. Ganz abgesehen davon, dass sie das Prozedere aus dem Effeff kannte. »Solange ich da noch nicht eingespannt bin, helfe ich beim Aufstellen der Stühle oder bei den Blumen«, bot sie an.

»Finger weg von den Pflanzen«, warnte Ben sie lachend. »Sie sollen den Tag schließlich überleben.«

Statt etwas zu antworten, beugte Felicia sich einfach zu ihm hinüber und küsste ihn, um ihn zum Schweigen zu bringen.

Jule beendete den Moment, indem sie ihr Tablet zuklappte und aufstand. »Okay. Mir fällt einfach nichts mehr ein, was wir vielleicht vergessen haben könnten. Lasst uns loslegen!«

Felicias Freunde erhoben sich und verfielen, angetrieben vom Hochzeitsgeneral, in eifrige Betriebsamkeit. Sie bereitete die Tabletts mit den Champagnergläsern vor und überprüfte noch einmal, ob genügend Getränke kaltgestellt waren.

Bevor Felicia sich für die Feier umziehen musste, half sie, im Garten die Stühle aufzustellen, auf denen die Gäste der Trauzeremonie folgen konnten. Gemeinsam mit Lina stülpte sie die weißen Hussen über die Sitze. »Hatte Jule nicht irgendwas von rosafarbenen Bändern erzählt, die um die Lehnen gebunden werden?«, fragte sie die Freundin, die einen Stuhl nach dem anderen akkurat ausrichtete.

»Stimmt.« Lina blickte auf. »Ich habe die Bänder allerdings nirgendwo gesehen. Und Jule auch nicht.«

»Jetzt wäre ein perfekter Zeitpunkt für diese Walkie-Talkies, die Jule uns aufzwingen wollte.« Und gegen die sie sich erfolgreich gewehrt hatten. »Ich frag Ben. Wenn er nicht weiß, wo sie sind, schicke ich Jule eine Nachricht«, schlug Felicia vor und ging zum Pavillon hinüber, wo Ben und sein Cousin die zarten Rosengirlanden anbrachten, und fragte nach den Bändern.

»Mist.« Ben blickte von der Leiter, auf der er balancierte, zu ihr herunter. »Die hat mir meine Tante mitgegeben. Entweder habe ich sie ins Rektorenzimmer gelegt, als ich dort geholfen habe, die Sessel umzustellen, oder sie liegen in meiner Wohnung. Soll ich sie suchen gehen?«

Felicia schüttelte den Kopf. »Nein. Bleib da oben bei deinen Rosen. Ich werde sie schon finden.« Sie sagte Lina Bescheid und betrat das Haus durch die Hintertür. Nach dem Gewusel im Garten war es hier regelrecht still und nach der Sonne, die vom wolkenlosen Himmel brannte, angenehm kühl.

Sie joggte die Treppe hinauf und warf einen Blick ins Rektorenzimmer, konnte die Bänder aber nicht entdecken. Also öffnete sie Bens Wohnungstür und spähte hinein. Der Anblick seines Zimmers ließ sie lächeln. Sie hatten die vergangene Nacht bei ihr verbracht, trotzdem hatte er es nicht geschafft, sein Bett zu machen. Die Bänder lagen in einem Karton neben ein paar Zeitschriften und Notizzetteln auf seiner Decke. Sie klemmte sich die Box unter den Arm und nahm die restlichen Unterlagen, um sie auf den Schreibtisch zu legen. Heute Abend würden sie mit Sicherheit einfach nur noch ins Bett fallen und schlafen wollen. Falls sie die Nacht hier verbrachten, hatten sie sicher keine Lust mehr, die Zeitschriften noch aufzuräumen.

Sie legte den Stapel auf Bens Schreibtisch neben ein paar Ausdrucke. Auf einem der Blätter war eine Weltkarte abgedruckt, auf der auf fast allen Kontinenten rot markierte Punkte eingezeichnet waren. Was war das? Felicia legte den Kopf schräg und zog das Blatt ein wenig zur Seite, um zu lesen, was auf dem Rand stand. Sie kannte die Hotelkette, deren Name abgedruckt war. *Suites Deluxe*. Luxuriös und edel. Plante Ben eine Reise? Vielleicht als Überraschung … Felicia las weiter – und spürte im nächsten Moment, wie ihr das Blut in den Adern gefror.

25

Felicia spürte das Zittern, das in ihrem Körper vibrierte, als sie das Blatt losließ und langsam einen Schritt zurücktrat, als habe sie es mit explosivem Material zu tun. Denn genau das war es. Sprengstoff. Für ihr Herz.

Ben wollte gehen? Die Weltkarte im Lehrerzimmer, in der so viele grüne Nadeln steckten, ploppte vor ihrem inneren Auge auf. Bens Nadeln. Es gab Länder, in denen er noch nicht gewesen war. In denen er noch nicht gearbeitet hatte. Das Datum auf den Unterlagen war nicht zu übersehen. Ben hatte dieses Angebot seit zwei Wochen vorliegen. Und er hatte es mit keinem Wort erwähnt. Er wollte sie verlassen. Genau wie ihr Vater sie verlassen hatte, als er zuhause ausgezogen war. Und Martin. Um einfach ohne sie an einem anderen Ort noch einmal von vorn zu beginnen.

Der Schreibtisch begann vor Felicias Augen zu verschwimmen, und ihr wurde schwindelig. Sie stützte sich mit der Hand an der Wand ab und holte keuchend Luft, als ihr klar wurde, dass sie den Atem angehalten hatte. Langsam lehnte sie sich mit dem Rücken gegen die weiße Raufasertapete, die Hand auf ihr schmerzhaft klopfendes Herz gepresst. Das hier war schlimmer als die Trennung ihrer Eltern, wurde ihr bewusst. Schlimmer als Martins Egoismus. Hier ging es um Ben, der nicht nur sie aufgab und auf ihren Gefühlen herumtrampelte. Er ließ auch die alte Schule im Stich, zu deren neuem Erstrahlen er so viel beigetragen hatte. Ben, in den sie sich Hals über Kopf verliebt hatte, obwohl sie sich so oft selbst ermahnt hatte, nichts zu überstürzen und nach ihrer Trennung nicht sofort wieder einen Mann in ihr Leben zu lassen. Ihr Herz hatte nicht auf ihren Kopf gehört. Dabei konnte sie Ben noch nicht einmal einen Vorwurf machen. Er hatte nie gesagt, dass sie ein Paar waren. Felicia hatte angenommen, dass sie ihm etwas bedeutete, weil sie gemeinsam auf dem *Kocherlball* gewesen waren. Offenbar hatte sie sich da getäuscht. Wie in so vielen anderen Dingen in letzter Zeit. Aber Ben hatte ihr schließlich nichts versprochen. Es gab keinen Schwur, den er brechen konnte. Ben hatte sich in ihr Leben geschlichen, und jetzt wollte er sich auf die gleiche Weise davonstehlen.

Sie hatte keine Ahnung, wie lange sie, an die Wand gelehnt, in Bens Zimmer gestanden hatte, als das Pling erklang, das eine neue Nachricht auf ihrem Handy ankündigte. Sie zog es aus der Tasche und war wenig überrascht, dass Jule ihr eine WhatsApp geschickt hatte. Der Hochzeitsgeneral wies sie an, die Bänder für die Stuhlhussen in den Garten zu bringen. Pronto. Sie stieß sich von der Wand ab und trug den Karton nach unten. Wie ein Roboter setzte sie einen Fuß vor den anderen.

»Ah, du hast sie gefunden.« Ben stand noch immer auf der Leiter und hantierte grinsend mit einer Rosengirlande. »Der General wollte schon einen Suchtrupp nach dir losschicken.«

Felicia zwang sich zu einem Lächeln. »Hier sind sie.« Sie

stellte den Karton auf den Rasen, nahm ein paar der rosafarbenen Satinbänder heraus und begann, sie um die Stühle zu binden. Mit jeder verzierten Stuhlhusse brachte sie mehr Abstand zwischen sich und die anderen Helfer. Ben. Und ihre Freunde, die nicht sehen sollten, wie es ihr ging.

Erleichtert atmete sie auf, als sie die letzte Schleife gebunden hatte und sich in ihre Wohnung zurückziehen konnte, um sich für die Hochzeit fertig zu machen. Jule hatte schwarze Kleidung angewiesen, also schlüpfte sie in ein Schlauchkleid in dieser Farbe, glättete ihre Haare und fasste sie zu einem eleganten Knoten zusammen. Als sie Make-up auflegte, hielt sie einen Moment inne und betrachtete ihr Gesicht im Spiegel. Sah man so aus, wenn einem das Herz gebrochen wurde? War sie wirklich so naiv, nie zu merken, wenn die Männer in ihrem Leben sie verlassen wollten? Als Martin ihre Beziehung beendet hatte, war es Bens Schulter gewesen, an der sie sich ausgeweint hatte. Jetzt kamen keine Tränen. Ihr Blick war – leer. Aber wem würde das schon auffallen? Heute waren alle viel zu sehr mit der Hochzeit beschäftigt. Und morgen war ein neuer Tag. Wie sie damit umgehen würde, konnte sie sich überlegen, wenn sich das Brautpaar ihr Jawort gegeben hatte.

Felicia konnte nicht leugnen, für einen Moment das Bedürfnis gehabt zu haben, alles stehen und liegen zu lassen und einfach wegzulaufen. Sollten sich doch die anderen um diese verdammte Hochzeit und all die glücklichen, verliebten Menschen kümmern. Doch dann hatte sie sich, während sie ein Band nach dem anderen um die Stühle geschlungen hatte, zur Vernunft gerufen. Das hier war nicht nur Jules große Chance, sondern auch ihre, die alte Schule weiter nach vorn zu bringen. Oder wie Lina aus Jerry Maguire zitieren würde: »Führ mich zum Schotter!« Wenn sie diesen Tag hinter sich gebracht hatte, konnte sie zusammenbrechen. Sich in eine Ecke kauern und ihren Schmerz rauslassen. Bis dahin würde sie einfach funktionieren. Und lächeln. Wie es auf einer Hochzeit erwartet wurde. Sie war dazu in der Lage, die Maske des ruhigen Gesichtsausdrucks zur Schau zu stellen, während sie innerlich zerbrach. Genau so, wie ihre Mutter es ihr beigebracht hatte: immer die Haltung wahren.

Zusammen mit ihren Freunden stand sie im Schatten der Bäume und sah dabei zu, wie sich das verliebte Paar ewige Treue versprach. Sie fühlte Ben hinter sich und musste sich bemühen, nicht zusammenzuzucken, als er seine Hand auf ihre Schulter legte und sanft drückte. In diesem Moment war sie dankbar dafür, dass er ihr Gesicht nicht sehen konnte. Und dafür, dass sie sich noch vor dem Ende der Trauung in die alte Schule zurückziehen konnte, um den Champagnerempfang vorzubereiten.

Felicia lächelte, bis sich ihre Mundwinkel ganz steif anfühlten. Schenkte Champagner aus, erfüllte andere Getränkewünsche, die die Gäste hatten. Sie schaffte es, Ben aus dem Weg zu gehen. Sich beschäftigt zu halten und das Fest der Liebe in ihrem Garten auszublenden. Die wunderschöne, strahlende Braut genauso wie den glücklichen Bräutigam. Wenn das Servicepersonal zu ausgelastet war, trug sie die Tabletts nach draußen und verteilte Drinks. Ansonsten zog sie sich in ihre Arbeitsecke zurück. Da die Cateringfirma ihre Küche besetzt hatte, der Dinnerbereich aber nicht gebraucht wurde, hatte sie dort die Getränkestation aufgebaut und war dankbar, dort ihre Ruhe zu haben und die Tabletts vorbereiten zu können, ohne allzu viel mit den Kellnern reden zu müssen.

Sie hatte gerade eine neue Flasche Champagner geöffnet und begonnen, weitere Gläser zu füllen, als sie aufblickte, weil sie spürte, wie jemand sie beobachtete. »Mutter.« Überrascht setzte sie die Flasche ab, als sie die elegante Gestalt Margaretha Sommerfeldts sah, die im Türrahmen des Hintereingangs stand, der in den Garten führte. Sie sah umwerfend aus in ihrer dunkelgrünen Robe, die ihre Haarfarbe unterstrich und sie zum perfekten Gast einer High-Society-Hochzeit machte. Jule hatte davon gesprochen, dass dieser Christian Thalbach hier sein würde. Felicias Mutter hatte sie mit keinem Wort erwähnt, obwohl sie die Gästeliste gesehen hatte. Wahrscheinlich einfach, damit sich Felicia nicht schon vor dem Event verrückt machte. Schließlich hatte sie Margaretha seit ihrer Auseinandersetzung vor ein paar Wochen nicht mehr gesprochen. Die Auseinandersetzung, die dazu geführt hatte, dass sie sich Ben an den Hals geworfen hatte. Sie schluckte an dem Kloß in ihrem Hals vorbei und schloss für einen Moment die Augen. Dann zwang sie sich zu einem unverbindlichen Lächeln. »Was kann ich für dich tun?«, fragte sie.

»Entschuldigen Sie bitte.« Ein Kellner drängte sich an Felicias Mutter vorbei, und sie machte einen Schritt zur Seite und in den Raum hinein. Neugierig blickte sie zum Durchgang zur Küche, in der die Cateringköche herumwirbelten.

»Wenn du etwas trinken möchtest, bringt jemand vom Service dir gern etwas nach draußen«, schlug Felicia vor. Sie hatte wirklich keine Ahnung, was ihre Mutter beim Personal, wie sie es so gerne nannte, verloren hatte. »Du solltest die Feier genießen.« Sie hätte auch ohne Jules Gästeliste darauf kommen können, dass ihre Mutter hier sein würde. Die Hochzeit eines Bankierssohns war eines der Ereignisse dieses Sommers am Starnberger See. In der Hektik der letzten Tage hatte sie einfach nicht darüber nachgedacht.

Margaretha hob ihre Hand in einer ergebenen Geste und wich einem weiteren Kellner aus, der ein Tablett an ihr vorbeibalancierte. Dann kam sie näher. »Ich wollte dir nur schnell sagen, dass das eine wundervolle Feier ist.« Sie senkte die Stimme. »So habe ich dieses Haus und den Garten noch nie wahrgenommen.«

Felicia, die wieder begonnen hatte, Champagnergläser zu füllen, ließ die Flasche erneut sinken. War das eine Art Entschuldigung? Ein Friedensangebot? »Das ist nicht nur mein Werk«, schränkte sie das Lob ein. »Dazu haben alle meine Mieter beigetragen. Organisiert hat das die *Gute Fee am See*, ein wirklich hervorragender Concierge-Service.«

»Hmm.« Felicias Mutter nickte. Sie nahm sich ein bereits gefülltes Champagnerglas von einem der Tabletts und hielt es hoch, als wolle sie einen Toast aussprechen. »Das mag sein«, hielt sie dagegen. »Trotz allem ist es diese alte Schule. Und dieser inzwischen wirklich zauberhafte Garten.« Sie nippte an ihrem Drink. »Ich denke noch immer, dass es kein Fehler wäre, zu verkaufen und dir keine Gedanken mehr um das Haus machen zu müssen. Aber ich muss gestehen, dass ich erkennen kann, was du darin siehst. Und das ist etwas wirklich Großartiges.«

Zwei Kellner brachten leere Gläser, und Margaretha

schwieg, bis sie den Raum mit neuen Tabletts verlassen hatten. Einen Moment zögerte sie, den Blick auf den Boden vor sich gesenkt. Dann hob sie den Kopf wieder. »Ich habe meine Tante nie verstanden. Mir war und ist einfach schleierhaft, was Leona an diesem Haus fand. Vermutlich werde ich das nie begreifen. Aber ich bin hier, um dir zu sagen, dass ich stolz bin auf das, was du geschafft hast.«

Felicia nickte. Sie konnte in den Augen ihrer Mutter sehen, dass sie es so meinte, wie sie es sagte. Zum ersten Mal lobte sie ihre Tochter für das, was sie leistete. Das war … »Danke.« Mehr fiel Felicia nicht ein. Ihre Stimme klang rau. Und ihr war klar, dass es zwischen Margaretha und ihr früh genug wieder zu Meinungsverschiedenheiten und Diskussionen kommen würde. Aber sie hatte nicht erwartet, dass ihre Mutter ihr einmal so entgegenkam. Geschweige denn, dass sie eingestehen würde, dass sie in irgendeinem Bereich falschgelegen hatte.

Margaretha prostete ihr zu. »Gut.« Sie zögerte abermals einen Moment, dann lächelte sie. »Dann mische ich mich mal wieder unter die Leute.«

Felicia blickte ihr nach, bis sie sie zwischen den Hochzeitsgästen im Garten verschwinden sah. Kaum war ihre Mutter weg, war Bens Verrat wieder so parat, als stünde sie abermals in seiner Wohnung. Sie kniff die Augen zusammen und atmete tief durch. Dieser Tag war eine einzige emotionale Herausforderung. Aber sie würde durchhalten.

Und das tat sie. Genau so lange, bis sich die letzten Gäste verabschiedeten.

*

Irgendetwas stimmte ganz und gar nicht. Man sagte Männern im Allgemeinen nach, nicht besonders sensibel zu sein. Ben war sich nicht sicher, ob er die Frauen an sich verstand. Aber er verstand Felicia. Und er merkte es, wenn ihm jemand von jetzt auf gleich die kalte Schulter zeigte. Irgendetwas war aus dem Rhythmus geraten. Zwischen dem Moment, in dem sie ihn bei der morgendlichen Hochzeitsbesprechung lachend geküsst hatte, und dem Eintreffen der Gäste. Möglicherweise war sie wieder mit ihrer Mutter aneinandergeraten. Ben hatte Margaretha Sommerfeldt zwischen den Feiernden gesehen, und sie hatte ihm sogar zugenickt, als sie ihn unter den Helfern entdeckt hatte. Eine Geste, von der er nicht wusste, was er davon halten sollte.

»Ben?«

»Hmm.« Er legte ein paar weitere Hussen zur Seite und klappte die Stühle zusammen. Vielleicht hatte es auch mit der Cateringfirma zu tun, die Felicias Küche belagerte. Hatten sich die Köche danebenbenommen?

»Ich habe darüber nachgedacht, mir meine Initialen ins Gesicht tätowieren zu lassen. Rechte Wange.«

»Hmm. Gute Idee.« Ben schnappte sich den nächsten Stuhl. Was auch immer mit Felicia nicht stimmte, sie war einfach abgehauen. Ohne etwas zu sagen. Niemand wusste, wo sie steckte. Das Aufräumen war am Rest der Truppe hängen geblieben. Wo war …

»Ben!«

»Hmm?« Er sah auf. Sein Cousin stand vor ihm, die Hände in die Hüften gestützt. »Du hältst es also wirklich für eine gute Idee, wenn ich mir meine Initialen ins Gesicht tätowieren lasse? Was ist los mit dir?«

»Wovon redest du?« Ben runzelte die Stirn und versuchte, wenigstens einen Moment nicht über Felicia nachzudenken.

»Ich würde viel lieber wissen, wo du eigentlich bist. Du warst in den letzten Minuten Lichtjahre entfernt mit deinen Gedanken.«

»Sorry.« Ben klappte noch einen Stuhl zusammen, lehnte ihn gegen seinen Oberschenkel und richtete sich auf. »Ich war kurz abgelenkt. Warum willst du dich denn tätowieren lassen?«

Sam winkte ab. »Das war nur ein Test, ob du mir auch nur eine Sekunde zuhörst. Was mich viel mehr interessiert, ist, ob du wusstest, dass Marie die Strandbar schmeißen würde.«

Ben blickte zu der Stelle am See, an der noch ein paar wenige Gäste, die nicht gehen wollten, an der Holzbude lehnten, in der Marie Wolfstetter Cocktails mixte. »Du weißt doch, dass sie hin und wieder bei Lorenz aushilft. Aber nein, ich hatte keine Ahnung, dass sie heute hier sein würde. Warum?« Ben blickte seinen Cousin von der Seite an und dann wieder zum Strand, als sich Sams Ohrspitzen rot verfärbten. »Was läuft da zwischen euch?«

»Nichts.« Sam schob die Hände in seine Hosentaschen. »Könnte sein, dass ich sie ein bisschen blöd von der Seite angelabert habe.«

Ben zuckte mit den Schultern. »Dann solltest du dich vielleicht bei ihr entschuldigen. Sobald die letzten Gäste verschwunden sind. Als Wiedergutmachung kannst du ihr ja beim Abbau helfen«, schlug Ben vor. Sobald Sam weiterzog, konnte er sich wieder auf die Gedanken konzentrieren, die er sich über Felicia machte.

»Vielleicht mache ich das sogar«, murmelte Sam und schnappte sich eine Ladung Stühle, um sie auf den Transporter der Leihfirma zu laden.

»Sam.« Ben wartete, bis sich sein Cousin noch mal umdrehte. »Hast du Licie irgendwo gesehen?«

Sam schüttelte den Kopf. »Schon seit Stunden nicht mehr. Dabei war ich mir sicher, dass auf Jules schlauer Liste stand, dass sie einen Teil der Abbauarbeiten überwachen soll.« Nachdenklich blickte Sam schon wieder zur Beachbar hinüber. »Ich habe Licies Mutter gesehen. Sie war in der Küche, als sie noch die Getränke ausgeschenkt hat. Ob sie sich in die Wolle gekriegt haben? Dann versteckt Felicia sich vielleicht irgendwo und leckt ihre Wunden.«

Also doch. Felicia war auf ihre Mutter getroffen. »Danke, Sam. Und viel Glück bei dem Versuch, dich bei Marie zu entschuldigen.« Sie würde es seinem Cousin nicht leicht machen. Das hatte sie schließlich noch nie.

Es war bereits weit nach Mitternacht, als die Ordnung in der alten Schule wieder hergestellt war. Lediglich die Beachbar stand noch, weil Lorenz sie erst am nächsten Tag abbauen lassen wollte. Grund genug für ihn und seine Schwester, noch eine Runde für die Helfer zu schmeißen. Was dazu führte, dass sich alle um die Bude drängten. Bis auf Felicia, die noch immer nicht aufgetaucht war. Ben begann, sich ernsthafte Sorgen zu machen. Was war nur mit ihr los? Wo steckte sie? Und wieso ging sie, verdammt noch mal, nicht an ihr Handy?

»Hey Ben, einen Gin Tonic für dich?«, fragte Marie und strahlte ihn an, während sie es schaffte, seinen Cousin geflissentlich zu ignorieren.

Ben schüttelte den Kopf. »Hat jemand von euch Licie gesehen?«, fragte er in die Runde.

Schulterzucken, Kopfschütteln und hier und da ein gemurmeltes »Ist einfach verschwunden« waren die Antworten.

Also drängte Ben sich an den Feiernden vorbei und sah noch einmal im Rosenpavillon nach. Aber auch hier war sie nicht. Dafür gesellte sich Poldi zu ihm und lehnte sich gegen sein Bein. Ben bückte sich, um ihm über das Fell zu streichen. Der Hund hatte den Tag in der Gärtnerei verbracht und war erst seit einer Stunde wieder zurück in der alten Schule. Das Risiko, dass er eines seiner Bäder nahm und sich dann neben dem Brautpaar schüttelte oder neben jemandem wie Felicias Mutter, war einfach zu groß gewesen. »Wenn ich nur wüsste, wo sie steckt«, murmelte Ben.

Poldi sah ihn einen Moment mit schief gelegtem Kopf an. Dann lief er ein paar Schritte in Richtung See, blieb stehen und drehte sich nach Ben um, als wolle er ihn auffordern, ihm zu folgen.

»Jetzt ist nicht der richtige Zeitpunkt zu spielen, Poldi.« Ben blieb, wo er war. »Morgen werfe ich dir ein paar Bälle ins Wasser. Versprochen.«

Doch sein Hund ließ sich nicht so schnell von seinem Vorhaben abbringen. Er kam zu Ben zurück, stupste ihm seine kühle Nase gegen die Hand und wandte sich wieder zum See um. Wieder ein paar Schritte. Wieder dieses Warten.

Ben seufzte. »Na gut.« Solange er darauf wartete, dass Felicia wieder auftauchte, konnte er auch ein bisschen mit Poldi spielen. Der Hund war ein Meister darin, so zu tun, als wäre er den ganzen Tag vernachlässigt worden. Dabei hatte

Bens Tante ihn mit Sicherheit nach Strich und Faden verwöhnt. »Lass uns deinen Ball suchen.«

Er folgte Poldi ans Ufer. Doch anders als erwartet sprang sein Hund nicht wie ein Verrückter ins Wasser, sondern folgte dem frisch reparierten Steg zum Bootshaus. Was …? Das Bootshaus! Natürlich! Bens Schritte beschleunigten sich. Felicia war nirgends zu finden. Nicht im Haus. Nicht im Garten. Aber hier hatte noch gar niemand nachgeschaut. Weil sie das Bootshaus nie benutzt hatten. Zumindest nicht, solange der Steg kurz davor gewesen war, in sich selbst zusammenzubrechen.

Ben drückte die Klinke der Tür, die in den Schuppen führte, doch sie war verschlossen. Also folgte er Poldi weiter an der Seite des Gebäudes entlang. Der Steg war hier zu einer kleinen Badeplattform verbreitert. An der Vorderseite war der Schuppen offen. Im Inneren führten schmale Stege zu dem Arbeitsbereich im hinteren Teil. Und dort saß Felicia. An der Kante des Plateaus, die Füße im Wasser.

Ben konnte in der Dunkelheit nur ihre Silhouette ausmachen. Er schaltete sein Handylicht ein und leuchtete in ihre Richtung, was sie blinzelnd den Arm heben und den Kopf zur Seite drehen ließ. Sofort nahm er das Licht wieder runter und richtete es auf das Wasser, das den größten Teil des Innenraums des Bootshauses einnahm. »Danke Kumpel«, sagte er und strich Poldi dankbar über den Rücken.

Als kleine Karawane machten sie sich an der Seitenwand entlang auf den Weg zu Felicia. Der Hund erreichte sie als Erster und setzte sich neben sie.

Felicia vergrub ihr Gesicht in seinem Fell und streichelte ihm über den Rücken. Ben zog seine Schuhe aus, krempelte seine Hosenbeine hoch und setzte sich neben sie. »Poldi hat dich gefunden«, sagte er unnötigerweise. In dem kurzen Moment, in dem sie im Licht seines Handys aufgetaucht war, hatte ihr Gesicht weiß wie das eines Gespenstes gewirkt. Sie trug nach wie vor das enge schwarze Kleid, das sie den Tag über angehabt hatte.

»Du bist ein Verräter«, murmelte Felicia in das Fell des Hundes. »Deshalb habe ich eine Katze. Elfriede hätte mich niemals verpetzt.«

Ben legte sein Telefon neben sich. Das Licht reichte gemeinsam mit dem Mond, der tief über dem See hing, aus, den Raum zu erhellen. Über ihnen, unter dem Dach der Hütte, hing ein Holzboot, das mehr als baufällig wirkte. Er blieb einfach sitzen, bis Felicia sich von Poldi löste und nach vorne schaute. Auf den See hinaus. In die Dunkelheit, die sich in ihren Augen spiegelte. »Verrätst du mir, was passiert ist? Hattest du Ärger mit deiner Mutter?« Als sie nicht sofort antwortete, rückte Ben ein Stück näher und legte ihr den Arm um die Schultern. Felicia schüttelte ihn nicht gerade ab, aber so, wie sie sich versteifte, hätte sie ihm auch gleich eine Ohrfeige verpassen können, weil er sie berührte. Ben zog seine Hand zurück. Ihr Verhalten machte ihn langsam aber sicher sauer. Er atmete tief durch, bevor er sprach. »Weißt du, wir haben uns ganz schön im Stich gelassen gefühlt, weil du einfach abgehauen bist, ohne irgendjemandem von uns Bescheid zu sagen. Wir haben …«

»Ach!« Ihr Kopf fuhr zu ihm herum. Ihre Augen funkelten wütend, und doch konnte sie nicht verhindern, dass eine einzelne Träne über ihre Wange ran. Im Mondlicht glitzerte sie silbern. Felicia wischte sie mit einer abgehackten Bewegung zur Seite. »Damit, jemanden im Stich zu lassen, kennst du dich ja bestens aus, nicht wahr?«

»Was?« Ben zuckte vor ihrem Zorn zurück. Er hatte Felicia traurig erlebt. Verzweifelt. Enttäuscht. Und von ihm und seinen Mitbewohnerinnen am Anfang auf jeden Fall auch genervt und verärgert. Aber noch nie war sie so wütend gewesen. Und all dieser Zorn schien sich gegen ihn zu richten. »Wovon redest du?«

Felicia sprang auf und brachte zwei Schritte Abstand zwischen sie. Mit verschränkten Armen blickte sie auf ihn herunter. »Ich habe die Projektentwürfe auf deinem Schreibtisch gesehen. Die Karte, auf der all die Hotels eingezeichnet waren, die du begrünen wirst. Auf der ganzen verdammten Welt!« Die letzten Worte schrie sie regelrecht, und Poldi duckte sich fiepend, bevor er zu Ben kroch und sich an seine Seite presste.

Ja, Ben machte diese wütende Felicia auch Angst. Aber jetzt wusste er zumindest, warum sie so sauer auf ihn war. Fast schon erleichtert atmete er aus. »Das ist nicht so, wie du denkst, Licie«, versuchte er sie zu beruhigen. »Ich kann dir das erklären.«

»Tatsächlich? Ich glaube nicht, dass ich noch an deinen Erklärungen interessiert bin«, fauchte sie.

»Du hast recht.« In einer ergebenen Geste hob er die Hände. »Ich hätte dir schon längst davon erzählen sollen, aber ich wollte in Ruhe mit dir darüber reden. Nicht zwischen Tür und Angel. Und schon gar nicht, während wir eine Hochzeit in der alten Schule planen und ausrichten.«

*

»Wann hättest du es mir denn sagen wollen? Bei einem Telefonat aus Oslo? Oder von sonst irgendwo auf der Welt? Oder hätte ich es am Ende noch erfahren, bevor du deine Sachen gepackt hättest und abgehauen wärst?« Felicia war dankbar für die Wut, die in ihr zu brodeln begonnen hatte, als sie sich an den einzigen Ort zurückgezogen hatte, an dem sie garantiert niemand suchen würde – außer Poldi. Bis jetzt hatte es ihr Zorn geschafft, die Tränen, die hinter ihren Lidern brannten, zurückzuhalten. Aber sie drückten immer stärker. Und wenn Ben nicht bald verschwand, würde er Zeuge davon werden, wie sie zusammenbrach.

»Licie.« Er ließ für einen Moment den Kopf hängen. Eine Seite seines Körpers von seiner Handylampe angeleuchtet, der Rest von ihm in den Schatten des Bootshauses. »Ich hatte nie vor, den Auftrag anzunehmen, ohne mit dir darüber zu reden.«

»Entschuldige bitte, dass ich auf diesem Gebiet bereits ein paar Erfahrungen gemacht habe. Es ist immer wieder überraschend, wie schnell manche Menschen aus dem Leben eines anderen verschwinden können.«

»Ich …« Er stützte sich auf die Holzkante der Plattform und drückte sich hoch. Einen Moment stand er ihr gegenüber, sah ihr forschend ins Gesicht. »Abgesehen davon bedeutet so ein Projekt nicht automatisch, dass ich dich verlasse. Man muss sich nicht sofort trennen, nur weil man nicht in der gleichen Stadt arbeitet.«

Das Lachen, das Felicia ausstieß, schmeckte bitter auf ihrer Zunge. Sie konnte es in seinem entschlossenen Blick sehen. Er wollte, dass das funktionierte. Aber wie lange würde er brauchen, bis er seine Meinung änderte, weil er merkte, dass diese Art von Beziehung zu anstrengend war? »Ich wurde schon einmal aus dem Leben eines Mannes entfernt, weil ich nicht in seine Pläne gepasst habe. Dieses Mal sage ich: Nein danke!«

»Das hier ist nicht … ich bin nicht …« Ben schüttelte den Kopf. Einen Augenblick zögerte er, dann drehte er sich um, hob sein Handy auf und ging. Auf dem gleichen Weg, auf dem er gekommen war, tastete er sich an der Wand entlang nach draußen. Sekunden später hörte sie seine Schritte an der anderen Seite der Hauswand, als er den Steg in Richtung Strand davonging.

Poldi sah sie an, lauschte auf die Schritte seines Herrchens und sah sie wieder an. Dann drehte er sich um und rannte Ben hinterher. Ein Hund klarer Prinzipien. Was Ben wohl mit ihm machte, wenn er ins Ausland ging?

In der Dunkelheit, die ohne Bens Handylicht herrschte, lehnte sich Felicia an die Wand, weil sich ihre Knie plötzlich anfühlten wie Pudding. Ben hatte sich einfach umgedreht und war gegangen. Sie hatte nicht erwartet, dass er so schnell aufgab. Sie hatte gedacht, dass er wenigstens versuchen würde, sich herauszureden oder sich bemühen, ihr weiszumachen, dass es sich nur um einen kurzen Job handelte. Dass er sie einfach zurückließ … aber genau das war es doch, was sie wollte, rief sie sich selbst in Erinnerung. Lieber ein Ende mit Schrecken als ein Schrecken ohne Ende.

Felicia schloss die Augen und atmete tief durch. Sie wollte jetzt nicht weinen. Das konnte sie immer noch allein in ihrem Schlafzimmer. Sobald sie ihre Füße wieder trugen, würde sie sich ins Haus schleichen und die Tür hinter sich abschließen.

Offenbar würde ihr dieser Rückzug nicht vergönnt sein. Felicia wusste nicht, wie lange sie schon hier stand, als sie die winzigen Erschütterungen auf dem verwitterten Holz spürte, noch bevor sie die Schritte hörte, die sich ihrem Versteck näherten. Frustriert und traurig seufzte sie. Ben mochte ein Lügner sein. Er mochte sich aus dem Staub machen, um seinen Traumjob anzunehmen. Aber er würde sie hier nicht allein lassen. Wahrscheinlich hatte er Jule oder Lina genötigt, nach ihr zu sehen.

Doch es war Ben selbst, der im nächsten Moment um die Ecke bog und entschlossen auf sie zuhielt. Poldi folgte ihm ein wenig zögerlich, so als wollte er erst prüfen, wie ihre Stimmung war.

»Licie.« Ben blieb vor ihr stehen. Ein wenig zu nah.

Die Wand hinter ihr ließ keinen Fluchtweg. Also richtete sie sich auf und hob ihr Kinn.

»Hör zu«, setzte Ben wieder an. »Ich gebe zu, dass mein Timing nicht das beste war. Aber ich hatte nie vor, dich zu verlassen. Ich will, dass unsere Beziehung funktioniert.« Er holte hinter seinem Rücken eine rote Tulpe hervor, ziemlich mitgenommen und ganz sicher aus Plastik, und hielt sie ihr hin.

Felicia starrte ihn an. »Was ist das?«, fragte sie mit rauer Stimme. Auch wenn sie ganz genau wusste, was er gerade zu sagen versuchte. Ihr Herz begann, schneller zu schlagen.

»Das ist meine Art, dir zu sagen, dass ich dich liebe, Licie. Dieses Ding«, er wedelte mit der Plastiktulpe hin und her, »ist nicht gerade der Knaller. Ich habe sie aus einem künstlichen Strauß im Lehrerzimmer geklaut. Aber sie sagt, was ich für dich empfinde.« Er machte eine Pause und schluckte, bevor er weitersprach. »Echte Liebe. Aus tiefstem Herzen. Ich möchte mit dir zusammen sein. Und ich möchte, dass das mit uns hält, ganz gleich, welche Herausforderungen wir meistern müssen.« Vorsichtig legte er seine Hand an ihre Wange, und diesmal versteifte sich Felicia nicht, sondern schmiegte sich in die Liebkosung. »Ich möchte nicht behaupten, dass dieser Job nicht das beste Angebot ist, das ich mir jemals hätte vorstellen können. Aber ich habe mir ziemlich viele Gedanken gemacht, wie wir beide das hinbekommen. Diesen Auftrag und unsere Beziehung. Und ich habe einen Plan. Ich möchte dir davon erzählen, aber ich kann das nicht ohne dich. Nicht ohne deine Liebe. Du musst dich darauf einlassen können, sonst wird das nicht funktionieren.« Er ließ seinen Arm sinken, griff nach ihrer Hand und drückte ihr die Fake-Tulpe auf die Handfläche, bevor er sanft ihre Finger darum schloss.

Felicia starrte die Tulpe an. Die in dieser Farbe immerwährende Liebe symbolisierte. Nach der viktorianischen Blumensprache noch viel bedeutungsvoller als eine rote Rose. »Du willst nicht einfach gehen?«, flüsterte sie.

»Licie.« Er wartete, bis sie wieder aufsah und sich ihre Blicke verhakten. »Ich habe mit der Hotelkette verhandelt. Ich habe Entwürfe gezeichnet. Und mir wurde ein nahezu unwiderstehliches Angebot gemacht. Aber ich habe es noch nicht unterschrieben. Das hätte ich niemals getan, bevor ich dir nicht davon erzählt habe.«

Er wirkte so ernst und aufrichtig. »Aber trotzdem wirst du gehen«, wisperte sie das einzige Argument, das ihr dazu einfiel.

»Ja. Für eine Weile.« Er breitete die Arme ein wenig aus.

»Darf ich dich festhalten?«, fragte er und wirkte dabei fast schüchtern.

Felicia zögerte nicht. Sie stieß sich von der Wand ab und ließ sich in die Hülle aus Geborgenheit und Vertrauen fallen, die sie in seinen Armen immer umgab und die auch jetzt noch da war – oder zurückgekehrt war. Sie wusste es nicht, aber sie wollte Ben glauben. So sehr.

»Das erste Projekt in Oslo muss ich auf jeden Fall selbst übernehmen. Aber Norwegen ist nur einen kurzen Flug entfernt. Ich kann herkommen. Du kannst mich dort besuchen. Den Rest der Zeit kommen wir mit Skype und Facetime aus. Das sind nur ein paar Monate. Für das, was danach kommt, haben mein Freund Hubi und ich schon an einem Konzept getüftelt. Er hat als Vorarbeiter in meiner alten Firma gearbeitet und wird künftig mein Projektleiter vor Ort sein. Ich werde immer noch fliegen müssen. Ich werde hier und da eine Woche weg sein, wenn alles klappt, wie wir uns das vorstellen. Vielleicht auch mal länger. Aber das hier wird meine Basis. Starnberg ist mein Zuhause. Und auf jeden Fall die alte Schule, wenn du mich nicht vor die Tür setzt.« Er beugte sich weit genug zurück, um sie anzulächeln.

Felicia konnte nicht anders, als dieses Lächeln zu erwidern. »Für diese Geheimniskrämerei hättest du es verdient, dass ich dich vor die Tür setze. Du hast verdammtes Glück, dass ich dich liebe.« Ihr Herz schlug wie verrückt, als sie die drei Worte aussprach.

»Danke.« Ben legte seine Stirn für einen Moment an ihre. »Danke, dass du mir vertraust und uns eine Chance gibst.« Sachte glitten seine Lippen über ihre. »Ich liebe dich rotetulpenmäßig.«

»Und ich bin froh, dass du meine rote Tulpe und meine bunte Gerbera bist.« Ihre große Liebe und ihr bester Freund. »Ich liebe dich.«

Epilog

Felicia stand vor dem Starnberger Bahnhof, atmete die klare Abendluft tief ein und blickte über den See. Die Sonne begann bereits, hinter die Berge zu sinken. Sie hatte länger gearbeitet, um einen Teil ihrer Aufgaben des nächsten Tages schon zu erledigen. So musste sie sich morgen im Homeoffice nur um ein paar unaufschiebbare Dinge kümmern – und hatte ansonsten Zeit, einen ganz besonderen Abend vorzubereiten. Denn morgen kam Ben nach Hause. Er war über eine Woche in Oslo gewesen, um die Verträge mit *Suites Deluxe* zu unterschreiben und an ersten Besprechungen zu den Hotelbegrünungen teilzunehmen.

Felicia stellte ihre Aktentasche in den Gepäckträgerkorb und schloss ihr Fahrrad los. Sie war aufgeregt, wurde ihr klar. Und sie sehnte sich so sehr nach Ben. Sie hatte ihm geglaubt, als er gesagt hatte, dass er sie liebte. Sie hatte ihm geglaubt, dass er alles dafür tun würde, seinen Traumjob anzunehmen und ihre Beziehung trotzdem nicht aufs Spiel zu setzen. Er war so zuversichtlich gewesen, das alles zu schaffen. Trotzdem hatte Felicia sich Sorgen gemacht, ob sie diesen Spagat hinbekommen würden. Ben hatte sich jeden Abend die Zeit genommen, mit ihr zu skypen, was geholfen hatte, ihre Zweifel ein wenig zu zerstreuen. Sie hatten sich von ihrem Tag erzählt, sich gegenseitig auf dem Laufenden gehalten. Felicia konnte allerdings nicht leugnen, dass sie es vermisste, sich in Bens Arme zu kuscheln, bevor sie einschlief.

Aber morgen würde er zurückkommen. Felicia plante, ihn mit einem Abendessen zu überraschen. Und dann … Felicia musste lächeln bei dem Gedanken, wie sie plante, Ben zu verführen. Sie hatte sich ziemlich hübsche Unterwäsche gekauft, die sie tragen wollte, wenn sie den Nachtisch servierte. Bis dahin gab es allerdings eine ganze Menge zu tun und von ihrer To-do-Liste abzuhaken, damit der Abend perfekt wurde.

Felicia lehnte ihr Fahrrad gegen die Hauswand, nahm ihre Aktentasche aus dem Korb und schob die Haustür auf. Solange Ben unterwegs war, blieb Poldi bei Sam, was dafür sorgte, dass es viel zu ruhig im Haus war. Ganz abgesehen davon, dass Elfriede beleidigt durch die Gegend schlich, weil ihr bester Freund fehlte. Ganz in Gedanken öffnete sie ihre Wohnungstür und stieß einen kleinen, erschrockenen Schrei aus. Vor ihr stand der Mann, von dem sie gerade noch fantasiert hatte. In einem Meer aus Kerzen, die im ganzen Raum verteilt waren und um ihn herum ein weiches, warmes Licht verbreiteten. »Ben!«

»Hey, Licie«, erwiderte er mit diesem schiefen Lächeln im Gesicht, das Felicia so liebte.

»Was machst du hier?«

Statt einer Antwort zog er sie einfach in seine Arme und küsste sie. »Ich habe dich vermisst«, flüsterte er an ihren Lippen, als er sie wieder freigab. Dann zog er sie noch enger an sich, presste sein Gesicht in ihre Halsbeuge und atmete ihren Duft ein. Eine Geste, die Felicia so vertraut war, dass sie schlucken musste, weil ihr Tränen in die Augen stiegen.

»Ich bin eher mit allem fertig geworden und einen Tag früher geflogen, um dich zu überraschen«, murmelte er.

Felicia strich durch Bens widerspenstige Haare und betrachtete die Verwandlung ihres Wohnzimmers. Leise Musik klang aus den Lautsprechern. Neben den Kerzen, die ein romantisches Spiel aus Licht und Schatten auf die Wände zauberten, hatte er den Bistrotisch und die Stühle hereingebracht, die normalerweise auf ihrer Terrasse standen. Darauf eine Flasche Weißwein in einem Kühler und Häppchen. »Das sieht alles wundervoll aus. Das Essen kommt mir allerdings bekannt vor.«

»Ja.« Ben hob seinen Kopf von ihrer Schulter und begann langsam, sich im Takt der Musik zu bewegen. »Ich habe ein paar Sachen aus deiner Gefriertruhe geklaut, und zum Nachtisch gibt es Zupfkuchenjoghurt. Beim Rest haben mir Jule und Lina geholfen.« Er drehte Felicia von sich weg und zog sie wieder an seine Brust.

Felicia hatte es so vermisst, mit ihm zu tanzen. »Die beiden wussten, dass du eher kommst?« Sie zog die Augenbrauen hoch. »Wer hätte gedacht, dass sie das alles für sich behalten können. Keine von ihnen hat auch nur ein Sterbenswörtchen gesagt.«

»Sie wussten, dass ich dich überraschen wollte.« Eine einfache Wahrheit, in der so vieles mehr lag.

Felicia schmiegte sich lächelnd an Bens Brust. Vor ein paar Wochen hatte sie nicht einmal gewusst, nach welchen Kriterien sie ihre künftigen Mieter auswählen sollte. Und dann waren einfach so drei Leute aufgetaucht, hatten sich nicht mehr abwimmeln lassen, ohne sich auch nur einen Hauch für ihre Vorgaben zu interessieren. Zwei davon waren zu ihren besten Freundinnen geworden. Und einer zu ihrer großen Liebe. »Ich hatte auch vor, dich zu überraschen, wenn du morgen nach Hause kommst«, gestand sie Ben.

»Ich war schneller«, gab er zurück und lachte. »Lass uns essen, damit du mich auf den neuesten Stand bringen kannst.« Ben küsste sie noch einmal. »Dann will ich dich aus diesem Businesskostüm befreien.«

Felicia hörte das Schlagen seines Herzens unter ihrer Wange. Geborgenheit und Ruhe legten sich wie eine Decke um sie. Ben war hier. Bei ihr. Sie war sich plötzlich sicher, dass sie es schaffen würden. Gemeinsam würden sie ihren Weg finden. Sie lehnte sich weit genug zurück, um Ben in die Augen sehen zu können. »Ich liebe dich«, flüsterte sie. »Und ich habe dich schrecklich vermisst. Warum essen wir nicht einfach später?«

Bens rechter Mundwinkel hob sich wieder zu diesem halben Grinsen. Er entlockte Felicia einen weiteren erschrockenen Aufschrei, als er sie mit einer schwungvollen Bewegung auf seine Arme hob und ihr Schlafzimmer ansteuerte, in dem mindestens so viele Kerzen brannten wie im Wohnzimmer. »Nur fürs Protokoll«, sagte er zwischen zwei Küssen. »Ich habe versucht, ein Gentleman zu sein. Aber deine Idee gefällt mir besser. Ich habe dich nämlich mindestens so sehr vermisst.« Er ließ sich mit Felicia in seinen Armen auf das Bett sinken.

Auf ihrem Nachttisch entdeckte sie einen riesigen Strauß roter Rosen. Ben folgte ihrem Blick mit den Augen. »Und ich bin verrückt nach dir«, flüsterte er ihr die Bedeutung der Rosen in der viktorianischen Blumensprache ins Ohr. »Ich liebe dich.«

Dank

Ein Buch beginnt immer mit einer Idee – und endet mit dem Dank an diejenigen, die dafür gesorgt haben, dass diese Idee wahr geworden ist:

Allen voran meine wunderbare Agentin Leonie Schöbel: Sie stärken mir nicht nur bei allen Entscheidungen den Rücken und wissen, wo man in München das beste Frühstück bekommt, bei dieser Geschichte durfte ich zudem noch von Ihrem München-Insider-Wissen profitieren (ich sag nur »Hackerbrücke«). Vielen Dank für alles!

Liebe Dr. Nora Haller, danke für deine Unterstützung im Verlag, dein Feedback und die gute Zusammenarbeit. Und dir, liebe Dr. Diana Mantel, auch dieses Mal wieder vielen Dank für die wunderbare Lektoratsarbeit. Es macht solchen Spaß, mit dir am Text zu tüfteln. Deine Ideen sind großartig!

Lieber Herr Götzl, danke, dass Sie sich als Leiter des Starnberger Tourismusbüros so viel Zeit für mich und meine Fragen genommen haben. Sie haben mir sehr geholfen, Ihre Heimat noch ein bisschen besser zu verstehen – die mir übrigens wirklich sehr ans Herz gewachsen ist.

Danke, liebe Frau Prof. Dr. Pfoser, für die Einblicke in das Studium und die Arbeitswelt der Landschaftsarchitekten. Auch dir, liebe Regina Weber, vielen Dank! Nicht nur für den echt schönen Nachmittag in Nürtingen, an dem ich so viel über deine Liebe zu Pflanzen und zur Landschaftsgärtnerei gelernt habe. Du hast Ben und mir mit Rat und Tat zur Seite gestanden, als es darum ging, den Garten der alten Schule wieder auf Vordermann zu bringen. Ich hoffe, du verzeihst Felicia die Attacke auf den Rosenstrauch (sie kann wirklich nichts dafür … schwarze Daumen und so).

Für das Entstehen eines Buches sind aber nicht nur die Experten und ihr Fachwissen wichtig, sondern auch diejenigen, die dabei helfen, das Ganze in eine wundervolle Geschichte zu packen. Mit der *alten Schule* habe ich mich an das Experiment einer Plot-AG gewagt. Was nicht nur tierischen Spaß gemacht hat, sondern diesem Roman auch unglaublich gutgetan hat. Danke deshalb an Elaine Winter, Hanna Aden, Jana Seidel, Carin Müller und Nicole Knoblauch. Ein ganz besonderes Dankeschön geht an dich, liebe Nicole Wellemin, nicht nur für die Idee zur Plot-AG. Mein erster standesgemäßer Besuch eines Münchner Biergartens war fantastisch! Und die Ideen zum *Kocherlball* und dem viktorianischen Blumenkalender haben Felicia und Ben genau den Schubs gegeben, den sie noch gebraucht haben.

Hasengang! Ohne euch läuft gar nix! Danke! Für Schreibklausuren. Gegenlesen. Playmobil-Figuren-Aufstellungen. Rat. Tat. Und immer ein gutes Gläschen P. Lucinde Hutzenlaub, ich freue mich so auf die Autofahrten, die noch vor uns liegen – und die vielen Geschichten, die uns dabei einfallen werden. Kristina Günak, meine persönliche Kletterhortensienexpertin, danke für deine Ratschläge, dein Wissen und deine Hilfe, auf die ich immer bauen kann. Und Soulsister Leonie Lastella: Beschde (wie wir im Schwabenländle zu sagen pflegen)! Danke für die kreativen Tage. Die durcharbeiteten Nächte. Die Ideen, die nur entstehen können, weil du sie mit mir zusammen entdeckst. Was wäre ich nur ohne dich?

Und was wäre ich ohne euch, liebe Leserinnen und Leser? DANKE! Für eure Treue. Euer Feedback. Eure Vorfreude auf jedes neue Buch, die ihr mit mir teilt. Es ist wundervoll, euch zu haben!

Die alte Schule am See 2

WO DU DAS GLÜCK FINDEST

JANA LUKAS

1

Die kühle Luft des Morgens hing wie ein zarter Schleier über der Seepromenade. Jule Hansens Füße trafen im Rhythmus von Kayne Wests *Stronger* auf den Asphalt, der bald von der Sonne aufgeheizt und von unzähligen Füßen bevölkert werden würde. In Flip-Flops. Birkenstocks. Und Trackingsandalen mit Tennissocken. Aber im Moment waren es nur Jule und ihre knallpinken Asics. Ihre Muskeln brannten. Die Lungen pumpten im steten Rhythmus ihres Atems Sauerstoff durch ihren Körper. Sie ließ die auf dem Wasser schaukelnden Boote des Segelvereins hinter sich und nickte einem älteren Paar zu, das seinen Hund Gassi führte.

Jule verlangsamte ihr Tempo nicht, als ihr Handy in der Tasche ihrer Laufshorts zu vibrieren begann. Sie lief am *H'ugo' Beach Club* vorbei und zwinkerte einem der Hausmeister zu, der gerade vor dem Eingang fegte. »Hansen – *Die gute Fee am See*«, meldete sie sich, nachdem sie Kayne West mit einem Fingertippen auf ihr Headset den Saft abgedreht und den Anruf angenommen hatte.

»Jule«, tönte ihr Name in einem schweren russischen Akzent in ihr Ohr.

»Nikolaj«, grüßte sie den persönlichen Assistenten eines russischen Oligarchen, der zu ihren Stammkunden gehörte.

»Sie rufen an, um mich nach den Karten für die Schwanensee-Premiere zu fragen.« Die völlig ausverkauft war. Für jeden anderen wäre es nahezu aussichtslos gewesen, noch an Tickets zu kommen. Aber Jule wusste genau, an welchen Strippen sie ziehen und welche Connections sie aktivieren konnte, um das Unmögliche möglich zu machen. So hatte sie den Wunsch des superreichen Russen problemlos erfüllen können und hätte Nikolaj Stepanov die Reservierungen gemailt, sobald sie zuhause gewesen wäre. Aber sie verstand, dass der junge Mann sichergehen wollte, dass alles funktionierte, bevor sein Boss einen Fuß in seinen Privatjet setzte.

»Das freut mich zu hören«, antwortete er mit seiner schweren, tiefen Stimme, die so gar nicht zu seinem Alter von Mitte zwanzig passen wollte. »Können Sie mir die Unterlagen mailen?«

»Sie finden sie in spätestens einer halben Stunde in Ihrem Postfach. Einen schönen Tag, Nikolaj, und guten Flug nach München. Wenn ich noch etwas für Sie und Ihren Boss tun kann, lassen Sie es mich wissen.«

»Sbasibo«, sagte er und wiederholte seinen Dank dann auf Deutsch. Mit einem »Auch Ihnen einen schönen Tag« beendete er das Gespräch.

»Dieser Tag ist jetzt schon perfekt«, murmelte Jule und ließ Kayne weiterrappen. Sie lief an den kleinen Bootshäusern vorbei, in denen die ortsansässigen Fischer Tret- und Elektroboote an Touristen verliehen. In einer dieser Hütten, die auf Stelzen über das Wasser gebaut worden waren, befand sich eine der coolsten Bars der Stadt.

Ihre Füße trugen sie weiter am Ufer des Starnberger Sees entlang. Das Wasser glitzerte silbern unter den frühen Sonnenstrahlen, und drei Entendamen glitten wild schnatternd über das Wasser. Jule grinste, als sie an ihnen vorbeilief. *Ein bisschen wie Felicia, Lina und ich*, dachte sie. Dann winkte sie Carlo zu. Der Barista, der den kleinen Cafèstand an der Anlegestelle der Ausflugsschiffe hatte, trat mit einem Pappträger mit vier Kaffeebechern aus der Seitentür, als er sie entdeckte.

Jule wurde langsamer und blieb schließlich vor dem rundlichen, immer gut gelaunten Italiener stehen. »Ciao, Carlo.«

»Ciao, Bella. Eine kleine Stärkung für dich und deine Freunde«, sagte er und überreichte ihr die Kaffeebecher mit einem strahlenden Lächeln.

»Danke, Carlo. Du weißt, dass das nicht nötig ist«, antwortete sie, nahm den Kaffee aber entgegen. Weil der Barista sonst beleidigt wäre. Und weil sie seinen Cappuccino mindestens so sehr liebte wie den, den ihre Freundin Felicia zubereitete.

Carlo legte die Hand auf sein Herz. »Du hast mich gerettet, Bella. Ich werde für immer in deiner Schuld stehen. Dieser Tag wird wundervoll. Genieß ihn!«

»Das werde ich«, versprach Jule und verfiel in den leichten Trab, in dem sie das letzte Stück ihrer sieben Kilometer langen Joggingstrecke zum Auslaufen zurücklegte. Ein Tempo, bei dem sie keinen Tropfen Kaffee verschütten würde. »Dir auch einen schönen Tag. Mögen die Touristen in Massen an deinem Stand anstehen, bevor sie auf die Ausflugsschiffe strömen.« Sie winkte dem Barista über die Schulter zu und lief in Richtung der Unterführung, die unter den Bahngleisen hindurchführte. Carlo war ein Fan von ihr, seit sie vor ein paar Monaten die Siebträgermaschine in seiner Cafébar mit ein paar Handgriffen wieder zum Laufen bekommen hatte, nachdem diese ihren Dienst verweigert hatte. Seitdem hatte sie bei Carlo ein lebenslanges kostenloses Koffein-Abo.

»Hey Jule«, riss sie eine Stimme aus ihren Gedanken. Peter Hummel stand vor seinem Laden *Blütenpracht* und winkte sie zu sich herüber.

»Peter.« Jule machte einen kleinen Schlenker in seine Richtung und überquerte die Straße. »Wie geht es dir?«, fragte sie. »Und dem Drucker?« Vor ein paar Tagen hatte er gestreikt, als Jule gerade eine Bestellung im Laden abgeholt hatte. Es war nicht weiter schwierig gewesen, ihn neu einzurichten. Sie hatte die Rechnung schließlich gebraucht. Und ja, okay, sie konnte an keinem kaputten Gegenstand vorbeigehen, ohne nicht wenigstens zu versuchen, ihn zu reparieren.

»Schnurrt wie ein Kätzchen«, bestätigte Peter, dass er die Einstellungen nicht wieder völlig verstrubbelt hatte. Er zog eine leuchtend gelbe Gerbera aus einem Eimer neben der Tür und reichte sie ihr mit einer angedeuteten Verbeugung. »Ich wollte dir nur schnell einen schönen Tag wünschen.«

»Danke.« Jule joggte auf der Stelle und nahm die Blume entgegen. Diese Blüte erinnerte sie an die viktorianische Blumensprache, die eine große Rolle in der Liebesgeschichte ihrer Freunde Felicia und Ben gespielt hatte. Eine Gerbera – die erste Blume, die Ben seinem Herzblatt geschenkt hatte – stand für Freundschaft und dafür, dass mit den (richtigen) Menschen um einen herum alles schöner wurde. Genau wie in ihrem neuen Zuhause, der alten Schule am See, in das sie vor ein paar Wochen eingezogen war. Und das natürlich auch dank ihrer neuen Nachbarn, die längst zu Freunden geworden waren. Peter hatte also instinktiv die richtige Blüte ausgesucht. »Ich muss weiter, bevor der Kaffee kalt wird«, entschuldigte sie sich bei dem Blumenhändler. »Ich melde mich diese Woche noch bei dir wegen ein paar extravaganter Sträuße, die eine meiner Klientinnen für ihr Haus haben möchte.«

Jule legte das letzte Stück zurück und schob dann mit einer Hand eine Seite des schmiedeeisernen Tores auf, das zu der alten Villa im Knittl-Stil führte, die jahrzehntelang eine Schule beherbergt hatte. Und seit Kurzem Jules Wohnung und Büro. Lange Zeit hatte am linken Torflügel nur das Schild gehangen, das auf die *Küchennachhilfe*, Felicias Kochschule, hingewiesen hatte. Inzwischen war darunter eine Tafel mit der Aufschrift *Ben Lindner – Landschaftsarchitekt* angebracht, daneben das Schild von Linas Nanny-Service und natürlich ihr eigenes Logo der *Guten Fee am See*. Denn genau das war ihr Job als Privat-Concierge: Wünsche erfüllen. Am liebsten solche, die unmöglich schienen. Denn was wäre das Leben ohne Herausforderungen?

Sie trabte um das Haus herum auf die kleine Terrasse, die hinter der Hausmeisterwohnung lag, in der Felicia lebte. Und die meiste Zeit Ben, auch wenn er im ersten Stock eine eigene Wohnung hatte. »Guten Morgen«, rief sie und stellte den Pappträger mit dem Kaffee auf den Bistrotisch. Die Gerbera steckte sie vorübergehend in die kleine rote Gießkanne mit den weißen Punkten direkt an der Natursteinmauer, die den Sitzplatz vom Rest des Gartens trennte. Felicia zog auf dem Mäuerchen Kräuter in kleinen Töpfen, und obwohl sie sonst alles tötete, was grün war, schienen diese Pflanzen nachsichtig mit Jules Freundin zu sein – und sich hartnäckig an das Leben zu klammern.

»Morgen.« Felicia klappte ihren Laptop zu und legte ihn neben sich auf die verwitterten Holzdielen. »Kaffee von Carlo?«, fragte sie und zog einen der Becher aus der Halterung. Sie trug Leggins und eine Tunikabluse. Ihre wilden, roten Locken waren auf ihrem Kopf zu einem unordentlichen Knoten zusammengefasst. Ein gutes Indiz dafür, dass Felicia heute von zuhause aus arbeiten würde, statt im Hosenanzug und sittsam geglätteten Haaren in die Steuerkanzlei nach München zu fahren, in der sie angestellt war.

»Er hat mir regelrecht aufgelauert.« Jule grinste. »Ich konnte mich nicht dagegen wehren.«

»Und die Blume?«, wollte Felicia mit Blick auf die Gerbera wissen.

»Aus dem *Blütenpracht*.«

Felicia nickte lächelnd. Offenbar hatte sie sich das bereits gedacht, sie hatte die Geschichte vom eigensinnigen Drucker schließlich schon gehört.

»Passt zum Auftritt des Postboten«, verkündete Lina, die mit einem Tablett aus dem Haus kam, auf dem sie Schüsseln, Müsli und Milch balancierte. »Guten Morgen, ihr Lieben«, sagte sie, als sie das Tablett ebenfalls auf den Bistrotisch stellte und den *Starnberger Merkur* darunter hervorzog. »Er hat uns die Zeitung bis hinter das Haus gebracht, aus lauter Dankbarkeit über das Flicken seines Fahrradreifens neulich.«

»Wie nett von ihm.« Jule zog ebenfalls einen Kaffeebecher aus der Halterung, nippte daran und stellte den Becher dann auf die Mauer, um noch ein paar Dehnübungen zu machen.

Lina bediente sich ebenfalls am Kaffee. Vermutlich hatte sie bereits die erste Fuhre Kinder in der Stadt verteilt. Ihren Nanny-Service erreichten meist schon früh am Morgen die ersten Notrufe, bei denen es um kranke Kinder oder Eltern ging. Probleme, für die sie Lösungen finden musste. Jemandem wie Lina raubte so etwas allerdings nie die gute Laune. Wahrscheinlich war sie schon allein deshalb gut drauf, weil die großen, bunten Blumen auf ihrem Kleid so fröhlich aussahen. Genau wie die Flechtfrisur, zu der sie ihre langen blonden Haare zusammengefasst hatte.

Bens Hund Poldi stürmte an ihr vorbei und ließ sich neben Elfriede, der großen orangefarbenen Hauskatze – und Poldis großer Liebe –, auf den Boden fallen. Er war pudelnass, also hatte er wahrscheinlich wieder die Enten im See erschreckt. Ben folgte seinem Hund etwas langsamer den Pfad vom See herauf. Er trug Board-Shorts und ein zerknittertes T-Shirt. Auf Schuhe hatte er verzichtet, und seine Haare hatten nach dem Aufstehen sicher noch keinen Kamm gesehen. »Morgen«, sagte er in die Runde, küsste Felicia auf die Schläfe und angelte sich den letzten Kaffeebecher aus dem Pappträger. »Hast du heute wieder deinen Verehrer-Club abgeklappert?«, fragte er Jule grinsend.

»Hey!« Jule boxte ihn gegen den Oberarm. »Ich kann nichts dafür, wenn ich viele Freunde in der Stadt habe, die mich gerne mal mit einer netten Aufmerksamkeit überraschen.«

»Die dich lieben«, korrigierte Felicia.

»Und anbeten, weil du jedes Problem für sie löst«, ergänzte Ben.

»Ich mag deine Taktik.« Lina schnipste mit dem Finger gegen die Gerbera und schwenkte ihren Kaffeebecher. »Wie es schon der Joker sagte: Wenn du gut in etwas bist – mach es nie umsonst!«

Jule lehnte sich zurück und nippte an ihrem Kaffee. Lächelnd ließ sie sich von ihren Freunden aufziehen und genoss die Einheit, zu der sie in den letzten Wochen zusammengewachsen waren. Das war nichts, was sie erwartet hatte, als sie in die alte Schule eingezogen war. Doch jetzt wollte sie ihre Mitbewohner gar nicht mehr missen. Nicht eine Sekunde.

*

Chris Thalbach drückte die Taste, mit der er das Tempo erhöhte. Das Laufband im Büro seiner Maisonette-Wohnung in München war nicht gerade sein Lieblingssportgerät – wie die meisten anderen Läufer zog er das Joggen unter freiem Himmel vor. Aber gerade war wieder einer dieser Tage, an dem sich die Besprechungen bis in den Abend hineingezogen hatten – und noch nicht vorbei waren.

Er scrollte auf dem Tablet, das er auf der Ablage vor sich aufgebaut hatte, weiter durch die E-Mails, die über Bluetooth an den großen Monitor an der Wand vor ihm übertragen wurden, und las die Wünsche seiner Kunden konzentriert, ohne das Tempo zu verlangsamen.

Erst als er die sieben Kilometer hinter sich gebracht hatte, die er nach Möglichkeit dreimal pro Woche lief, und alles gelesen hatte, was sich in seinem Postfach befunden hatte, drosselte er die Geschwindigkeit. Er trank einen Schluck Wasser und angelte sich eines der Schokobons, die in einer Schale neben seinem Tablet auf der Ablage standen. Ernährungsexperten würden jetzt wahrscheinlich mit den Augen rollen, aber bis Chris Zeit haben würde, etwas Richtiges zu essen, würde es noch eine Weile dauern. Dann schnappte er sich sein Handtuch, rieb sich den Schweiß aus dem Gesicht und hängte es sich um den Nacken. »Hey Siri«, sagte er und trank noch einen Schluck Wasser. »Ruf Miles an.«

»Ich rufe Miles Kings Handy an«, antwortete sie prompt.

Sein Kumpel – und Kollege nahm seinen Anruf am anderen Ende der Welt nach dem zweiten Klingeln entgegen. »Chris, mein Freund«, sagte er mit seinem deutlichen amerikanischen Akzent. Chris bot ihm immer wieder an, Englisch zu sprechen, aber Miles hatte drei Jahre in München verbracht und legte großen Wert darauf, sein Deutsch nicht zu verlernen. »Rufst du mich schon wieder an, während du auf dieser Treadmill bist?« Wenn ihm ein deutsches Wort fehlte, dachte er nie lange darüber nach und ersetzte es einfach durch eines in seiner Muttersprache. »Geh in diesem Englischen Park laufen«, begann er seine übliche Leier.

»Englischer Garten«, korrigierte Chris.

»Anyway. Du darfst dich nicht immer in diesem Büro verschanzen und gleichzeitig arbeiten und Sport machen. Ich wette, du isst schon wieder diese Bons. So wirst du nie eine Frau finden, mein Freund.«

Chris konnte sich ein Grinsen nicht verkneifen und gönnte sich noch ein zweites Schokobon. »Schon möglich. Lass uns zum Geschäft kommen, bevor ich dich ausfrage, wie es Pam und den Kids geht«, versuchte er das Gespräch wieder auf den Grund seines Anrufes zu lenken. In seinem Arbeitszimmer verschanzt, mit Siri als einziger Gesellschaft, würde er wirklich keine Frau finden. Da er aber auch keine

Zeit für eine Beziehung hatte, war das völlig egal. Immerhin war es auch heute schon wieder halb zehn Uhr am Abend. Die Zeitverschiebung zwang ihn, die Gespräche mit seinen amerikanischen Geschäftspartnern so spät zu führen. Vermutlich würde es keine Frau besonders lustig finden, mit dem Abendessen zu warten, bis er irgendwann Feierabend machte. Oder das Essen gleich durch Süßigkeiten ersetzte.

»Also gut«, lenkte Miles ein. »Ich habe schon auf deinen Anruf gewartet. Hast du die Antwort von Carter Perry zu deinem Angebot gelesen?«

»Gerade eben.« Chris joggte locker weiter und griff nach noch einem Schokobon. »Damit lässt sich arbeiten, auch wenn wir noch ein bisschen mehr rausholen sollten. Ich habe die Werbekampagne im Kopf, die Perry umhauen wird, wenn er bereit ist, das Budget noch ein bisschen anzuheben.«

»Wenn ihn jemand davon überzeugen kann, dann du«, sagte Miles. Chris hörte, wie er durch ein paar Papiere blätterte. »Er landet am Donnerstag in München. Vermutlich nicht nur mit seiner Frau, sondern mit einer ganzen Entourage. Soweit ich weiß, ist die Gruppe zu sechst. Ist das ein Problem?«

»Nein, das bekomme ich hin. Ich werde Perry in mein Wochenendhaus am Starnberger See einladen und ihn mit der besten Präsentation seines Lebens von den Socken hauen.« Chris schaltete die Geschwindigkeit noch ein wenig weiter herunter und ging im Schritt weiter. »Und dann leiern wir ihm hoffentlich das größere Budget aus dem Kreuz.«

»Hmm.« Miles schwieg für einen Moment. »Du hast mein Memo über Perrys Extravaganzen bekommen?«

»Du meinst eher die Extravaganzen seiner Frau. Ja, habe ich bekommen.« Chris wickelte noch ein Schokobon aus. Sein Abendessen hatte er inzwischen definitiv ersetzt. »Alle seine Frauen waren anspruchsvoll.«

»Ja«, stimmte Miles ihm zu. »Aber die aktuelle Mrs. Perry schlägt sie alle. Um Welten«, fügte er nach einer bedeutungsschweren Pause an.

»Kein Problem«, sagte Chris. Er hatte längst aufgehört, sich über die Spleens und Ticks seiner Kunden Gedanken zu machen. Als er neu war in der Werbebranche, hatte er oft staunend festgestellt, dass es nichts gab, was es nicht gab. Dass es keinen Wunsch gab, der nicht geäußert werden konnte – und wurde. Solange es um eine Kampagne, Pitches und kreative Arbeit ging, war er bereit, sich kopfüber in die Arbeit zu stürzen und jeden Traum seiner Kunden wahr werden zu lassen, so absurd er auch war. Wenn es allerdings um die persönlichen Bedürfnisse ging, kam er oft genug an seine Grenzen. Umso dankbarer war er, vor ein paar Wochen eine Frau kennengelernt zu haben, die genau diese Probleme für ihn lösen konnte: Jule Hansen – *Die Gute Fee am See*. »Ich habe da jemanden, der sich um alle Wünsche meiner Gäste kümmern wird.«

Chris schaltete das Laufband aus. Er hatte seine ersten Schritte in der Werbung an Miles' Seite in den USA gemacht. Was einer der Gründe war, warum er amerikanische Firmen so gut verstand. Er konnte sein Wissen mit dem verbinden, was der europäische Markt verlangte – und wie er es verlangte. Seine Firma – *Deep Blue Horizon* – war die beste Wahl, wenn es darum ging, amerikanische Produkte auf dem hiesigen Markt zu etablieren.

Miles schnaubte. »Jemanden, der all diese Sonderwünsche im Blick hat? Angefangen vom schwarzen Geschirr und dem goldenen Besteck bis hin zu … was weiß ich alles?«, sparte er es sich, die Details aufzuzählen.

»Ja, mach dir keine Sorgen.« Als er Jule Hansen zum ersten Mal gesehen hatte, auf dem Empfang von Rupert Freiherr von Lemberg, hatte er sie vom ersten Moment an interessant gefunden. Dieser unauffällige Hosenanzug. Die dunklen Haare, die in einen tief in ihrem Nacken sitzenden Knoten geschlungen waren. Und vor allem diese klugen, bernsteinfarbenen Augen, denen nichts zu entgehen schien. Fast hätte er einen der Ratschläge seines Kumpels Miles befolgt und sie auf einen Drink eingeladen. Doch dann hatte er begriffen, dass sie diejenige war, die diese ganze Party vorbereitet hatte. Und am Laufen hielt. Sie hatte ihm mit einem professionellen Lächeln ihre Karte in die Hand gedrückt, als er sie angesprochen hatte. Chris würde lügen, wenn er behauptete, dass nicht wenigstens für den Bruchteil einer Sekunde Enttäuschung durch seine Gedanken gejagt war. Doch dann hatte er begriffen, was es bedeutete, eine Privat-Concierge zu beschäftigen – das war viel mehr wert als sein persönliches Vergnügen. »Ich habe jemanden an der Hand, der jeden einzelnen Sonderwunsch der jungen Mrs. Perry erfüllen wird.« Eine Frau, in deren Wortschatz es das Wörtchen »Nein« nicht gab.